BASTEI
LÜBBE

ROBERT A. HEINLEIN
im BASTEI-LÜBBE-Taschenbuchprogramm:

21 211 Die Marionettenspieler
23 163 Das geschenkte Leben
23 167 Ein Doppelleben im Kosmos
24 001 Sternenkrieger
24 118 Das neue Buch Hiob
24 124 Die Katze, die durch Wände ging
24 163 Die Sternenbestie
24 176 Die Tür in den Sommer
24 183 Farnhams Oase
24 187 Segeln im Sonnenwind
24 191 Der Mond ist eine herbe Geliebte
24 214 Fremder in einem fremden Land
24 220 Gestrandet im Sternenreich

Robert A. Heinlein

GESTRANDET IM STERNENREICH

Science Fiction Roman

Ins Deutsche übertragen
von Kurt Seibt
Bearbeitet, ergänzt und
teilweise neu übersetzt
von Rainer Schumacher

BASTEI LÜBBE

BASTEI-LÜBBE-TASCHENBUCH
Band 24220

Erste Auflage:
Januar 1997

Deutsche Lizenzausgabe 1997 by
Bastei-Verlag
Gustav H. Lübbe GmbH & Co.,
Bergisch Gladbach
Originaltitel: Starman Jones
Lektorat: Stefan Bauer
Titelbild: James Gurney
Umschlaggestaltung:
Quadro Grafik, Bensberg
Satz: Fotosatz Schell, Hagen a.T.W.
Druck und Verarbeitung:
Brodard & Taupin,
La Flèche, Frankreich
Printed in France

ISBN 3-404-24220-3

Der Preis dieses Bandes
versteht sich einschließlich der
gesetzlichen Mehrwertsteuer.

Inhaltsverzeichnis:

Der Tomahawk

Um diese Jahreszeit liebte Max besonders die frühen Abendstunden. Denn war die Ernte eingebracht, konnte er die Arbeiten, die der Hof noch notwendig machte, früher als sonst beenden und sich auf die faule Haut legen. Hatte er die Schweine gefüttert und den Hühnern Korn hingestreut, brauchte er nicht gleich zum Abendessen ins Haus zu gehen, sondern hatte noch Zeit, einem Pfad zu folgen, der auf eine Höhe westlich der Scheune führte, und sich dort ungeachtet der Sandflöhe im Gras niederzulassen. Wie immer hatte er auch heute ein Buch bei sich, das er kürzlich aus der Stadtbücherei entliehen hatte. Es war Bonfortes ›Geschöpfe des Himmels: Eine Einführung in die Exotische Zoologie‹, doch anstatt darin zu lesen, hatte er es als Kissenersatz unter den Kopf geschoben. Ein großer Häher machte einige provozierende Bemerkungen über Max' Ehrlichkeit. Doch als der Mensch sich nicht bewegte, hielt er den Mund. Ein Eichhörnchen saß auf einem Baumstumpf und warf Max einen kurzen Blick zu, bevor es sich wieder dem Vergraben von Nüssen widmete.

Max richtete seine Augen unverwandt nach Nordwesten. Er hatte diese Stelle besonders gern, denn dort konnte er aus einer Mulde zu seiner Rechten die stählernen Träger und Führungsringe der Chicago-Springfield-Earthport-Ringbahn auftauchen sehen. Der erste Führungsring, ein riesiger Stahlstreifen in zehn Meter Höhe, zeigte sich eingangs der Mulde, der zweite wurde, etwa dreißig Meter entfernt, von einem Paar mastenähnlicher Dreifüße getragen, während der dritte und letzte Führungsring, dessen Pfähle über dreißig Meter hoch aufragten, um mit den anderen die gleiche Höhe zu halten, westlich von ihm lag, wo der Boden noch jäher ins Tal abfiel. Auf halber Strecke konnte er die Sendeantenne erkennen, die über die Schlucht lief.

Zu seiner Linken, auf der gegenüberliegenden Seite des Einschnittes, erschienen erneut die Ringe der C.S.&E. Der Einführungsring war größer, um einer maximalen Fahrtabweichung zu entsprechen; auf seinen Trägern war zugleich die Empfangsantenne angebracht. Da dieser Hang steiler war, gab es an jener Stelle nur noch einen weiteren Führungsring, bevor die Linie in einem Tunnel verschwand. Max hatte gelesen, daß auf dem Mond Eingangsringe nicht größer waren als normale Passierringe, da dort kein Wind existierte, dessen Launen sich die Ballistik hätte anpassen müssen. Als er noch ein kleiner Junge war, war dieser Eingangsring kleiner gewesen. Während eines Sturmes jedoch, der noch nicht seinesgleichen gehabt hatte, war der Zug gegen den Ring geschlagen und hatte eine unvorstellbare Katastrophe ausgelöst, bei der es über vierhundert Tote gab. Max hatte das Unglück selbst nicht gesehen, und sein Vater hatte ihm anschließend nicht erlaubt, das Gemetzel zu bestaunen. Auf der Anhöhe zu seiner Linken durchzog eine dunkelgrüne Narbe die Landschaft – der letzte sichtbare Überrest dieser furchtbaren Katastrophe.

Wann es ihm nur möglich war, ließ er es sich nicht nehmen, die Züge auf ihrer Fahrt zu beobachten, ohne daß es ihm eingefallen wäre, den Fahrgästen etwas Schlechtes zu wünschen. Immerhin – sollte vielleicht doch noch einmal ein Unglück geschehen –, er hätte es nur ungern verpassen wollen.

Max hielt seine Augen auf die Schlucht gerichtet; der ›Tomahawk‹ war jeden Augenblick fällig. Plötzlich leuchtete ein Silberstreif auf, ein flammender Zylinder mit einer stählernen Nase schoß hervor, fegte durch den letzten Ring und hing einen atemlosen Augenblick in freier Fahrt zwischen den Bergrücken. Kaum daß Max dem Projektil mit den Augen hatte folgen können, hatte es schon den Ring jenseits der Schlucht passiert und war im Augenblick, als ihn die Schallwelle erreichte, bereits im Berg verschwunden.

Wie ein Donnerschlag echote es aus den Bergen. Max schnappte nach Luft. »Junge, Junge!« sagte er leise vor sich hin. Der unglaubliche Anblick und die Erschütterung seiner Trommelfelle überwältigten ihn jedesmal aufs neue. Max hatte gehört, daß die Reise für die Passagiere vollkommen lautlos verlief, da sie sich schneller als der Schall bewegten;

aber irgendwie war er nicht so recht davon überzeugt. Er war noch nie mit einem Ringzug gereist, und es war mehr als unwahrscheinlich, daß er es jemals tun würde. Schließlich mußte er sich um Maw und die Farm kümmern.

Er richtete sich zum Sitzen auf und öffnete sein Buch, wobei er es so hielt, daß er den südwestlichen Himmel im Auge behielt. Denn war der Abend klar, konnte man sieben Minuten nach dem Passieren des ›Tomahawk‹ die Schußbahn des täglichen Mondschiffes sehen. Obgleich sich das Ereignis viel weiter entfernt abspielte und viel weniger dramatisch war als das nahe Aufblitzen des Ringzuges, war es doch der Anlaß, warum er hierher gekommen war. Ringzüge waren schon etwas, das einen fesseln konnte, seine Liebe aber gehörte den Raumschiffen – auch wenn sie nur so lächerlich waren wie jene Schaukeln, mit denen man zum Mond fuhr.

Er hatte gerade die richtige Stelle gefunden, eine Beschreibung der intelligenten, aber phlegmatischen Krustentiere auf Epsilon Zeta IV, als er durch ein Rufen unterbrochen wurde. »Hallo, Maxi, Maximilian!«

Er verhielt sich still und antwortete nicht.

»Max! Ich kann dich sehen, Max – du kommst auf der Stelle her, verstehst du mich?«

Max murmelte etwas Unverständliches und erhob sich. Er bewegte sich langsam abwärts und beobachtete dabei über seine Schulter den Himmel, bis die Scheune ihm den Blick versperrte. Maw war zurückgekommen, und sie würde ihm das Leben zur Hölle machen, wenn er nicht heimging, um ihr zu helfen. Als sie am Morgen aufgebrochen war, hatte er den Eindruck gehabt, sie würde über Nacht fortbleiben – nicht daß sie Derartiges gesagt hätte, das tat sie niemals, aber er hatte gelernt, Zeichen zu verstehen. Jetzt aber, wo er viel lieber gelesen hätte, müßte er sich ihr Gejammer und ihr albernes Geschwätz anhören, oder – was ebenso traurig war – er würde durch die geifernden Stereovision-Seifenopern gestört werden, die sie so liebte. Max hatte sich oft überlegt, das verdammte SV zu sabotieren – am besten mit einer Axt!

Er bekam fast nie Gelegenheit, die Programme zu sehen, die er sehen wollte.

Als er in die Nähe des Hauses kam, blieb er plötzlich stehen. Er hatte angenommen, daß Maw den Bus genommen hätte und wie gewöhnlich das Stück von der Haltestelle heraufgelaufen wäre. Aber da stand ein Motorrad, und irgend jemand war bei ihr.

Zunächst glaubte er, es sei ein Fremder, aber als er weiterging, erkannte er den Mann. Max hätte an seiner Stelle lieber einen fremden, irgendeinen x-beliebigen Fremden gesehen. Biff Montgomery gehörte zwar auch zu den Bergbewohnern, aber er betrieb keinen Hof. Max konnte sich nicht erinnern, daß er jemals einer anständigen Arbeit nachgegangen wäre. Nach dem, was er vom Hörensagen wußte, verdingte sich Montgomery gelegentlich als Schmieresteher, wenn eine von den nächtlichen Schnapsbrennereien irgendwo in den Bergen am Werke war. Vielleicht stimmten die Gerüchte. Montgomery war ein großer, fetter Mann. Der Job würde zu ihm passen.

Max kannte Montgomery schon, so weit er zurückdenken konnte. Er hatte ihn oft genug um Clyde's Corners herumlungern sehen, hatte ihn jedoch immer nur wie Luft behandelt und bisher nichts mit ihm zu tun gehabt. Seit kurzem aber hatte sich Maw mit ihm eingelassen, ging mit ihm zum Tanzen und zu zweifelhaften Gelagen. Max hatte ihr klarzumachen versucht, daß der Vater an diesem Treiben Anstoß genommen hätte. Aber mit Maw konnte man nicht reden – was sie nicht wollte, hörte sie einfach nicht.

Es war das erstemal, daß sie ihn mit nach Hause gebracht hatte. Max fühlte, wie in ihm langsam die Wut aufstieg.

»Nun mach schon, Maxi!« rief Maw laut über den Hof. »Steh nicht wie ein Tölpel da!« Nur widerstrebend bewegte sich Max weiter und gesellte sich zu ihnen. Maw sagte: »Maxi, gib deinem neuen Vater die Hand.« Dabei setzte sie eine so schelmische Miene auf, als ob sie etwas sehr Spaßiges gesagt hätte. Max konnte sie nur mit offenem Mund anstarren.

Montgomery grinste und streckte die Hand vor. »Ja, Max,

du bist jetzt Max Montgomery – ich bin dein neuer Paps. Aber du kannst mich einfach Monty nennen.«

Max blickte auf die Hand und ergriff sie kurz. »Mein Name ist Jones«, sagte er unbeirrt.

»Maxi!« rief Maw entrüstet.

Montgomery lächelte jovial. »Verlang nicht zuviel von ihm, Nellie, meine Liebe. Max muß sich erst daran gewöhnen. Leben und leben lassen – das ist mein Motto.« Er wandte sich zu seiner Frau um. »Einen Augenblick noch, bis ich das Gepäck hereingebracht habe.« Damit begab er sich zu seinem Motorrad und zog aus einer Satteltasche ein hoffnungslos verwickeltes Kleiderbündel heraus. Der anderen Tasche entnahm er zwei Flaschen. Er winkte mit ihnen Max zu, der ihn nicht aus den Augen gelassen hatte, und rief: »Ein Toast auf die Braut.«

Seine Braut stand in diesem Augenblick neben der Tür. Als er Anstalten traf, mit den Sachen an ihr vorbeizugehen, protestierte sie: »Aber, Monty, Liebster, du willst doch nicht etwa ...«

Montgomery blieb stehen. »Ja, wirklich, du hast recht, ich kenne mich in solchen Dingen nicht aus.« Und damit wandte er sich auch schon Max zu und packte ihm mit einem »Hier, nimm du das Zeugs« Kleider und Flaschen auf. Dann hob er Maw leicht aufstöhnend in seinen Armen hoch, trug sie über die Schwelle ins Haus, setzte sie nieder und küßte sie ungeniert, während sie quietschte und rot anlief. Max folgte ihnen, ohne eine Wort von sich zu geben, legte die Sachen auf den Tisch und trat an den Herd. Dieser war kalt, denn seit dem Frühstück hatte Max ihn nicht mehr benutzt. In der Küche gab es zwar noch einen elektrischen Kochherd, aber er war noch vor dem Tode seines Vaters durchgebrannt, und es war niemals Geld genug dagewesen, um ihn wieder reparieren zu lassen. So zog Max sein Taschenmesser hervor, schnitt einige Späne zurecht, fügte einen Anzünder hinzu und setzte das Ganze mit einem Feuerzeug in Brand. Als die Flammen hochschlugen, ging er hinaus, um einen Eimer Wasser zu holen.

Als er wieder zurückkam, sagte Montgomery: »Hab' mich

schon gefragt, wo du hinwärst. Hat denn diese Kate nicht mal fließendes Wasser?«

»Nein!« Max setzte den Eimer ab und warf ein paar Holzscheite ins Feuer.

»Du hättest wirklich schon das Essen fertig haben können, Maxi«, führte Maw das Gespräch weiter.

Doch Montgomery zeigte wieder Entgegenkommen, indem er meinte: »Aber, aber, meine Liebe, er konnte doch gar nicht wissen, daß wir kommen würden. Und außerdem läßt es uns die Zeit, endlich ›Prost‹ zu sagen.« Max kehrte ihnen unverwandt den Rücken zu, indem er mit übertriebenem Eifer von einem Lendenstück ein paar Scheiben Fleisch abschnitt. Die Veränderung war für ihn so überwältigend, daß er noch nicht Zeit genug gehabt hatte, um sie zu fassen.

Montgomery rief ihm zu. »Hier, Sohn! Trink einen Schluck auf das Wohl der Braut.«

»Ich muß das Essen fertigmachen.«

»Unsinn! Hier ist dein Glas. Trink schon!«

Montgomery hatte einen Schuß Brandwein ins Glas gegossen; sein eigenes Glas war bis zur Hälfte und das seiner Braut wenigstens bis zu einem Drittel gefüllt. Max nahm es entgegen, ging damit zum Eimer und tat aus einer Schöpfkelle Wasser hinzu.

»Du verdirbst dir ja das ganze Zeug«, kam es von Montgomery.

»Ich bin es nicht gewohnt.«

»Nun denn, auf das Wohl der errötenden Braut – und auf unsere Familie! Ex!«

Max nippte vorsichtig und setzte das Glas ab. Es schmeckte nach der bitteren Medizin, die ihm die Krankenschwester vergangenen Frühling verabreicht hatte. Er wandte sich erneut seiner Arbeit zu, wurde aber gleich wieder unterbrochen. »He, du! Trinkst du nicht aus?«

»Ich muß mich doch ums Essen kümmern. Ihr wollt doch sicher nicht, daß es anbrennt, nicht wahr?«

Montgomery zuckte die Achseln. »Nun, wie du willst – um so mehr bleibt für uns. Nehmen wir deinen Schnaps zum Nachspülen. Aber das will ich dir sagen, als ich so alt war wie du, konnte ich ein Bierglas davon in einem Zuge austrinken und anschließend noch einen Handstand machen.«

Max hatte beabsichtigt, etwas Fleisch und ein paar aufgewärmte Brötchen zu essen, aber jetzt reichten die Brötchen nicht aus. Er schlug darum neben dem Fleisch ein paar Eier in die Pfanne, brühte Kaffee auf und ließ es damit bewenden. Als sie sich am Tisch niederließen, schaute sich Montgomery das Menü an und verkündete: »Meine Liebe, ab morgen erwarte ich, daß du mir vorsetzt, was du mir von deinen Kochkünsten erzählt hast. Dein Junge versteht wahrlich nicht viel davon.« Nichtsdestoweniger aß er mit herzhaftem Appetit. Max indessen zog es vor, ihm nicht zu erzählen, daß er ein besserer Koch war als Maw – das würde er ohnehin noch früh genug selbst erfahren.

Gegenwärtig lehnte sich Montgomery in seinem Stuhl zurück und wischte sich den Mund ab. Dann goß er sich eine neue Tasse Kaffee ein und zündete sich eine Zigarre an. Maw sagte: »Maxi, Liebling, was gibt's denn zum Nachtisch?«

»Zum Nachtisch? Ja, da muß wohl noch etwas Eis im Schrank sein – vom Tag der Solaren Vereinigung.«

Ihr Gesicht nahm einen gequälten Ausdruck an. »Ach, du! Ich glaube, davon ist nichts mehr da.«

»Wie?«

»Nun, das habe ich einen Nachmittag, als du draußen auf dem Feld warst, aufgegessen. Es war so ein schrecklich heißer Tag.«

Max sagte nichts, er war völlig gefaßt. Doch Maw war nicht zufrieden damit, es dabei zu belassen. »Hast du wirklich keinen anderen Nachtisch vorgesehen, Max? Heute läge doch *wirklich* ein besonderer Anlaß vor.«

Montgomery nahm die Zigarre aus dem Mund. »Reden wir nicht mehr davon, meine Liebe«, sagte er freundlich. »Ich bin nicht so sehr für Süßes, ich bin für Fleisch und Kartoffeln. Aber sprechen wir von angenehmeren Dingen.« Er wandte sich Max zu: »Max, was kannst du noch außer deinem Ackerbau?«

Max war sprachlos. »Wie bitte? Ich habe nie etwas anderes getan. Warum?«

Montgomery klopfte die Asche an seinem Teller ab. »Weil es für dich keinen Ackerbau mehr gibt.«

Zum zweitenmal innerhalb von zwei Stunden erlebte Max eine Erschütterung, die größer war, als er fassen konnte. »Warum? Was soll das heißen?«

»Weil wir den Hof verkauft haben.«

Max hatte das Gefühl, als ob der Boden unter ihm versank. Doch an Maws Gesicht konnte er ablesen, daß es stimmte, was er gehört hatte. Ihr Ausdruck war genau der, den sie immer zeigte, wenn sie ihm eins ausgewischt hatte – er verriet Triumph, gemischt mit Furcht. »Das war bestimmt nicht in Vaters Sinn«, fuhr er sie rauh an. »Dieses Land ist seit vierhundert Jahren im Besitz unserer Familie.«

»Aber Max! Wie oft habe ich dir schon gesagt, daß ich für einen Hof nicht gemacht bin. Ich bin in der Stadt groß geworden.«

»Clyde's Corners! Das ist vielleicht eine Stadt!«

»Jedenfalls ist es kein Bauernhof. Und ich war noch ein ganz junges Ding, als dein Vater mich hierherbrachte, während du schon ein großer Junge warst. Ich habe noch mein ganzes Leben vor mir. Ich möchte hier nicht ewig begraben sein.«

Max hob die Stimme. »Aber du hast Vater versprochen, du würdest ...«

»Genug davon!« unterbrach ihn Montgomery energisch. »Und merk dir eines: Zügle deine Zunge, wenn du mit deiner Mutter sprichst – und mit mir.«

Max verstummte.

»Das Land ist verkauft, und damit ist der Fall erledigt. Was meinst du übrigens, wieviel das Grundstück wert ist?«

»Darüber habe ich nie nachgedacht«, gab Max zurück.

»Nun, was du dir auch ausrechnen magst, ich habe auf jeden Fall mehr bekommen.« Er blitzte Max zu und fuhr fort: »Das kann ich wohl sagen, es war für deine Mutter und dich ein glücklicher Tag, an dem sie sich mir zuwandte. Ich habe immer so einen Animus für das, was in der Luft liegt, und so habe ich auch gewußt, warum hier ein Agent diese ausgemergelten, wertlosen Parzellen aufkaufen wollte. Ich ...«

»Ich verwende staatlichen Kunstdünger.«

»›Wertlos‹ habe ich gesagt, und ›wertlos‹ meine ich auch. Jedenfalls für den Ackerbau.« Er legte den Finger an die Nase, setzte eine verschlagene Miene auf und begann die Sache näher zu erklären. Demnach schien es, daß irgendein riesiges staatliches Energieprojekt im Gange war, für das man dieses Gebiet ausgwählt hatte. Montgomery tat dabei äußerst geheimnisvoll, woraus Max schloß, daß er nicht allzuviel von der ganzen Sache wußte. Ein privates Konsortium war gerade dabei, in aller Stille das Land anzukaufen, um nachher sein Geschäft mit dem Staat zu machen. »Und so haben wir das Fünffache von dem herausgeholt, was sie uns eigentlich zahlen wollten. Ganz gelungen, wie?«

Maw schaltete sich ein: »Verstehst du nun, Maxi? Wenn dein Vater gewußt hätte, daß wir jemals eine Summe von ...«

»Schweig, Nellie!«

»Aber ich wollte ihm doch gerade bloß sagen, wieviel ...«

»Schweig, habe ich gesagt.«

Sie hielt den Mund. Montgomery schob seinen Stuhl zurück, die Zigarre in den Mund und stand auf. Max setzte Wasser zum Abwaschen auf, kratzte die Teller ab und brachte die Reste den Hühnern hinaus. Dort stand er eine Weile, blickte zu den Sternen auf und versuchte, nachzudenken. Der Gedanke, daß Biff Montgomery jetzt zur Familie gehörte, erschütterte ihn bis ins Mark, und er fragte sich, was für Rechte eigentlich ein Stiefvater, das heißt vielmehr ein Stiefstiefvater hätte, ein Mann, der seine Stiefmutter geheiratet hatte. Er wußte es nicht.

Kurz darauf besann er sich, daß er, so sehr er es auch verabscheute, ins Haus zurückgehen müsse. Er entdeckte Montgomery an dem Bücherregal, das er über dem Stereoempfänger gebaut hatte. Der Mann grapschte nach den Büchern, von denen er schon mehrere auf dem Apparat aufgestapelt hatte. Er schaute sich um. »Du bist schon zurück?

Dann bleib mal hier. Ich möchte, daß du mir über das lebende Inventar Auskunft gibst.«

Maw erschien in der Tür. »Liebling«, sagte sie zu Montgomery, »kann das nicht noch bis morgen warten?«

»Laß mich nur machen, meine Liebe«, antwortete er. »Dieser Kerl von Auktionator will morgen schon in aller Herrgottsfrühe hier sein, und darum muß ich das Inventar fertigmachen«, und er fuhr fort, die Bücher von dem Regal herunterzunehmen. »Sag mal, das sind ja ganz hübsche Sachen hier.« Er hielt in den Händen ein halbes Dutzend Bücher, die aus allerfeinstem Dünndruckpapier bestanden und in weiches Plastik eingebunden waren. »Ich frage mich, was die wohl wert sind? Nellie, reich mir doch mal meine Brille.«

Max stürzte hastig hervor und langte nach den Büchern. »Die gehören mir!«

»*Was?*« Montgomery warf ihm einen eisigen Blick zu und hielt die Bücher hoch in die Luft. »Du bist noch zu jung, um irgend etwas zu besitzen. Nein, das kommt alles weg. Nichts wird mehr übrigbleiben; wir werden einen neuen Anfang machen.«

»Das sind aber meine Bücher! Mein Onkel hat sie mir gegeben.« Er suchte Hilfe bei seiner Mutter. »Sag's du ihm doch, Maw.«

»Ja, sag du ihm doch, Nellie«, schaltete sich Montgomery seelenruhig ein, »wie er sich hier zu verhalten hat – bevor ich ihn zurechtweisen muß.«

Nellie sah verzweifelt aus. »Ja, ich weiß nicht genau. Aber die Bücher, die gehörten Chet.«

»Und Chet war dein Bruder? Dann bist du Chets Erbin, und nicht dieser Bengel da.«

»Chet war nicht ihr Bruder, er war ihr Schwager!«

»So? Aber auch das spielt keine Rolle. Dann war dein Vater der Erbe deines Onkels, und deine Mutter ist die Erbin deines Vaters. Nicht du, denn du bist noch nicht mündig. So wenigstens lautet das Gesetz, mein Sohn. Tut mir leid.« Damit stellte er die Bücher wieder auf das Regal zurück, blieb aber vor ihnen stehen.

Max merkte, wie sich seine Oberlippe seiner Kontrolle

entzog und wild zu zucken begann. Er war sich bewußt, daß er keine zusammenhängende Rede zustande bringen würde. Seine Augen füllten sich mit Tränen der Wut, so daß er kaum noch sehen konnte. »Du … du *Dieb*!«

Nellie schrie auf. *»Max!«*

Montgomerys Gesicht verriet eisige Bosheit. »Jetzt bist du zu weit gegangen, mein Bürschchen. Offensichtlich willst du erst mal den Riemen zu schmecken bekommen.« Und damit fingen seine Finger an, den schweren Gürtel aufzuhaken.

Max trat einen Schritt zurück. Montgomery bekam den Gürtel frei und trat auf ihn zu. Nellie jammerte auf. »Monty! *Bitte*!«

»Die Sache geht dich nichts an, Nellie.« Dann wandte er sich an Max und sagte: »Ich denke, wir klären jetzt ein für allemal, wer hier Herr im Hause ist. Entschuldige dich!«

Max antwortete nicht. Montgomery wiederholte. »Entschuldige dich, und wir reden kein Wort mehr darüber.« Er spannte den Riemen wie eine Katze ihren Schwanz, bevor sie ihn zurückschnellen läßt. Max machte noch einen Schritt zurück. Das war zuviel. Montgomery sprang vor und griff nach ihm.

Doch da war Max schon weggetaucht und jagte durch die offene Tür nach draußen in die Dunkelheit. Er hielt erst an, als er sicher war, daß Montgomery nicht folgte. Immer noch vor Wut schnaubend, holte er zum erstenmal tief Luft. Fast tat es ihm leid, daß Montgomery nicht hinter ihm hergelaufen war. Denn er glaubte nicht, daß es irgend jemand mit ihm auf dem heimatlichen Boden, zumal noch in der Dunkelheit, aufnehmen konnte. Max wußte, wo der Holzstapel lag … Montgomery nicht. Er wußte auch, wo sich die Schweine suhlten und wo der Brunnen war – ja, selbst *das* wußte er.

Es dauerte eine ganze Weile, bis er sich so weit beruhigt hatte, daß er vernünftig überlegen konnte. Doch schließlich freute sich Max, daß er so glimpflich davongekommen war. Montgomery war wesentlich größer als er. Außerdem hatte der neue Mann seiner Mutter den Ruf eines gemeinen Schlägers.

Wenn er davongekommen war, korrigierte sich Max.

Er fragte sich, ob Montgomery geneigt sein würde, die Geschichte bis zum Morgen zu vergessen. Das Licht im Wohnzimmer war noch an; darum schien es ihm besser, im Stall Schutz zu suchen und zu warten. Max setzte sich in den Dreck und lehnte sich an einen Balken. Er war hundemüde. Max dachte daran, in der Scheune zu übernachten, doch es gab keinen Platz, wo er sich hinlegen konnte ... obwohl der alte Maulesel vor kurzem gestorben und eine Box freigeworden war. Statt dessen stand er auf und blickte zum Haus.

Jetzt war das Licht im Wohnzimmer aus, aber das Schlafzimmer war hell; ohne Zweifel waren sie noch wach. Irgend jemand hatte nach seiner Flucht die Außentür zugemacht; da sie sich aber nicht abschließen ließ, bestand keine Schwierigkeit hineinzukommen, es bestand nur die Gefahr, daß Montgomery ihn hörte. Denn sein eigener Raum war nichts weiter als ein Verschlag, der an den Küchenteil des Hauptraumes gegenüber dem Schlafzimmer angebaut war und daher keine Tür nach draußen hatte.

Doch egal! Er hatte jenes Problem schon beizeiten gelöst, als er gerade erst das Alter erreicht hatte, in dem man sein abendliches Gehen und Kommen von der Zustimmung der Eltern unabhängig zu machen trachtet. So schlich er um das Haus, fand den Sägebock, stellte ihn unter das Fenster, stieg hinauf und wackelte so lange an dem Nagel, der das Fenster hielt, bis er los war. Einen Augenblick später stieg er lautlos in sein Zimmer ein. Die Tür zum Hauptteil des Hauses war zwar zu, aber dennoch wollte er es nicht riskieren, Licht zu machen. Montgomery hätte es einfallen können, ins Wohnzimmer zu gehen. Er hätte dann einen Lichtschimmer unter seiner Tür entdeckt. Behutsam schlüpfte er aus den Kleidern und kroch in sein Bett.

Doch der Schlaf wollte nicht kommen. Einmal schien ihn schon jener warme Dämmerzustand zu überfallen, doch im nächsten Augenblick hatte ihn irgendein winziges Geräusch bereits wieder hellwach gemacht. Wahrscheinlich war es nur eine Maus gewesen, doch im ersten Augenblick hatte er geglaubt, Montgomery stünde über seinem Bett. Klopfenden Herzens richtete er sich auf und setzte sich, am ganzen Körper zitternd, auf den Bettrand.

Zwangsläufig keimte die Frage in ihm auf, was er tun sollte – nicht unmittelbar in der nächsten Stunde, auch nicht unmittelbar am nächsten Morgen, sondern überhaupt am nächsten Morgen und all die anderen Morgen danach. Montgomery für sich allein stellte kein Problem dar; es kam Max gar nicht in den Sinn, mit diesem Mann freiwillig auch nur im gleichen Distrikt zu bleiben. Aber wie stand es mit Maw?

Kurz vor seinem Tod hatte ihn sein Vater gebeten: »Kümmere dich um deine Mutter, Sohn.« Das hatte Max auch immer getan. Er hatte jedes Jahr die Ernte eingeholt. Auf diese Weise hatte die Familie immer etwas zu essen und sogar ein wenig zusätzliches Geld ... auch wenn es nicht viel war. Als der Muli gestorben war, hatte Max auch diese Krise bewältigt. Er hatte sich ein Gespann von McAllister geliehen, um die Felder zu bestellen.

Aber hatte Dad auch von ihm verlangt, sich um seine Mutter zu kümmern, wenn sie wieder heiratete? Darüber hatte Max noch nie nachgedacht. Dad hatte ihm gesagt, er solle für Maw sorgen, und das hatte er auch getan ... und das, obwohl er deswegen die Schule abbrechen mußte. Er wußte nicht, was die Zukunft bringen würde.

Doch jetzt war sie nicht mehr Frau Jones, sondern Frau Montgomery. Hatte der Vater sagen wollen, daß er auch für Frau Montgomery arbeiten müßte?

Natürlich nicht! Wenn eine Frau heiratete, dann hatte ihr Mann für sie zu sorgen. Jeder wußte das. Und der Vater würde nicht von ihm erwarten, daß er das Haus mit Montgomery teile. Er sprang auf, plötzlich zu einem Entschluß erwacht.

Die einzige Frage war nur, was er denn alles mitnehmen sollte.

Es kam nur wenig in Frage. Im Dunkeln umhertastend, fand er den Rucksack, den er für sein Jagdgerät brauchte, und stopfte das eine Hemd, das er noch besaß, und seine Strümpfe hinein. Dann steckte er noch Onkel Chets astronautischen Rechenschieber ein und das Stück vulkanischen Glases, das sein Onkel ihm vom Mond mitgebracht hatte. Sein Personalausweis, seine Zahnbürste und seines Vaters Rasiermesser, das er vorerst nur selten benötigte, vervollständigten seinen persönlichen Haushalt.

Eins von den Brettern der Liegefläche seines Bettes war lose. Er tastete danach, zog es heraus, fühlte die Leisten ab – er fand nichts. Da Maw nicht sparen konnte oder wollte, hatte er für schlechte Tage gelegentlich ein bißchen Geld beiseite gelegt. Aber offenbar hatte sie es bei einer ihrer Schnüffeltouren entdeckt. Auch das mußte er noch hergeben. Nun, es war nicht so schlimm, nur wurde seine eigene Lage dadurch etwas schwieriger.

Er holte tief Atem. Denn es gab noch etwas, das er haben *mußte* ... Onkel Chets Bücher ... und sie lagen (vermutlich) noch auf dem Regal, das an der Gegenseite der Schlafzimmerwand stand. Doch er *mußte* sie haben, selbst auf die Gefahr hin, Montgomery zu begegnen.

Mit allergrößter Vorsicht öffnete er ganz langsam die Tür zum Wohnzimmer. Da entdeckte er unter der Schlafzimmertür einen Lichtschimmer und zögerte. Max war unfähig weiterzugehen. Er hörte Montgomery etwas murmeln, und Maw kicherte.

Als sich seine Augen zurechtfanden, konnte er bei dem schwachen Licht, das unter der Schlafzimmertür hindurchströmte, erkennen, daß an der Tür, die nach draußen führte, etwas aufgestapelt war. Es war eine Alarmfalle aus Töpfen und Pfannen, bestimmt, einen Höllenlärm auszulösen, wenn die Tür geöffnet wurde. Augenscheinlich hatte Montgomery damit gerechnet, daß er zurückkäme, und wollte ihn gleich gebührend empfangen. Max war glücklich, daß er durch das Fenster eingestiegen war.

Doch es hatte keinen Zweck, die Sache noch weiter hinauszuzögern – er kroch am Fußboden quer durch das Zimmer, ganz darauf bedacht, die knarrende Bohle nahe dem Tisch zu vermeiden. Er konnte zwar kaum etwas sehen, aber er konnte fühlen, und die Bücher waren seinen Fingern wohlvertraut. Unter größter Anspannung zog er sie heraus und brachte es sogar fertig, die anderen Bücher nicht gegeneinanderschlagen zu lassen.

Er war schon den ganzen Weg zurückgegangen bis zu seiner Stubentür, als er sich des Bibliotheksbuches erinnerte. Erschrocken hielt er an.

Er konnte nicht zurück. Vielleicht würden sie Max diesmal hören ... oder Montgomery würde aufstehen, um sich etwas zum Trinken zu holen oder so etwas Ähnliches.

Doch für Max' beschränkten Verstand war der Diebstahl eines Buches oder die unpünktliche Rückgabe (was dasselbe war) wenn schon keine Todsünde, so doch ein verachtenswertes Verbrechen. Max stand einfach nur da, schwitzte vor Aufregung und dachte nach.

Dann machte er den ganzen Weg noch einmal – wieder um die knarrende Bohle herum – und geriet unglücklicherweise auf eine, an die er nicht mehr gedacht hatte. Er erstarrte fast zu Eis, als er darauf traf, doch offenbar hatte sie das Paar in dem Zimmer nebenan nicht alarmiert. Endlich beugte er sich über den SV-Empfänger und tastete an dem Regal herum.

Montgomery hatte mit seiner Aktion die Anordnung der Bücher durcheinandergebracht. Max war gezwungen, jedes einzelne Buch aus dem Regal zu nehmen, es zu öffnen und durch Tasten zu identifizieren.

Das vierte Buch, das er so prüfte, war das richtige. Langsam ging er wieder in sein Zimmer zurück. Einerseits hatte es Max ziemlich eilig von hier zu verschwinden, doch andererseits hatte er viel zu viel Angst, sich schnell zu bewegen. Als er schließlich in seinem Zimmer angekommen war, zitterte er am ganzen Leib. Erst nach einigen Augenblicken war das unangenehme Gefühl verschwunden. Jetzt nahm er nicht mehr das Risiko auf sich, die Tür hinter sich zu schließen, sondern zog sich die Kleider im Dunkeln an. Ein paar Sekunden später kroch er schon durch das Fenster, fand den Sägebock mit seiner Zehe und glitt lautlos auf die Erde.

Seine Schuhe steckten im Rucksack, und er entschloß

sich, sie dort zu belassen, bis er weit genug vom Hause entfernt wäre. Max fürchtete, unnötigen Lärm zu verursachen. Er machte einen weiten Bogen um das Haus und schaute noch einmal zurück. Im Schlafzimmer brannte immer noch Licht. Er wollte gerade abbiegen, um den Weg einzuschlagen, der nach unten zur Landstraße führte, als er Montgomerys Motorrad entdeckte, und er blieb stehen.

Würde er den Weg nehmen, käme er zu der Straße, auf der der Bus verkehrte. Egal ob er sich dort rechts oder links hielt, auf jeden Fall hätte Montgomery eine Chance von fünfzig zu fünfzig, ihn auf seiner Maschine einzuholen. Da er kein Geld hatte, war er allein auf Schusters Rappen angewiesen, der ihn vorwärtsbringen mußte. Den Bus konnte er nicht nehmen.

O Gott! Hoffentlich würde Montgomery nicht versuchen, ihn zurückzuholen. Nein ... er würde Max zum Teufel wünschen und ihn vergessen.

Trotzdem quälte ihn der Gedanke. Was wäre, wenn Maw ihn dazu drängen würde? Was wäre, wenn Montgomery diese ›Beleidigung‹ nicht vergessen würde, und darauf aus wäre, es Max heimzuzahlen?

Er machte kehrt und schlug noch einmal einen großen Bogen um das Haus. Dann hielt er sich quer über die Hänge in Richtung auf die Bahnlinie der C.S.&E.

Der barmherzige Samariter

Max wünschte, eine Lampe mitgenommen zu haben, obwohl ihn die Dunkelheit nicht sonderlich störte. Er kannte das Land, jede Bodenwelle und jeden Baum. Max wanderte über die Hügel, bis er den äußeren Ring erreichte, wo die Züge aus dem Tunnel schossen. Kurz darauf betrat er eine kleine Straße, die von den Wartungscrews der Ringbahn genutzt wurde. Max setzte sich hin und zog die Schuhe an.

Die Straße war nicht mehr als ein Pfad durch einen Wald;

er war geeignet für Raupenschlepper, aber nicht für Räderfahrzeuge. Doch er führte abwärts und quer durch die Schlucht und auf der anderen Seite wieder aufwärts bis dahin, wo die Bahn in dem Tunnel verschwand. Dieser Spur folgte er und kam bei der ihm angeborenen lockeren und federnden Gangart schnell voran.

Eine gute Stunde später war er über die Schlucht hinweg und befand sich bereits unterhalb des Eingangsringes. Er lief weiter, bis er an den Ring herankam, der den schwarzen Eingang zum Tunnel anzeigte. Hier blieb er in einer Entfernung, die er für sicher hielt, stehen und begann die Möglichkeit zu erwägen, die sich ihm hier bot.

Der Berg war hoch, denn sonst wäre die Ringbahn eher in einer Art Schneise fortgeführt worden als in einem Tunnel. Er war dort oben oft auf die Jagd gegangen und wußte, daß er gut zwei Stunden gebraucht hätte, um die Spitze zu erklimmen – und das bei Tage. Die Bahn aber lief gerade durch den Berg hindurch. Wenn er ihr folgte, konnte er in zehn bis fünfzehn Minuten am anderen Ende sein.

Max hatte diesen Weg aber noch nie genommen. Denn juristisch gesehen war der Durchgang verboten. Doch das hätte ihm jetzt am allerwenigsten zu denken gegeben, sein Handeln war gegenwärtig ohnehin gesetzwidrig. Aber gelegentlich verirrte sich ein Eber oder sonst ein wildes Tier in den Tunnel und geriet in eine grausame Falle, wenn ein Zug hindurchraste. Sie starben auf der Stelle, und ohne auch nur einen Kratzer abbekommen zu haben. Einmal hatte Max kurz hinter dem Tunneleingang den Kadaver eines Fuchses entdeckt und untersucht. Die Leiche wies keine äußeren Verletzungen auf, doch als Max dem Tier das Fell abzog, stellte er fest, daß sämtliche Innereien zu einem undefinierbaren Brei zermalmt worden waren. Einige Jahre später war ein Mann im Tunnel von einem Zug erwischt worden. Die Wartungscrew barg den Leichnam.

Der Tunnel war breiter als die Ringe, aber nicht breiter als notwendig, um den Zügen die Durchfahrt mit mehrfacher Schallgeschwindigkeit zu ermöglichen. Jedes Lebewesen, das sich zum Zeitpunkt der Durchfahrt im Tunnel aufhielt, konnte sich der Schockwelle nicht mehr entziehen. Der unheimliche Donnerschlag war selbst auf größere Entfernung noch schmerzhaft für das menschliche Gehör. Im Tunnel war die Energie so groß, daß sie alles Leben sofort auslöschte.

Doch Max hatte keine Lust, den weiten beschwerlichen Weg über den Berg zu nehmen; darum ging er in Gedanken erst einmal den Abendfahrplan der Züge durch. Der ›Tomahawk‹ war der eine, den er bei Sonnenuntergang beobachtet hatte; den ›Javelin‹ hatte er gehört, während er sich im Stall aufgehalten hatte. Der ›Assegai‹ mußte schon vor einer ganzen Weile die Strecke passiert haben, obwohl er sich nicht erinnern konnte, ihn wahrgenommen zu haben; da blieb also nur noch der ›Cleaver‹, der um Mitternacht kam. Er blickte zum Himmel auf.

Die Venus war natürlich schon untergegangen, aber er war überrascht, den Mars noch im Westen zu sehen. Der Mond war noch nicht aufgegangen! Wie war das doch? Ach ja, Vollmond war am letzten Mittwoch gewesen. Demnach …

Die Antwort, die er fand, schien falsch zu sein, darum kontrollierte er sich noch einmal, indem er die Stellung der Vega genau bestimmte und sie mit dem verglich, was ihm der Große Bär sagte. Dann flüsterte er leise vor sich hin – trotz allem, was sich an diesem Abend ereignet hatte, konnte es erst zehn Uhr sein, vielleicht auch fünf Minuten davor oder darüber; die Sterne konnten sich nicht irren. Das aber bedeutete, daß der ›Assegai‹ erst in etwa einer Stunde fällig war. Wenn also nicht inzwischen ein Sonderzug eingesetzt wurde – was selten genug vorkam –, so hatte er eigentlich nichts zu befürchten, denn ihm blieb Zeit genug.

Max betrat den Tunnel. Bereits nach wenigen Metern begann er seinen Entschluß zu bereuen. Panik kam in ihm auf. Es war vollkommen dunkel … wie in einem Sarg. Er war schon mehrere Minuten im Tunnel, als seine Augen, die sich an das völlige Dunkel gewöhnt hatten, weit voraus einen schwachen grauen Kreis ausmachten. Jetzt verfiel er in Trab, und schließlich, als die Angst vor dem Eingeschlossensein sich mehr und mehr seiner bemächtigte, raste er wie irrsinnig durch die Finsternis.

Mit heftig klopfendem Herzen und völlig ausgedörrter Kehle erreichte er das andere Ende des Tunnels. Ohne Rücksicht auf Bodenunebenheiten jagte Max aus dem Tunnel heraus und auf die Straße. Er verlangsamte seine Schritte erst, als er an den Fuß eines Mastes gelangte, der so hoch war, daß der Ring oben ganz klein aussah. Hier blieb er stehen und kämpfte verzweifelt darum, seine Atmung wieder zu normalisieren.

Plötzlich wurde er in die Höhe gerissen und wie ein Bündel durch die Gegend geschleudert.

Noch völlig benommen kam er nach einer Weile wieder zu sich und begann sich zu erinnern, wo er war, und wurde sich auch bewußt, daß er richtig k.o. geschlagen worden sein mußte. Da war auch Blut an seiner Wange, und Hände und Ellbogen waren zerschrammt. Und erst jetzt wurde er sich klar darüber, was geschehen war: Ein Zug war genau über ihn dahingebraust.

Er war nicht nahe genug gewesen, um ihn zu töten, aber doch so nahe, um ihn vom Boden wegzufegen. Das aber konnte noch nicht der ›Assegai‹ gewesen sein. Er blickte wieder zu den Sternen empor, die seine Feststellung erneut bestätigten. Nein, das mußte ein Sonderzug gewesen sein – und er hatte ihn um Sekunden geschlagen.

Er fing an, am ganzen Leibe zu zittern, und es dauerte Minuten, bis er sich wieder gefangen hatte. Dann machte er sich, so schnell wie es sein angeschlagener Körper zuließ, an den Abstieg. Dabei fiel ihm plötzlich eine merkwürdige Erscheinung auf: Die Nacht war völlig still.

Doch die Nacht ist niemals ganz still. Seine Ohren, die von Kindheit an auf die Stimmen und Zeichen der Berge eingestimmt waren, hätten ein ewiges Summen und Rauschen von feinen Nachtgeräuschen wahrnehmen müssen – den Wind in den Blättern, das Rascheln kleiner Tiere, die Schreie der Eulen.

Und mit einer geradezu brutalen Logik kam er zu dem Schluß, daß er nicht mehr hören konnte, daß er stocktaub war. Die Stoßwelle hatte ihm das Gehör geraubt. Doch dagegen konnte man nichts tun, und so ging er weiter. Max dachte nicht daran, nach Hause zurückzukehren. Er erreichte eine Stelle, wo die Pfähle mehr als hundert Meter hoch aufragten. Hier kreuzte die Straße einen Feldweg. Max hielt darauf zu. Er hatte sein erstes und wichtigstes Ziel erreicht – an einem Ort zu sein, wo Montgomery ihn nicht suchen würde. Mittlerweile war er auf der anderen Seite der Wasserscheide. Obwohl er nur wenige Kilometer von zu Hause entfernt war, hatte Max eine vollkommen andere Gegend erreicht, indem er durch den Höhenzug gewandert war.

Ein paar Stunden lang folgte er dem Weg, der ständig bergab führte. Wenn der Boden auch ziemlich holprig war, so war er doch immer noch angenehmer zu begehen als der Ringpfad. Irgendwo unten, da, wo die Berge zurücktraten, um dem Tal Platz zu machen, und wo die ›Fremden‹ wohnen, mußte er die Fernverkehrsstraße finden, die parallel zur Ringbahn in Richtung Earthport verlief. Earthport aber war, obgleich er nur sehr unklare Vorstellungen davon hatte, wie es dorf weitergehen sollte, das erste Ziel, das er sich gesteckt hatte.

Der Mond stand ihm jetzt im Rücken, und er kam gut voran. Ein Kaninchen sprang auf den Weg, setzte sich aufrecht hin, starrte eine Weile und hoppelte davon. Als er es sah, bedauerte er, daß er sein Schießrohr, mit dem er die Eichhörnchen zu fangen pflegte, nicht bei sich hatte. Ohne Zweifel war es schon ausgeleiert und taugte nicht mehr viel, und außerdem war es in letzter Zeit immer schwieriger geworden, die entsprechende Munition für die veraltete Waffe zu bekommen – doch ein Kaninchen gerade jetzt im Topf, das wäre eine feine Sache gewesen. Max fühlte sich auf einmal nicht nur erschöpft, sondern auch fürchterlich hungrig. Er hatte fast nichts zu Abend gegessen, und mit dem Frühstück sah es auch schlecht aus.

Plötzlich wurde er von seinem Hunger abgelenkt, und zwar durch ein Klingen in seinen Ohren, ein Klingen, das beängstigend schlimmer und schlimmer wurde. Er schüttelte den Kopf, hämmerte gegen die Ohren, doch es half nichts. Er mußte sich damit abfinden. Nach einer halben Meile stellte er plötzlich fest, daß er seine Schritte hören konnte. Er blieb stehen und schlug die Hände. Über das geheimnisvolle Klingen hinweg vernahm er das klatschende Geräusch. Erleichtert ging er weiter.

Endlich gelangte er auf eine Kuppe, von der aus das ganze breite Tal zu überschauen war. Im Mondlicht konnte er den hellen Strich der Fernverkehrsstraße, die nach Südwesten führte, ausmachen und glaubte sogar die fluoreszierenden Wegweiser zu erkennen. Im Eiltempo machte er sich an den Abstieg.

Er näherte sich der Fernstraße und hörte bereits das Sausen der vorüberfahrenden Frachter, als er etwas voraus ein Licht entdeckte. Überzeugt, daß es sich dabei weder um ein Fahrzeug noch um ein Bauernhaus handelte, hielt er vorsichtig darauf zu. Beim Näherkommen erkannte er, daß es ein kleines offenes Feuer war, das zwar von der Höhe aus sichtbar, aber von der Straße aus durch einen Steinbuckel abgeschirmt war. Ein Mann hockte daneben und rührte den Inhalt einer über dem Feuer hängenden Konservenbüchse um.

Max kroch weiter heran, bis er aus allernächster Nähe auf das Landstreicheridyll hinabschaute. Der Duft von Fleisch und Gemüse stieg ihm in die Nase, und das Wasser lief ihm im Mund zusammen. Mit dem Hunger und dem ihm als Bauern angeborenen Mißtrauen gegenüber ›Fremden‹ kämpfend, lag er still da und schaute. Plötzlich nahm der Mann die Büchse vom Feuer und rief: »Nun laß schon dein Versteckspiel! Komm herunter!«

Max war zu überrascht, um antworten zu können. Da fuhr der Mann fort: »Nun, komm schon ins Licht. Raufbringen tue ich es dir bestimmt nicht!«

Max stand auf und schob sich umständlich in den Lichtkreis. Der Mann blickte auf. »Tag. Zieh dir 'nen Stuhl heran.«

»Tag.« Max ließ sich dem Tramp gegenüber am Feuer nieder. Der Mann war weit schäbiger gekleidet als Max und bedurfte unbedingt einer Rasur. Trotzdem trug er seine Lumpen mit heiterer Gelassenheit und benahm sich wie ein Gentleman.

Der Mann fuhr fort, das Gericht in der Büchse umzurühren, entnahm mit einem Löffel eine Probe, pustete und kostete. »Fast fertig«, kündigte er an. »Herrlicher Kohl, fast reif. Beschaff dir was, woraus du essen kannst.« Er stand auf, stöberte in seinem Haufen kleinerer Büchsen herum und wählte eine aus. Max zögerte, tat dann jedoch ein gleiches und entschied sich für eine, die Kaffee enthalten hatte und die seitdem noch nicht wieder benutzt worden zu sein schien. Sein Gastgeber servierte ihm eine großzügige Portion und reichte ihm auch noch einen Löffel, den Max mit prüfendem Auge betrachtete.

»Wenn du dem letzten Benutzer nicht traust«, sagte der Mann verständnisvoll, »halte ihn kurz ins Feuer und wisch ihn dann irgendwo ab. Wenn ein Käfer es wagen sollte, mich zu beißen, erwartet ihn ein schrecklicher Tod.« Max beherzigte den Ratschlag und hielt den Löffel ins Feuer, bis der Stiel heiß wurde. Dann wischte er ihn an seinem Hemd ab.

Der Eintopf war gut, und sein Hunger ließ ihn zum Köstlichsten werden, was er je genossen hatte, wenn er auch weder das Gemüse noch das Fleisch identifizieren konnte. Doch Max zermarterte sich nicht weiter den Kopf über die Ahnentafel der Zutaten, er begnügte sich damit, es einfach zu genießen. Nach einer Weile fragte sein Gastgeber: »Noch einen Schlag?«

»Wie? Ja, natürlich. Danke!«

Nach der zweiten Portion war Max satt, und er fühlte, wie seinen Körper eine warme Glut des Wohlbehagens durchströmte. Er streckte faul die Glieder aus und überließ sich genießerisch seiner Müdigkeit. »Na? Fühlst du dich besser?« fragte der Mann.

»O ja. Danke.«

»Übrigens – du kannst Sam zu mir sagen.«

»In Ordnung. Ich heiße Max.«

»Freut mich, dich kennenzulernen, Max.«

Max wartete eine Weile, dann schnitt er die Frage an, die

ihn schon seit geraumer Zeit beunruhigte. »Sag mal, Sam, woher wußtest du eigentlich, daß ich da war? Hast du mich gehört?«

Sam grinste. »Nein. Aber ich sah deine Silhouette gegen den Himmel. Hüte dich in Zukunft davor, Bürschchen, sonst bedeutet es einmal dein Ende.«

Max drehte sich herum und blickte nach der Stelle, an der er gekauert hatte. Es gab keinen Zweifel. Sam hatte recht. Er hatte ihn eine ganze Zeit über beobachten können!

Sam nahm das Gespräch wieder auf.

»Kommst du von weither?«

»Wie meinst du? Ach so, ja ziemlich.«

»Und du willst noch weit?«

»Ich glaub' schon.«

Sam wartete etwas, dann sagte er: »Scheint mir, daß man dich zu Hause vermissen wird.«

»Wieso? Woher weißt du das?«

»Daß du von zu Hause weggerannt bist? Nun, das bist du doch, stimmt's etwa nicht?«

»Ja, ja, es stimmt schon.«

»Du sahst reichlich zerknittert aus, als du hier aufgekreuzt bist. Aber vielleicht ist es noch nicht zu spät zurückzugehen, bevor die letzte Brücke abgebrannt ist. Denk darüber nach, Jungchen. Landstreichen ist sehr rauh. Ich weiß Bescheid.«

»Zurückgehen? Ich gehe niemals mehr zurück!«

»Steht's so schlimm?«

Max starrte ins Feuer. Auf einmal verlangte es ihn brennend, mit seinen Gedanken ins reine zu kommen, selbst wenn es bedeutete, daß er einem Fremden seine intimsten Gedanken anvertraute, und dieser Mann mit seiner weichen Stimme machte es ihm leicht, sich zu offenbaren. »Hör mal, Sam, hast du jemals eine Stiefmutter gehabt?«

»Was? Kann mich nicht erinnern, daß ich je eine gehabt hätte. Ich habe meinen ›Gute-Nacht-Kuß‹ im Waisenhaus in Jersey gekriegt.«

»Oh!« kam es von Max. Und dann platzte er mit seiner Geschichte heraus, die nur gelegentlich von Sam mit einer teilnahmsvollen Frage zur Klarstellung der Verhältnisse unterbrochen wurde. »So bin ich denn abgehauen«, schloß er. »Es blieb mir nichts anderes mehr übrig. Oder?«

Sam spitzte die Lippen. »Ich glaube nicht. Dieser doppelte Stiefvater von dir – der kommt mir vor wie eine Maus, die sich bemüht, es einer Ratte gleichzutun. Jedenfalls bist du ihn endgültig los.«

»Du meinst also nicht, daß er versuchen wird, mich zu finden und wieder zurückzuschleppen?«

Sam legte erst ein Stück Holz ins Feuer, dann redete er weiter. »Da bin ich mir nicht ganz sicher.«

»Wieso? Warum nicht? An mir hat er doch nichts mehr, und er kann mich nicht ausstehen. Und Maw bedrückt das nicht weiter, wenigstens nicht ernstlich. Sie wimmert vielleicht ein bißchen herum, aber deswegen krümmt sie noch lange keinen Finger für mich.«

»Schon gut. Aber da ist noch der Hof.«

»Der? Der läßt mich ganz kalt. Ja, wenn Vater noch da wäre! Im übrigen – ehrlich gesagt: Er ist nicht viel wert. Wenn du da was ernten willst, kannst du dich totschinden. Und wenn das Gesetz zur Sicherstellung der Ernährung den Besitzern nicht verboten hätte, Ackerland abzuwirtschaften, dann hätte Vater schon lange die Plackerei aufgegeben. Nur die eventuelle Beschlagnahme durch den Staat könnte es zuwege bringen, daß man jemand findet, der einem den Hof abnimmt.«

»Das meine ich ja gerade. Dieser Gaukler hat deine Mutter dahin gebracht, daß sie verkaufen will. Nun, mein Paragraphenverstand reicht gewiß nicht sehr weit, aber mir will es so scheinen, als ob das Geld eigentlich dir zukommen müßte.«

»Auf das Geld pfeife ich. Ich will bloß weg von ihnen.«

»Rede nicht so leichtfertig vom Geld, sonst wirst du noch wegen Gotteslästerung eingesperrt. Außerdem kommt es höchstwahrscheinlich gar nicht darauf an, was du willst oder nicht willst, sondern ich denke, Genosse Montgomery wird dich dringendst wiederzusehen wünschen.«

»Wieso denn?«

»Hat dein Vater ein Testament hinterlassen?«

»Nein. Warum? Er hatte nichts als den Hof zu vererben.«

»Ich sagte schon, ich kenne mich mit den Tücken des Gesetzes nicht so aus, aber eines ist sicher, die Hälfte des Hofes wenigstens gehört dir. Möglicherweise hat deine Stiefmutter für ihre Hälfte auch nur einen Besitzanspruch auf Lebenszeit, und ihr Teil fällt dir auch noch zu, wenn sie stirbt. Auf keinen Fall aber kann sie einen solchen Vertrag ohne deine Unterschrift abschließen. Wenn euer Gericht morgen früh die Pforten öffnet, werden die Käufer schnell genug dahinterkommen. Dann werden sie mit fliegenden Rockschößen herbeieilen und werden euch suchen, sie – und dich. Und zehn Minuten später wird sich Graf Montgomery höchstpersönlich auf die Socken machen, um dich aufzutreiben – wenn er nicht schon unterwegs ist.«

»Um Gottes willen! Wenn sie mich finden, meinst du, sie können mich dann zwingen zurückzukehren?«

»Brauchst dich ja bloß nicht finden zu lassen. Hast ja schon einen guten Anfang gemacht.«

Max langte nach seinem Rucksack. »Ich glaube, es ist besser, ich verschwinde. Schönen Dank, Sam. Vielleicht kann ich dir auch mal behiflich sein.«

»Bleib sitzen.«

»Nein, ich versuche lieber noch, so weit zu kommen, wie es geht.«

»Jungchen, du bist müde und kannst jetzt nicht mehr klar denken. Wie weit kannst du heute nacht noch laufen bei dem Zustand, in dem du dich befindest? Morgen früh beim ersten Sonnenstrahl gehen wir zur Fernstraße hinunter, folgen ihr ungefähr eine Meile südlich bis zum Rasthaus und schnappen uns einen von den Fahrern, wenn sie gutgelaunt vom Frühstück herauskommen. Wir lassen uns dann mitnehmen, und du bist in zehn Minuten weiter als du heute während der ganzen Nacht kommen kannst.«

Max mußte zugeben, daß er müde, ja tatsächlich erschöpft war, und Sam verstand sich offensichtlich besser auf solche Dinge als er. Sam fuhr fort: »Hast du wenigstens eine Decke in deinem Bündel?«

»Nein. Bloß ein Hemd ... und ein paar Bücher.«

»Bücher? Was du nicht sagst! Ich lese auch ganz gerne mal, wenn sich eine Gelegenheit bietet. Kann ich sie mal sehen?«

Widerstrebend holte Max sie hervor. Sam hielt die Bücher dicht ans Feuer und sah sie sich an. »Ich will ein dreiäugiger Eingeborener des Mars sein«, rief er aus. »Jungchen, weißt du, was du da hast?«

»Klar weiß ich das.«

»Aber die dürftest du eigentlich doch gar nicht haben. Du bist doch nicht Mitglied der Raumfahrergilde.«

»Nein, das nicht, aber mein Onkel war Mitglied. Er hat die erste Fahrt nach Beta Hydrae mitgemacht«, erklärte Max stolz.

»Was du nicht sagst!«

»Doch, doch, es stimmt.«

»Aber du selbst bist doch noch nie im Weltenraum gewesen. Du doch nicht?«

»Aber ich werde eines Tages!« Und Max erzählte etwas, wovon er bisher noch niemals zu jemand gesprochen hatte. Er sprach von seinem Ehrgeiz, es seinem Onkel gleichzutun und hinauszufahren in die Sternenwelt. Sam lauschte nachdenklich. Als Max geendet hatte, sagte er bedächtig: »Du willst also Raumfahrer werden?«

»Sicher will ich das.«

Sam kratzte sich an der Nase. »Hör mal gut zu, Junge«, begann er dann, »ich möchte dir ja keine kalte Dusche verpassen und dich abschrecken, aber du weißt, wie unberechenbar die Welt ist. Raumfahrer zu werden, ist fast ebenso schwierig wie in die Goldmachergilde zu kommen. Die Suppe ist heutzutage dünn, und nach Fleischstücken muß man lange suchen. Die Gilde wird dir nicht gleich einen großartigen Empfang bereiten, bloß weil du das Raumfahrerhandwerk lernen willst. Die Mitgliedschaft ist erblich, genauso wie bei allen anderen kostspieligen Gilden.«

»Aber mein Onkel war Mitglied.«

»Dein Onkel ist nicht dein Vater.«

»Stimmt. Aber ein Mitglied, das keinen Sohn hat, kann jemand anders namhaft machen. Onkel Chet hat mir das so erklärt. Und er hat mir immer gesagt, daß er mich registrieren lassen würde.«

»Na, und hat er es denn getan?«

Max schwieg. Zu dem Zeitpunkt, als sein Onkel starb, war er noch zu jung gewesen, um das feststellen zu können. Und als sein Vater dem Onkel gefolgt war, war die ganze Angelegenheit zu einem endgültigen Schluß gekommen – Max hätte niemals mehr etwas unternommen, er hatte es unbewußt vorgezogen, den schönen Traum zu träumen, als ihm auf den Grund zu gehen. »Ich weiß es nicht«, sagte er schließlich. »Ich gehe zum Gildenhaus nach Earthport und will sehen, was los ist.«

»Hmmmm – dann wünsche ich dir viel Erfolg, Jungchen.«

Sam blickte ins Feuer, und wie es Max schien, mit traurigen Augen. »Ich denke, ich werde mich erst mal aufs Ohr legen, und du tätest gut daran, ein gleiches zu tun. Wenn dir kalt ist, dann leg dich da in die kleine Felsnische, du findest da auch so ein Stück Plane und Packmaterial. Das wird dich warm halten, vorausgesetzt, es kommt dir auf ein oder zwei Flöhe nicht an.«

Max krabbelte in das finstere Loch, auf das Sam gedeutet hatte und fand eine kleine Kalksteinhöhle. Er tastete über den Boden und entdeckte eine primitive Schlafstätte. Max hatte eigentlich damit gerechnet, daß er die ganze Nacht vor lauter Aufregung nicht einschlafen würde, aber noch bevor Sam das Feuer gelöscht hatte, schlief er tief und fest.

Max erwachte erst wieder, als die Sonne bereits hoch am Himmel stand. Er kroch hinaus, richtete sich auf und streckte die Glieder, um die Steifheit zu verjagen. Dem Stand der Sonne nach mußte es ungefähr sieben Uhr sein. Von Sam war nichts zu sehen. Max schaute rundum, rief mit verhaltener Stimme. Er vermutete, daß Sam nach unten zum Bach gegangen war, um zu trinken und sich zu waschen. Max kehrte noch einmal in das Loch zurück und holte den Rucksack heraus, um die Strümpfe zu wechseln.

Die Bücher seines Onkels waren weg.

Statt dessen fand Max eine Notiz oben auf seinem Reservehemd: *»Lieber Max«*, lautete er, *»da ist noch mehr Essen in der*

Büchse. Du kannst es Dir zum Frühstück warmmachen. Auf Wiedersehen – Sam. P.S. Tut mir leid.«

Weiteres Suchen enthüllte, daß auch Max' Personalausweis fehlte; der andere jämmerliche Kram hatte Sam offensichtlich nicht interessiert. Max rührte das Essen nicht an, sondern machte sich, erfüllt von bitteren Gedanken, sofort auf den Weg.

Earthport

Der Feldweg unterquerte die Fernstraße. Max kam auf der Gegenseite nach oben und folgte der Straße in südlicher Richtung auf einem Nebenweg. Schilder zeigten zwar an, daß das Betreten des Weges verboten war, trotzdem schien er häufig benutzt zu werden. Die Straße verbreiterte sich, um ein seitliches Anhalten zu ermöglichen, und so konnte Max etwa nach einer Meile das Rasthaus sehen, das Sam erwähnt hatte.

Er setzte über die Hecke, die das Restaurant und den Parkplatz umgab, und ging zu den Standplätzen, wo etwa ein Dutzend der riesigen Landkreuzer aufgefahren war. Einer, der gerade startbereit war, zitterte in allen Fugen. Sein flacher Boden lag nur ein paar Zentimeter über der Metallbahn. Max schritt auf das vordere Ende zu und sah sich die Fahrerkabine von außen an. Die Tür stand offen, und er konnte den Fahrer an seinem Armaturenbrett sehen. Max rief: »Hallo!«

Der Fahrer steckte den Kopf heraus. »Wo brennt's denn?«

»Wie steht's mit einer Fahrt nach Süden? Können Sie mich mitnehmen?«

»Kommt nicht in Frage!« Die Tür knallte zu.

Von den anderen hatte noch keiner von der Metallbahn abgehoben; ihre Führerkabinen waren leer. Max war gerade im Begriff umzukehren, als ein neuer Riesenfrachter den Haltestreifen heruntergefegt kam, den Parkplatz erreichte, sich langsam in einen Stand schob und am Boden festmachte. Im ersten Augenblick dachte Max, sich gleich an den Fahrer zu wenden, doch dann entschied er sich zu warten, bis er gegessen hatte. Er ging zum Restaurant zurück, blickte durch die Tür und sah, wie hungrige Männer ihr Essen verschlangen. Ihm lief das Wasser im Mund zusammen. Plötzlich vernahm er eine angenehme Stimme im Rükken.

»Entschuldigen Sie, aber Sie versperren den Eingang.«

Max sprang beiseite. »Oh, Verzeihung!«

»Nun geh schon voran. Du warst zuerst da.« Der Sprecher war ein Mann, etwa zehn Jahre älter als Max. Er war über und über mit Sommersprossen bedeckt und zeigte ein schiefes Grinsen. Max entdeckte sofort an seiner Mütze die Nadel der ›Fuhrmannsgilde‹. »Geh schon«, wiederholte der Mann, »ehe du in dem Gedränge niedergetrampelt wirst.«

Max hatte sich inzwischen wiederholt gesagt, daß er drinnen vielleicht Sam treffen werde und daß man ihm, wenn er nur mal so einträte und nichts verzehrte, kein Geld abverlangen könnte. Nebenbei hatte er auch den Gedanken, eventuell den Geschäftsführer, sollte es ein freundlicher Mann sein, um Essen gegen Arbeit zu bitten. Das Drängen des sommersprossigen Mannes gab den Ausschlag; Max folgte seiner Nase in Richtung der Quelle der himmlischen Düfte, die aus der Tür strömten.

Das Restaurant war gut besetzt; es gab gerade noch einen freien Tisch für zwei Personen. Der Mann ließ sich in einen Stuhl fallen und sagte: »Setz dich.« Als Max zögerte, fügte er hinzu: »Nun mach schon. Ich esse nicht gern allein.« Max fühlte, wie die Augen des Geschäftsführers auf ihn geheftet waren, und nahm Platz. Eine Kellnerin brachte jedem eine Speisekarte.

Der Fuhrmann blickte ihr bewundernd nach. Nachdem sie verschwunden war, sagte er: »Dieser Schuppen hatte früher einmal einen automatischen Service ... und deshalb ist er pleite gegangen. Damals sind alle ins *Tivoli* gefahren, ungefähr achtzig Kilometer von hier. Als der neue Besitzer die Maschinen auf den Müll geschmissen und durch Mädchen ersetzt hat, lief der Laden wieder. Nichts macht ein Essen schmackhafter, als ein junges Mädchen, das es dir vor die Nase setzt, hab' ich nicht recht?«

»Äh, ich glaube schon. Sicher.« Max hatte nicht zugehört. Er war nur selten aus essen gewesen, und dann auch nur in der Imbißbude von Clyde's Corners. Die Preise auf der Speisekarte jagten ihm Angst ein. Am liebsten wäre er unter den Tisch gekrochen.

Sein Tischgenosse blickte ihn an. »Na, was gibt's denn für Kummer, Kamerad?«

»Kummer? Ach – keinen.«

»Du bist pleite?« Max' elende Miene gab ihm die beste Antwort. »Ach! Macht nichts! Habe ich auch durchgemacht. Kopf hoch, mein Lieber!« Der Mann schnipste mit den Fingern nach der Kellnerin. »Komm her, mein Täubchen. Mein Freund und ich, wir wollen jeder ein anständiges Steak mit einem Spiegelei oben drauf und dies und das dazu. Ich will das Ei aber bloß ein ganz kleines bißchen angebraten. Wenn es zu fest ist, nagele ich es als Warnung für andere an die Wand. Verstehst du mich?«

»Ich bezweifle, daß es dir gelingen würde, einen Nagel hinduchzutreiben«, erwiderte die Kellnerin und trabte mit leichtem Hüftschwung davon. Der Fuhrmann blickte ihr hinterher, bis sie in der Küche verschwunden war. »Siehst du, was ich meine? Was haben Maschinen im Vergleich dazu schon zu bieten?«

Das Steak war gut, und das Ei war weich. Der Fahrer bat Max, ›Red‹ zu ihm zu sagen, und Max nannte seinen Namen. Max war gerade dabei, den letzten Rest von seinem Eigelb mit Brot aufzunehmen, und überlegte schon, ob es nunmehr angebracht wäre, sein Anliegen – von dem Fahrer mitgenommen zu werden – vorzubringen, als sich Red vorneigte und ihn leise fragte: »Sag mal, Max, hast du irgendwas Besonderes vor, oder kannst du eine Arbeit annehmen?«

»Was? Wieso? Vielleicht. Worum handelt es sich denn?«

»Wie wär's denn mit 'ner Fahrt nach Südwesten?«

»Südwesten? Aber klar! Da wollte ich ja hin.«

»Gut! Also, die Sache ist folgende: Wir müssen für jede Fahrt immer zwei sein, oder wir müssen nach acht Fahrtstunden die Reise für acht Stunden unterbrechen. Das kann ich mir aus bestimmten Gründen nicht erlauben, sonst kriege ich eins ausgewischt. Mein Kumpel ist nämlich ausgefallen. Dieser blöde Kerl hat sich besoffen, und ich mußte ihn an die frische Luft setzen. Nun muß ich aber hundertfünfzig Kilometer weiter unten einen Kontrollpunkt passieren. Wenn ich da keinen zweiten Fahrer vorweisen kann, halten sie mich fest.«

»O je! Ich kann ja gar nicht fahren, Red. Tut mir furchtbar leid.«

Red winkte mit seiner Tasse ab. »Brauchst du ja auch gar nicht. Du bist immer bloß der ›Fahrer außer Dienst‹. Außerdem würde ich meine Molly Malone sowieso niemandem anvertrauen, der ihre Mucken nicht kennt. Ich selber halte mich schon mit Pillen wach und hole den Schlaf in Earthport nach.«

»Du fährst bis Earthport?«

»Ja, natürlich!«

»Abgemacht!«

»Na also! Unsere Masche ist ganz einfach die: Jedesmal wenn wir einen Kontrollpunkt passieren, bist du immer in der Kabine und schläfst. Sonst brauchst du mir bloß ein- und ausladen zu helfen – ich habe da noch eine kleine Sache in Oke City –, und du bekommst natürlich von mir das Essen. Einverstanden?«

»Einverstanden!«

»Dann nichts wie weg von hier. Ich möchte nämlich unterwegs sein, ehe die anderen auf Fahrt gehen. Man weiß nie, ob nicht einer von der Polente dabei ist.« Red knallte einen Geldschein auf den Tisch und wartete gar nicht erst auf das Wechselgeld.

Die Molly Malone war über sechzig Meter lang und stromlinienförmig gebaut, so daß sie auf Fahrt negativen Auftrieb hatte. Dessen wurde sich Max bewußt, als er die Instrumente beobachtete; als der Landkreuzer nämlich zu beben und sich zu heben begann, zeigte die mit ›Straßenhöhe‹ gekennzeichnete Skala neun Zoll, doch als sie die Startbahn mehr und mehr herunterjagten, senkte sie sich auf sechs.

»Die Repulsion arbeitet nach dem reziproken kubischen Gesetz«, erklärte Red. »Je mehr Wind uns herunterdrückt, desto mehr Auftrieb gibt uns die Straße. Bewahrt uns davor, daß wir über den Horizont hinwegsetzen. Je schneller wir fahren, desto sicherer liegen wir.«

»Nehmen wir einmal an, du würdest so schnell fahren, daß der Wind dich auf den Boden drückt. Könntest du dann noch schnell genug abbremsen, um einen Unfall zu vermeiden?«

»Benutz deinen Verstand. Je mehr wir uns ducken, desto mehr Auftrieb haben wir. Ich habe vom reziproken kubischen Gesetz gesprochen.«

»Oh.« Max zog den Rechenschieber seines Onkels aus der Tasche. »Wenn der Kreuzer sein eigenes Gewicht bei einer Bodenfreiheit von neun Zoll hält, dann würde bei einer Höhe von drei Zoll die Repulsion das siebenundzwanzigfache Gewicht betragen. Bei einem Zoll wäre es dann das siebenhundertneunundzwanzigfache und bei einem Viertel Zoll das ...«

»Du verschwendest deine Zeit. Selbst bei Höchstgeschwindigkeit kann ich ihn nicht tiefer als fünf Zoll bringen.«

»Aber *wie* bewegt er sich?«

»Das hat mit den Phasen zu tun. Das Feld bewegt sich immer weiter voran, und Molly versucht es einzuholen ... was sie natürlich nicht schafft. Frag mich nicht nach der Theorie. Ich drücke nur auf die Knöpfe.«

Red zündete sich eine Zigarette an und lehnte sich, eine Hand am Steuer, zurück. »Jetzt ist's aber besser, wenn du dich in die Kabine zurückziehst, Junge. Der Kontrollpunkt ist nur noch vierzig Meilen entfernt.«

Die Kabine, eine Art Kiste mit einem Brett darüber, lag gleich hinter dem Fahrer. Max kletterte hinein und hüllte sich in eine Decke. Red reichte ihm eine Mütze. »Zieh sie dir über die Ohren, aber laß den Knopf sehen.« Der Knopf war das Abzeichen der Fahrer, und Max tat, was Red ihm sagte.

Auf einmal hörte er, wie der Fahrtwind nachließ und dann ganz plötzlich verstummte. Der Frachter legte sich auf die Straße, und die Tür öffnete sich. Max, der sich in seiner Kabine ganz ruhig verhielt, war nicht in der Lage zu sehen, was vor sich ging. Eine fremde Stimme sagte: »Wie lange sitzen Sie jetzt schon am Steuer?«

»Seit dem Frühstück in Tonys Rasthaus.«

»Soo? Und wie kommt es, daß Ihre Augen so blutunterlaufen sind?«

»Liegt an dem teuflischen Leben, das ich führe. Wollen Sie meine Zunge sehen?«

Der Kontrolleur ging darüber hinweg und meinte statt dessen: »Ihr Kollege hat vergessen, das Fahrtenbuch abzuzeichnen.«

»Was Sie nicht sagen? Wollen Sie, daß ich die Schlafmütze wecke?«

»Nein, lassen Sie ihn. Zeichnen Sie für ihn ab. Aber sagen Sie ihm, er soll in Zukunft etwas sorgsamer sein.«

»In Ordnung.«

Die Molly Malone hob wieder vom Boden ab und kam schnell in Fahrt. Max kroch aus seiner Kiste hervor. »Junge, Junge! Ich dachte schon, wir wären erledigt, als er nach meiner Unterschrift fragte.«

»Habe ich absichtlich so gemacht«, sagte Red überlegen. »Du mußt denen immer was zu meckern geben, sonst fangen sie an zu suchen.«

Max mochte den Landkreuzer. Die enorme Geschwindigkeit so kurz über dem Boden regte ihn an. Max dachte, daß dieses Leben gar nicht mal so schlecht sei ... falls er kein Raumfahrer werden konnte. Er beschloß herauszufinden, wie hoch die Anmeldegebühren für die Fuhrmannsgilde waren und darauf zu sparen. Max gefiel auch die Leichtigkeit, mit der Red den Kreuzer über die Straße jagte, und wie das riesige Fahrzeug sich in die Kurven legte. Red nahm für gewöhnlich die äußerste Linie, und Molly neigte sich dann derart, daß der Horizont im rechten Winkel zum Sichtfeld der Insassen stand.

In der Nähe von Oklahoma City fegten sie unter den Führungsringen der C.S.&E. hinweg, gerade als ein Zug – nach Max' Berechnung der ›Razor‹ – vorüberjagte. »Die Dinger habe ich mal gefahren«, bemerkte Red mit einem Blick nach oben.

»Was? Du?«

»Klar, habe ich. Aber sie sind mir allmählich auf die Nerven gegangen. Ich wurde jedesmal rasend, wenn ich eine Fahrt machte und fühlte, wie unter mir das Gewicht wegsackte. Dann kam ich dahinter, daß der Zug einen eigenen Willen hatte und nur darauf wartete, sich nach der Seite abzuwenden, statt durch den nächsten Führungsring zu gehen. Das ist nichts Reelles. Glücklicherweise fand ich einen Fahrer, der sich verbessern wollte und der die Regreßansprüche der beiden Gilden befriedigte, so daß wir freikamen. Hab' es niemals bedauert. Zweihundert Meilen die Stunde sind auf der Erde genug.«

»Hm – und wie steht's mit den Raumschiffen?«

»Das ist ganz was anderes. Da draußen hast du Ellbogenfreiheit. Das sage ich dir, Junge: Wenn du in Earthport bist, dann solltest du mal einen Blick auf die Riesenbabys werfen. Die sind schon was.«

Das Bibliotheksbuch hatte fast schon ein Loch in Max' Rucksack gebrannt; in Oklahoma entdeckte er am Depot einen Briefkasten und ließ das Buch gleichsam unter Zwang hineingleiten. Kaum war es in dem Kasten verschwunden, da regte sich in Max auch schon der Verdacht, daß er auf diese Weise einen Hinweis über seinen Verbleib gegeben hatte, der eventuell Montgomery erreichen könnte. Doch er unterdrückte diese Sorge, denn das Buch mußte einfach zurückgegeben werden.

Eine mögliche Anklage wegen Landstreicherei hatte Max nicht beunruhigt; ebensowenig wie die Tatsache, daß er auf verbotenen Wegen gegangen war, oder daß er vortäuschte, ein qualifiziertes Mitglied der Fuhrmannsgilde zu sein, aber ein Buch zu unterschlagen ... das war eine Sünde.

Max schlief noch in der Kabine, als sie ankamen. Red rüttelte ihn wach. »Endstation, Junge!«

Max richtete sich auf und gähnte. »Wo sind wir?«

»In Earthport. Schütteln wir uns erst mal die Beine aus, und dann laden wir ab!«

Es war zwei Stunden nach Sonnenaufgang und um diese Zeit schon heiß in der Wüste, als sie die Molly von ihrem Inhalt befreit hatten. Zum letztenmal lud Red Max zum Essen ein. Red war als erster fertig, bezahlte und legte einen Geldschein neben Max' Teller. »Schönen Dank, Junge. Das da soll dir Glück bringen. Auf Wiedersehen.« Und schon war er weg, während Max noch immer mit offenem Munde dasaß. Er kannte weder den richtigen Namen seines Freundes noch sein Nummernschild.

Earthport war der größte Ort, den Max je gesehen hatte. Alles war dazu angetan, ihn in höchste Verwirrung zu versetzen – die geschäftig umhereilenden Menschenmassen, die Gleitbahnen anstelle von Straßen, der Lärm, die brennende Wüstensonne, die platte Landschaft ... o Mann, das einzige, was den heimischen Hügeln auch nur in etwa gleichkam, war die Skyline!

Er sah sein erstes ›außerirdisches‹ Wesen, einen 1,90 Meter großen Eingeborenen von Epsilon Gemini V, der mit der Selbstverständlichkeit eines Bauern, der seine Wocheneinkäufe getätigt hat, ein Paket unter dem linken Arm, aus einem Geschäft kam. Max starrte ihn an. Er hatte zwar schon die verschiedensten außerirdischen Kreaturen im SV gesehen, aber ihnen in Wirklichkeit zu begegnen, war etwas vollkommen anderes. Die zahlreichen Augen, die wie ein Kranz von gelben Trauben um den Kopf herumhingen, verliehen ihm ein groteskes, gesichtsloses Aussehen. Max verrenkte sich fast den Hals, um ihn zu verfolgen.

Das Geschöpf näherte sich einem Polizisten, hob kurz die Hand an die Mütze und sagte: »Entschuldigen Zie bitte, können Zie mir sagen, wo der ›Athletik-Klub‹ ist?« Max konnte nicht ergründen, wo die Stimme herauskam.

Plötzlich wurde Max gewahr, daß er der einzige zu sein schien, der das Geschöpf so anstarrte, und ging weiter. Dennoch konnte er nicht widerstehen, einen Blick zurückzuwerfen ... und rannte in einen Fremden. »Oh, entschuldigen Sie bitte!« stieß Max hervor. Der Fremde betrachtete ihn. »Immer mit der Ruhe, Junge. Du bist jetzt in der großen Stadt.« Nach dieser Begegnung bemühte sich Max, etwas vorsichtiger zu sein.

Max hatte beabsichtigt, sogleich das Zentralhaus der Raumfahrergilde aufzusuchen, denn er hatte die Hoffnung, daß er sich auch ohne seine Bücher und ohne seinen Personalausweis legitimieren könnte und daß Onkel Chet für seine Zukunft vorgesorgt hätte. Doch es gab so viel zu sehen, daß er nicht vorankam. Plötzlich fand er sich gegenüber dem Hotel Imperial, das jeden Luftdruck, jede Temperatur, jedes Licht, jede Atmosphäre, jede Pseudogravitation und jede Kost garantierte, wie sie von jedweder bekannten Rasse intelligenzbegabter Wesen gewünscht wurde. Max blieb eine Weile in der Hoffnung, einige exotische Gäste zu sehen. Doch der einzige Außerirdische, den er zu Gesicht bekam, wurde in einem abgedunkelten Drucktank herausgerollt, in den Max nicht hineinsehen konnte.

Max stellte fest, daß ihn der Polizist am Eingang im Auge hatte, und er wollte schon weggehen, als er auf die Idee kam, ihn nach dem Weg zu fragen. Wenn ein Geminianer problemlos einen Polizisten ansprechen konnte, dann galt das wohl erst recht für einen Menschen. Überrascht stellte Max fest, daß er die Frage im gleichen Wortlaut wie der Geminianer vorbrachte. »Entschuldigen Sie bitte, können Sie mir sagen, wo das Zentralhaus der Raumfahrer ist?«

Der Polizist schaute ihn von oben bis unten an. »Am Ende der Planetenpromenade, kurz bevor Sie zum Hafen kommen.«

»Hm – und welche Richtung muß ...«

»Sind Sie neu in der Stadt?«

»Ja!«

»Wo wohnen Sie?«

»Wo ich wohne? Ja, im Augenblick noch nirgends. Ich bin gerade erst angekommen. Ich ...«

»Was wollen Sie im Zentralhaus?«

»Es ist wegen meines Onkels«, antwortete Max kläglich.

»Ihres Onkels?«

»Ja, er ist bei der Raumfahrt.« Der Gebrauch der Gegenwart ließ ihn die Fäuste ballen.

Der Polizist schaute ihn wieder prüfend an. »Dann nehmen Sie diese Gleitbahn bis zur Kreuzung, dort steigen Sie um und gleiten weiter in westlicher Richtung. Bis zu dem großen Gebäude mit dem Gildenzeichen der aufgehenden Sonne über der Tür – können Sie gar nicht verfehlen. Halten Sie sich immer außerhalb der Sperrgebiete.« Max machte sich sofort auf den angegebenen Weg, ohne zu fragen, wie er ein Sperrgebiet überhaupt erkennen sollte. Doch es zeigte sich, daß das Zentralhaus leicht zu finden war. Die Gleitbahn – ein rollender Bürgersteig –, die nach Westen abbog, tauchte unter die Erde, und als sie an ihrem Wendepunkt angelangt war, setzte sie Max direkt vor dem Gebäude ab.

Doch Max hatte keine Augen dafür. Im Westen liefen die Häuser und Straßen in ein riesiges Feld aus, auf dem Raumschiffe standen – kleine, schnelle Kriegsschiffe, klobige Mondfähren, geflügelte Schiffe, die zu den Orbitalstationen gehörten und mächtige Robotfrachter. Nur ungefähr einen halben Kilometer entfernt stand ein großes Schiff, das Max auf Anhieb erkannte: das Sternenschiff *Asgard*. Er kannte ihre ganze Geschichte. Onkel Chet hatte in ihr gedient. Vor einhundert Jahren war sie unter dem Namen *Prince of Wales* im Orbit für Sternenreisen gebaut worden. Die Jahre vergingen, ihr Antrieb wurde ersetzt, und sie wurde in *Albert Einstein* umbenannt. Und wieder verging die Zeit. Zwanzig Jahre lang trieb sie um den Mond – ein ausgehöhltes, veraltetes Wrack. Inzwischen war sie mit einem neuartigen Horst-Conrad-Antrieb ausgestattet, der es ihr ermöglichte, Raumfalten optimal auszunutzen. Um ihrer Wiedergeburt zu gedenken, hatte man sie *Asgard* getauft, nach dem mythischen Heim der nordischen Götter.

Ihr massiver, birnenförmiger Körper stand auf seinem schmaleren Ende, das von einem unsichtbaren Gerüst feinster Stahlstangen getragen wurde. Max wußte, wo dieses Gerüst sein mußte, denn am Fuß des Schiffes hatte man mehrere Barrikaden aufgebaut, um sorglose Passanten davon abzuhalten, in die tödliche Nähe der Triebwerke zu kommen.

Max preßte seine Nase gegen das Tor des Startfeldes, um einen besseren Blick auf die *Asgard* zu erhaschen, doch plötzlich ertönte eine Stimme hinter ihm: »Machen Sie, daß Sie da wegkommen! Haben Sie das Schild nicht gesehen?«

Max blickte hoch. Über ihm prangte ein Schild mit der Aufschrift: SPERRZONE. Zögernd trat er zurück und ging in Richtung Zentralhaus.

Die Raumfahrergilde

Alles am Zentralhaus, dem Mutterhaus der Gilde, war für Max' Augen verschwenderische Pracht, bewundernswert und erschreckend wie in einer Kirche. Als er sich den Türen näherte, öffneten sie sich lautlos und verschwanden in den Wänden. Max' Füße schritten lautlos auf dem Mosaikboden dahin. Er wollte gerade das lange, hohe Foyer hinuntergehen, wobei er sich keineswegs sicher war, ob er den rechten Weg nahm, als ihn eine feste Stimme anhalten ließ. »Kann ich Ihnen behilflich sein?«

Max wandte sich um. Eine schöne junge Dame hielt ihn in würdevoller Gemessenheit mit ihrem Blick fest. Sie saß hinter einem Schreibtisch, und Max trat zu ihr heran. »Ach, hm, vielleicht können Sie mir sagen, wen ich eigentlich suche. Ich, hm – weiß nämlich selbst nicht genau ...«

»Einen Augenblick. Ihr Name, bitte?« Einige Minuten später hatte sie ihm die elementaren Tatsachen seines Anliegens entlockt. »Soweit ich sehen kann, haben Sie hier keine Stellung und auch keine Entschuldigung für eine Vorsprache bei der Gilde.«

»Ich habe Ihnen doch gesagt ...«

»Macht nichts. Aber ich will die Sache dem Rechtsbüro unterbreiten.« Die junge Frau drückte auf einen Knopf, und ein Schirm erhob sich auf ihrem Schreibtisch, zu dem sie sprach. »Herr Hanson, können Sie einen Augenblick erübrigen?«

»Ja, Grace?«

»Hier ist ein junger Mann, der behauptet, einen Erbanspruch an die Gilde zu haben. Wollen Sie mit ihm sprechen?«

Die Stimme antwortete: »Aber Grace, Sie kennen doch das Verfahren. Lassen Sie sich die Adresse geben, schicken Sie ihn nach Hause und geben Sie seine Papiere zur Überprüfung herauf.«

Grace runzelte die Stirn und bediente einen anderen Knopf. Obgleich Max sehen konnte, daß sie weiterredete, erreichte ihn dennoch kein Laut. Dann nickte die junge Frau, und der Schirm verschwand wieder im Schreibtisch. Sie drückte einen weiteren Knopf und sagte: »Skeeter!«

Ein Page kam durch die Tür herbeigeflitzt und blickte Max von oben bis unten mit kalten Augen an. »Skeeter«, fuhr Grace fort, »bring diesen Besucher zu Herrn Hanson.«

Der Page schnaufte. »Den?«

»Ja, den! Und zieh mal deinen Kragen ein bißchen gerade und spuck den Kaugummi aus.«

Hanson hörte sich Max' Geschichte an und reichte ihn weiter an seinen Chef, den obersten Rechtsbeirat der Gilde, dem Max zum drittenmal seine Geschichte vortrug. Der hohe Herr trommelte auf die Tischplatte und hatte dann ein Gespräch, bei dem er wie die Empfangsdame den stimmlosen Sprechapparat benutzte.

Schließlich sagte er zu Max: »Sie haben Glück, mein Sohn. Seine Magnifizenz der Hochsekretär geruhen, Ihnen ein paar Minuten seiner kostbaren Zeit zu widmen. Wenn Sie jetzt bei ihm eintreten, setzen Sie sich nicht, denken Sie daran, daß Sie nur zu sprechen haben, wenn Sie angesprochen werden, und entfernen Sie sich schnellstens, wenn er zu erkennen gibt, daß die Audienz beendet ist.«

Das Büro des Hochsekretärs war derart üppig, daß im Gegensatz dazu die anderen Räume, die Max bisher gesehen hatte, geradezu kärglich erschienen. Der Teppich allein war so viel wert wie die Farm, auf der Max aufgewachsen war. Es gab weder ein Telefon noch Aktenschränke; ja es gab noch nicht einmal einen Schreibtisch.

Der Hochsekretär lehnte behaglich in einem Mammutsessel, während ein Bedienter ihm die Kopfhaut massierte. Als Max erschien, hob er den Kopf und sagte: »Kommen Sie herein, mein Sohn. Wie ist Ihr Name?«

»Maximilian Jones, Magnifizenz.«

Sie blickten sich an. Der Hochsekretär sah einen schlaksigen, jungen Mann, der einen Haarschnitt vertragen konnte, und Max sah einen kleinen, fetten Mann in einer zerknitterten Uniform. Der Kopf des Hochsekretärs war ungewöhnlich groß. Max konnte nicht erkennen, ob sein Gegenüber ihm freundlich gesonnen war oder nicht.

»Und Sie sind ein Neffe von Chester Arthur Jones?«

»Ja, Magnifizenz.«

»Ich kannte Bruder Jones sehr gut. War ein hervorragender Mathematiker.« Der Hochsekretär fuhr fort: »Wie ich höre, haben Sie das Pech gehabt, Ihren Personalausweis zu verlieren. Karl.«

Er hatte seine Stimme nicht erhoben, dennoch tauchte mit geisterhafter Geschwindigkeit ein junger Mann vor ihnen auf.

»Ja, Magnifizenz?«

»Nehmen Sie diesem jungen Mann den Fingerabdruck ab und rufen Sie das Polizeipräsidium an, nicht hier, sondern die Zentrale in New Washington. Bestellen Sie dem Chef einen schönen Gruß von mir und sagen Sie ihm, ich wäre ihm sehr dankbar, wenn er mir noch mit der gleichen Verbindung das Ergebnis durchgeben könnte.«

Der Fingerabdruck wurde sofort gemacht, und der Mann namens Karl verschwand. Der Hochsekretär fuhr fort: »Weshalb sind Sie eigentlich hergekommen?« Verschüchtert erklärte Max, daß sein Onkel ihm erzählt habe, er wolle ihn zur Ausbildung bei der Gilde nominieren.

Der Mann nickte. »Hm – das habe ich schon gehört. Es tut mir aber leid, Ihnen sagen zu müssen, daß Bruder Jones keine Nominierung vollzogen hat.«

Max war einfach nicht in der Lage, diese nüchterne, klare Feststellung zu begreifen. So sehr war sein innerer Stolz mit dem Stolz auf seines Onkels Beruf verbunden, so sehr hatte er sich auf die Hoffnung verlassen, der Onkel habe ihn zu seinem Erben ernannt, daß er den Urteilsspruch, niemand oder nichts zu sein, nicht ohne weiteres akzeptieren konnte. Und so platzte er völlig unbeherrscht heraus: »Sind Sie sicher? Haben Sie auch nachgesehen?«

Der Masseur blickte schockiert auf. Doch der Hochsekretär entgegnete in aller Ruhe: »Die Archive sind durchsucht worden, nicht einmal, sondern zweimal. Es ist kein Zweifel möglich.« Damit richtete sich der Hochsekretär auf, machte eine leichte Handbewegung, und der Bediente verschwand. »Es tut mir leid.«

»Aber er hat mir doch gesagt«, wiederholte Max beharrlich, »daß er mich nominieren wollte.«

»Er hat es aber nicht getan.« Der Mann, der Max den Fingerabdruck abgenommen hatte, kam herein und legte dem Hochsekretär ein Schriftstück vor, das dieser kurz überflog und dann beiseite schob. »Ich kann nicht behaupten, daß er Sie nicht in Erwägung gezogen hat. Die Nominierung bei unserer Bruderschaft bedeutet jedoch eine sehr ernste Verantwortung; es ist daher durchaus nichts Ungewöhnliches, wenn ein kinderloser Bruder einen entsprechenden jungen Mann erst mal eine Weile im Auge behält, ehe er sich entscheidet, ob er ihn für geeignet erachtet oder nicht. Jedenfalls hat Sie Ihr Onkel aus irgendeinem Grund nicht nominiert.«

Diese demütigende Theorie, daß sein geliebter Onkel ihn nicht für würdig erachtet haben sollte, verschlug Max fast den Atem. Es konnte nicht wahr sein. Hatte sein Onkel ihm nicht gerade noch am Tage, bevor er starb, versprochen ...

Er brach jäh den Gedanken ab und sagte: »Magnifizenz – ich denke, ich weiß, wie sich das erklärt.«

»Was?«

»Onkel Chester starb ganz plötzlich. Er wollte mich nominieren, aber er kam nicht mehr dazu. Ich weiß das ganz genau.«

»Schon möglich. Es kommt öfter vor, daß jemand zur letzten Fahrt abberufen wird, bevor er seine Angelegenheiten regeln konnte. Aber ich muß annehmen, daß Ihr Onkel gewußt hat, was er tat.«

»Aber ...«

»Das ist alles, junger Mann. Nein, gehen Sie noch nicht fort. Ich habe über Sie nachgedacht.« Max machte ein höchst erstauntes Gesicht, doch der Hochsekretär lächelte nur und fuhr fort: »Sie sind der zweite Maximilian Jones, der mit seiner Geschichte zu uns gekommen ist.«

»*Was?*«

»Interessant, nicht wahr?«

Und damit langte er in eine Tasche seines Sessels, zog ein paar Bücher und einen Ausweis hervor und reichte sie Max, der ihn ungläubig anstarrte.

»Onkel Chets Bücher!«

»Ja, das stimmt. Ein anderer Mann, älter als Sie, kam gestern her, mit Ihrem Ausweis und diesen Büchern. Aber er war weniger anspruchsvoll als Sie«, fügte er trocken hinzu. »Er war bereit, sich mit einem Posten zu begnügen, der nicht so stolz ist wie der eines Astrogators.«

»Wie hat sich denn die Sache weiterentwickelt?«

»Wir versuchten, ihm den Fingerabdruck zu nehmen, doch da zog er sich plötzlich unter einem Vorwand zurück. Ich habe ihn selbst nicht gesehen. Als Sie sich nun heute meldeten, fragte ich mich, wieviel Maximilian Jones uns noch die Ehre geben würden. Heben Sie in Zukunft Ihren Ausweis besser auf – ich denke, wir haben Ihnen eine Geldstrafe erspart.«

Max steckte den Paß sogleich in seine Innentasche und sagte: »Danke Ihnen vielmals, Magnifizenz.« Dann schickte er sich an, die Bücher in seinen Rucksack zu packen. Der Hochsekretär machte eine abwehrende Bewegung.

»Nein, nein! Die Bücher müssen Sie hierlassen.«

»Aber Onkel Chet hat sie mir doch gegeben.«

»Bedaure! Er hat sie Ihnen höchstens geliehen – und er hätte nicht einmal das tun dürfen. Das Rüstzeug unseres Berufes geht niemals in persönlichen Besitz über, es wird nur leihweise überlassen. Ihr Onkel hätte die Bücher zurückgeben müssen, als er aus dem Dienst ausschied, aber manche von den Brüdern haben eine geradezu sentimentale Schwäche dafür, sie selbst zu besitzen. Geben Sie sie mir, bitte.«

Max zögerte noch. »Nun, geben Sie schon her!« sagte der Hochsekretär verständnisvoll. »Es käme unseren Berufsgeheimnissen schlecht, wenn sie, jedem zugänglich, überall herumflatterten. Selbst Friseure lassen so etwas nicht zu. Nur ein Mitglied dieser Gilde, das ausgebildet, geprüft, vereidigt und zugelassen ist, darf rechtmäßig Hüter dieser Handbücher sein.«

Max' Antwort war kaum zu hören. »Ich sehe kein Unrecht darin. Ich habe doch gar keine Gelegenheit, sie zu benutzen.«

»Sie sind doch wohl kein Anarchist, oder? Dann wissen Sie auch, daß unsere ganze Gesellschaft sich darauf gründet, schwerwiegende Geheimnisse nur denen anzuvertrauen, die deren würdig sind. Aber seien Sie nicht traurig, junger Mann. Jeder Bruder, der seine Bücher ausgehändigt bekommt, hinterlegt beim Schatzmeister eine bestimmte Kaution. Meiner Meinung nach können wir Ihnen als dem nächsten Verwandten von Bruder Jones den Betrag auszahlen. Karl.«

Der junge Mann tauchte wieder auf. »Das hinterlegte Geld, bitte.« Karl hatte den Betrag bei sich – er schien seinen Lebensunterhalt damit zu verdienen, daß er immer im voraus wußte, was der Hochsekretär verlangen würde. Max nahm gleichsam willenlos ein bedeutendes Bündel Geldscheine entgegen, mehr als er je gesehen hatte, und Karl nahm ihm die Bücher aus der Hand, bevor er sich einen neuen Einwand ausdenken konnte.

Es schien jetzt an der Zeit aufzubrechen, doch Max wurde noch einmal zurückgehalten. »Es tut mir persönlich sehr leid, daß ich Sie enttäuschen muß, aber ich bin nur der Diener meiner Brüder; ich habe keine Wahl. Immerhin ...« Der Hochsekretär legte die Fingerspitzen aneinander. »Unsere Bruderschaft neigt von sich aus zur Wohltätigkeit. Für solche Zwecke steht ein gewisser Fonds zu meiner Verfügung. Wie denken Sie über eine solide Berufsausbildung?«

»Bei der Gilde?«

»Nein, nein! Wir gewähren die Bruderschaft nicht als eine Gabe der Wohltätigkeit. Aber vielleicht bei irgendeinem angesehenen Handwerk, als Schmied, Koch oder als Schneider – was Sie wollen. Jeder nichterbliche Beruf. Die Bruderschaft wird für Sie bürgen, das Lehrgeld bezahlen und, wenn Sie sich gut machen, wird sie Ihnen auch den Betrag zum Kauf des Meisterrechts leihen.«

Max war sich klar, daß er dankbaren Herzens annehmen müßte. Ihm wurde hier, ohne daß ihm Kosten entstanden, ein Angebot gemacht, das den meisten – und wenn sie noch so viel zu zahlen bereit waren – ewig verwehrt war. Aber seine Querköpfigkeit, die ihn dazu getrieben hatte, das Essen, das Sam hinterlassen hatte, nicht anzurühren, ließ ihn auch dieses großzügige Angebot ausschlagen. »Schönen Dank«, antwortete er in beinah mürrischem Ton, »aber ich glaube wirklich nicht, daß ich es guten Gewissens annehmen kann.«

Der Hochsekretär zeigte eine kalte Miene. »So? Nun, Sie müssen Ihr Leben leben.« Er schnalzte mit den Fingern, ein Boy erschien, und Max wurde schnellstens aus dem Hause geführt.

Max stand niedergeschlagen auf den Stufen, die zum Eingang wiesen, und fragte sich, was er als nächstes unternehmen sollte. Nicht einmal die Raumschiffe auf dem Feld am Ende der Straße reizten ihn im Augenblick. Er hätte nicht eines von ihnen ansehen können, ohne von dem Drang überwältigt zu werden, schreien zu müssen. Max blickte statt dessen in östlicher Richtung.

Ein kurzes Stück entfernt lehnte ein auffallender Mensch an einem Kasten für Abfälle. Als Max' Augen auf dem Mann haften blieben, richtete dieser sich auf, schleuderte eine Zigarette auf die Straße und kam auf Max zu.

Max schaute ihn genauer an. »Sam!« Es war unzweifelhaft der Landstreicher, der ihn bestohlen hatte – gut gekleidet, sauber rasiert – aber ganz eindeutig Sam. Max eilte auf ihn zu.

»Wie geht's, Max?« grüßte Sam ohne irgendein Zeichen von Verlegenheit. »Wie ist es dir ergangen?«

»Ich sollte dich auf der Stelle einsperren lassen!«

»Na, na – red lieber nicht so laut. Du machst dich nur selber verdächtig.«

Max holte tief Luft und senkte die Stimme. »Du hast meine Bücher gestohlen.«

»*Deine* Bücher? Es waren nicht deine – und ich habe sie nur den rechtmäßigen Eigentümern wieder zurückgegeben. Willst du mich dafür einsperren lassen?«

»Aber du ... Ganz egal, auf jeden Fall hast du ...«

Eine Stimme, höflich, fest und amtlich, erklang plötzlich an Max' Seite. »Belästigt Sie diese Person, mein Herr?« Max drehte sich um und sah einen Polizisten. Er wollte gerade den Mund aufmachen, biß sich aber schnell noch auf die Zunge, als er merkte, daß die Frage an Sam gerichtet war.

Sam legte die Hand auf Max' Oberarm mit einer Geste, die väterlich beschützend und fest zugleich war. »Aber keineswegs, Herr Wachtmeister. Schönen Dank.«

»Sind Sie sicher? Ich habe nämlich die Meldung bekommen, daß der Herr hier« – der Polizist räusperte sich – »diesen Weg genommen hätte, und beobachtete ihn schon eine Weile.«

»Ist schon in Ordnung. Es ist ein Freund von mir. Ich habe hier auf ihn gewartet.«

»Dann ist's ja gut. Wir haben nämlich eine Menge Ärger mit Vagabunden. Sie scheinen alle nach Earthport zu kommen.«

»Er ist kein Vagabund. Er ist ein junger Freund von mir vom Lande. Ich fürchte nur, er ist im Augenblick ein bißchen durcheinander. Ich nehme mich seiner schon an.«

»Gut, mein Herr.«

»Kein Problem.« Max ließ sich von Sam fortführen. Als sie außer Hörweite waren, sagte Sam: »Da sind wir ja gerade noch mal davongekommen. Es hätte nicht viel gefehlt, und dieser langnäsige Clown hätte uns beide eingebuchtet. War nur gut, Junge, daß du im rechten Augenblick die Klappe gehalten hast.«

Erst als sie um die Ecke herum in eine weniger bedeutende Straße eingebogen waren, ließ Sam Max' Arm los. Er blieb stehen, blickte Max tief in die Augen und grinste. »Na, Junge?«

»Ich hätte ihm doch alles über dich sagen sollen!«

»Und warum hast du nicht? Er stand ja neben dir.«

Max warf ihm einen verlegenen Blick zu. »Ach – vergiß es!«

»Danke. Es tut mir leid, mein Junge. Wirklich, es tut mir leid.«

»Warum hast du es dann getan?«

Plötzlich bekam Sams Gesicht einen traurigen, in die Ferne schweifenden Ausdruck, nahm dann jedoch sofort wieder jenen leicht zynischen Blick an. »Ich geriet in Versuchung ... durch einen Gedanken ... alter Freund ... jeder Mensch hat seine Grenzen. Eines Tages werde ich es dir erzählen. Aber wie steht's? Wollen wir nicht einen Happen essen gehen? Hier ganz in der Nähe ist ein Lokal, da können wir uns dann auch unterhalten, ohne daß uns irgendeine Langnase belauscht.«

»Ich weiß nicht, ob ich ...«

»Ach, nun komm schon! Das Essen ist zwar nicht besonders, aber es ist immer noch besser als Eintopf.«

Max hatte in Gedanken eine deftige Rede vorbereitet. Er hatte sich zwar entschlossen, Sam nicht anzuzeigen, aber das hieß noch lange nicht, daß er mit ihm essen gehen wollte. Allerdings änderte Max bei dem Wort ›Eintopf‹ seine

Meinung. Sam hatte ihn schließlich auch nicht nach *seiner Moral* gefragt, bevor er sein Essen mit ihm teilte.

»Na, gut«, sagte Max schließlich.

»Guter Junge!« Sie schlenderten die Straße hinunter durch ein typisches Hafenviertel. Nachdem sie die große Avenue der Planeten verlassen hatten, wurden die Straßen immer belebter und lauter. Irgendwie strahlten diese Nebenstraßen eine warme, gemütliche Atmosphäre aus, obwohl in den Gesichtern der Passanten deutlich zu lesen stand: ›Haltet eure Brieftaschen fest.‹ Es gab die unterschiedlichsten Geschäfte, kleine Restaurants – die nicht gerade als sauber bezeichnet werden konnten –, billige Absteigen, Nachtbars, Spielhallen und ›pädagogische‹ und ›wissenschaftliche‹ Ausstellungen. An den Ecken standen Straßenverkäufer, und aus kleinen Theatern mit schmierigen Plakaten drang laute Musik. Tätowierläden und die unvermeidliche Mission der Heilsarmee gaben dem Viertel jenen unverwechselbaren Charakter, der seinen gestylten Vettern fehlte. Die unterschiedlichsten Wesen trieben sich auf den Straßen herum, ohne daß es zu irgendwelchen Problemen kam – Marsianer mit dreigeteilten Sonnenbrillen und Atemmasken, Humanoide von Beta Corvi III und Kreaturen mit Exoskeletten von Gott weiß wo.

Sam blieb vor einem Laden mit dem uralten Zeichen der drei goldenen Kugeln stehen. »Warte hier. Ich bin gleich zurück.«

Max wartete und beobachtete das Gewühl der Massen. Es dauerte nicht lange, und Sam erschien wieder, doch ohne seinen Mantel. »So, jetzt gehen wir essen.«

»Sam! Hast du etwa deinen Mantel verpfändet?«

»Zehn Punkte für den Kandidaten. Wie hast du das bloß herausgekriegt?«

»Aber – wie sollte ich denn wissen, daß du blank bist, du sahst so wohlhabend aus. Hol ihn zurück, ich bezahle unser Mittagessen.«

»Wirklich, das ist nett von dir, Junge. Aber lassen wir das. Bei dem Wetter brauche ich keinen Mantel. Wahrheit ist, daß ich mich bloß so ausstaffiert hatte, um einen guten Eindruck zu machen bei der ... hm ... bei einer kleinen geschäftlichen Angelegenheit.«

»Aber wie hast du ...?« platzte es aus Max heraus, doch sofort besann er sich wieder und schwieg. Sam grinste. »Du willst wissen, ob ich die feinen Klamotten gestohlen habe, stimmt's? Ich habe einen braven Bürger getroffen, der an sein Glück glaubte, und ein kleines Spielchen mit ihm gemacht. Verlaß dich nie auf dein Glück, Junge, sondern nur auf dein Können. Wir sind da.«

Der Raum an der Straße war eine Bar, während sich hinten das Restaurant befand. Sam führte Max durch das Restaurant, durch die Küche und einen Gang entlang, zu dessen Seiten Spielzimmer lagen, bis sie in einen kleineren, weniger anspruchsvollen Eßraum gelangten; Sam suchte einen Ecktisch aus. Ein riesiger stinkender Samoaner schob sich heran. Sam nickte. »Guten Tag, Percy.« Er wandte sich an Max. »Erst was zu trinken?«

»Ach nein, lieber nicht.«

»Kluger Junge. Für mich ein irisches, Percy, und dann nehmen wir beide, was du zu essen hast.« Der Samoaner wartete, ohne ein Wort zu sagen. Sam zuckte mit der Schulter und legte Geld auf den Tisch. Percy strich es sofort ein.

Max protestierte. »Ich wollte doch bezahlen.«

»Du kannst das Essen bezahlen. Percy ist Besitzer des Lokals. Er ist geradezu beleidigend reich, aber er hat das Geld nicht dadurch zusammengebracht, daß er Leuten meines Schlages vertraute. Aber nun erzähle mal von dir selber. Wie du hierhergekommen bist. Wie du mit den Astrogatoren zurechtgekommen bist – kurz alles. Hat man dir das Fell über die Ohren gezogen?«

»Nein, durchaus nicht.« Es schien kein Grund vorhanden zu sein, warum er Sam nicht alles erzählen sollte, und außerdem verspürte Max das Bedürfnis, sich auszusprechen. Als er geendet hatte, nickte Sam mit dem Kopf.

»Ungefähr so, wie ich es mir gedacht habe. Und was hast du jetzt für Pläne?«

»Ich weiß noch nicht, was ich anfangen soll, Sam.«

»Hmm ... Das ist ein böser Wind, der mir nicht gefällt, Iß jetzt, und laß mich nachdenken.« Nach einer Weile fügte er hinzu: »Max, was *möchtest* du denn tun?«

»Das weißt du doch ... Ich wollte Astrogator werden ...«

»Damit ist's aus.«

»Ich weiß.«

»Nun sag mir noch, wolltest du auf jeden Fall nur Astrogator werden oder wolltest du bloß einfach in den Raum hinaus?«

»Darüber habe ich noch nie nachgedacht.«

»Dann tu es jetzt.«

Und Max dachte nach. »Ich will in den Raum. Wenn ich es nicht als Astrogator kann, dann irgendwie anders. Aber ich sehe nicht wie. Die Raumfahrergilde ist die einzige, die mir die Möglichkeit dazu geben könnte.«

»Es gibt noch andere Möglichkeiten.«

»Denkst du etwa an Emigration?«

Sam schüttelte den Kopf. »Eine Fahrt zu Kolonien, die verlockend erscheinen, kostet so viel, wie du nie im Leben aufbringen könntest, na, und die anderen, die dir eine freie Fahrt geben, die wünschte ich nicht mal meinem ärgsten Feind.«

»Ja, was meinst du denn sonst?«

Sam zögerte. »Es gibt noch Möglichkeiten, wie man die Sache schaukeln kann, alter Junge, wenn du tust, was ich dir sage. Dieser Onkel von dir – du warst viel mit ihm zusammen?«

»Sicher war ich das.«

»Und der hat dir viel vom Raum erzählt?«

»Das war unser einziger Gesprächsstoff.«

»Hmm ... Wie gut verstehst du dich denn auf den Raumjargon?«

»Den Raumjargon?« Max schaute verwirrt drein. »Ich nehme an, ich weiß das, was jedermann weiß.«

»Wo ist die Schwitzkiste?«

»Wie? Das ist der Kommandoraum.«

»Wenn ›Smutje‹ einen ›toten Leichnam‹ braucht, wo findet er ihn?«

Max sah höchst belustigt aus. »Das ist doch solches Gefasel wie bei den SV-Bildreihen, an Bord redet kein Mensch so. Der Koch ist der Koch, und wenn er eine Keule braucht, dann holt er sie aus dem Kühlraum.«

»Wodurch unterscheidet sich ein ›Biest‹ von einem ›Tier‹?«

»Nun, ein ›Biest‹ ist ein Passagier, und ein ›Tier‹ ist eben ein Tier, vermutlich.«

»Nimm mal an, du wärst auf einem Schiff zum Mars, und man gäbe plötzlich bekannt, daß die Kraftanlage kaputt sei und daß das Schiff in die Sonne hineinspiralisiere. Was würdest du da denken?«

»Ich würde denken, daß ich einen Dummkopf vor mir hätte. Erstens würdest du gar nicht ›auf‹ einem Schiff sein – denn ›in‹ ist das richtige Wort. Zweitens, eine Spirale ist keine mögliche Bahn. Und drittens, wenn ein Schiff von der Erde zum Mars unterwegs wäre, könnte es überhaupt nicht in die Sonne fallen.«

»Nehmen wir mal an, du wärst ein Mannschaftsmitglied und würdest in einem fremden Hafen an Land gehen, um die diversen Örtlichkeiten zu erkunden. Wie würdest du den Kapitän um Erlaubnis bitten?«

»Was? Das würde ich überhaupt nicht.«

»Du würdest das Schiff ohne Erlaubnis verlassen?«

»Laß mich ausreden. Wenn ich an Land gehen wollte, würde ich den Ersten Offizier fragen. Der Kapitän beschäftigt sich nicht mit solch trivialen Dingen. Und wenn das Schiff groß genug ist, müßte ich zunächst meinen Abteilungsleiter fragen.«

Max richtete sich auf und fixierte unbeweglich Sams Auge. »Sam – du bist schon im Raum gewesen – stimmt's?«

»Wie kommst du darauf, Junge?«

»Welches ist deine Gilde?«

»Laß das, Max. Stell mir keine Fragen, und ich werde dir keinen Bären aufbinden. Vielleicht habe ich nur ebenso ernsthaft studiert wie du.«

»Das glaube ich nicht«, erwiderte Max unwirsch.

Sam blickte bekümmert drein, während Max fortfuhr: »Was soll das alles? Du stellst mir einen Haufen alberne Fragen – sicher, ich weiß eine ganze Menge über die Verhältnisse im Raum, denn ich habe mich nur damit beschäftigt, und Onkel Chet hat mir stundenlang davon erzählt – aber wozu das?«

Sam schaute ihn an und sagte mit leiser Stimme: »Max, die *Asgard* startet nächsten Dienstag auf eine Sternenfahrt. Möchtest du dabei sein?«

Max dachte darüber nach. In der sagenumwobenen *Asgard* zu sein, den Sternen entgegenzufliegen, endlich – er wischte sich über die Augen. »Red nicht so, Sam! Du weißt, ich würde meinen rechten Arm dafür hergeben. Warum stachelst du mich auf?«

»Wieviel Geld hast du?«

»Wieso? Warum?«

»Wieviel?«

»Ich habe noch nicht einmal die Zeit gehabt, es zu zählen.« Max wollte schon das Notenbündel, das man ihm gegeben hatte, aus der Tasche ziehen, als Sam ihn ebenso unvermittelt wie unauffällig davon abhielt.

»Pst!« protestierte der Ältere. »Daß du hier auch nicht ein Pennystück sehen läßt. Oder willst du durch einen Schlitz in deiner Kehle essen? Halte es unter den Tisch!«

Entsetzt befolgte Max den Rat. Noch entsetzter aber war er, als er das Päckchen Scheine gezählt hatte. Max hatte gewußt, daß man ihm einen beträchtlichen Betrag gegeben hatte, aber das war mehr, als er sich hatte träumen lassen. »Wieviel?« beharrte Sam weiter. Max sagte es ihm, und Sam pfiff leise durch die Zähne. »Nun, das wird gerade langen.«

»Wofür?«

»Wirst du schon sehen. Steck es weg.«

Als Max das Geld wieder verstaut hatte, sagte er verwundert: »Sam, ich hatte keine Ahnung, daß diese Bücher so wertvoll waren.«

»Sind sie auch gar nicht.«

»Wie?«

»Ist bloß Bluff. Fast alle Gilden arbeiten damit. Sie wollen so tun, als wären ihre Berufsgeheimnisse ganz besonders kostbar und lassen den Kandidaten für seine Nachschlagebücher einen Batzen Geld hinterlegen. Wenn man diese Dinge in der üblichen Form veröffentlichen würde, könntest du sie zu einem ganz normalen Preis kaufen.«

»Aber schließlich ist das doch ganz richtig so. Wie der Hochsekretär sagte, wäre es doch nicht nötig, daß jeder x-beliebige sich das entsprechende Wissen verschaffen kann.«

Sam schnaufte verächtlich und gab vor, sich übergeben zu müssen. »Was macht das denn für einen Unterschied? Angenommen, du hättest die Bücher noch – du hättest doch kein Schiff, das du steuern könntest.«

»Aber ...« Max brach ganz unvermittelt ab und lächelte vor sich hin. »Im übrigen verstehe ich nicht, was es ihnen nützt, daß sie mir die Bücher abgenommen haben. Ich habe sie gelesen, und ich weiß, was drin steht.«

»Daran zweifle ich gar nicht«, sagte Sam. »Vielleicht kennst du auch noch einige von ihren Methoden. Aber dir fehlen all die Zahlenreihen, damit man die eine, die man braucht, nachschlagen kann, wenn man sie braucht. *Darum* geht es ihnen.«

»Aber ich kenne die Zahlen. Ich habe dir doch gesagt, daß ich sie gelesen habe.« Max legte die Stirn in Falten und zitierte: »Seite 272, Lösungen der Differentialgleichungen nach der Ricardoschen ...« Er schnurrte eine ganze Reihe siebenstellige Zahlen herunter. Mit wachsendem Erstaunen hörte Sam zu, dann unterbrach er Max.

»Das hast du wirklich alles im Kopf? Du hast es dir doch nicht einfach nur ausgedacht, oder?«

»Natürlich nicht. Ich habe es *gelesen*.«

»Da will ich doch verdammt sein ... hast du ein fotografisches Gedächtnis?«

»Ich weiß nicht recht ... jedenfalls nicht im eigentlichen Sinne. Aber ich vergesse nie etwas. Ich habe nie verstanden, wie die Leute etwas vergessen können. Wie gesagt, ich kann *einfach nichts* vergessen.«

Sam schüttelte verwundert den Kopf. »Gott sei Dank konnte ich eine Menge Dinge vergessen.« Er dachte einen Augenblick über das gerade Gehörte nach.

»Vielleicht sollten wir den ersten Plan doch schießen lassen und versuchen aus deinem einmaligen Talent Kapital zu schlagen. Ich hab' noch ein Ass im Ärmel.«

»Was meinst du damit? Was hast du vor?«

»Hmm ... nein, der erste Gedanke war doch der richtige, und der ist, auf jeden Fall erst mal von hier wegzukommen. Und bei deinem komischen Gedächtnis stehen die Aussichten noch um vieles besser. Denn obwohl du gezeigt hast, daß du dich ganz gut auf den Raumjargon verstehst, hatte ich doch so meine Bedenken. Die habe ich jetzt aber nicht mehr.«

»Sam, hör auf, mir Rätsel aufzugeben. Worauf willst du hinaus?«

»Na gut, Junge. Karten auf den Tisch.« Sam blickte sich erst noch einmal im Lokal um, beugte sich vor und sprach noch leiser als bisher. »Wir nehmen das Geld und verteilen es ein bißchen – ganz vorsichtig natürlich. Und wenn die *Asgard* startet, gehören wir zur Mannschaft.«

»Als was denn? Als Lehrlinge? Wir haben doch keinen Schimmer von der theoretischen Schulung. Wo sollen wir denn jetzt noch die Zeit dazu hernehmen? Und außerdem bist du zu alt dazu.«

»Nun streng mal dein Köpfchen ein bißchen an. Wir haben doch nicht einmal Geld genug, um die Ausbildung für einen zu bezahlen, geschweige denn für zwei – ganz abgesehen davon, daß die *Asgard* sich auf so etwas überhaupt nicht einläßt. Also? Was bleibt übrig? Wir sind eben schon ausgebildete Raumfahrer, sind Mitglieder irgendeiner

Gilde und haben auch die entsprechenden Papiere in Händen.«

Als Max Sams Vorschlag verarbeitet hatte, war er zutiefst geschockt. »Dafür kommt man ins Gefängnis!«

»Wo glaubst du denn, bist du jetzt?«

»Jedenfalls nicht im Gefängnis, und ich habe auch nicht die Absicht reinzukommen.«

»Dieser ganze verdammte Planet ist ein einziges großes, überfülltes Gefängnis. Was für Möglichkeiten hast du hier schon? Wenn du nicht steinreich bist oder in eine der Erbgilden hineingeboren wurdest ... was willst du tun? Du kannst dich nur irgendwo als Arbeiter anheuern lassen.«

»Aber es gibt doch auch offene Gilden, die nicht nach dem Erbrecht funktionieren.«

»Kannst du dir die Aufnahmegebühr leisten? Dir bleibt nur noch ein Jahr, vielleicht auch zwei, bis du zu alt bist, um in die Lehre zu gehen. Wenn du Pokern könntest, könntest du es vielleicht gewinnen ... aber *verdienen*? So lange lebst du noch nicht einmal! Dein alter Herr hätte für dich sparen sollen, aber statt dessen hat er dir eine Farm hinterlassen.« Sam hielt plötzlich inne und begann, an seinem Daumen herumzukauen. »Max, ich will ehrlich zu dir sein. Dein alter Herr hat dir anscheinend doch noch einen guten Start ins Leben verschafft. Mit dem Geld von der Gilde kannst du nach Hause gehen, einen Winkeladvokaten anheuern und den letzten erschwindelten Cent aus diesem Montgomery herausquetschen. Vielleicht kannst du dir dann die Aufnahmegebühr leisten. Mach, was du willst, Junge. Ich werde dir bestimmt nicht im Weg stehen.« Sam blickte Max mit zusammengekniffenen Augen an.

Max dachte darüber nach, daß er gerade eben erst die Chance, ein ordentliches Handwerk zu erlernen, ausgeschlagen hatte. Sollte er diese Sache doch in Erwägung ziehen? Vielleicht ... »Nein! Dieser ... dieser Plan von dir ... wie wollen wir ihn denn ausführen?«

Sam entspannte sich wieder und grinste.

Er besorgte ihnen zunächst ein Zimmer über Percys Lokal. Er ging mehrmals aus und Max' Geld mit ihm. Als

Max protestierte, antwortete Sam müde: »Was willst du eigentlich, Junge? Soll ich dir mein Herz als Pfand geben? Willst du mitkommen und die Schacherer erst noch mobil machen? Ich sage dir, die Leute, mit denen ich verhandele, sind gewohnt, jede noch so kleine Chance wahrzunehmen. Oder denkst du, daß du die Sache selber durchpauken kannst? Es ist dein Geld – ohne Zweifel, aber *meine* Masche. So funktioniert das.«

Als Sam das erstemal verschwand, hatte Max keine ruhige Sekunde, aber Sam kehrte zurück. Einmal brachte er eine ältliche dicke Frau mit, die Max musterte wie einen Hammel, der zum Verkauf stand. Sam stellte sie nicht vor, sondern sagte nur: »Na und? Ich meine, ein Schnurrbart würde ein bißchen helfen.«

Die alte Frau blickte Max von der einen Seite an, dann von der anderen. »Nein«, entschied sie, »das wäre übelster Kintopp.« Sie berührte Max' Kopf mit feuchten, kalten Fingern; als er zurückwich, ermahnte sie ihn: »Nun zuck bloß nicht gleich, Süßer. Tante Becky hat an dir zu arbeiten. Nein, wir werden das Haar über den Schläfen entfernen, oben auf dem Kopf dünner machen und ihm den Glanz nehmen. Dazu kommen dann noch ein paar Falten um die Augen ... Mmm ... das ist alles. Wir dürfen es nicht übertreiben.«

Als die fette ›Künstlerin‹ fertig war, sah Max zehn Jahre älter aus. Becky fragte noch, ob sie die Haarwurzeln abtöten sollte oder ob Max beizeiten seinen normalen Skalp lieber wiederhätte. Sam wollte gerade für eine dauerhafte Behandlung plädieren, als die alte Frau abwinkte und sagte: »Ich werde ihm eine Flasche ›Wunder des Haarwuchses‹ geben, kostet nichts extra, ist bloß Alkohol zum Einreiben – und er kann damit hervorzaubern, was er will. Einverstanden, Liebster? Bist noch zu jung, um für den Rest deines Lebens alt auszusehen.«

Max nahm das Wundermittel entgegen – Haarwuchs garantiert, oder Geld zurück.

Sam nahm Max auch den Personalausweis ab und kam mit einem anderen wieder. Er trug Max' richtigen Namen, ein falsches Alter, seine richtige Kontrollnummer, einen falschen Beruf, seinen Daumenabdruck und eine falsche Adresse. Max prüfte den Ausweis mit neugierigem Blick. »Er sieht echt aus.«

»Das soll er auch. Der Mann, der ihn gemacht hat, stellt Tausende davon her, die alle echt sind, aber dafür nimmt er auch ›echte‹ Preise.« Am Abend brachte Sam Max ein Buch mit dem Titel ›Schiffsökonomie‹, das mit dem Siegel der Gilde der Raumstewards, -köche und -zahlmeister versehen war. »Ich empfehle dir, die Nacht aufzubleiben und dir noch soviel wie möglich einzutrichtern. Der Mann, dem das Buch gehört, schläft bestimmt nicht länger als zehn Stunden – trotz des Kinnhakens, den Percy seiner Nachtmütze verpaßt hat. Willst du eine Tablette zum Wachbleiben?«

»Ich denke, ich brauche keine.« Max sah sich das Buch an. Es hatten einen herrlichen Druck und war ziemlich dick. Um fünf Uhr morgens war er damit fertig. Er weckte Sam und gab ihm das Buch zurück. Mit einem Schädel, in dem es nur so von Unterlast und Oberlast, von Massenberechnungen, hydroponischen Problemen, Frachtbriefen, Steuerformularen, Kostenfragen, Verpflegungstabletten, täglichen, wöchentlichen und vierteljährlichen Abrechnungen und Anweisungen zur Bekämpfung von Ungeziefer dröhnte, legte er sich schlafen. »Lächerliches Zeug«, murmelte Max abschließend und wunderte sich, wie man solchen Kram als zu hoch für Laien bezeichnen konnte.

Am vierten Tag seiner völligen Abkapselung stattete ihn Sam mit gebrauchter Raumfahrerkleidung aus und gab Max ein abgewetztes Buch, in dem seine persönlichen Raumfahrten verzeichnet waren. Die erste Seite gab an, daß er ordentliches Mitglied der Gilde der Stewards, Köche und Zahlmeister war und daß er seine Ausbildung mit einem sehr guten Examen abgeschlossen hatte. Es folgte eine Aufstellung seiner Fähigkeiten und der Beiträge, die er sieben Jahre lang regelmäßig bezahlt hatte. Was seine eigene Unterschrift sein sollte, stand oberhalb der des Oberstewards, und beide waren mit dem Siegel der Gilde abgestempelt. Die anderen Seiten verzeichneten seine Fahrten, seine Bezüge und andere laufende Angaben, die alle von den zuständigen ersten Offizieren und Zahlmeistern unterschrieben waren. Max stellte mit Interesse fest, daß er einmal in Cygnus zu einer Geldstrafe in Höhe eines Dreitagessoldes verurteilt worden war, weil er verbotenerweise geraucht hatte, und daß er sich ein andermal für sechs Wochen als Kartenführer verdingt hatte, nachdem er die entsprechende Strafe der Kartenführer- und Technikergilde gezahlt hatte.

»Stimmt etwas nicht?« fragte Sam.

»Kommt mir alles komisch vor.«

»Das Buch besagt, daß du auf dem Mond gewesen bist. Alle Welt ist heute schon auf dem Mond gewesen. Aber die Schiffe, in denen du gedient hast, sind fast alle außer Betrieb und keiner der hier aufgeführten Zahlmeister ist zur Zeit in Earthport. Das einzige Sternenschiff, in dem du jemals gedient hast, ging unmittelbar nach der Fahrt, an der du teilgenommen hast, verloren. Verstehst du mich?«

»Ich denke schon.«

»Wenn du mit einem anderen Raumfahrer sprichst – ganz gleich in welchem Schiff er gedient hat, es ist keines, das du kennst. Und dann zeige niemals jemand dein Fahrtenbuch, außer dem Zahlmeister und deinem Chef.«

»Aber wenn *die* nun in einem der Schiffe waren?«

»Nicht die von der *Asgard*, kannst dich drauf verlassen. Demnächst gehen wir abends mal aus. Wegen deines Magengeschwürs trinkst du nur warme Milch, und du beschwerst dich lautstark, wenn du keine kriegen kannst. Das einzige, worüber du redest, sind deine Krankheitssymptome. Sonst läßt du dich auf nichts ein und giltst bald überall als unansprechbar. Wenn du den Mund hältst, kannst du keine Fehler machen. Und denke immer daran, Junge, überall wimmelt es von Raumschiffen. Wenn du die Geschichte verpatzt, lasse ich dich im Dreck stecken und verdufte ohne dich. So – jetzt geh noch mal ein Stück, damit ich sehe, wie du läufst.«

Max machte ein paar Schritte. Sam stieß einen leisen Fluch aus: »Verdammt, du gehst immer noch so schwerfällig wie ein Bauer. Hast doch keine Furchen mehr unter den Füßen.«

»Geht es so?«

»Es muß gehen. Nimm deine Mütze. Schmieden wir das Eisen, solange es heiß ist, mag kommen, was will.«

›Raumfahrer‹ Jones

Der Tag des Abflugs der *Asgard* war gekommen. Max wachte in aller Frühe auf und versuchte, Sam zu wecken, doch das erwies sich als außerordentlich schwierig. Schließlich richtete sich Sam auf und stöhnte: »Oh, mein Kopf! Wie spät ist es denn?«

»Ungefähr sechs.«

»Und dann hast du mich geweckt? Nur mein gottesjämmerlicher Zustand hindert mich daran, dir eins zu versetzen, daß du im Reich der Ahnen Einzug hältst. Verschwinde und leg dich schlafen.«

»Aber heute ist der Tag!«

»Wen schert das? Sie startet doch erst mittags. Wir gehen in letzter Minute an Bord, dann hast du wenigstens keine Zeit, Blödsinn zu machen.«

»Sam! *Woher weißt du denn, daß man uns überhaupt nehmen wird?*«

»Du liebe Güte! Das ist doch alles abgemacht. Jetzt aber halt den Mund. Oder geh nach unten und laß dir Frühstück geben – aber rede mit keinem. Und wenn du mein Freund bist, bring mir um zehn Uhr eine Kanne Kaffee.«

»Und was zu essen?«

»Sprich in meiner Gegenwart bloß nicht vom Essen. Nimm bitte etwas Rücksicht.« Damit zog Sam sich die Decke über den Kopf.

Es war fast elf Uhr dreißig, als die beiden Männer am Tor zum Flughafen eintrafen; zehn Minuten später setzte sie der Bus am Fuß des Schiffes ab. Max blickte nach oben auf die weit hervorspringenden Flanken, wurde jedoch jäh unterbrochen durch einen Mann, der am Lift stand und eine Liste in der Hand hielt. »Die Namen.«

»Anderson.«

»Jones.«

Der Mann hakte sie ab. »Los ins Schiff! Ihr hättet schon eine Stunde früher hier sein sollen.« Die drei kletterten in den Käfig, der vom Boden abhob und, wie ein Eimer an einem Brunnenseil schaukelnd, heraufgeholt wurde.

Sam schaute nach unten und schauderte. »Geh nie auf Fahrt mit einem klaren Kopf«, riet er Max. »Dein Entschluß dürfte dir sonst leid tun.« Der Käfig wurde ins Schiff gezogen, die Tür fiel hinter ihnen ins Schloß, und sie machten ihre ersten Schritte in die *Asgard* hinein. Max zitterte vor Lampenfieber.

Er hatte erwartet, daß er dem Gesetz nach vom ersten Offizier auf die Schiffsgemeinschaft vereidigt würde. Doch seine Aufnahme war geradezu deprimierend nüchtern. Der Mann, der sie ins Schiff gebracht hatte, forderte sie auf, ihm zu folgen, und führte sie zum Büro des Zahlmeisters. Dort ließ der Chef sie ihr Buch abzeichnen und mit dem Daumenabdruck versehen, während er gähnte und gegen seine Schneidezähne klopfte. Max übergab ihm sein Fahrtenbuch und hatte das Gefühl, als wäre sein Betrug in goldenen Lettern auf den Umschlag aufgedruckt. Mr. Kuiper warf es jedoch bloß auf ein Aktenregal, dann wandte er sich an die beiden Neuankömmlinge. »Die *Asgard* ist ein diszipliniertes Schiff. Sie aber haben sich damit eingeführt, daß Sie es beinah verpaßt hätten. Das ist ein trauriger Anfang.«

Sam sagte gar nichts, während Max erwiderte: »Jawohl, Herr Oberzahlmeister!«

Der Zahlmeister fuhr fort: »Verstauen Sie Ihr Zeug, lassen Sie sich Essen geben, und melden Sie sich dann wieder hier.« Er warf einen Blick auf den Plan an der Wand. »Einer von Ihnen kommt nach D-112, der andere nach E-009.«

Max wollte ihn schon fragen, wie man dort hinkäme, doch Sam faßte ihn am Ellbogen und schob ihn aus dem Büro. Draußen sagte der Ältere: »Stell keine Fragen, die du vermeiden kannst. Wir sind auf dem Baker-Deck, und das ist alles, was wir im Augenblick wissen müssen.« Sie näherten sich einer Treppe und gingen nach unten. Plötzlich spürte Max eine Veränderung des Luftdrucks. Sam grinste nur. »Sie ist versiegelt. Nun dauert's nicht mehr lange.«

Sie waren in D-112, einem Acht-Mann-Bunker, und Sam zeigte Max, wie man das Schloß am Schrank betätigte, als durch einen Lautsprecher ein ferner Ruf ertönte. Max wurde im gleichen Augenblick schwindelig, und sein Gewicht schien sich zu verändern. Dann hörte es plötzlich auf. Sam bemerkte:

»Sie haben sich bei der Feldanpassung ein bißchen Zeit gelassen – oder aber diese Rostlaube hat eine unausgeglichene Phase.« Dann gab er Max einen Schlag ins Kreuz. »Geschafft, Junge.«

Sie waren im Raum.

E-009 war noch ein Deck tiefer und lag auf der anderen Seite. Sie ließen Sams Sachen dort zurück und machten sich auf, um die Kantine zu suchen. Unterwegs hielt Sam einen vorübergehenden Maschinenmaat an. »He, Schiffsmaat – wir sind neu an Bord. Wo ist denn die Mannschaftsmesse?«

»Im Uhrzeigersinn etwa achtzig und innen, dieses Deck.« Dann blickte er sie von oben bis unten an. »Noch neu hier, he? Na, dann werdet ihr bald sehen, wie's hier läuft.«

»Schlimm?«

»Schlimmer. Wie im Irrenhaus. Wenn ich nicht verheiratet wäre, hätte mich keiner hierher gekriegt.« Und damit setzte der Maat seinen Weg fort.

Sam sagte: »Hör nicht drauf, Junge. All die alten Hasen in einem Schiff behaupten, es sei das übelste Tollhaus im Raum. Ist bloß Angabe, weiter nichts.« Doch ihre nächste Erfahrung schien die Behauptung zu bestätigen. Der Servierschalter in der Messe hatte um Mittag, als das Schiff gestartet war, geschlossen. Max war schon bereit, seinen Gürtel bis zum Abendbrot enger zu schnallen, aber Sam stieß in die Kombüse vor und kam nach kurzer Zeit mit zwei beladenen Tabletts zurück. Sie fanden zwei freie Plätze und ließen sich nieder.

»Wie hast du denn das fertiggebracht?«

»Jeder Koch gibt dir noch was, wenn du ihm Zeit läßt, dir zu erklären, was für eine Filzlaus du bist, und daß er dir laut Befehl gar nichts mehr geben darf.«

Das Essen war gut – solides Steak mit Gemüse aus dem Schiffsgarten, Weißbrot, Pudding und Kaffee. Um sie herum war ein lebhaftes Gespräch im Gange, aber nur einmal bestand Gefahr, daß Max' Novizentum sich verriet, und zwar als ein Techniker ihn ganz genau über seine letzte Fahrt ausquetschen wollte.

Doch Sam verhinderte ein Malheur. »Regierungsinspektion«, antwortete er kurz. »Dürfen nicht reden.«

Der Techniker grinste verschmitzt. »In welche Zelle wart ihr denn eingesperrt? Es hat doch schon ewig keine Geheiminspektion seitens der Regierung mehr gegeben.«

»Doch, doch, diese eine war allerdings so geheim, daß man vergessen hat, dir davon zu erzählen. Kannst ihnen ja mal einen Brief schreiben und dich beschweren«, erwiderte Sam und stand auf. »Fertig, Max?«

Auf dem Rückweg zum Büro des Zahlmeisters machte sich Max Sorgen, welche Arbeit ihm wohl zugeteilt würde, und er ließ sich noch einmal all die Fähigkeiten und Fertigkeiten durch den Kopf gehen, die er angeblich haben sollte. Doch er hätte sich keine Sorgen zu machen brauchen. Mr. Kuiper zeigte sich völlig uninteresssiert an solchen Fragen und setzte ihn einfach als Tierpfleger ein.

Die *Asgard* war zugleich Passagier- und Frachtschiff. Auf dieser Fahrt hatte sie allerlei Zuchtvieh an Bord – zwei Bullen, zwei Dutzend Kühe und eine Auswahl anderer Tiere, die aus ökologischen und ökonomischen Gründen in die Kolonien gebracht werden sollten.

Es gab Schweine, Hühner, Schafe, ein Paar Angora-Ziegen und eine kleine Herde Lamas. Normalerweise verstieß es gegen imperiale Gesetze, irdische Fauna auf fremden Planeten auszusetzen. Die Kolonien wurden angehalten, ihre Ökonomie auf die einheimische Fauna und Flora zu gründen; doch viele Tiere wurden bereits so lange von Menschen gezüchtet, daß sie nicht ohne weiteres durch exotische Wesen ersetzt werden konnten. Auf Gamma Leonis VIb arbeiteten die einheimischen Reptilien – allgemein bekannt als ›Dummköpfe‹ oder kurz ›Dummies‹ – ebenso effektiv als Zugtiere wie die irdischen Pferde, aber die Menschen mochten sie nicht. Die beiden Spezies waren unfähig, jene besondere Beziehung aufzubauen, wie sie zwischen Mensch und Pferd existiert. Falls es den Dummies nicht gelingen sollte, ein ähnlich persönliches Verhältnis mit den Menschen aufzubauen, würden sie früher oder später aussterben und durch Pferde ersetzt werden. Das wäre die Strafe dafür, daß sie bei dem Versuch versagt hatten, mit der intolerantesten, tödlichsten und erfolgreichsten Rasse zu kommunizieren, die das Universum durchwanderte: dem Menschen.

Es gab auch eine kleine Voliere mit Hausspatzen. Max fand nie heraus, wozu diese kleinen, kreischenden Wesen gut sein sollten; aber er kannte auch nicht die mathematischen Formeln, mit denen derartige Fragen beantwortet wurden. Er fütterte sie nur und bemühte sich, ihren Käfig sauberzuhalten.

Katzen gab es auch in der *Asgard*, aber die meisten waren selbständige Kleinunternehmer und Mannschaftsmitglieder, die damit beauftragt waren, die Ratten und Mäuse, die der Menschheit in den Weltenraum gefolgt waren, zu jagen. Eine von Max' Aufgaben bestand darin, die Sandkästen auf den verschiedenen Decks auszuwechseln und die verschmutzten einem Oxydationsprozeß zu unterziehen. Die anderen Katzen waren Schoßtiere, die irgendwelchen Fahrgästen gehörten und die in einem Käfig abseits der Ställe ein unglückliches Gefängnisdasein führten. Unweit davon waren auch die Hunde der Reisenden untergebracht. Sie durften nicht frei herumlaufen.

Max hätte gern mal einen Blick auf die Erde geworfen, die inzwischen als kleiner Globus am Himmel erscheinen mußte, aber dieses Vorrecht war den Passagieren vorbehalten. Er verbrachte die kurzen Augenblicke, in denen dies möglich gewesen wäre, damit, grünes Timotheusheu aus dem hydroponischen, mit Klimaanlage ausgerüsteten Gewächshaus zu den Ställen zu schaffen und diese zu reinigen. Es war eine Aufgabe, der er weder gern noch ungern nachkam; immerhin hatte er rein zufällig eine Arbeit bekommen, auf die er sich verstand.

Sein unmittelbarer Vorgesetzter war Obersteward Giordano. Mr. ›Gi‹ teilte sich die Bewirtschaftung des Schiffes mit Mr. Dumont, der als erster Steward für die Passagiere fungierte. Die Grenze ihres Arbeitsgebietes lag auf dem Charlie-Deck. Mr. Dumont verwaltete also die Passagierquartiere, den Offiziersbereich und die Kontroll- und Funkstation, während Giordano für alles verantwortlich zeichnete, was – mit Ausnahme des technischen Bezirks – darunter und dahinter lag, also Mannschaftsquartiere, Messe und Kombüse, Lagerräume, Ställe und Käfige, hydroponische Anlagen und Laderäume. Beide arbeiteten für den Oberzahlmeister, der seinerseits dem Ersten Offizier unterstand.

Die Hierachie in einem Sternenschiff beruhte sowohl auf den Richtlinien der irdischen Kriegsmarine als auch auf der Tradition der alten Ozeanriesen und den besonderen Umständen einer Sternenreise. Der Erste Offizier war Chef des Schiffes, und ein kluger Kapitän kam ihm nicht ins Gehege. Der Kapitän hielt, obwohl er dem Gesetz nach Monarch dieser Miniaturwelt war, die Augen nach außen, der Erste Offizier nach innen gerichtet. Solange alles gut ging, beschränkte sich der Kapitän auf seinen Kommandoraum und die Astrogation. Der Erste Offizier hingegen erledigte alles andere. Selbst die Astrogatoren, Funker, Techniker und Kartenführer unterstanden alle dem Ersten Offizier, obwohl er praktisch nichts mit ihnen zu tun hatte, denn sobald sie im Dienst waren, arbeiteten sie unter dem Kapitän in der ›Schwitzkiste‹.

Auch der Chefingenieur stand unter dem Ersten Offizier, doch kam er fast einem autonomen Satrapen gleich. In einem gut geführten, von Disziplin beherrschten Schiff hielt er seine Vogtei so in Ordnung, daß der Erste Offizier sich nicht darum zu kümmern brauchte. Der Chefingenieur war nicht nur verantwortlich für das Kraftwerk und die Horst-Conrad-Flügelräder, sondern auch für die gesamte zusätzliche technische Ausrüstung, wo immer sie auch in Erscheinung trat – also auch für die Pumpen und Ventilatoren der hydroponischen Anlagen, obwohl der Chefzahlmeister durch den Chefsteward den dortigen Betrieb überwachte.

Das war die übliche Organisation in einem zivilen Sternenschiff wie der *Asgard*. Sie unterschied sich erheblich von der Organisation eines Kriegsschiffs oder eines Sträflingstransporters, in dem ›unerwünschte Subjekte‹ zwangsweise in eine weit entfernte Kolonie verfrachtet wurden. In einem solchen Schiff bestand die Zahlmeisterei lediglich aus zwei Buchhaltern. Der Rest der Arbeit wurde von den Soldaten bzw. den Sträflingen übernommen. Sie kochten, putzten … sie erledigten einfach alles. Im Gegensatz dazu beförderte die *Asgard* zahlende Passagiere; einige von ihnen waren Multimilliardäre, die selbst Lichtjahre vom nächsten bewohnten Planeten entfernt einen erstklassigen Service erwarteten. Innerhalb der drei Hauptabteilungen der *Asgard* – Astrogation, Technik und Haushaltsführung – war die Zahlmeisterei die größte Unterabteilung.

Es gab nur drei Posten an Bord eines solchen Schiffes, von wo aus man zum Ersten Offizier aufsteigen konnte: Astrogator, Chefingenieur und Zahlmeister. Der Kapitän war immer ein Astrogator. Diese drei Offizierssparten wurden meist von Mathematikern, Ökonomen oder Physikern besetzt. Selbstverständlich mußte ein Kapitän die Fähigkeit besitzen, den Kurs seines Schiffes zu berechnen. Der Erste Offizier der *Asgard*, Walther, war aus dem Zahlmeisterbüro in seine Position aufgestiegen. Das war für ein Passagierschiff durchaus üblich.

Die *Asgard* war eine kleine Welt, ein winziger beweglicher Planet für sich. Sie hatten ihren Monarchen, den Kapitän, ihren nutzlosen Adel, die Fahrgäste, ihren technischen und Verwaltungsapparat und ihre Holzhauer und Wasserträger. Die *Asgard* beherbergte Flora und Fauna unter ökologischen Gesichtspunkten und führte ihre Miniatursonne in Gestalt des Kraftwerks mit sich. Obwohl ihr Fahrplan nur auf Monate im Raum berechnet war, war sie in der Lage, unbegrenzt draußen zu bleiben. Vielleicht konnte der Kaviar ausgehen, doch an sonstigen Lebensmitteln oder Luft, Wärme, Licht würde es nie fehlen.

Max kam zu dem Schluß, daß er Glück gehabt hatte, Mr. Giordano zugeteilt zu werden. Während Kuiper seine Leute peinlichst beaufsichtigte, ließ Mr. Gi nur selten seinen fetten Korpus außerhalb seines Staatsgemaches sehen. Er war ein äußerst jovialer Vorgesetzter – solange alles nach seinen Vorstellungen lief. Mr. Gi empfand es als ausgesprochen lästig, zu den Ställen hinunterzugehen. Nachdem er sich in den ersten Tagen vergewissert hatte, daß Max seine Arbeit gut machte, verzichtete er auf weitere Inspektionen. Max mußte Mr. Gi lediglich einen täglichen Bericht abliefern. Dadurch aber bekam Giordano mehr Zeit für seinen Hauptberuf, der darin bestand, auf seinem Zimmer in einem Behälter eine Art Wodka zu destillieren, wozu er sich aus der hydroponischen Anlage, die ebenfalls unter seiner Kontrolle stand, die notwendigen Stoffe beschaffte. Der geheime Handel mit der Mannschaft blühte. Indem Max den Mund geschlossen und die Augen offen hielt, lernte er, daß dies ein Vorrecht des Chefstewards war, das man so lange ignorierte, wie der Steward genug Verstand zeigte, seinem Treiben gewisse Grenzen zu setzen. Natürlich hatte das Schiff eine Weinstube und eine Bar, aber diese Räumlichkeiten standen nur den ›Biestern‹ zur Verfügung – Mannschaften hatten da nichts zu suchen.

»Ich war einmal auf einem Schiff«, erzählte Sam Max, »wo der ›Erste‹ in die Destille einbrach, den Kolben zerschmetterte, den Steward zum Dreckreiniger degradierte und überhaupt den ganzen Laden auffliegen ließ.« Er hörte auf, an seiner Zigarre zu ziehen, die ihm der Passagiersteward spendiert hatte; die beiden hockten gerade in einer Ecke von Max' Ställen und genossen ein wenig Ruhe und einen kleinen Schwatz. »Hat aber zu nichts geführt.«

»Warum nicht?«

»Na, überleg mal. Die verschiedenen Mächte müssen sich immer die Waage halten, alter Junge. Für jeden Markt gibt es einen Lieferanten. Da liegt der Hund begraben. Kaum vier Wochen später war in jedem verborgenen Eckchen eine Destille in Betrieb, und die Mannschaft war so heruntergekommen, daß sie zu nichts mehr zu gebrauchen war. Und so hatte der Kapitän mit dem ›Ersten‹ eine kurze Aussprache, und die Dinge entwickelten sich wieder normal.«

Max dachte einen Augenblick nach. »Sam! Warst du jener Steward?«

»Was? Wie kommst du denn darauf?«

»Nun, du bist doch schon im Raum gewesen – da kannst du mir nichts vormachen. Mir fiel nur eben ein, daß du mir bisher weder erzählt hast, welches deine Gilde war, noch warum du auf der Erde warst oder warum du einen solchen Schwindel aufziehen mußtest, um wieder in den Raum zurückzukommen. Aber vermutlich geht mich das nichts an.«

Sams übliches zynisches Lächeln wich einem Ausdruck tiefen Kummers. »Max, wenn einer glaubt, die Welt beim Schopf gefaßt zu haben, dann kann sie ihm immer noch ein Schnippchen schlagen. Nimm z. B. den Fall meines Freundes Roberts. Er war Maat bei den Marines, hatte gute Zeugnisse, ein halbes Dutzend Sternfahrten und ein oder zwei Kampfauszeichnungen. Ein zackiger Bursche, der das Zeug zum Deckoffizier hatte. Aber einmal passierte es ihm, daß er sein Schiff verpaßte – war schon lange nicht mehr auf der Erde gewesen und hatte zuviel gefeiert. Natürlich hätte er sich schnurstracks stellen müssen, hätte die Degradierung hinnehmen und durch vorbildliche Pflichterfüllung wieder rückgängig machen sollen. Das Unglück war bloß, daß er noch Geld in der Tasche gehabt hatte. Als er endlich pleite und wieder nüchtern war, war es zu spät. Er brachte niemals mehr den Mumm auf, zurückzugehen und die Militärstrafe abzuleisten. Jeder hat eben seine Grenzen.«

»Willst du damit sagen«, unterbrach ihn Max, »daß du bei den Marines warst?«

»Ich? Keineswegs. Ich habe dir nur etwas von meinem Freund Roberts erzählt, um dir zu erklären, was einem passieren kann, wenn man die Augen nicht offen hält. Aber reden wir von angenehmeren Dingen. Was hast du jetzt vor?«

»Wie meinst du das?«

»Na, was willst du denn nach diesem Trip machen?«

»Nun, ich denke, noch mehr von der Sorte. Ich liebe die Raumfahrt. Ich will versuchen, eine reine Weste zu behalten und mich eventuell zum Chefsteward oder Bürochef hochzuarbeiten.«

Sam schüttelte den Kopf. »Aber nun denk doch mal zu Ende. Was wird wohl geschehen, wenn dein Dienst hier in diesem Schiff der Gilde gemeldet wird? Und wenn ein anderer Bericht an das Gildenarbeitsamt geht?«

»Aber was soll denn da schon geschehen?«

»Na, dann will ich es dir sagen. Mag sein, daß zunächst gar nichts geschieht, mag auch sein, daß du auf einem anderen Kreuzer Arbeit findest. Aber irgendwann wird mal deine Akte aufgeschlagen, man vergleicht die Eintragungen und stellt fest, daß es, während dein Schiff dich als einen ausgebildeten Stewardsmaat führt, in ihren Listen gar keinen Max Jones gibt. Kommt der Tag, an dem du Terra anläufst, und ein paar Clowns mit Seitengewehr erwarten dich am Fuß des Lifts, um dich ins Kittchen zu geleiten.«

»Aber, Sam. Ich dachte, es sei alles in Ordnung.«

»Reg dich nicht unnötig auf. Sieh mich an. Ich bin vollkommmen ruhig ... obwohl ich genauso tief drinstecke wie du. Mehr noch, ich habe persönliche Gründe, über die ich nicht sprechen will. Man soll die Toten ruhen lassen. Aber von wegen ›in Ordnung‹ ... es hat doch alles geklappt, wie ich es vorausgeplant habe. Du bist hier, oder etwa nicht? Was nun die Akten betrifft: Junge, der Versuch die Daten der Gilde zu manipulieren hätte dich zehnmal soviel gekostet; ganz zu schweigen von dem Versuch einen bestimmten Mikrofilm in New Washington zu finden und durch eine Fälschung zu ersetzen ... ich wüßte noch nicht einmal, wo ich *anfangen* sollte. Es ist bestimmt möglich, mit genug Zeit, Geld und Geschick.«

Max' Empfindungen glichen denen, die er gehabt hatte, als er aus dem Munde von Montgomery erfuhr, daß der Hof verkauft worden war.

Trotz seiner niedrigen Position genoß er es an Bord zu sein. Max hatte nicht die Absicht, jemals etwas anderes zu tun. Er kam mit seinem Chef zurecht und hatte bereits ein paar Freunde gewonnen. Max fühlte sich so behaglich wie ein Vogel in seinem Nest. Aber jetzt war dieses gemütliche Nest zerstört worden. Schlimmer noch, Max saß in der Falle.

Er wurde weiß wie Kalk. Sam legte eine Hand auf Max' Schulter. »Mach dir keine Sorgen, Junge. So düster ist die Sache nun auch wieder nicht ...«

»Aber das Gefängnis!«

»Bis dahin hat's noch lange Zeit! Zunächst bist du mal sicher, bis wir zurückkommen. Dann kannst du in Earthport mit deinem Lohn in der Tasche von Bord gehen und wenigstens Tage, vielleicht auch Wochen oder Monate haben, ehe jemand im Zentralhaus oder in New Washington dahinterkommt. Du kannst dich zwischen vier Milliarden Menschen verstecken. Wahrscheinlich würde es dann auch nicht viel schlechter um dich stehen als bei unserer ersten Begegnung. Damals wolltest du auch einfach nur verschwinden; erinnerst du dich? Und diesmal wärst du um die Erinnerung an einen Raumflug reicher, von dem du deinen Kindern erzählen könntest. Vielleicht stoßen sie aber überhaupt nicht auf dich; irgendein Schreiber legt deine Akte in einen Schrank und läßt sie da lieber schmoren, als sich mit ihr herumzuärgern. Oder aber es gelingt dir, einen Mann in Kuipers Büro dahin zu bringen, daß er die Duplikate verschwinden läßt, anstatt sie weiterzuschicken. Nelson, zum Beispiel; der hat so einen hungrigen Blick.« Sam warf ihm ein prüfendes Auge zu und fuhr fort: »Oder aber du tätest das, was ich zu tun beabsichtige.«

Nur ein Teil von Sams Worten hatten Max' Verstand erreicht. Er versuchte sich an das Gesagte zu erinnern, und stellte schließlich fest, daß seine Lage nicht so verzweifelt war, wie er zunächst gedacht hatte. Max war versucht, der Geschichte über Nelson zu glauben. Nelson hatte auch ihm gegenüber angedeutet, daß die Bewertungen, die in einem Schiff vorgenommen wurden, nicht immer ihren Weg in die permanenten Akten fanden ... unter gewissen Umständen. Max verbannte den Gedanken aus seinem Kopf. Er mochte ihn nicht. Außerdem hatte er keine Ahnung, wie man jemanden bestechen sollte.

Doch Sams letzte Bemerkung erregte Max' Aufmerksamkeit.

»Was willst du denn unternehmen?«

Sam musterte seinen Zigarrenstummel. »Ich gehe nicht wieder zurück.«

Nach dem bestehenden Gesetz hatte man für solch ein Vergehen eine schwerere Strafe zu erwarten als für eine erschwindelte Mitgliedschaft in einer Gilde. Desertion kam fast dem Hochverrat gleich. »Rede weiter«, sagte Max finster.

»Gehen wir mal schnell durch, wo wir auf dieser Fahrt überall anlegen. Da ist zunächst Garsons Planet – überdachte Kolonien wie Mond und Mars. In einer überdachten Kolonie mußt du genau das tun, was die gegenwärtigen Machthaber sagen, oder du hörst auf zu atmen. Du könntest zwar dein altes Fell ab- und ein neues überstreifen, aber du bliebest doch immer unter den Kuppeln. Das wäre nichts für uns, da hätten wir mehr Freiheit auf Terra. Nu Pegasi VI, Halcyon – nicht schlecht, aber ziemlich kalt bei Aphelium. Außerdem wird dort mehr importiert als exportiert, und das bedeutet, daß die Regierung den Laden dort schmeißt und daß die Ortsbehörden alles tun, um einen Mann, den Terra sucht, auszugraben. Dann kommen wir nach Nova Terra, Beta Aquarii X – und das, alter Freund, ist genau das, was der Onkel Doktor verordnet hat.«

»Du bist schon dagewesen?«

»Einmal. Und ich hätte bleiben sollen. Max, stell dir eine Gegend vor wie die Erde, aber schöner, als Terra jemals war. Besseres Wetter, weiteres, reicheres Land ... Wälder, die geradezu danach schreien, abgeholzt zu werden, Wild, das einem direkt in den Kochtopf springt. Wenn du in keiner Siedlung leben willst, ziehst du so lange durch die Wildnis, bis es dir einsam genug ist. Dann pflanzt du ein Samenkorn in die Erde und springst schnell zurück, bevor es aufgegangen ist. Es gibt weder lästige Insekten noch irgendwelche irdischen Krankheiten, und die einheimischen Viren scheinen keinen Gefallen an der menschlichen Spezies zu finden. Rauschende Flüsse, glasklare Ozeane. O Mann, ich kann dir sagen ...!«

»Aber würden sie uns nicht auch von dort wegholen?«

»Zu groß. Die Kolonisten brauchen einfach Leute und helfen der Regierung auf keinen Fall. Die hat außerdem gerade so viel Zeit, wie sie braucht, um die Steuern einzukassieren. Sie versuchen nicht einmal, einen Deserteur außerhalb der größeren Städte zu verhaften.« Sam grinste. »Weißt du warum?«

»Warum?«

»Weil es sich nicht bezahlt macht. Einmal haben sie einen Beamten hingeschickt, um einen zu schnappen. Während er sich dort umschaute, entdeckte er eine Farmerstochter mit goldenem Haar – sie haben da im Durchschnitt acht bis neun Kinder pro Familie, und es gibt überall und immer heiratsreife Mädchen –, na also, die schaut ihn an, und schon ist er Farmer mit einem Bart und einem neuen Namen und einer Frau. Er war Junggeselle und war lange nicht mehr zu Hause gewesen – oder aber er kommt verheiratet auf die Erde zurück und will nicht mehr nach Hause gehen. Ob so oder so, selbst die Regierung kann gegen die menschliche Natur nicht an.«

»Ich will aber gar nicht heiraten.«

»Das ist deine Angelegenheit. Aber das Beste von allem ist, daß dort noch eine angenehme Zwanglosigkeit herrscht. Außerhalb der Städte gibt es auch keine Steuern. Niemand würde sie bezahlen. Falls ein Steuereintreiber aufkreuzen sollte, würden die Menschen weiterziehen ... wenn sie ihn nicht vorher erschießen. Es gibt auch keine Gilden. Du kannst deinen Acker pflügen, Flöte spielen oder einen Landkreuzer fahren ... alles am selben Tag, und ohne jemanden um Erlaubnis zu fragen. Man kann alles tun, und es gibt niemanden, der es einem untersagen würde oder der einem erzählen würde, man sei in das Gewerbe nicht hineingeboren oder in ihm groß geworden oder man hätte den Beitrag nicht bezahlt. Es gibt dort mehr Arbeit, als es Menschen gibt, die sie bewältigen könnten, und darum kümmert sich dort keiner um den anderen.«

Max versuchte sich eine solche Anarchie vorzustellen, kam aber nicht zu Rande, denn er hatte so etwas noch nicht erlebt. »Protestieren die Gilden denn nicht?«

»Welche Gilden denn? Natürlich haben die Mutterhäuser, als sie davon erfuhren, ein mächtiges Geschrei angestimmt, aber nicht einmal die Regierung hat sie unterstützt. Das sind doch schließlich keine Dummköpfe – man kann einen Ozean nicht mit einer Gabel leerschöpfen.«

»Und da also willst du dich absetzen. Klingt ja ganz verlockend«, sagte Max sehnsüchtig.

»Ganz bestimmt. Da war ein Mädchen – ach, die wird jetzt wohl schon verheiratet sein; sie heiraten da schon sehr früh. Aber sie hatte Schwestern. Aber nun paß mal auf, wie ich mir das vorstelle. Das erstemal, wenn ich an Land gehe, nehme ich Verbindung auf. Das letztemal, wenn ich der Freiheit entgegeneile, was nach Möglichkeit in der Nacht vor dem Start des Schiffes sein wird, springe ich an Land gleich in eine Haustür, dann nach hinten hinaus weg und auf den Horizont zu in einem Tempo, daß ich nicht mal als kleiner Fleck zu erkennen bin. Wenn man auf dem Schiff hinter meinen Namen ›späte Rückkehr‹ setzt, bin ich schon Hunderte von Meilen weit weg, liege an einem rauschenden Strom in jungfräulicher Wildnis, laß mir den Bart wachsen und memoriere meinen neuen Namen. Schlag ein, Junge, und du kannst mit mir am Ufer fischen.«

Max wand sich unbehaglich hin und her. Die Vorstellung erweckte ein Heimweh in ihm, dessen er sich vorher nicht bewußt gewesen war. Dennoch widerstrebte es ihm, seine ›Raumfahrerkarriere‹ so ohne weiteres aufzugeben. »Ich will darüber nachdenken.«

»Tu das. Wir haben ja auch noch ein paar Wochen Zeit.« Sam stand auf. »Ich geh jetzt lieber, bevor sich der alte Dumont wundert, wo ich stecke. Sieh zu, daß du mit dir einig wirst, und denke dran: Der gerade Weg ist nicht immer der beste.«

Max' Pflichten führten ihn nur über das C-Deck hinaus, wenn er die Sandkästen der Katzen auswechseln mußte, und das tat er gewöhnlich, ehe die Passagiere wach waren. Er hätte gern einmal den Kommandoraum gesehen, doch hatte er keine Möglichkeit dazu, denn die Brücke lag noch höher als die Passagierräume. Des öfteren hatte er jedoch Besuch bei seinen sieben Hunden und drei Katzen. Die Besitzer kamen, um sich nach ihren Lieblingen umzuschauen, und manchmal drückten sie Max auch ein Trinkgeld in die Hand. Anfänglich hatte sein dickschädliger, bäurischer Stolz ihn solche Gaben zurückweisen lassen, aber als Sam davon hörte, nahm er Max ins Gebet: »Sei kein Narr! Die können es sich erlauben. Was hat das für einen Sinn?«

»Aber ich würde ihre Köter auch so Gassi führen. Das ist mein Job.« Max wäre weiterhin von der Richtigkeit seiner Ansicht überzeugt gewesen, hätte ihn nicht Mr. Gi nach einer Woche darauf angesprochen. Er betrachtete Max' Überzeugungen als äußerst merkwürdig und verlangte seinen Anteil – »für einen wohltätigen Zweck«.

Als Max Sam auf diesen ›wohltätigen Zweck‹ ansprach, erntete er nur schallendes Gelächter. »Eine sehr interessante Frage«, sagte Sam. »Hast du noch mehr solcher Fragen auf Lager?«

»Ich denke nicht.«

»Max, ich mag dich. Aber du hast noch nicht gelernt, daß man sich in Rom wie ein Römer verhalten muß. Jeder Stamm hat seine eigenen Sitten. Was an einem Ort als moralisch gilt, ist an einem anderen das genaue Gegenteil. Es gibt Rassen, bei denen ist es die oberste Pflicht eines Sohnes, seinen alten Herrn ins Jenseits zu befördern und ihn zum Abendessen zu verspeisen, sobald der Junge in der Lage ist, eine Keule zu schwingen ... das sind zivilisierte Rassen; Rassen, die vom Hohen Rat diplomatisch anerkannt werden. Was sagt deine ›Moral‹ zu einem solchen Verhalten?«

Max hatte über solche Rassen gelesen – die sanften, friedlichen Bnathor zum Beispiel, oder die elefantenähnlichen Amphibien Paldrons. Wahrscheinlich gab es noch viel mehr. Er hielt sich nicht für berechtigt, nichtmenschliche Rassen zu beurteilen. Sam fuhr fort: »Ich habe Stewards gekannt, gegen die Jack the Ripper ein Philantrop war. Sieh es mal von Mr. Gis Standpunkt. Er betrachtet diese Dinge als ein Vorrecht, das ihm aufgrund seiner Position zusteht, als einen rechtmäßigen Teil seines Einkommens. Es hat ihn Jahre gekostet, bis er dort war, wo er jetzt ist. Jetzt erwartet er den Lohn für seine Mühen.«

Max wußte, daß Sam ihn immer niederreden konnte.

Trotzdem konnte er sich nicht eingestehen, daß Sam mit seiner These recht hatte. Es gab nun einmal Dinge, die richtig und andere, die falsch waren – egal wo man sich befand. Max' Überzeugung war zu gefestigt, um durch Sams fröhlichen Zynismus erschüttert zu werden. Es wurmte Max, daß er nur aufgrund eines gemeinen Betrugs ins Schiff gekommen war. Manchmal lag er nachts wach und machte sich Vorwürfe.

Doch es sorgte ihn noch viel mehr, daß dieser Betrug eines Tages ans Licht kommen könnte. Daher dachte er immer wieder über Sams Vorschlag nach.

Das einzige außerterrestrische Geschöpf, das Max in Obhut hatte, war ein Spinnenaffe vom terrestrischen Planeten Hespera. Als Max seinen Dienst in der *Asgard* antrat, fand er dieses Tier in einem der Käfige, die für Katzen bestimmt waren; Max schaute hinein, und ein trauriges, kleines, ziemlich affenähnliches Gesicht blickte zu ihm zurück. »Hallo – Mensch!«

Max wußte zwar, daß manche Spinnenaffen gewissermaßen die menschliche Sprechweise angenommen hatten, doch er war in diesem Augenblick entsetzt und sprang zurück. Als er sich wieder gefaßt hatte, ging er näher heran. »Hallo du selber«, antwortete er. »Meine Güte, bist du aber ein komischer kleiner Kerl.« Das Fell des Tieres war auf dem Rücken von einem tiefen leuchtenden Grün, während es an den Seiten ins Orange und auf seinem kleinen runden Bauch ins Beige überging.

»Will raus«, rief der Spinnaffe.

»Ich kann dich nicht rauslassen, ich muß arbeiten.« Max entdeckte die Tafel am Käfig. Die Inschrift lautete: ›Mr. Chips, Pseudocanis hexapoda hesperae, Eigentümer: Miß E. Coburn, A-092‹. Darunter stand eine detaillierte Anweisung, die Nahrung und Pflege betraf. Mr. Chips aß Würmer, von denen es genug im Gefrierraum H-118 gab, frisches Obst und Gemüse, gekocht oder roh, und außerdem mußte er, wenn weder Meergras noch Artischocken verfügbar waren, täglich etwas Jod bekommen. Max durchstöberte sein Gedächtnis, ging in Gedanken alles durch, was er über diese Geschöpfe gelesen hatte, und kam zu dem Schluß, daß die Anweisungen vernünftig waren.

»*Bitte* raus!« wiederholte Mr. Chips beharrlich.

Es war ein Appell, der ans Herz griff. Keine holde Jungfer, die verzweifelt in ihrem finsteren Verlies heulte, hätte Max tiefer rühren können. Der Raum, in dem die Katzen untergebracht waren, war klein, und die Tür konnte verriegelt werden; möglicherweise konnte man Mr. Chips einen kleinen Spaziergang gestatten – aber erst später, denn zunächst mußte sich Max um die anderen Tiere kümmern.

Als sich Max zum Gehen wandte, klammerte sich Mr. Chips an die Käfigstangen und weinte bitterlich. Max blickte zurück und sah, daß dem Tierchen echte Tränen über die Wangen kullerten. Eine Träne hing zitternd an der lächerlich kleinen Nase. Max fiel es schwer, den Raum zu verlassen. Er hatte die Ställe gesäubert und kümmerte sich nun um den Zwinger. Nachdem die Hunde und Katzen versorgt waren, hatte er Zeit, sich seinem neuen Freund zu widmen. Max hatte ihm als erstem etwas zu essen gegeben, damit das Heulen aufhörte. Doch als er zurückkehrte, war Mr. Chips' Wille hinauszukommen ungebrochen.

»Wenn ich dich rauslasse, wirst du dann auch später wieder zurückgehen?«

Der Spinnenaffe dachte kurz darüber nach. Ein bedingter Vorschlag schien sein semantisches Fassungsvermögen zu übersteigen, denn er wiederholte nur: »Will raus.« Und Max riskierte es.

Mr. Chips landete auf seiner Schulter und machte sich sofort daran, Max Taschen zu durchsuchen. »Zucker«, verlangte er.

Max streichelte ihn. »Tut mir leid, Kerlchen. Ich wußte nicht ...«

»Zucker?«

»Kein Zucker.« Mr. Chips untersuchte Max noch einmal und ließ sich nach dem vergeblichen Bemühen in Max' Armbeuge nieder, wo er sich für eine Woche oder auch länger einzurichten schien. Er hat nicht viel von einem typischen Haustier an sich, dachte Max. Aber er war mit Sicherheit auch keine Spinne. Die sechs Beine wirkten sogar ziemlich überflüssig. Das vordere Paar lief in kleine Hände aus, während die beiden hinteren einem doppelten Zweck dienten. Das Tierchen sah aus wie ein Affe, doch aufgrund seines Geruchs und seiner Reinlichkeit erinnerte es Max eher an eine Katze.

Max versuchte mit ihm zu reden, obwohl die intellektuellen Fähigkeiten des Spinnenaffen ziemlich begrenzt waren. Zwar verwendete er vereinzelte menschliche Worte durchaus sinnvoll, doch er besaß nur das Vokabular eines Kleinkindes.

Als Max versuchte, ihn wieder in den Käfig zurückzuführen, gab es zwanzig Minuten lang einen tollen Wirbel, der nur durch gelegentliche kleine Pausen unterbrochen wurde. Mr. Chips fegte über die Käfige und versetzte die Katzen in Raserei. Als der Spinnenaffe endlich geruhte, sich aufnehmen zu lassen, widersetzte er sich noch immer der Einkerkerung, indem er sich an Max anklammerte und laut schluchzte. Schließlich blieb Max nichts anderes übrig, als ihn auf dem Arm spazierenzutragen, bis er einschlief.

Dies war natürlich ein Fehler. Ein Präzedenzfall war geschaffen worden, und danach war es Max nicht mehr möglich, den Käfig zu verlassen, ohne das Baby auf dem Arm herumzutragen.

Wer aber mochte wohl die ›Miß Coburn‹ sein, die auf der

Tafel als Eigentümer verzeichnet war? All die übrigen Besitzer von Katzen und Hunden waren schon erschienen, um ihre Lieblinge zu sehen, aber Mr. Chips blieb ohne Besuch, und Max stellte sich die Dame als eine säuerliche, spinöse alte Jungfer vor, die das Tierchen als Abschiedsgeschenk empfangen hatte, es aber nicht liebte. Je mehr seine Freundschaft zu dem Spinnenaffen wuchs, desto weniger schmeichelhaft wurde das Bild, das er sich in Gedanken von Miß E. Coburn machte.

Die *Asgard* war schon über eine Woche draußen und nur noch Tage vom ersten Übergang in eine neue Kreisbahn entfernt, als Max Gelegenheit bekam, seine Vorstellung mit der Wirklichkeit zu vergleichen. Er war gerade dabei – Mr. Chips rittlings auf der Schulter und Ratschläge erteilend –, den Stall zu reinigen, als Max eine schrille Stimme aus dem Hunderaum hinter sich hörte. »Mr. Chips! Chips! Wo bist du?«

Plötzlich richtete sich der Spinnenaffe auf und wandte den Kopf. Fast im gleichen Augenblick erschien eine junge Frau in der Tür; Mr. Chips quiekte: »Ellie!« und sprang auf ihre Arme. Während sie sich gegenseitig betätschelten, hatte Max Zeit, sich die Frau anzusehen. Sechzehn, urteilte er, oder siebzehn. O Gott, o Gott, wie sollte ein Mann herausfinden, wie alt eine Frau ist, wenn die Weiber immer so komische Sachen mit ihren Gesichtern anstellten? Jedenfalls war sie keine Schönheit, und ihr Gesichtsausdruck verstärkte diesen Eindruck noch.

Sie richtete ihren Blick auf Max und setzte dabei eine finstere Miene auf. »Was hatten Sie mit Chipsie vor? Antworten Sie mir!«

Max sträubten sich die Nackenhaare. »Nichts«, sagte er kurz. »Wenn Sie mich bitte entschuldigen wollen, ich habe zu tun.« Damit wandte er ihr den Rücken zu und beugte sich über seinen Besen.

Die Frau aber ergriff Max am Arm und riß ihn herum. »Antworten Sie mir! Oder ich sag's dem Kapitän, ja – das werde ich!«

Max zählte bis zehn, dann, um ganz sicher zu gehen, sagte er das erste Dutzend der siebenstelligen natürlichen

Logarithmen auf. »Das ist Ihr gutes Recht, gnädiges Fräulein«, sagte er mit einer geradezu unglaublichen Ruhe, »aber bitte, erstens – wie heißen Sie, und was ist Ihr Anliegen hier? Diese Räume stehen unter meiner Obhut, und ich bin – Auftrag des Kapitäns – verantwortlich für diese Tiere.« Er wußte sich in dieser Hinsicht völlig im Einvernehmen mit dem Raumgesetz, obgleich der Gedankengang ziemlich lang war.

Die junge Frau blickte entsetzt hoch. »Nun, ich bin Eldreth Coburn«, platzte sie heraus, als müsse das jeder wissen.

»Und Ihr Anliegen?«

»Ich kam, um Mr. Chips zu sehen – wozu denn sonst?«

»In Ordnung, gnädiges Fräulein. Sie dürfen Ihren Liebling eine angemessene Zeit besuchen«, erwiderte Max, wobei er seine Dienstanweisung wörtlich zitierte. »Dann muß er wieder in den Käfig zurück. Beunruhigen Sie nicht die anderen Tiere, und füttern Sie sie nicht. Das ist Vorschrift.«

Fräulein Coburn wollte den Mund schon zu einer Entgegnung öffnen, hielt sich aber zurück und biß sich auf die Lippen. Indessen hatte der Spinnenaffe von einem Gesicht zum anderen geblickt und einer Unterhaltung gelauscht, die weit über seinen Horizont ging, obwohl er die Erregung, die in den Worten mitschwang, hätte spüren können. Jetzt streckte er einen seiner Arme aus und zupfte an Max' Ärmel. »Max« rief Mr. Chips strahlend, »Max!«

Wieder sah Miß Coburn entsetzt auf. »Ist das Ihr Name?«

»Jawohl, gnädiges Fräulein. Max Jones. Ich nehme an, er hat versucht, mich Ihnen vorzustellen. Stimmt's, alter Kerl?«

»Max«, wiederholte Mr. Chips entschieden. »Ellie.«

Eldreth Coburn blickte zu Boden, dann sah sie Max mit verlegenem Lächeln an. »Sie beide scheinen Freunde zu sein. Ich glaube, ich habe den Ton verfehlt. Ich und mein Mundwerk!«

»Ich bin sicher, Sie wollten mich nicht verletzen, gnädiges Fräulein«, fuhr Max sehr förmlich fort. Doch schon redete sie weiter: »Ich war sehr ungezogen – es tut mir aufrichtig leid –, es tut mir hinterher immer sehr leid. Aber ich war einfach entsetzt, als ich den offenen, leeren Käfig sah. Ich dachte zunächst, Chipsie sei weg.«

Max mußte wider Willen lächeln. »Gewiß, gewiß – ich nehme es Ihnen auch nicht übel. Sie waren erschrocken.«

»Ja, das ist es – ich war erschrocken.« Sie blickte Max in die Augen. »Chipsie nennt Sie Max. Darf ich Sie auch Max nennen?«

»Warum nicht? Jeder nennt mich so – es ist schließlich mein Name.«

»Und Sie nennen mich Eldreth, Max. Oder auch Ellie.« Die junge Frau blieb und spielte mit dem Spinnenaffen, bis Max mit den Tieren fertig war. Dann meinte sie widerstrebend: »Ich denke, ich gehe jetzt lieber, sonst vermißt man mich noch.«

»Kommen Sie wieder?«

»Aber natürlich.«

»Hmm ... Fräulein Eldreth ...«

»Ellie.«

»Darf ich Ihnen eine Frage stellen?« fragte Max. »Vielleicht geht mich das nichts an, aber warum sind Sie so lange nicht gekommen? Der kleine Kerl ist schrecklich einsam gewesen. Er hat bestimmt gedacht, Sie hätten ihn vergessen.«

»Nicht ›er‹ – ›sie‹.«

»Wie?«

»Mr. Chips ist ein Mädchen«, sagte sie entschuldigend. »Es war ein Fehler, der einem jeden hätte unterlaufen können. Dann aber war es zu spät, weil eine Namensänderung sie ganz durcheinandergebracht hätte.«

Der Spinnenaffe zeigte in diesem Augenblick eine strahlende Miene und wiederholte: »Mr. Chips ist ein Mädchen. Zucker, Ellie?«

»Nächstesmal, mein Süßes.«

Max war nicht der Meinung, daß der Name angesichts der Tatsache, daß der nächste andere Spinnenaffe Lichtjahre entfernt irgendwo im Raum zu finden sein mochte, von Bedeutung sei. »Sie haben meine Frage noch nicht beantwortet.«

»Ja, wissen Sie, das hat mich fast verrückt gemacht. Sie haben mich nicht gehen lassen.«

»Wer sind denn ›sie‹? Ihre Angehörigen?«

»Aber nein! Der Kapitän und Frau Dumont.« Max stellte fest, daß man aus ihr ebenso schwer eine klare Antwort herausbekam wie aus Mr. Chips. »Ja, sehen Sie, ich kam nämlich im Krankenwagen hierher – war irgendso ein dummes Fieber – Fleischvergiftung wahrscheinlich. Die ganze Sache war halb so schlimm, denn ich bin zäh. Aber sie hielten mich im Bett, und als der Arzt mich endlich aufstehen ließ, sagte Frau Dumont, ich dürfe nicht weiter runter als bis zum C-Deck gehen. Sie hatte irgendeine alberne Vorstellung, daß es da unten nicht sauber sei.«

Max verstand die Einstellung der Stewardeß, denn er hatte schon entdeckt, daß manche seiner Kollegen einen ziemlich rauhen Ton an sich hatten – allerdings bezweifelte er, daß es einem von ihnen eingefallen wäre, eine Reisende auch nur im geringsten zu belästigen. Kapitän Blaine hätte in einem solchen Falle den Betreffenden ohne weiteres im All ausgesetzt.

»Darum mußte ich mich heimlich auf den Weg machen. Gewiß suchen sie mich jetzt schon. Also nichts wie weg.«

Dieses Vorhaben entsprach jedoch in keiner Weise den Vorstellungen von Mr. Chips. Der Spinnenaffe klammerte sich an sie und schluchzte in einem fort »Ach, Liebling« und wischte sich die Tränen mit seinen kleinen Händchen ab, daß es einen Stein hätte erweichen können.

Max machte ein bekümmertes Gesicht. »Ich glaube, ich habe ihn – sie – ein bißchen verzogen. Mr. Chips – meine ich.« Und er erklärte Ellie, wie er dazu gekommen war, das Baby umherzutragen.

Eldreth zeigte sich äußerst beunruhigt. »Aber ich muß doch jetzt gehen. Was soll ich denn tun?«

»Nun, sehen wir mal, ob er – sie – zu mir zu kommen geruht.« Und Mr. Chips geruhte. Eldreth gab ihr einen kleinen Klaps und lief davon, worauf Mr. Chips noch länger als sonst brauchte, um einzuschlummern.

Max fragte sich, ob man einen Spinnenaffen hypnotisieren konnte. Das ständig wiederkehrende Ritual ging ihm langsam auf die Nerven.

Am nächsten Tag erschien Eldreth unter dem wachsamen Blick von Mrs. Dumont. Max zeigte gegenüber der Stewardeß den gebührenden Respekt und war darauf bedacht, Ellie »Miß Coburn« zu nennen. Am nächsten Tag kam Ellie wieder allein. Max blickte an ihr vorbei und hob eine Augenbraue. »Wo ist Ihre Gouvernante?«

Eldreth kicherte. »La Dumont hat sich mit ihrem Gatten beraten, und der hat sich an Ihren Boß gewandt ... den kleinen, dicken. Sie kamen überein, daß Sie ein vollendeter Gentleman seien, vollkommen harmlos. Wie gefällt Ihnen das?«

Max dachte darüber nach. »Nun, ich bin zwar Axtmörder von Beruf, aber im Augenblick habe ich Urlaub.«

»Wie nett. Was haben Sie da?«

Es war ein Drei-Dee-Schach. Max hatte es immer mit seinem Onkel gespielt. Schließlich spielten alle Astrogatoren Drei-Dee. Nachdem er herausgefunden hatte, daß es einige der Kartenführer und Techniker spielten, hatte Max etwas Geld springen lassen, um sich dieses Set zu organisieren. Es war ein ausgesprochen billiges Gerät, das weder Warnlichter noch Fernsteuerung besaß. Das ganze Set bestand nur aus drei durchsichtigen Plastikplatten und äußerst einfachen Figuren, aber es reichte aus.

»Ein Drei-Dee-Schach. Haben Sie schon mal eins gesehen?«

»Ja, aber ich habe nicht gewußt, daß Sie spielen.«

»Warum nicht? Haben Sie je normales Schach gespielt?«

»Ein wenig.«

»Das ist im Prinzip genau das gleiche, es gibt nur ein paar Figuren mehr und einige zusätzliche Züge. Ich werd's Ihnen zeigen.«

Ellie hockte sich im Schneidersitz auf den Boden, während Max ihr die Regeln erklärte. »Das hier sind Robotfrachter ... Bauern. Sie können in jede beliebige Figur umgewandelt werden, wenn sie den äußeren Rand erreichen. Diese vier hier sind Sternenschiffe. Sie sind die einzigen, die sich auf recht merkwürdige Weise fortbewegen. Man kann sie in etwa mit Springern vergleichen. Sie müssen immer von einer Ebene zur anderen springen, aber die Transition darf nur auf eine ganz bestimmte Art und Weise durchgeführt werden, etwa so ... oder so. Dies hier ist das kaiserliche Flagschiff. Das muß man Schachmatt setzen. Außerdem gibt es noch ...« Sie machten ein Übungsspiel. Mr. Chips half ihnen dabei. Sie liebte es die Figuren zu bewegen, allerdings kümmerte sie sich dabei nicht um die Regeln.

Schließlich sagte Max: »Sie lernen sehr schnell.«

»Danke.«

»Natürlich spielen die wirklich guten Spieler Vier-Dee-Schach.«

»Sie auch.«

»Nun, äh, nein. Aber ich hoffe, es eines Tages zu lernen. Es geht eigentlich nur darum, die vierte Dimension ständig vor dem geistigen Auge zu haben. Mein Onkel hat es immer gespielt. Er wollte es mich lehren, doch dann ist er gestorben.« Max erzählte von seinem Onkel. Dabei vermied er jedoch, von der großen Enttäuschung zu berichten, nachdem er erfahren hatte, daß Onkel Chet ihn nicht bei der Gilde vorgeschlagen hatte.

Eldreth nahm ein Sternenschiff von der Spielfläche. »Sagen Sie, Max, sind wir nicht schon sehr nahe an unserer ersten Transition?«

»Wieviel Uhr haben wir?«

»Zwanzig nach vier ... ich sollte besser wieder nach oben gehen.«

»Dann haben wir noch circa 37 Stunden und sieben Minuten.«

»Hmmm ... Sie scheinen sich in solchen Dingen auszukennen. Können Sie mir erklären, was wir genau tun? Ich habe einem Astrogator während des Abendessens zugehört, aber ich habe kein Wort verstanden. Wir tauchen in eine Art verformten Raum, oder?«

»Nein, nein, keine Raumverformung. Das ist ein bescheuerter Ausdruck. Der Raum ›verformt‹ sich nicht ... außer an Orten, wo Pi nicht genau 3,415926535897932384626433827 und so weiter ist. Es ist wie in einem Atomkern. Wir bewegen uns in Wirklichkeit zu einem Ort, wo der Raum *flach* ist, nicht leicht gebogen, wie in der Nähe eines Sterns. Anomalien sind immer flach, sonst könnten sie sich nicht einfügen, nicht kongruent sein.«

Ellie machte ein verwirrtes Gesicht. »Können Sie das noch mal wiederholen?«

»Nun, Eldreth ... wie weit sind Sie in der Mathematik gekommen?«

»Ich? Ich bin bei der Dezimalrechnung durchgefallen. Miß Mimsey hat sich sehr darüber geärgert?«

»Miß Mimsey?«

»Miß Mimsey's Schule für Höhere Töchter. Wie Sie sehen, bin ich ein hervorragender Zuhörer.« Sie schnitt eine Grimasse. »Aber wenn ich mich recht erinnere, haben Sie erzählt, daß Sie nur eine Volksschule besucht hätten ... und die haben Sie noch nicht einmal abgeschlossen.«

»Stimmt, aber ich habe viel von meinem Onkel gelernt. Er war ein genialer Mathematiker. Nun ja, man hat zwar kein Theorem nach ihm benannt ... aber trotzdem war er ein genialer Mathematiker, glaube ich.« Max machte eine kurze Pause. »Ich weiß nicht, wie ich es Ihnen erklären soll. Man braucht einige Formeln dafür. Könnten Sie mir vielleicht für einen Moment Ihren Schal borgen?«

»Was? Ja, sicher.« Ellie nahm den Schal von der Schulter und reichte ihn Max.

Auf dem Schal war ein stylisiertes Bild unseres Sonnensystems zu sehen, ein Souvenir vom Tag der Solaren Vereinigung. In der Mitte des quadratischen Tuches befand sich eine Sonnenscheibe, die von mehreren Kreisen umgeben war. Diese Kreise sollten die Umlaufbahnen der verschiedenen Planeten darstellen. An manchen Stellen hatte der Künstler ein paar Kometen eingestreut, um das Bild aufzulockern. Der Maßstab war verzerrt, und deshalb konnte man es nicht als wissenschaftliches Abbild des irdischen Sonnensystems verwenden, aber für Max' Zwecke reichte es. Max nahm den Schal und sagte: »Hier ist der Mars.«

»Das haben Sie gelesen. Sie schummeln«, erwiderte Eldreth.

»Seien Sie mal einen Augenblick still. Hier ist der Jupiter. Um vom Mars zum Jupiter zu gelangen, muß man von hier nach hier, nicht wahr?«

»Offensichtlich.«

»Aber nehmen wir einmal an, ich würde den Schal so falten, daß der Mars über dem Jupiter steht ... was würde uns davon abhalten, den kürzeren Weg zu nehmen?«

»Nichts, nehme ich an. Außer vielleicht, daß das, was wir mit diesem Schal veranstalten, wohl kaum in der Realität funktionieren würde ... oder doch?«

»Nein, nicht so nah an einem Stern. Aber es funktioniert hervorragend, wenn man sich ein wenig von dem Stern entfernt. Genau das ist eine Anomalie, ein Ort, wo der Raum sich auf sich selbst zurückfaltet. Dadurch schrumpft eine scheinbar unendliche Entfernung auf Null.«

»Dann ist der Raum *also doch* verformt.«

»Nein, nein, nein! Ich habe Ihren Schal nur gefaltet, nicht außer Form gebracht. Mit dem Raum verhält es sich genauso. Er ist wie ein Stück zusammengeknülltes Papier ... aber er ist nicht verformt, nur zerknüllt. Allerdings erstreckt sich das natürlich über die verschiedensten Dimensionen.«

»So ›natürlich‹ finde ich das gar nicht.«

»Die notwendigen mathematischen Formeln sind sehr einfach, aber man kann es schwer erklären, da man es nicht sehen kann. Man könnte den Raum – *unseren* Raum – wahrscheinlich so weit zusammenknüllen, daß er in eine Kaffeetasse passen würde. Natürlich müßte es eine vierdimensionale Kaffeetasse sein.«

Ellie seufzte. »Ich verstehe immer noch nicht, wie eine vierdimensionale Kaffeetasse Kaffee aufnehmen könnte ... geschweige denn eine ganze Galaxie.«

»Überhaupt kein Problem. Sie könnten diesen schweren Schal in einem Fingerhut verstauen. Das ist dasselbe Prinzip. Aber lassen Sie mich ausreden. Früher hat man geglaubt, nichts sei schneller als das Licht. Nun, das war sowohl falsch als auch richtig. Es ...«

»Wie kann es beides zugleich sein?«

»Das ist eine der Horstschen Anomalien. Sie können sich nicht schneller als das Licht bewegen, nicht in unserem Raum. Wenn Sie es doch tun, verlassen Sie diesen Raum. Aber wenn Sie es tun, wo der Raum sich auf sich selbst zurückgefaltet hat, wo er kongruent ist, dann fallen Sie sofort wieder in unseren Raum zurück ... nur ein ganzes Stück weiter weg. Wie weit, hängt davon ab, wie sehr der Raum gefaltet ist. Und das wiederum hängt von der Masse im Raum ab. Das ist alles außerordentlich kompliziert. Es ist einfacher, es zu berechnen als es in Worte zu fassen.«

»Nehmen wir einmal an, Sie würden es *irgendwo* tun?«

»Das ist den ersten passiert, die es versucht haben. Sie sind niemals zurückgekehrt. Deswegen sind die entsprechenden Expeditionen auch so gefährlich. Aufklärungsschiffe stoßen durch Anomalien vor, die zwar berechnet worden sind, die aber noch nie jemand durchquert hat. Das ist auch der Grund, warum Astrogatoren so gut bezahlt werden. Sie müssen das Schiff an einen Ort bringen, den man nicht sehen kann, *und* sie müssen knapp unter Lichtgeschwindigkeit dort ankommen, *und* sie müssen an einem ganz bestimmten Punkt auf die Tube drücken. Wenn sie sich nur um eine winzige Kleinigkeit verrechnen oder versuchen eine Abkürzung zu nehmen ... Seit wir die Atmosphäre verlassen haben, haben wir ständig mit 24G beschleunigt. Aufgrund der künstlichen Gravitation an Bord des Schiffes spüren wir nichts davon. Wir sind nicht mehr weit von der Lichtgeschwindigkeit entfernt. Bald werden wir die Einsteinmauer durchbrechen. Wir werden wie ein Melonenkern zwischen Ihren Fingern durch den Raum gepreßt und in der Nähe von Theta Centauri wieder herauskommen, 58 Lichtjahre entfernt. Es ist alles sehr einfach, wenn man weiß wie man an die Sache herangehen muß.«

Ellie schauderte. »*Wenn* wir herauskommen.«

»Nun, davon gehe ich aus. Es ist nicht so gefährlich wie Hubschrauberfliegen. Sehen Sie es doch mal so: Wenn es die Anomalien nicht gäbe, wäre niemand von uns je zu den Sternen gereist. Die Entfernungen wären einfach zu groß. Rückblickend ist es vollkommen klar, daß es diese große Leere in Wirklichkeit nie gegeben hat ... es *mußte* einfach Anomalien geben. Jedenfalls hat das mein Onkel immer gesagt.«

»Ich nehme an, er hatte recht ... selbst wenn ich es nicht verstehe.« Ellie stand auf. »Aber ich weiß, daß ich mich besser wieder nach oben begeben sollte, sonst ändert Mrs. Dumont vielleicht doch noch ihre Meinung.« Sie umarmte Mr. Chips und legte die kleine Kreatur in Max' Arm. »Gehen Sie mit dem Kind noch was spazieren. Sie sind ein guter Freund.«

Drei Arten, nach oben zu kommen

Max hatte beabsichtigt, während der ersten Transition wachzubleiben, aber er verschlief sie völlig, denn sie fand kurz nach fünf Uhr morgens, Schiffszeit, statt. Als er geweckt wurde, war sie schon vorüber. Wütend darüber, daß er die Zeit verpaßt hatte, sprang Max in seine Kleider und jagte nach oben. Die Gänge des Passagierbereichs waren ruhig und leer; selbst die Frühaufsteher würden nicht vor einer Stunde auf sein. Er ging sogleich zum Salon und durchquerte ihn bis zu dem großen Ausguck, der zum Vergnügen der Passagiere dort eingerichtet war.

Die Sterne sahen durchaus normal aus, doch die vertrauten Konstellationen waren verschwunden. Nur die Milchstraße, unsere eigene Milchstraße, zeigte das gewohnte Bild – denn für die ungeheure Scheibe von Sternen, die einen Durchmesser von einigen hunderttausend Lichtjahren besitzt, war eine winzige Verschiebung von weniger als sechzig Lichtjahren ohne jede Bedeutung.

Ein besonders heller, gelb-weißer Stern war sichtbar; Max war der Meinung, daß es Theta Centauri, die Sonne von Garsons Planet – ihr erster Landepunkt – sein müsse. Da er nicht im Passagierbereich gleichsam herumlungernd entdeckt werden wollte, machte er sich an die Arbeit.

Normalerweise war die Reinigung der Katzenklos seine Entschuldigung für einen längeren Aufenthalt auf den oberen Decks, doch diesmal beeilte sich Max mit seiner Arbeit. Deshalb war er bereits wieder vor dem Frühstück in den Mannschaftsquartieren.

Die Fahrt nach Garsons Planet dauerte, selbst bei der hohen Geschwindigkeit eines Horst-Conrad-Schiffes, fast einen Monat. Eldreth setzte ihre täglichen Besuche fort, einmal um Mr. Chips zu sehen, zum anderen, um mit Max zu plaudern und dreidimensionales Schach zu spielen. Dabei erfuhr Max, daß Ellie, wenn sie auch in Auckland auf Terra geboren war, nichtsdestoweniger auf Hespera ihre wahre Heimat gefunden hatte. »Vati hat mich nach Terra geschickt, damit man mich dort zu einer richtigen Dame erzieht, aber es war zwecklos.«

»Wie soll ich das verstehen?«

Sie lächelte. »Ich bin ein problematisches Geschöpf. Deshalb hat man mich auch wieder zurückgeholt – Schach, Max! Chipsie, stell die Figur wieder zurück. Mir scheint, als ob dieser kleine Teufel auf Ihrer Seite spielt.«

Allmählich gelang es Max, die Einzelteile des Mosaiks zusammenzufügen und sich ein Bild von Ellie zu machen. Miß Mimseys Schule war die dritte, von der man sie verwiesen hatte. Sie mochte die Erde nicht. Ellie war entschlossen, nach Hause zu fahren, und sie hatte in jedem Institut, dem man sie anvertraut hatte, ein Terrorregime aufgezogen. Ihr Vater, der Witwer war, wollte ihr eine angemessene Erziehung angedeihen lassen, doch sie war strategisch in der günstigeren Stellung gewesen, um ihren Willen durchzusetzen – die Anwälte ihres Vaters auf Terra hatten sich der unbequemen Dame einfach entledigt und sie nach Hause geschickt.

Sam machte den Fehler, Max wegen Eldreth zu hänseln. »Hast du sie schon so weit gebracht, daß sie den Hochzeitstag festgelegt hat, alter Junge?«

»Wer soll was festsetzen?«

»Na, nun hab dich nur nicht so. Alle Welt auf dem Schiff weiß davon, mit Ausnahme vielleicht des Kapitäns. Warum stellst du dich denn deinem alten Freund gegenüber dumm?«

»Also hör mal, ich weiß überhaupt nicht, wovon du sprichst!«

»Versteh mich recht, Max. Ich wollte keine Kritik üben, ich wollte nur meine Bewunderung ausdrücken. Ich hätte niemals den Nerv gehabt, mich auf ein so hohes Roß zu setzen. Aber es heißt ja schließlich nicht umsonst: Es gibt drei Wege, vorwärts zu kommen; Schweiß und Genie, eine rechte Geburt in eine rechte Familie oder Einheirat. Von den dreien ist die Tochter des Chefs immer am besten, weil ... Hallo! Um Gottes willen – reg dich bloß nicht auf!« Sam sprang einen Schritt zurück.

»Nimm das zurück!«

»Ja, natürlich, mache ich. Ich hatte unrecht! Aber ich sage dir, meine Bemerkung entsprang nur der reinen Bewunderung. War falsch von mir, ich gebe es zu. Drum entschuldige bitte, ich nehme auch die Bewunderung zurück.«

»Aber ...« Max konnte nicht umhin zu lächeln. Man konnte Sam einfach nicht böse sein. Natürlich war der Mann ein Gauner, wahrscheinlich auch ein Deserteur und mit Sicherheit ein Zyniker, der seine Umwelt mit böser Zunge karikierte, aber so war er nun mal. Sam war Max' Freund.

»Ich habe ja gewußt, daß du nur Spaß gemacht hast. Wie sollte ich mir einfallen lassen, an Heirat zu denken, wo wir beide doch vorhaben ...«

»Mensch, sprich leise.« Und Sam fuhr leise fort: »Du hast es dir also überlegt?«

»Ja. Es ist der einzige Ausweg. Ich will nicht mehr zur Erde zurück.«

»Guter Junge! Du wirst es nicht bereuen.« Sam machte ein nachdenkliches Gesicht. »Aber wir brauchen Geld.«

»Nun, ich habe noch was auf dem Konto.«

»Sei kein Narr. Wenn du versuchst, das ganze Geld auf einmal abzuheben, lassen sie dich bestimmt nicht vom Schiff. Aber – mach dir keine Gedanken, spare dein Trinkgeld, alles, was der Dicke dir läßt, und ich werde schon für das Weitere sorgen. Laß das meine Sache sein.«

»Aber wie?«

»Ach, es gibt viele Möglichkeiten. Brauchst dich nicht darum zu kümmern.«

»Na, schön. Aber sag mal, Sam, was hast du eigentlich gemeint, als du ... Nehmen wir mal an, ich wollte wirklich Ellie heiraten ... Ich will's natürlich gar nicht; sie ist ja fast noch ein Kind, und übrigens bin ich kein Typ, der aufs Heiraten aus ist, aber nehmen wir bloß mal an. Was sollte das eigentlich jemand anders angehen?«

Sam machte ein überraschtes Gesicht. »Ja, weißt du denn nicht?«

»Warum sollte ich denn sonst fragen?«

»Du weißt also nicht, wer sie ist?«

»Na, was denn? Ihr Name ist Eldreth Coburn, und sie befindet sich auf dem Heimweg nach Hespera. Sie stammt aus den Kolonien. Und?«

»Du armer Junge! Sie hat dir nicht gesagt, daß sie einzige Tochter seiner Exzellenz, des Generals Sir John Fitzgerald Coburn, O.B.E, K.B., O.S.U. und wahrscheinlich auch X.Y.Z., ist, und daß ihr Vater Botschafter auf Hespera und Residierender Bevollmächtigter Hochkommissar ist?«

»Ach du liebe Güte!«

»Verstehst du nun, Junge? Wenn du nur ein kleines bißchen auf Draht bist, kannt du da was herausholen und kannst überallhin, solange es nicht Hespera ist.«

»Du redest Unsinn. Sie ist auf jeden Fall ein zu lieber Kerl.«

Sam mußte kichern. »Gewiß ist sie das. Aber du weißt ja – man muß den warmen Regen ausnutzen.«

Das Wissen um Eldreths Herkunft verwirrte Max. Natürlich hatte er sich gedacht, daß sie vermögend sein müsse – schließlich gehörte sie zu den Passagieren, aber Reichtum als solcher konnte ihm keine Furcht einjagen. Eine Leistung, wie sie sein Onkel vorzuweisen hatte, stand in seinen Augen auf einer viel höheren Stufe. Doch die Erkenntnis, daß Eldreth aus einer so unvorstellbar hohen Gesellschaftsschicht stammte – und daß man ihn, Maximilian Jones, deswegen für einen Mitgift- und Postenjäger hielt –, das war unerträglich.

Max beschloß, dem ein Ende zu bereiten. Er begann seine Arbeit so einzuteilen, daß er mit ehrlicher Überzeugung sagen konnte, er habe keine Zeit zum Schachspielen. Was aber tat Ellie? Sie packte bei der Arbeit mit an und half ihm. Daraufhin unternahm Max während er mit ihr das unvermeidliche Schach spielte, eine direkte Annäherung. »Sehen Sie, Ellie, ich bin der Meinung, Sie sollten nicht hier herunterkommen und mit mir Schach spielen. Die anderen Passagiere, die ihre Tiere besuchen fangen an, darüber zu reden.«

»Puh!«

»Doch, doch – es ist so. Sie und ich, wir wissen, daß nichts dabei ist, aber es sieht nicht so aus.«

Sie schob die Unterlippe vor. »Soll ich vielleicht mit Ihnen auch noch streiten? Sie reden fast so wie Miß Mimsey.«

»Sie können natürlich Chipsie besuchen kommen, aber besser in Gesellschaft irgendeines anderen Tierbesitzers.«

Sie wollte Max zunächst wütend anfahren, zuckte dann jedoch nur mit den Achseln. »Nun gut, auf keinen Fall ist das hier ein angenehmer Ort. Darum werden wir ab sofort nachmittags, wenn Sie mit Ihrer Arbeit fertig sind, im Aufenthaltssalon spielen und auch abends.«

Max protestierte. Mr. Giodano würde das nicht zulassen. Doch Ellie antwortete rasch: »Machen Sie sich keine Sorgen um Ihren Boß. Den kann ich um den kleinen Finger wickeln« – eine Bemerkung, die sie mit einer entsprechenden Handbewegung unterstrich.

Das Bild des fettleibigen Mr. Gi in einer solchen Situation ließ Max zunächst verstummen, doch schließlich brachte er heraus: »Ellie, Mannschaftsmitglieder dürfen den Salon für Reisende nicht benutzen. Es ist ...«

»Doch können sie das. Mehr als einmal habe ich Mr. Dumont mit Kapitän Blaine dort Kaffee trinken sehen.«

»Sie verstehen nicht. Mr. Dumont ist beinahe schon Offizier, und wenn der Kapitän ihn als Gast dazu einlädt, so ist das sein Privileg als Kapitän.«

»In dem Falle würden Sie mein Gast sein.«

»Nein, das würde ich nicht.« Max versuchte, ihr das strikte Reglement zu erklären, nach dem Mannschaftsmitglieder mit Passagieren keinen Umgang pflegen dürften. »Der Kapitän wäre außer sich, wenn er uns jetzt hier zusammen sehen würde – nicht über Sie selbstverständlich, sondern über mich. Wenn er mich im Salon erwischte, würde er mich höchstpersönlich nach unten aufs H-Deck befördern.«

»Das glaube ich nicht.«

»Aber …« Max zuckte mit den Achseln. »Nun gut. Ich werde heute abend kommen. Er wird mir selbstverständlich nicht selber den Fußtritt versetzen, das wäre unter seiner Würde. Aber er wird Mr. Dumont zu mir herüberschicken, um mich zum Gehen aufzufordern, und morgen früh wird er mich zu sich bestellen. Doch mir ist es egal, wenn ich einen Monatssold Strafe zahlen muß, wenn Sie dabei nur einsehen, wie die Dinge stehen.«

Endlich konnte Max feststellen, daß seine Wort Ellie getroffen hatten. »Ja, da kann man nur sagen, das stinkt zum Himmel. Alle Menschen sind doch gleich! Alle Menschen! So lautet das Gesetz.«

»Sind sie es wirklich? Doch wohl nur die da oben.«

Plötzlich stand Ellie auf und ging hinaus. Max mußte sogleich wieder Mr. Chips beruhigen, aber es war niemand da, der ihn selbst beruhigt hätte. Er kam zu dem Schluß, daß der Tag, an dem er und Sam verschwinden würden, nicht schnell genug kommen könnte.

Am nächsten Tag kehrte Eldreth wieder zurück, aber in Begleitung einer Mrs. Mendoza, der hingebungsvollen Besitzerin eines Chow-Chow, der fast so aussah wie sie. Eldreth behandelte Max mit der unpersönlichen Höflichkeit einer Lady, die zu den Bediensteten ›nett‹ ist, änderte jedoch sofort ihr Benehmen, als Frau Mendoza einen Augenblick außer Hörweite war.

»Max?«

»Ja, gnädiges Fräulein?«

»Ich werde Ihnen gleich (…!) Max, wie war der Name Ihres Onkels? Hieß er *Chester* Jones?«

»Ja. Aber warum …«

»Ach, das hat nichts zu sagen«, unterbrach Ellie und wandte sich Frau Mendoza zu. Max war gezwungen, das Thema fallen zu lassen.

Am nächsten Morgen empfing ihn der Kantinier mit

einem: »He, Max! Der Dicke verlangt nach dir. Beeil dich bloß – ich glaube, es sieht trübe für dich aus.«

Max zermarterte sich das Gehirn, während er sich sofort auf den Weg machte. Er konnte sich nicht erinnern, irgend etwas verbrochen zu haben, und versuchte die entsetzliche Furcht, Ellie könnte dahinter stecken, zu unterdrücken.

Es war offensichtlich, daß Giordano nicht entzückt war, doch war alles, was er sagte: »Melden Sie sich im Zahlmeisterbüro. Beeilen Sie sich!«

Und Max beeilte sich.

Der Chefzahlmeister war nicht anwesend; statt dessen wurde Max von Mr. Kuiper empfangen, der ihn mit kalten Augen von oben bis unten ansah. »Legen Sie eine saubere Uniform an – und zwar schnell, und dann melden Sie sich in der Kapitänskabine.«

Max stand regungslos da und schluckte. Mr. Kuiper bellte: »Nun? Bewegen Sie sich!«

»Verzeihen Sie«, platzte es aus Max heraus, »ich weiß nicht, wo die Kapitänskabine ist.«

»Was? Ist denn so etwas möglich! Able-Deck, Radius neun null und außen.« Max setzte sich in Bewegung.

Der Kapitän war in seiner Kabine. Bei ihm waren Mr. Samuel, der Chefzahlmeister, Mr. Walther, der Erste Offizier, und Dr. Hendrix, der Astrogator. Max erinnerte sich sofort daran, was er zu sagen hatte: »Stewardsmaat dritter Klasse Jones meldet sich zur Stelle.«

Kapitän Blaine blickte auf. »Ach ja, Sie sind es – nehmen Sie sich einen Stuhl.« Max gehorchte und setzte sich. Der Kapitän sagte zum Ersten Offizier: »Unter den gegebenen Umständen, glaube ich, ist es das beste, was wir tun können – obwohl es ein wenig drastisch erscheint. Sind Sie einverstanden, meine Herren?«

Der Zahlmeister nickte zustimmend. Max fragte sich, wie drastisch es sein mochte und ob er es überstehen würde.

»Wir werden es als eine Ausnahme ins Logbuch eintragen, und ich werde eine Erklärung für die Zentrale aufsetzen. Schließlich sind Vorschriften dazu da, durchbrochen zu werden. Und damit Schluß.« Max war fest davon überzeugt, daß die Offiziere ihn ganz sang- und klanglos ins Jenseits befördern wollten.

Der Kapitän wandte sich seinem Schreibtisch zu und gab dadurch zu verstehen, daß die Besprechung zu Ende war. Der Erste Offizier räusperte sich. »Kapitän ...« Er deutete mit den Augen auf Max. Kapitän Blaine blickte wieder auf. »Ach ja! Junger Mann, Ihr Name ist Jones?«

»Jawohl! Herr Kapitän.«

»Ich habe gerade Ihre Papiere durchgesehen. Ich sehe, daß Sie sich einmal eine kurze Zeit als Kartenführer in der *Thule* versucht haben?«

»Jawohl, Herr Kapitän.«

»Hat Ihnen nicht zugesagt, wie?«

»Nein, Herr Kapitän.« Max fragte sich, was Sam antworten würde, wenn er mit einer solchen Lüge konfrontiert wurde. »Es war so ... um Ihnen die Wahrheit zu sagen, ich hatte nicht viel mehr zu tun, als die Aschenbecher in der Schwitz – im Kommandoraum zu leeren.« Max hielt den Atem an.

Der Kapitän lächelte kurz. »Kann schon manchmal auf so etwas hinauslaufen. Würden Sie Interesse daran haben, es noch einmal zu versuchen?«

»Was? Jawohl, Herr Kapitän!«

»Dutch?« Der Kapitän wandte sich an den Zahlmeister.

»Kapitän, gewöhnlich sehe ich keine Schwierigkeit darin, wenn ein Mann zweimal dieselbe Arbeit übernimmt. Aber da ist doch diese persönliche Angelegenheit.«

»Hm – ja – tatsächlich. Sie können ihn entbehren?«

»Gewiß, Kapitän. Er bekleidet da, wo er arbeitet, kaum eine Schlüsselposition.« Der Zahlmeister lächelte. »Er ist Tierpfleger.«

Der Kapitän erwiderte das Lächeln und wandte sich dem Astrogatoren zu. »Ich sehe keinen Einwand. Das ist natürlich eine Angelegenheit der Gilde.«

»Kelly ist bereit, ihn zu übernehmen. Er versteht sich darauf, wie Sie wissen.«

»Nun, gut denn ...«

»Einen Augenblick noch, Kapitän.« Der Astrogator

wandte sich an Max. »Jones ... Sie hatten einen Verwandten in meiner Gilde?«

»Meinen Onkel. Chester Jones.«

»Ich habe unter ihm gedient. Ich hoffe, Sie haben etwas von seinem Geschick mit Zahlen.«

»Das hoffe ich auch, Sir.«

»Na, das werden wir ja sehen. Melden Sie sich beim Cheftechniker Kelly.«

Max gelang es, den Kommandoraum zu finden, *ohne nach der Richtung zu fragen*, obwohl er kaum sehen konnte, wohin er ging.

Kartenführer Jones

Die Veränderung in Max' Stellung veränderte auch seine gesamte Lebensperspektive. Dabei entwickelten sich seine sozialen Beziehungen zu den anderen Mannschaftsmitgliedern durchaus nicht zum Besseren. Die Crew des Kontrollraums betrachtete sich selbst als den *Adel* der Mannschaft; ein Status, der ihnen von den Technikern im Maschinenraum streitig gemacht und von den Stewards rundweg geleugnet wurde. Max mußte feststellen, daß er von der Gilde, die er gerade verlassen hatte, nicht mehr so freundlich behandelt wurde, während seine neue Gilde ihn noch nicht als vollwärtiges Mitglied akzeptierte.

Mr. Gi ignorierte ihn einfach – er wäre gewiß über ihn hinweggeschritten, wenn Max nicht rechtzeitig beiseite getreten wäre. Er schien Max' Beförderung auf Probe als einen persönlichen Affront zu empfinden.

Max mußte sich in der Kleiderkammer eine Uniform besorgen. Da er nun zum Kontrollraum gehörte, und da er auf dem Weg zur Arbeit die Passagierdecks durchqueren mußte, war es unmöglich geworden, unordentlich zum Dienst zu erscheinen. Mr. Kuiper ließ Max einen Schuldschein ausfüllen, da er nicht genug Geld für seine neue

Arbeitskleidung besaß. Außerdem mußte Max noch einen weiteren Schuldschein abzeichnen, der es ihm erlaubte, die Strafe für seine Tätigkeit außerhalb seiner eigentlichen Gilde abzudecken. Des weiteren wurde damit auch geregelt, wieviel er zu zahlen hatte, falls er von seiner neuen Gilde permanent übernommen werden würde. Max unterschrieb freudestrahlend.

Die Kommandoabteilung der *Asgard* bestand aus zwei Offizieren und fünf Mann – Dr. Hendrix als Astrogator, Mr. Simes, sein Stellvertreter, Cheftechniker Kelly, Kartenführer 1. Kl. Kovak, Kartenführer 2. Kl. Smythe, und die Techniker Noguchi und Lundy, beide 2. Kl. Dann war da noch ›Sack‹ Bennet, Funker 1. Kl., doch gehörte er im eigentlichen Sinne nicht zur Kommandoabteilung, obwohl er in der ›Schwitzkiste‹ arbeitete; ein Sternenschiff hatte nur selten Radioverbindung, es sei denn zu Anfang oder gegen Ende einer Fahrt. Daher betätigte sich Bennet als zweiter Sekretär des Kapitäns und allgemeines Faktotum, das die meiste Zeit im Schlafsack verbrachte – daher auch sein Spitzname.

Da die *Asgard* ständig auf vollen Touren lief, mußte ohne Unterbrechung Wache geschoben werden; für die Männer der *Asgard* gab es nicht mehr jene alten herrlichen Tage wie bei den alten Raketenschiffen, wo auf zehn Minuten der Navigation Wochen freien Falles folgten, bis wieder einmal eine Navigation notwendig wurde. Da die *Asgard* außerdem keinen Astrogatoren zur Ausbildung an Bord hatte, hätten die beiden Offiziere sämtliche Wachen allein machen müssen (Kapitän Blaine war natürlich auch Astrogator, aber in seiner Stellung schied er für die Wache aus). Dieser Mangel wurde dadurch behoben, daß Cheftechniker Kelly sich in den regulären Wachdienst einschaltete. Die übrigen teilten sich in den Dienst zu viert auf, wobei der Unterschied zwischen einem Techniker und einem Kartenführer in einem Kommandoraum, der von ›Null Komma‹-Kelly beherrscht wurde, nur nominaler Natur war, denn was man nicht wußte, lernte man entweder schnellstens oder suchte sich ein anderes Schiff.

Also im Grunde genommen alles leichte Wachen – außer

Also im Grunde genommen alles leichte Wachen – außer für Max. Denn er wurde nicht einer bestimmten Wache zugeteilt, sondern mußte zur Ausbildung alle Wachen kennenlernen, was sich so auswirkte, daß er jeweils vier Stunden im Dienst und vier Stunden außer Dienst war. Stunden, in denen er essen, sich säubern, erholen und, wenn er noch Zeit dazu fand, auch schlafen mußte.

Doch das machte ihm gar nichts aus, im Gegenteil – er erschien gewöhnlich früher zum Dienst, als nötig war, und mußte mitunter erst noch aus der ›Schwitzkiste‹ hinausgejagt werden. Erst viel später kam Max dahinter, daß dieses eiserne Regiment Kellys Werk war, der auf diese Weise versuchte, ihn zu brechen, und ihn rücksichtslos abzuservieren, falls er nicht durchhielt.

Nicht alle Wachen waren angenehm. Max' erster Dienst war unter Mr. Simes. Als Max die Treppe zum Kommandoraum hinaufgestiegen war, blieb er erst einmal stehen und schaute sich um. Auf allen vier Seiten befanden sich die kostbaren Parallaxkameras. Zwischen zweien davon saß Lundy auf dem Platz des Hauptcomputers; er blickte auf und nickte, redete aber kein Wort. Mr. Simes saß am Kontrollapparat gegenüber der Treppe. Er mußte Max kommen gesehen haben, doch gab auch er kein Zeichen von sich.

Natürlich gab es auch noch andere Instrumente an den Wänden, von denen Max einige entweder vom Lesen oder von Bildern her kannte, während die übrigen höchst seltsam anmuteten – Zubringer und Leitungen aus allen Schiffsräumen, ein Bildschirm zur Wiedergabe des Ausblicks von achtern und unten, eine Mikrofonanlage für Schiffsnachrichen, der Tank oder Verniersche Stereograph, in dem die Platten der Parallaxkameras mit den Karten verglichen werden konnte, ein Spektrostellograph, ein vielstelliger Skintemperaturmesser, ein Radargerät zum Landen – viel zu viel Dinge jedenfalls, um sie alle auf einmal aufzunehmen.

Oberhalb durch die Astrogationskuppel waren die Sterne zu sehen. Mit offenem Munde starrte er hinauf. In einem stählernen Gewölbe lebend, hatte er bisher kaum die Sterne gesehen; er war zu Hause auf seinem Hof dem Firmament näher gewesen als jetzt, wo er sich mitten in ihm befand.

...e! Sie!«

Max schüttelte den Kopf und stellte fest, daß Mr. Simes ihn ansah. »Kommen Sie her.« Max trat näher, und der stellvertretende Astrogator fuhr fort: »Wissen Sie nicht, wie man sich beim wachhabenden Offizier zu melden hat, wenn man den Dienst antritt?«

»Oh – entschuldigen Sie bitte.«

»Außerdem kommen Sie zu spät.« Max warf einen Blick auf den Chronometer in der Konsole; es fehlten noch fünf Minuten zur vollen Stunde. Doch Simes redete weiter: »Ist ein trauriger Zustand, wenn Mannschaften die Wache später ablösen als der Wachoffizier. Wie ist Ihr Name?«

»Jones, Sir.«

Mr. Simes schnaufte verächtlich. Er war ein junger Mann mit rotem Gesicht und dünnem, rotem Haar, und sein Schnüffeln war die übliche Begleitmusik seiner Unterhaltung – wenigstens den Dienstjüngeren gegenüber: »Machen Sie mal eine frische Kanne Kaffee.«

»Jawohl, Sir.« Max wollte schon fragen, wo und wie er das machen sollte, doch da hatte sich Mr. Simes schon wieder seiner Lektüre hingegeben. Max warf Lundy einen hilflosen Blick zu, der ihm mit den Augen die Richtung wies. Hinter dem Kartensafe fand Max eine Kaffeemaschine und darunter Tassen, Untertassen, Zucker und Büchsen mit Sahne.

Ehe er sich mit der Idiosynkrasie des Gerätes vertraut gemacht hatte, hatte er sich auch schon die Finger verbrannt. Mr. Simes nahm das Gebräu entgegen, ohne auch nur aufzublicken. Max fragte sich, was er als nächstes tun sollte, und entschloß sich, auch Lundy eine Tasse anzubieten. Dieser dankte ihm mit einem Kopfnicken, und Max hielt es für angebracht, sich selbst eine Tasse einzuschenken. Er nahm sie mit hinüber zum Computer und trank seinen Kaffee.

»Was soll das heißen? Eine Kaffeetafel? Jones!«

»Jawohl, Sir?«

»Machen Sie hier Ordnung. Sieht ja aus, als ob eine Schweineherde sich hier gesuhlt hätte.«

Max erschien der Raum durchaus sauber. Er hob ein paar

Papierschnitzel auf, warf sie in den Müllschlucker und machte sich daran, blitzblankes Metall noch einmal zu polieren. Er wollte dieselbe Arbeit gerade ein zweites Mal in Angriff nehmen, als ihn Lundy zu sich herüberwinkte. Max half ihm beim Plattenwechseln in den Parallaxkameras und sah zu, während Lundy die Elektronenuhr einstellte. Mr. Simes drückte höchstpersönlich auf den Knopf und schien damit die einzige während der Wache anfallende Arbeit bewältigt zu haben.

Lundy entfernte die Platten, spannte sie in den Vernierschen Spektrographen, las die Werte ab und buchte sie. Max war, soweit er konnte, behilflich und lernte dabei, wie der Vorgang ablief. Anschließend widmete er sich wieder dem Putzen.

Es war eine lange Wache. Max kehrte in seine Koje zurück, bar aller Illusionen, die ihn vor Antritt seines Dienstes noch erfüllt hatten.

Ganz anders jedoch waren die Wachen zusammen mit Dr. Hendrix und mit Kelly. Unter Kelly war die ›Schwitzkiste‹ eine amüsante Stätte. Er herrschte wie ein wohlwollender Tyrann; er brüllte, fluchte, schimpfte über den Kaffee, pfiff seine Untergebenen an und ließ auch wieder zurückpfeifen. Wenn Kelly das Kommando hatte, rührte Max niemals einen Staublappen an; er war viel zu sehr damit beschäftigt, nicht nur zu helfen, sondern alles systematisch zu studieren.

»Wir haben nichts zu tun, gar nichts«, erklärte Kelly, »bis wir Garsons Planet erreichen. Wir müssen das Schiff nur auf seiner gegenwärtigen Bahn halten. Deshalb, mein lieber Junge, wirst du malochen, bis dir das Hirn qualmt. Wenn wir landen, wirst du diesen Raum besser kennen, als deine Mutter deinen Vater kannte ... oder du kannst den Rest deines Lebens damit verbringen, das Versäumte nachzuholen, während deine Kameraden ihren Landurlaub genießen. Schnapp dir das Handbuch des Hauptcomputers, schraub die Rückseite ab und stürz dich ins Kabelgewirr. Dein häßlicher Hintern ist das einzige, was ich für den Rest der Wache von dir sehen will.«

Zehn Minuten später lag Kelly neben Max und machte sich ebenfalls an den Drähten zu schaffen.

Max lernte, hervorragend unterstützt von seinem fotografischen Gedächtnis und noch mehr getragen von jenem Instinkt für Theorie, den er von seinem Onkel geerbt hatte. Kelly war zufrieden. »Ich glaube, Sie haben ein bißchen übertrieben, als Sie sagten, Sie hätten in der *Thule* nichts gelernt.«

»Bestimmt nicht viel.«

»Da hatte wohl Johansen Dienst in der ›Schwitzkiste‹, als Sie dort waren?«

»O ja.« Max hoffte inbrünstig, daß Kelly nicht noch nach anderen Namen fragen würde.

»Habe ich mir schon gedacht. Dieser Dickschädel hätte nicht mal seiner eigenen Mutter gesagt, wie alt er ist.«

Dann kam eine Wache, bei der Kelly ihn damit betraute, eine Transitionsannäherung zu berechnen, während Noguchi die Tabellen verwaltete und Kelly den Navigator machte, indem er die Werte der Transition, die das Schiff zuletzt gemacht hatte, benutzte. Der ganze Prozeß lief mündlich ab, so wie es der Fall ist, wenn der Navigator auf Grund der letzten Angaben unter äußerstem Druck arbeitet, bevor er das entscheidende Signal gibt, über die Lichtgeschwindigkeit hinauszugehen.

Kelly führte die Geschichte viel langsamer durch, als sie in Wirklichkeit abgelaufen wäre, während Noguchi seine Tabellen befragte und Max ihm die Zahlen zurief. Anfänglich war Max nervös. Seine Finger zitterten, so daß es schwer war, die richtigen Knöpfe zu drücken – dann aber beruhigte er sich und fand seine Freude in dem Gefühl, daß er und die Maschine füreinander geboren seien.

Kelly sagte »... mal binärer Logarithmus naturalis von null Komma acht sieben null neun zwei.« Max hörte, wie Noguchi, während er die entsprechende Seite aufschlug, die Zahl wiederholte – doch Max sah schon die Seite vor seinem geistigen Auge, lange bevor Noguchi sie gefunden hatte; ohne bewußtes Nachdenken bediente er die richtigen Schlüssel.

»Fehler!« heulte Kelly auf. »Sie Hammel, können doch nicht jetzt schon die Zahlen eingeben, warten Sie auf die Angaben von Noggy. Wie oft soll ich Ihnen das noch sagen?«

»Aber ich habe doch ...«, begann Max, unterbrach sich jedoch sogleich. Bis dahin hatte er es nämlich immer einzurichten gewußt, daß niemand in der *Asgard* etwas von seinem erstaunlichen Gedächtnis erfuhr.

»Was haben Sie?« fuhr Kelly fort, um die letzte Angabe zu klären, zögerte jedoch plötzlich. »Denken Sie doch mal darüber nach, Sie können doch nicht so ohne weiteres irgendwelche Dezimalzahlen in diese Nudelmaschine hineinstopfen. Also, was haben Sie getan?«

Max wußte, daß er recht hatte, und verabscheute es, so zu erscheinen, als verstünde er sich nicht darauf. »Nun, ich habe die Zahlen gebraucht, die mir Noguchi gerade geben wollte.«

»Was ist das nun wieder?« Kelly starrte ihn an. »Können Sie Gedanken lesen?«

»Nein, das nicht. Aber ich habe die richtigen Zahlen verwendet.«

»Hmm ...« Kelly beugte sich über die Tastatur »Nennen Sie die Zahlen, Noggy.« Noggy rasselte eine Latte von Einsen und Nullen herunter, das binäre Äquivalent des Dezimalausdrucks, den Kelly ihm gegeben hatte; Kelly überprüfte die Einstellungen. Seine Lippen zogen sich zusammen, und er richtete sich auf. »Ich habe mal einen Mann gesehen, der mit ehrlichem Würfeln dreizehn Siebenen hintereinander warf. War das Glückssache, Max?«

»Nein.«

»Na, Noggy, dann gib mir mal das Buch.« Kelly rechnete die Aufgabe zu Ende, machte Max nur vage Angaben, auch was die Durchführung der Operationen anging, und übersetzte auch nicht die Zahlen in binäre Begriffe, wie sie der Computer verlangte. Dabei blätterte er ständig in dem Buch und behielt Max im Auge. Max schüttelte das anfängliche Lampenfieber ab und drückte die Tasten, während ihm der Schweiß in die Augen rann.

Endlich sagte Kelly: »Gut. Schenken wir uns den Rest.« Max legte den Hebel um, und die Maschine konnte das ganze Programm schlucken und es einen kurzen Augenblick lang verarbeiten; die Antwort sprang auf in Lichtern, die an- oder ausgingen – das Äquivalent binärer Zahlen.

Kelly verwandelte die Lichter unter Benutzung des Buches wieder in Dezimalzahlen. Dann blickte er auf das Ergebnis, schloß das Buch und reichte es Noguchi. »Jetzt brauch' ich unbedingt erst mal eine Tasse Kaffee«, sagte er seelenruhig und ging davon.

Noguchi öffnete noch einmal das Buch, verglich die Lichter mit den angegebenen Zahlen und blickte Max mit seltsamen Augen an. Max stellte fest, daß Kelly trotz der Tasse Kaffee ihn immer noch mit demselben Ausdruck anstarrte. Max betätigte einen Hebel und löschte das Programm; die Lichter gingen aus. Er stand auf. Niemand sagte einen Ton.

Max' nächste Wache war zusammen mit Dr. Hendrix. Er hatte an diesem Dienst fast ebensoviel Freude wie an dem bei Kelly; Dr. Hendrix war ein freundlicher, feiner Herr, der es für Max ebensowenig an Interesse fehlen ließ wie Kelly. Doch diesmal hielt sich Kelly nach der Ablösung noch im Kommandoraum auf – an sich eine unbedeutende Sache, da er des öfteren die Gelegenheit benutzte, um ein paar Worte mit dem Navigator zu sprechen. Heute aber sagte Hendrix nach der Ablösung: »Kelly erzählte mir, daß Sie lernen, wie man den Computer bedient, Jones?«

»Jawohl, Sir.«

»Gut denn, üben wir mal ein bißchen.« Dr. Hendrix grub ein altes Astrogationsbuch aus und wählte ein Transitionsproblem, das dem ähnlich war, welches Max zuvor gelöst hatte. Kelly nahm das Buch, bereit, als sein Zahlenboy zu fungieren – nannte aber nicht die Übersetzungen. Max wartete auf die erste; als sie nicht kam, las er die Zahlen von dem Bild ab, das vor seinem geistigen Auge auftauchte, und drückte die entsprechenden Tasten.

In dieser Weise ging es eine ganze Zeit weiter. Kelly sagte nichts, sondern benetzte seine Lippen und überprüfte, was Max tat, wenn der Doktor das Problem weiterführte. Kovak beobachtete das Geschehen aus nächster Nähe, wobei seine Augen immer wieder von einem Akteur zum anderen sprangen.

Schließlich klappte Dr. Hendrix das Buch zu. »Das genügt«, meinte er, als hätte es sich um eine alltägliche Begebenheit gehandelt. »Jones, das ist ein erstaunliches Talent, über das Sie verfügen. Ich habe schon von solchen Fällen gelesen, aber Sie sind der erste, dem ich begegne. Haben Sie schon vom ›Blinden Tom‹ gehört?«

»Nein, Sir.«

»Vielleicht hat die Schiffsbibliothek etwas über ihn.« Der Navigator schwieg einen Augenblick. »Es liegt mir fern, Ihr Talent in irgendeiner Weise zu schmälern, aber während eines tatsächlichen Manövers machen Sie bitte keinen Gebrauch davon. Sie verstehen warum?«

»Jawohl, Sir. Ich denke schon.«

»Oder sagen wir besser, daß Sie so lange keinen Gebauch davon machen, wie Sie nicht feststellen, daß jemandem ein Fehler unterlaufen ist – in einem solchen Fall werden Sie sich natürlich sofort einschalten. Aber die gedruckten Tabellen haben die letzte Autorität.«

»Jawohl, Sir.«

»Schön. Suchen Sie mich bitte in meinem Zimmer auf, wenn Sie mit der Wache fertig sind.«

Als Max mit der Wache fertig war, war es nach Raumzeit Tag. Er begab sich den Gang entlang und wartete vor Dr. Hendrix' Kabine. Da lief ihm Ellie über den Weg. »Max!«

»Hallo, Ellie.« Im Nu wurde er sich peinlich bewußt, daß er sie seit seiner versuchsweisen Beförderung nicht mehr gesehen hatte.

»Hallo!« sagt er einfach. Sie stellte sich vor ihn hin: »Sie sehen ja hübsch aus mit Ihren blutunterlaufenen Augen, paßt gut zur Farbe Ihres Hemdes. Wo haben Sie denn solange gesteckt? Zu gut für Ihre alten Freunde? Sie sind außerdem nicht einmal bei Chipsie gewesen.«

Das stimmte nicht. Max war einmal unten gewesen, ohne allerdings Ellie zu begegnen. Er hatte seinen Besuch jedoch nicht wiederholt, da der Mann, der seine Stelle übernommen hatte, es verabscheute, als Zimmermädchen für Kühe, Schafe, Lamas usw. tätig zu sein, und ihn gleichsam dafür verantwortlich machte, daß er zu dieser Arbeit verurteilt worden war. »Tut mir leid«, sagte Max kleinlaut, »aber ich habe einfach keine Zeit gehabt.«

»Eine faule Ausrede. Wissen Sie, was Sie jetzt machen werden? Sie kommen jetzt gleich mit mir in den Salon, und da werde ich Ihnen die Ohren stutzen – ich habe mir nämlich einen Weg ausgedacht, wie ich Ihre Lieblingseröffnung durchkreuzen kann – Ihnen wird die Luft wegbleiben.«

Max öffnete den Mund, machte ihn zu, öffnete ihn wieder.

»Nein.«

»Sprechen Sie lauter. Sie haben ein Wort gebraucht, das ich nicht verstehe.«

»Hören Sie, Ellie. Seien Sie vernünftig. Ich warte hier auf Dr. Hendrix, und sowie er mich entläßt, muß ich sehen, daß ich zu etwas Schlaf komme. Ich habe ein Minus von mindestens zehn Stunden.«

»Sie können ein andermal schlafen.«

»Nicht, wenn man vier Stunden im und vier Stunden außer Dienst ist. Dann nicken Sie ein, wo sich nur eine Gelegenheit bietet.«

Ellie machte ein überraschtes Gesicht. »Wollen Sie damit sagen, daß Sie eine um die andere Wache arbeiten? Das ist ja ein Verbrechen.«

»Mag sein, aber es ist so.«

»Na, das werde ich in Ordnung bringen! Ich spreche mit dem Kapitän.«

»Ellie! Wagen Sie es ja nicht!«

»Warum nicht? Kapitän Blaine ist ein altes Walroß. Kümmern Sie sich nicht darum, ich bring' das in Ordnung.«

Max holte tief Luft, bevor er sehr eindringlich zu sprechen begann. »Ellie, sagen Sie nichts zum Kapitän, nicht ein Wort. Mir bietet sich hier eine große Chance, und ich frage nicht nach dem Wie. Wenn Sie sich in diese Dinge, von denen Sie nichts verstehen, einmischen, werden Sie meine Aussichten zunichte machen, und ich muß wieder in die Ställe zurück.«

»Das würde er nicht wagen.«

»Sie verstehen nicht. In Ihren Augen mag er ein altes Walroß sein, für mich ist es der Kapitän. Also unternehmen Sie nichts.«

Ellie schmollte. »Ich wollte Ihnen doch bloß helfen.«

»Das weiß ich auch zu schätzen. Aber bitte, tun Sie nichts. Und außerdem, so leid es mir tut, in den Salon kann ich auch nicht kommen. Für mich ist das Betreten des Salons verboten.«

»Aber ich dachte – ich denke, Sie wollen mir nur aus dem Wege gehen. Sie laufen doch jetzt hier herum und haben eine hübsche Uniform an. Warum denn nicht?«

Sie wurden unterbrochen. Dr. Hendrix kehrte auf sein Zimmer zurück. »Morgen, Jones. Guten Morgen, Fräulein Coburg.« Damit verschwand er.

Verzweifelt sagte Max: »Hören Sie, Ellie, ich mußt jetzt gehen.«

Er drehte sich um und klopfte an Dr. Hendrix' Tür.

Dr. Hendrix ging darüber hinweg, daß er Max mit Ellie gesehen hatte. »Setzen Sie sich, Jones. Was Sie da heute gezeigt haben, ist außerordentlich interessant. Was ich aber noch wissen möchte, ist, wie weit sich Ihr Talent erstreckt. Bezieht es sich nur auf Zahlen?«

»Nun – ich denke nicht, Sir.«

»Müssen Sie schwer arbeiten, um zu diesem Erfolg zu kommen?«

»Nein, Sir.«

»Hmm ... Machen wir mal einen Versuch. Haben Sie – na sagen wir – eines von Shakespeares Stücken gelesen?«

»Ja, in der Schule ›Hamlet‹ und ›Wie es euch gefällt‹, und später ›Ein Wintermärchen‹ – hat mir aber nicht gefallen«, fügte Max ehrlich hinzu.

»In dem Fall werden Sie es vermutlich nicht noch ein zweites Mal gelesen haben. Haben Sie noch eine Erinnerung daran?«

»Selbstverständlich, Sir.«

»Hmm ...« Dr. Hendrix nahm einen Lederband vom Regal. »Nun – nehmen wir hier ... zweiten Akt, Szene drei; Leontes sagt: ›Nor night nor day nor rest: it is but weakness ...‹«

Und Max fuhr fort: »... it is weakness to bear the matter thus; mere weakness. If the cause were not in being ...« Er zitierte weiter, bis Dr. Hendrix ihn unterbrach.

»Das genügt. Ich kann das Stück auch nicht ausstehen. Selbst der unsterbliche William hatte seine schlechten Tage. Aber wie sind Sie denn darauf gekommen, das Tabellenbuch zu lesen? Shakespeare, selbst da wo er am stumpfsinnigsten ist, ist doch niemals so stumpfsinnig wie die Zahlenreihen. Ich habe sie nie gelesen, jedenfalls nicht in dem Sinne, was man als ›lesen‹ bezeichnen würde.«

»Die Sache verhält sich so, Sir. Onkel Chet bewahrte, nachdem er pensioniert war, seine Navigationsbücher bei sich zu Hause auf und hat mit mir eine Menge darüber gesprochen. Und so habe ich sie gelesen.«

»Soll das heißen, daß Sie die gesamte Fachbibliothek eines Astrogatoren im Gedächtnis haben?«

Max holte tief Luft. »Ich habe alles gelesen, Sir.«

Dr. Hendrix nahm die Bücher hervor, die seine eigene Tätigkeit betrafen. Er kümmerte sich nicht um binäre Tabellen, deren Kenntnis Max schon hinreichend bewiesen hatte. Er blätterte herum, stellte Fragen und nannte schließlich nur noch die Seitenzahlen. Endlich hatte er genug. »Uff!« stöhnte er und schloß kurz die Augen. »Wenn ich auch weiß, daß in der Geschichte der Psychologie zahlreiche Fälle Ihrer Art verzeichnet sind, so muß ich doch zugeben, daß es erschütternd ist, einem solchen persönlich zu begegnen.« Dr. Hendrix lächelte. »Ich frage mich, was Freund Witherspoon davon halten würde.«

»Wer bitte?«

»Unser Hochsekretär. Ich fürchte, er würde sehr bestürzt sein; er hat sehr konservative Begriffe vom Schutz der Geheimnisse unseres Berufs.«

Max wurde unbehaglich zumute. »Bekomme ich dadurch etwa Schwierigkeiten? Ich habe nicht gewußt, daß es unrecht war, Onkel Chets Bücher zu lesen.«

»Was? Unsinn. Es gibt keine Geheimnisse in der Astrogation. Sie benutzen diese Bücher doch im Dienst, und so wie Sie auch alle anderen, die in der ›Schwitzkiste‹ arbeiten. Von mir aus können sie auch die Passagiere lesen. Die Astrogation ist kein Geheimnis; sie ist nur schwierig. Nur wenige Menschen sind so begabt, daß sie den mathematischen

Berechnungen folgen könnten, die zum Beispiel – na, sagen wir für die Planung einer Transition notwendig sind. Aber denjenigen, die sich mit Gildenpolitik befassen, paßt es besser in ihren Kram, sie als eine geheime Kunst erscheinen zu lassen – Prestige, wissen Sie!« Dr. Hendrix machte eine Pause und trommelte auf seine Stuhllehne. »Jones, ich möchte, daß Sie mich recht verstehen. Kelly ist der Meinung, daß Sie sich gut entwickeln.«

»Oh, das ist schön.«

»Aber nehmen Sie nicht an, daß Sie mehr wissen als er, bloß weil Sie die Bücher im Kopf haben.«

»Nein, niemals, Sir!«

»Tatsächlich liegen die Dinge so, daß Ihr Talent im Kommandoraum unnötig ist. Die Tugenden, die man dort braucht, sind jene, über die Kelly verfügt – unbeirrbares Pflichtbewußtsein, umfassende Kenntnis des Rüstzeugs, peinliche Beachtung von Kleinigkeiten, Ergebenheit und Treue gegenüber der Arbeit, der Mannschaft, dem Schiff und gegenüber denjenigen, die ihm beruflich übergeordnet sind. Kelly braucht kein eidetisches Gedächtnis, ein gutes normales Gedächtnis in Verbindung mit Intelligenz und Rechtschaffenheit, das ist das, was die Arbeit erfordert – und das ist es auch, was ich in meinem Kommandoraum brauche.«

»Jawohl, Sir.«

Der Astrogator zögerte einen Augenblick. »Ich will Sie nicht beleidigen, aber ich muß Ihnen eins sagen: Merkwürdige Talente, wie das Ihre, werden häufig mit einem primitiven oder sogar unterentwickelten Geist in Verbindung gebracht ... das trifft auch häufig zu. Die Psychologen verwenden für eine derartige Person den Begriff *idiot savant*, ›der wissende Idiot‹. Bitte, verzeihen Sie mir. Offensichtlich sind Sie kein Idiot, aber das heißt andererseits noch lange nicht, daß Sie ein Genie sind, auch nicht, wenn Sie die gesamte Encyclopaedia Imperia auswendig könnten. Ich will damit sagen, daß mich Ihr gesunder Menschenverstand und Ihr Pflichtbewußtsein mehr interessieren als Ihr phänomenales Gedächtnis.«

»Ich will mein Möglichstes tun, Sir.«

»Ich denke, Sie werden beizeiten einen guten Kartenführer abgeben.« Dr. Hendrix deutete an, daß die Aussprache beendet sei; Max stand auf. »Noch etwas.«

»Ja, Sir?«

»Es gibt ausgezeichnete Gründe der Disziplin und der Leistungsfähigkeit, warum Mannschaften sich nicht mit Passagieren einlassen dürfen.«

Max schluckte. »Ich weiß, Sir.«

»Halten Sie sich daran. Die Angehörigen meiner Abteilung nehmen es sehr genau mit diesem Punkt – selbst dann ist es noch schwierig genug.«

Völlig niedergeschlagen verließ Max den Raum. Er war eingetreten in dem Gefühl, einer Belohnung entgegenzugehen, ja vielleicht sogar einer Belohnung in dem Sinne, daß er Astrogator werden dürfte. Jetzt trat er hinaus in dem Gefühl, zu einem unscheinbaren Nichts verurteilt zu sein.

Garsons Planet

In den folgenden Wochen bekam Max Sam kaum zu sehen; der strenge Dienstplan ließ ihm keine Zeit für Besuche. Sam aber hatte Karriere gemacht.

Wie alle großen Schiffe, so hatte auch die *Asgard* eine Miniaturpolizeitruppe an Bord, erfahrene Leute, die in Stellvertretung des Ersten Offiziers die Schiffsordnung aufrechterhalten. Dank seines Talents für politische Schachzüge und dank seines falschen Ausweises als Stewardsmaat 1. Klasse brachte es Sam im Rahmen der Stellenumbesetzung, die auf Max' Versetzung folgte, dahin, daß er für die Zahlmeisterabteilung zum Polizeichef ernannt wurde. Versteht sich, daß er seine Sache gut machte. Sam trat niemandem auf die Füße, verschloß die Augen gegenüber Delikten, hinter denen er alte Vorrechte erkannte, und bestand nur auf den Anordnungen, die im Interesse der Gesundheit, Haltung und Führung auf einem disziplinierten Schiff unbedingt erforderlich waren. Aber auch diese Dinge erledigte er, ohne die Delinquenten vor den Kadi zu zitieren, und entsprach damit ebenso Mr. Walthers Wunsch wie auch dem der Mannschaft. Als Maginnis, der Lagerverwalter, von Mr. Gis Destillationserzeugnis zu freizügig Gebrauch machte und darauf bestand, seinen Zimmergenossen eine Serenade darzubringen, beförderte Sam ihn nur in die Kombüse und ließ ihn schwarzen Kaffee trinken, bis er fast erstickte. Am nächsten Tag nahm er Maginnis mit hinunter zum H-Deck, legte seine Amtsinsignien ab und veranstaltete mit ihm einen wissenschaftlichen Exkurs, der keine Narben hinterließ, aber Maginnis' Seele zutiefst beeindruckte. In seiner dunklen Vergangenheit hatte Sam kämpfen gelernt, nicht jenen Stil des rohen Drauflosschlagens, nicht den des stilisierten Scheinboxens, sondern jene hochentwickelte Kunst, in der ein unbewaffneter Mensch zur tödlichen Maschine wird.

Natürlich hatte Sam sein Opfer sorgfältig ausgewählt. Hätte er Maginnis gemeldet, so hätte er in Sam einen Schnüffler gesehen, einen Gauner, dem man bei nächster Gelegenheit eins auswischen mußte, und wäre vielleicht die Strafe auch noch streng ausgefallen, so hätte Maginnis zu einem ständigen disziplinarischen Problem werden können, ganz abgesehen davon, daß eine Meldung auch noch eine andere heilige Kuh in Gefahr gebracht hätte, nämlich den Chefsteward Giordano. Statt dessen wurde Maginnis Sams stärkste Stütze und bester Propagandist, da es Maginnis' besonderer, aber nicht einzigartiger Stolz erforderlich machte, den Mann, der ihn geschlagen hatte, als den heißesten Typ auf zwei Beinen anzusehen – todbringende Fäuste, ein ganzer Kerl! Keine Spielchen mit dem alten Sam ... versuch's selbst. Mal sehen, wie *du* abschneidest. Na los, was wettest du?

Sam hatte es nicht nötig, ihm eine zweite Lektion zu erteilen.

Ein Ingenieursmaat war nominell Sams Vorgesetzter; diese beiden bildeten also die Polizeitruppe ihrer kleinen

Stadt. Doch wenn der Vorgesetzte zum Dienst in den Maschinenraum mußte und ein Maat 3. Klasse ihn vertrat, war es selbstverständlich, daß Walther für diese Zeit Sam zum Chef bestimmte.

Sam hatte vom ersten Augenblick an, als er auf das Schiff kam, diesen Posten im Auge gehabt. Denn jeder Polizeichef hat, ganz gleich wo, Machtbefugnisse, die über die vom Gesetz gesteckten weit hinausreichen. Solange Sam sich mit Mr. Kuiper, Mr. Giordano und (in geringerem Maße) Mr. Dumont gutstellte, solange er darauf bedacht war, seine Autorität weder in den Maschinenräumen noch in der ›Schwitzkiste‹ auszuüben, war er der mächtigste Mann im Schiff, mächtiger jedenfalls in allen praktischen Angelenheiten als der Erste Offizier selber, da er des Ersten Offiziers sichtbarer Schatten war.

So also war die Situation, als das Schiff auf Garsons Planeten landete.

Garsons Planet erscheint uns als ein Gesteinsbrocken, der übriggeblieben ist, als das Universum geschaffen war. Er hat eine Oberflächengravitation von einundeinviertel, was zuviel ist, um erträglich zu sein, er ist kalt und hat eine Methanatmosphäre, die für die menschliche Atmung ungeeignet ist. Da es am Himmel erfreulichere Planeten gibt, würde man ihn nur zu gern beiseite lassen, wenn man ihn nicht unbedingt als Anlegestation auf dem Wege benötigte. Es ist nur eine Horstsche Kongruenz in der Nähe der Erdsonne vorhanden, und ihre Transition bringt uns an Theta Centauri heran – von den dreizehn Planeten dieser Sonne aber besitzt Garsons Planet den traurigen Vorzug, der am wenigsten unangenehme zu sein.

Da es jedoch ein halbes Dutzend festgestellter Kongruenzen gibt, die zu Theta Centauri zugänglich sind, ist Garsons Planet zwangsläufig der Handelsknotenpunkt der Solaren Union.

Max ging dort nur einmal an Land, aber das eine Mal reichte völlig aus. Die Kolonie um den Raumhafen war teils überdacht, teils lag sie unter der Erde. Sie ähnelte sehr den Mondstädten oder den unterirdischen Bezirken irdischer

Großstädte. Für Max war das alles vollkommen neu. Er war weder auf dem Mond gewesen noch hatte er je eine andere irdische Stadt gesehen als Earthport. Er zog seine beste Uniform an und begleitete Sam neugierig an Land. Sie brauchten keinen Druckanzug, denn der Hafen verband jedes anlegende Schiff sofort mit einer Druckröhre, die von der Schiffsschleuse zur Kuppelschleuse führte.

Sam steuerte auf die unteren Gefilde zu. Max protestierte. »Sam, bleiben wir doch erst mal oben und schauen uns um.«

»Was? Da gibt's nichts zu sehen. Ein Hotel, ein paar teure Läden und Nepplokale für zahlende Passagiere. Willst du etwa einen Monatssold für ein Steak bezahlen?«

»Nein, das nicht. Ich möchte was sehen. Jetzt bin ich schon mal hier auf einem dieser komischen Planeten und habe überhaupt noch nichts davon gesehen. Als wir landeten, konnte ich vom Kommandoraum aus nichts erkennen, und jetzt habe ich noch nichts anderes gesehen als die Rohrleitungen und das hier.« Damit wies er auf die Korridorwände, die sie umgaben.

»Es gibt draußen nichts anderes zu sehen als einen dreckigen, dicken, gelben Nebel, der sich niemals hebt. Ist schlimmer als auf der Venus. Aber mach, was du willst. Wenn du nicht bei mir bleiben willst, bitte schön – ich jedenfalls habe allerlei zu erledigen.«

Max entschied sich, bei ihm zu bleiben. Sie stiegen hinunter und kamen auf einen breiten, hell erleuchteten Gang, der mit Ausnahme der Überdachung jener Straße in Earthport glich, in der Percys Restaurant lag. Es gab die gleichen Bars und die gleichen Etablissements, wo einem unbedarften Fremden das Geld aus der Tasche gezogen wurde. Da auch noch mehrere andere Schiffe zu dieser Zeit im Hafen angelegt hatten, herrschte hier lebhaftes Treiben. Sam schaute sich um. »So, jetzt brauchen wir nur noch eine Stätte, wo wir in Ruhe eins trinken und uns unterhalten können.«

»Was hältst du davon?« erwiderte Max, indem er auf ein Schild wies, das ›Zur Besseren Koje‹ einlud. »Sieht sauber und lustig aus.«

Sam steuerte ihn schnellstens daran vorbei. »Stimmt schon«, pflichtete er bei, »aber nicht für uns.«

»Warum nicht?«

»Hast du nicht die Kundschaft bemerkt? Das waren Marines.«

»Na und? Ich habe nichts gegen Marines.«

»Hmmm ... nein, natürlich nicht«, erwiderte Sam ohne den Schritt zu verlangsamen, »aber diese Typen halten zusammen, und sie mögen es gar nicht, wenn sich ein Zivilist in einer ihrer Bars blicken läßt. Willst du eins vor die Mütze bekommen?«

»Hä? Was könnte schon passieren, wenn ich mich um meine eigenen Angelegenheiten kümmere?«

»Vielleicht nichts, aber wer weiß. Nehmen wir einmal an, eine Bardame fände dein Gesicht ›niedlich‹ ... und dem Kerl, der sie die ganze Zeit über angebaggert hat, gefällt das gar nicht. Max, du bist ein guter Junge, doch ›gute Jungen‹ stehen hier nicht sonderlich hoch im Kurs. Die einfachste Art, Schwierigkeiten zu vermeiden, ist, ihnen aus dem Weg zu gehen.«

Sie schlängelten sich noch etwa hundert Meter durch die Menge; dann sagte Sam: »Hier ist's richtig, vorausgesetzt, daß Lippy noch den Laden betreibt.« Das Schild über dem Eingang kündigte an ›Zur sicheren Landung‹. Das Lokal war zwar größer, aber nicht so freundlich wie das ›Zur Besseren Koje‹.

»Wer ist Lippy?«

»Aller Wahrscheinlichkeit nach wirst du ihn nicht zu sehen bekommen.« Sam trat als erster ein und suchte einen Tisch aus.

Max blickte sich um. Es sah hier aus wie in jedem x-beliebigen fünftrangigen Bar-Grill-Room. »Ob ich hier wohl eine Ananasbowle bekomme? Mich gelüstet schon seit ewig danach. Ich trank früher immer sonnabends eine, wenn ich in unsere Dorfkneipe kam.«

»Kannst ja mal fragen. Sie werden dich deswegen nicht rauswerfen.«

»Na gut. Sam, sag mal – erinnerst du dich noch an die

Geschichte, die du mir mal erzählt hast, die Geschichte von deinem Freund bei der Marine? Ich meine Sergeant Roberts ...«

»Wen?«

»Oder Richards, ich weiß den Namen nicht mehr ganz genau.«

»Hab' nie von dem Burschen gehört.«

»Aber ...«

»Hab' nie von ihm gehört. Hier kommt der Ober.«

Der Kellner hatte keine Gesichtsmuskeln, statt dessen zog sich eine Rückenhaut zusammen und kräuselte sich verzweifelt, um einen Mangel an Verständnis auszudrücken. Daraufhin bestellte Max etwas, das unter dem Namen ›Alt-Heidelberg‹ lief, obwohl es gewiß niemals auch nur auf fünfzig Lichtjahre Deutschland nahe gekommen war. Es schmeckte Max wie kaltes Seifenwasser, doch da Sam es jedoch spendiert hatte, nippte er von Zeit zu Zeit ein bißchen daran und tat so, als würde er trinken.

Ganz unvermittelt sprang Sam auf. »Bleib sitzen, Junge. Ich komme gleich wieder.« Er redete ein paar Worte mit dem Mann an der Bar und verschwand nach hinten. Sogleich trat eine junge Frau an Max' Tisch heran.

»Einsam, Süßer?«

»Oh – nicht besonders.«

»Aber ich. Haben Sie etwas dagegen, wenn ich hier Platz nehme?« Und damit ließ sie sich auch schon auf dem Stuhl nieder, den Sam verlassen hatte.

»Bitte setzen Sie sich nur. Aber mein Freund kommt gleich wieder.«

Sie antwortete nicht, sondern wandte sich an den Ober zu ihrer Linken. »Ein Dunkel, Spezial, Giggles.«

Max machte eine sehr energische Handbewegung. »Nein!«

»Was heißt das, Süßer?«

»Hören Sie«, erwiderte Max errötend, »ich sehe vielleicht noch ein bißchen grün aus – wahrscheinlich bin ich es auch. Aber ich kaufe kein gefärbtes Wasser zu Wucherpreisen. Ich habe kein Geld.«

Die Frau setzte eine verletzte Miene auf. »Ja, entweder bestellen Sie etwas, oder ich kann hier nicht sitzen bleiben.«

»Nun ...« Max warf einen raschen Blick auf die Speisekarte. »Ich denke, ein Brötchen tut's auch, wie?«

Die Frau wandte sich wieder dem Ober zu. »Es bleibt beim Spezial, Giggles. Und dann ein Käsebrot mit viel Mostrich.« Sie drehte sich wieder zu Max um. »Wie ist Ihr Name, wenn ich fragen darf?«

»Max.«

»Und meiner ist Dolores. Wo kommen Sie denn her?«

»Von den Ozark Mountains. Auf Terra.«

»Ist das ein Zufall! Ich bin aus Winnipeg – wir sind Nachbarn!«

Max überlegte, daß es aus einer solchen Entfernung schon so scheinen möchte. Als aber Dolores weiterplapperte, wurde bald klar, daß sie weder die Lage der Ozarks noch die von Winnipeg kannte und daß sie aller Wahrscheinlichkeit nach nie in ihrem Leben auf Terra gewesen war. Sie erzählte Max, wie sehr sie die Raumschiffe anbete – sie seien so romantisch –, und sie war gerade dabei, den letzten Happen ihres Brotes in den Mund zu stecken, als Sam zurückkehrte.

Er schaute Max' Gesellschafterin von oben bis unten an. »Na, wie hoch haben Sie ihn denn eingeschätzt?«

Dolores fuhr entrüstet auf. »Das ist keine Art zu reden, mein Herr! Mr. Lipski gestattet nicht ...«

»Geschenkt, meine Liebe.« Und nicht unfreundlich fuhr er fort: »Sie haben nicht gewußt, daß mein Freund Gast von Lippy ist. Verstehen Sie mich? Kein ›Spezial‹, keine ›Einladungen‹ – Sie vergeuden Ihre Zeit. Wieviel macht's?«

Max schaltete sich hastig ein. »Ist schon in Ordnung, Sam. War nur ein Käsebrot.«

»Nun gut denn. Aber Sie dürfen jetzt gehen, meine Liebe. Später vielleicht ...«

Sie zuckte mit den Achseln und stand auf. »Schönen Dank, Max.«

»Schon gut, Dolores. Auf jeden Fall werde ich in Winnipeg Grüße bestellen.«

»Ja, tun Sie das.«

Sam stand noch immer und traf keine Anstalten, sich hinzusetzen. »Junge, ich muß noch mal für ein Weilchen weg.«

»In Ordnung.«

Max wollte aufstehen, doch Sam drückte ihn auf den Stuhl zurück. »Nein, nein. Das mach' ich besser allein. Warte hier bitte. Man wird dich nicht mehr belästigen, andernfalls fragst du nach Lippy.«

»Du meinst, ich werde keinen Ärger haben.«

»Ich hoffe nicht.« Sam machte ein bekümmertes Gesicht. »Ich weiß nicht, warum ich immer so in Unruhe bin, aber irgend etwas ist an dir, das Muttergefühle in mir weckt. Deine großen blauen Augen wahrscheinlich.«

»Daß ich nicht kichere! Meine Augen sind braun.«

»Ich habe ja auch nur«, sagte Sam mit warmer Stimme, »von den Augen deiner taufrischen Seele gesprochen. – Wenn ich jetzt weg bin, rede mit keinem Fremden, verstanden?«

Max gebrauchte einen Ausdruck, den er von Mr. Gi aufgeschnappt hatte; Sam grinste und verschwand.

Aber Sams Anweisung bezog sich nicht auf Mr. Simes, den Max plötzlich in der Tür erscheinen sah. Sein Gesicht war geröteter als sonst, und seine Augen flackerten. Während er den Raum absuchte, zog er den Körper langsam hinterher. Da entdeckte er Max, riß die Augen auf, und ein unangenehmes Lächeln erschien um seine Lippen.

»Schau mal an!« sagte er, als er auf Max zuging. »Wenn das nicht unser kleines Genie ist.«

»Guten Abend, Mr. Simes.« Max erhob sich.

»So, so! Jetzt heißt's also ›Guten Abend, Mr. Simes!‹ Und was hättest du statt dessen lieber sagen wollen?«

»Nichts anderes, Sir.«

»Hm ... Ich weiß schon – ich denke nämlich dasselbe über dich, nur schlimmer.« Max antwortete nicht, und Simes redete weiter: »Willst du mir nicht sagen, daß ich mich setzen soll?«

»Nehmen Sie Platz«, erwiderte Max völlig ausdruckslos.

»Nein so was! Unser kleines Genie will, daß ich mich zu ihm setze.« Simes nahm Platz, rief den Kellner, bestellte und wandte sich wieder Max zu. »Kleines Genie, weißt du, warum ich mich zu dir setze?«

»Nein, Sir.«

»Um dir einen Zahn zu ziehen, darum. Seitdem du nämlich den Zauber mit dem Computer aufgeführt hast, bist du Kellys Lieblings... Lieblingssöhnchen – Lieblingssöhnchen«, wiederholte er. »Damit hast du aber bei mir noch lange nichts gewonnen. Merke dir das eine: Wenn du vorhast, Hendrix in derselben Weise wie Kelly um den Bart zu gehen, dann feuere ich dich aus dem Kommandoraum. Verstehst du mich?«

Max fühlte, wie ihm die Galle hochkam. »Was meinen Sie mit dem Wort ›Zauber‹, Mr. Simes?«

»Das weißt du doch besser als ich. Hast doch bloß das halbe Dutzend Transitionen auswendig gelernt – und nun hast du Kelly und den Professor eingewickelt. Die glauben nämlich, daß du das ganze Buch in deinem Kopf hast. Ein Genie in unserem Kreise! Weißt du, was das ist? Das ist ein toller Schwin...«

Glückiicherweise für Max wurden sie unterbrochen; Max fühlte eine feste Hand auf seiner Schulter, und Sams ruhige Stimme sagte: »Guten Abend, Mr. Simes.«

Simes sah verwirrt aus, schließlich erkannte er Sam, und seine Miene hellte sich auf. »Ach, sieh mal an! Wenn das nicht die Polente ist. Setz dich, Wachtmeister. Trinkst einen mit?«

»Wenn Sie nichts dagegen haben«, erwiderte Sam und zog einen Stuhl heran.

»Kennst du unser kleines Genie hier?«

»Sicher hab' ich ihn schon gesehen.«

»Halt dein Auge auf ihn. Das ist ein Befehl, verstehst du! Er ist sehr, sehr klug. Zu klug. Frage ihn eine Zahl. Wähle eine Zahl zwischen eins und zehn.«

»Sieben.«

Mr. Simes schlug wie mit einem Hammer auf den Tisch. »Was habe ich dir gesagt? Er hat das eher gewußt, als du daran gedacht hast. Einmal wird er sich aber eine Zahl merken, und die werden sie ihm quer über die Brust einbrennen. Weißt du was, Wachtmeister? Ich mißtraue kleinen Genies. Die bekommen so allerlei Ideen.«

Unter dem beruhigenden Einfluß von Sam verhielt sich Max ganz still. Giggles war, sobald Sam sich zu ihnen gesellt hatte, an den Tisch getreten; Max sah Sam etwas auf die Rückseite der Speisekarte schreiben und sie mit Geld dem Humanoiden reichen. Mr. Simes war indessen zu sehr mit seinem Monolog beschäftigt, um etwas davon zu bemerken. Sam ließ ihn noch eine Weile weiter schwafeln, dann unterbrach er ihn plötzlich. »Sie scheinen hier eine gute Bekannte zu haben, Sir?«

»Wie? Wo?«

Sam wies in die Richtung der Bar. Dort saß Dolores, lächelte und winkte Simes zu sich heran. Simes versuchte, mit seinen Augen klarzukommen, grinste und sagte: »Tatsächlich! Es ist meine Großtante Sadie.« Er stand sofort auf.

Sam rieb sich die Hände. »Das wäre wohl erledigt. Hat er dir sehr zugesetzt, Junge?«

»Ein bißchen – schönen Dank auch, Sam. Widerlich ist mir nur, ihn bei Dolores zu sehen. Sie ist doch ein ganz netter Kerl.«

»Mach dir keine Sorgen um sie. Soll sie ihn ruhig über den Tisch ziehen.« Seine Augen wurden plötzlich hart. »Ich schätze einen Offizier, der sich wie ein Offizier benimmt. Wenn er mal jemand festnageln will, dann soll er es im Dienst tun.« Sams Züge entspannten sich. »Es hat inzwischen einige Veränderungen gegeben, nicht wahr? Die Dinge stehen jetzt anders als damals, als wir von Terra aufbrachen.«

»Das kann man wohl sagen!«

»Macht's Spaß in der ›Schwitzkiste‹?«

»Mehr als ich je in meinem Leben hatte. Aber vor allem mache ich schnelle Fortschritte – wie Kelly sagt. Ist ein netter Haufen da beieinander, außer dem da.« Er nickte in Richtung Simes.

»Laß dich bloß nicht von ihm ärgern. Auch in der besten Suppe findet sich manchmal eine Fliege. Mußt nur achtgeben, daß er dir nichts am Zeug flicken kann.«

»Das ist auch meine Absicht.«

Sam schaute ihn an, dann sagte er leise: »Bist du bereit, den Absprung mitzumachen?«

»Wie?«

»Ich bin dabei, die Fäden zu spinnen. Klappt alles.«

Max fiel es schwer, zu antworten. Er war sich stets bewußt geblieben, daß seine Beförderung in den Kommandoraum keine grundsätzliche Änderung für ihn bedeutete; die Gefahr, in der er schwebte, war nach wie vor die gleiche. Doch die Freude an der schweren und interessanten Arbeit hatte ihn so ausgefüllt, das Verlangen nach Schlaf, wenn er dienstfrei war, war so groß gewesen, daß die ganze Angelegenheit in den Hintergrund gedrängt worden war. Jetzt saß er da, zeichnete an dem beschlagenen Bierglas Muster und dachte über seine Lage nach. »Ich wünschte«, sagte er schließlich, »es gäbe einen Weg, der uns aus diesem Dilemma führt.«

»Ich habe dir doch schon gesagt, daß es einen Weg gibt. Dein Fahrtenbuch geht einfach verloren.«

Max hob die Augen. »Was hätte das für einen Zweck? Gewiß, ich würde irgendeine Stelle auf einem anderen Schiff bekommen, aber ich will ja eben gerade keine andere, ich will hier bleiben.« Er versenkte sich wieder in sein Glas und zeichnete ein Hyperboloid. »Immerhin, es ist wohl besser, wenn ich mit dir gehe – komme ich nach Terra zurück, dann gibt's für mich doch nur den Arbeitsdienst –, selbst wenn ich dem Gefängnis entgehe.«

»Quatsch!«

»Wieso?«

»Versteh mich doch, Junge. Ich möchte dich gern bei mir haben. Ob man einen Freund an seiner Seite hat oder nicht – das ist ein Unterschied wie zwischen Glück und Leid. Im übrigen aber kannst du auch im Raum bleiben, denn du bekommst eine Vergangenheit, die so unbescholten ist wie die eines Babys.«

»Aber wie denn?«

»Indem du die Gilde wechselst. Jetzt braucht nur ein Papier verlorenzugehen – nämlich dasjenige, das dich noch zu den Stewards, Köchen und Schreibern gehören läßt. Ist das aber weg, werden sie dich niemals vermissen, da du einfach nicht mehr in ihren Büchern stehst. Und dann beginnst du ganz neu und frisch und rechtmäßig bei den Technikern und Kartenführern.«

Max saß unbeweglich da und ließ sich von der Versuchung tragen. »Und wie steht es mit dem Bericht an die Gilden- und Arbeitszentrale?«

»Genauso. Entsprechende Papiere an entsprechende Stellen. Ist schon alles in Vorbereitung. Ein Papier geht verloren, das andere stellt sich dafür ein, und Stewardsmaat Jones löst sich in ein Nichts auf, während Kartenführer Jones ein neues Buch anfängt.«

»Sam, warum machst du das denn nicht – für dich. Mit dem Dreh da könntest du doch sonst was werden.«

»Sonst was?« Sam schüttelte traurig den Kopf. »Nein, alter Junge, es gibt kein Sonst-was. Es gibt Gründe, warum ich lieber tief unter der Erde vergraben wäre.« Sein Gesicht hellte sich auf. »Ich will dir was sagen – ich nehme meinen neuen Namen an, bevor ich den Absprung mache, und dann erzähle ich dir alles. Und dann wirst du eines Tages, in zwei, zehn oder zwanzig Jahren in Nova Terra aufkreuzen und mich besuchen. Dann machen wir ein Faß auf und reden von den Zeiten, als wir noch jung und lustig waren – was hältst du davon?«

Max mußte lächeln, obwohl ihm nicht danach zumute war.

»Sicher, Sam. Ganz bestimmt.« Dann runzelte er die Stirn. »Aber, Sam, ich weiß doch gar nicht, wie ich die Sache schaukeln muß – und du bist dann weg.«

»Das regele ich schon, ehe ich mich absetze. Ich habe jetzt Nelson so weit, daß er mir aus der Hand frißt. Und zwar so: halber Betrag in bar als Anzahlung – die andere Hälfte bei Lieferung – und ich mache es so, daß er dir immer verpflichtet ist zu ... Aber das brauchst du jetzt noch nicht zu wissen. Wenn du nach Earthport zurückkommst, wird er dich bloß bitten, die Berichte abzuschicken, weil du an Land gehst und er seine Arbeit beenden muß. Du brauchst nur darauf zu achten, daß die beiden Berichte, die du brauchst, da sind, und dann gibst du ihm den Restbetrag. Abgemacht?«

Max sagte zögernd: »Ich glaube, das ist das beste.«

»Nun hör auf mit dem Grübeln. Jeder hat in seinem Leben einen wunden Punkt; man muß ihn bloß immer schön unten halten.«

Sam schob ein leeres Glas beiseite. »Junge, hättest du jetzt etwas dagegen, wenn wir zum Schiff zurückgingen? Oder hattest du vor, die Nacht durchzumachen?«

»Nein, keineswegs.«

Max' anfängliche Absicht, den ersten Planeten, den er angelaufen hatte, näher zu besichtigen, war vergessen – Garsons Planet erwies sich, wie er zugeben mußte, als ein jämmerliches Exemplar der Milchstraße.

»Dann nichts wie los. Ich habe allerlei an Bord zu bringen und kann Hilfe gebrauchen.«

Es handelte sich dabei um vier große Pakete, die Sam in einem öffentlichen Schließfach verstaut hatte. »Was ist da drin?« fragte Max neugierig.

»Teewärmer, Tausende von ihnen. Ich werde sie den Spitzköpfen auf Procyon als Mützen verkaufen.« Max hielt beleidigt den Mund.

Normalerweise wurde jedes Gepäckstück untersucht, das an Bord gebracht wurde, doch der wachhabende Polizist wäre niemals auf die Idee gekommen, seinen Vorgesetzten zu filzen. Also half Max seinem Freund, die Pakete in das großzügige Büro des Chefs der Schiffspolizei zu tragen.

›Durch die Verladeluke‹

Von Garsons Planet zum Halcyon um Nu Pegasi herum ist ein doppelter Katzensprung von drei Transitionen, von jeweils 105, 487 und 19 Lichtjahren, um eine ›gerade Linie‹ von 250 Lichtjahren zu Wege zu bringen. Doch weder eine ›gerade Linie‹ noch die Pseudo-Distanz einer Transition ist von Bedeutung. Die *Asgard* überbrückte lediglich eine Distanz von weniger als einem Lichtjahr. Eine ›Vogelfluglinie‹ ist nur für einen Vogel interessant.

Die erste Transition nach Garsons Planeten fand erst etwa einen Monat später statt. Als sie wieder gestartet waren, hatte Kelly Max seinem eigenen Wachturnus zugeteilt. Dieser Turnus gab Max nicht nur mehr Schlaf, sondern auch mehr Möglichkeit zu lernen, denn der Dienst zusammen mit Simes erwies sich als völlig wertlos. Max war erleichtert, denn auf diese Art und Weise konnte er Simes aus dem Weg gehen. Er wußte nicht, ob Kelly das so geplant hatte – und er wagte es nie, ihn danach zu fragen.

Max' Dienst stand immer noch im Zeichen der Ausbildung, so brauchte er weder jemanden abzulösen, noch von jemandem abgelöst zu werden. Daher verließ er den Kommandoraum nicht eher als Kelly, wenn er nicht dazu aufgefordert wurde. Das aber führte dazu, daß er häufig mit Dr. Hendrix zusammenkam, denn der Astrogator übernahm nach Kelly den Dienst, und Kelly pflegte immer gern noch ein bißchen zu verweilen und einen kleinen Schwatz zu halten, währenddessen sich Hendrix des öfteren nach Max' Fortschritten erkundigte.

Gelegentlich gesellte sich auch der Kapitän dazu. Kurz nachdem sie Garsons Planeten verlassen hatten, benutzte Hendrix eine solche Gelegenheit, Kaptain Blaine und dem Ersten Offizier Max' Talent vorzuführen. Max arbeitete fehlerlos, obwohl die Gegenwart des Kapitäns sein Selbstbewußtsein erheblich beeinträchtigte. Der Kapitän beobachtete ihn aufmerksam und mit einem Ausdruck verhaltener Überraschung. Als Max fertig war, sagte er: »Schönen Dank, Junge. Es war erstaunlich. Aber … wie ist doch Ihr Name?«

»Jones, Herr Kapitän.«

»Jones, ach ja.« Der alte Herr wurde nachdenklich. »Es muß entsetzlich sein, nicht vergessen zu können – besonders um die Mitte der Nacht. Bewahren Sie sich immer ein reines Gewissen, Jones.«

Zwölf Stunden später sagte Hendrix zu ihm: »Jones, gehen Sie noch nicht weg. Ich möchte Sie noch sprechen.«

»Jawohl, Sir.«

Dr. Hendrix wechselte ein paar Worte mit Kelly, dann wandte er sich wieder Max zu. »Der Kapitän war von Ihrer Vaudevill-Vorstellung sehr beeindruckt, Jones. Er fragt sich nur, ob Sie auch eine entsprechende mathematische Fähigkeit besitzen.«

»Hmm – Sir. Ich bin kein Blitztechniker, nein, das bin ich nicht. Ich habe mal einen auf einem Rummelplatz gesehen, der konnte Dinge machen, die ich nicht kann.«

Hendrix ging nicht weiter darauf ein. »Ist unwichtig. Ich glaube aber, Sie haben mir mal erzählt, daß Ihr Onkel Ihnen Mathematik beigebracht hat.«

»Ja, aber nur soweit es die Astrogation betrifft.«

»Was meinen Sie denn, wovon ich rede? Wissen Sie, wie man eine Transitionsannäherung berechnet?«

»Oh – das glaube ich wohl, Sir.«

»Offengestanden, ich bezweifle das, ganz gleich wieviel mathematische Kenntnisse der alte Jones Ihnen vermittelt hat. Aber versuchen wir es mal.«

»Jetzt?«

»Ja, natürlich. Nehmen wir an, Sie sind der diensthabende Offizier. Kelly ist Ihr Assistent. Ich selbst bin nur Zuhörer. Arbeiten Sie die Annäherung aus, auf der wir uns gerade befinden. Ich weiß, daß wir gegenwärtig noch nicht nahe genug sind, aber das spielt keine Rolle – Sie müssen sich bei der Berechnung nur bewußt sein, daß die Sicherheit des Schiffes davon abhängt.«

Max holte tief Luft. »Jawohl, Sir, jawohl.« Und er machte sich daran, frische Platten für die Kameras herauszuholen. Doch Hendrix sagte nur ein kurzes »Nein!«

»Wie meinen Sie?«

»Wenn Sie Chef sind, wo ist dann Ihre Mannschaft? Noguchi, helfen Sie ihm.«

»Jawohl, Sir.« Noguchi trat lächelnd auf Max zu. Während sie sich über die erste Kamera neigten, flüsterte Noguchi: »Lassen Sie sich nicht aus der Fassung bringen. Wir werden ihm schon zeigen, was wir wert sind. Außerdem hilft Kelly Ihnen schon über die schwersten Brocken hinweg.«

Doch Kelly half keineswegs; er fungierte nur als Nummernschild und sonst nichts und gab Max auch nicht durch die geringste Andeutung zu verstehen, ob er richtig arbeitete oder schwer danebenhieb. Nachdem Max die Platten geprüft und sie mit den Karten verglichen und ausgewertet hatte, gab er die Berechnung nicht selbst dem Computer ein, sondern überließ Noguchi und Kelly alles weitere. Nach geraumer Zeit blinkten die Lichter auf, von denen Max die richtige Antwort erwartete.

Dr. Hendrix sagte nichts, sondern nahm die gleichen Platten und berechnete die Aufgabe noch einmal mit derselben Mannschaft. Nach wenigen Augenblicken blinkten die Lampen erneut auf; der Astrogator ließ sich von Kelly die Tabellen geben und schlug die Auswertung selbst nach. »Wir differieren nur in der neunten Dezimalstelle. Nicht schlecht.«

»Ich habe mich nur in der neunten Stelle verrechnet?«

»Das habe ich nicht gesagt. Vielleicht lag es auch an mir.«

Über Max' Gesicht huschte ein Lächeln. Dr. Hendrix' Stirn aber legte sich in Falten. »Warum haben Sie nicht die Dopplerschen Spektren benutzt?«

Max lief ein kalter Schauer über den Rücken. »Oh – das habe ich vergessen, Sir.«

»Ich dachte, Sie wären der Mann, der niemals etwas vergißt, Jones?«

Max dachte intuitiv – und korrekterweise – daß es sich hierbei um zwei verschiedene Arten von Gedächtnis handelte; doch er besaß nicht das Fachvokabular eines Psychologen, um es in Worte zu kleiden. Zum einen konnte jemand seinen Hut in einem Restaurant vergessen – das konnte jedem passieren –, aber andererseits ging es darum, etwas zu vergessen, was man einmal *gewußt* hatte.

Hendrix fuhr fort: »Ein Mann im Kommandoraum darf niemals etwas vergessen, das für die Sicherheit des Schiffes unerläßlich ist. Immerhin – als Übung haben Sie das schon recht ordentlich gemacht – nur – Sie sind noch nicht schnell genug. Hätten wir, wie kurz vor der Transition, annähernde Lichtgeschwindigkeit gehabt, dann wäre Ihr Schiff im Hades gelandet und im Styx zerschmettert, ehe Sie die Antwort gefunden hätten. Aber es war ein guter erster Versuch.«

Er wandte sich ab. Kelly machte eine ruckartige Bewegung in Richtung auf den Eingang, und Max verschwand nach unten.

Bevor er in den Schlaf fiel, ging ihm noch eine ganze Zeit der Gedanke durch den Kopf, daß Dr. Hendrix vielleicht erwägen könnte, ob Max nicht zum ... Doch nein! Er schob den Gedanken beiseite. Schließlich wäre auch Kelly dazu in der Lage; er hatte ihn oft genug, und viel schneller, solche Annäherungen durchführen sehen. Wahrscheinlich verstünde sich auch Noguchi darauf. Nicht nur wahrscheinlich, sondern sicherlich – verbesserte er sich. Denn letzten Endes gab es keine großen Geheimnisse dabei.

Als sie sich der ersten Anomalie näherten, änderte sich der leichte, dreigeteilte Dienst für Offiziere und der viergeteilte Dienst für Mannschaften derart, daß es nur noch zwei Schichten gab, jede mit einem Astrogator, einem Assistenten, einem Kartenführer und einem Techniker. Max schob jetzt regulär Wache. Die eine Mannschaft bestand aus Dr. Hendrix mit Kovak als Assistenten, Max als Kartenführer, Noguchi am Computer; die andere Mannschaft setzte sich aus Mr. Simes mit Kelly als Assistenten, Smythe als Kartenführer und Lundy als Techniker zusammen. Max bemerkte, daß Dr. Hendrix sein ›erstes Team‹ Simes unterstellt hatte, während er selbst sich um die weniger erfahrenen Crewmitglieder kümmerte. Er fragte sich, warum. Trotzdem war er froh, nicht unter Simes arbeiten zu müssen.

In diesen Tagen und Stunden lernte Max auch, warum man den Kommandoraum ›Schwitzkiste‹ nannte. Dr. Hendrix verwandelte sich in eine eiskalte Maschine. Er führte eine Korrektur nach der anderen durch und verlangte von seinen Untergebenen prompte, effiziente und lautlose Arbeit. Während der letzten zwanzig Stunden der Annäherung blieb der Astrogator im Kontrollraum, und auch die anderen Mannschaftsmitglieder verließen die Schwitzkiste nur kurz, selbst wenn sie formell außer Dienst waren. Simes erschien, um seine Schicht anzutreten. Dr. Hendrix blickte ihm ständig über die Schulter und überprüfte alles, was er machte. Zweimal verlangte er von Simes, eine Teilaufgabe zu übernehmen. Trotzdem stieß er den Dienstjüngeren bald wieder zur Seite und erledigte die Arbeit selbst. Beim ersten Mal riß Max verwundert die Augen auf, doch dann merkte er, daß die anderen Crewmitglieder bemüht waren, geschäftig zu wirken, wann immer Dr. Hendrix privat mit Simes sprach.

Die Spannung steigerte sich ins Unendliche, als sie sich dem kritischen Augenblick näherten. Die Annäherung an eine Anomalie zum Zweck der Transition kann mit keiner Art der Fliegerei verglichen werden, die der Mensch in seiner langen Geschichte betrieben hat. Lediglich die Erfahrung in einem Atmosphärenflieger kam dem nahe. Das bedeutete tausend Meilen Blindflug, während man extrem genau navigieren mußte, um den engen Kanal am Ende der Flugbahn nicht zu verfehlen – und das alles, ohne den Kanal auch nur zu *sehen*. Eine Horstsche Kongruenz ist ebenso unsichtbar. Man kann sie lediglich berechnen, eine merkwürdige mathematische Übung mit der Masse des Raums. Ein solcher ›Tunnel‹ ist nichts weiter als ein unmarkierter leerer Ort in der noch größeren Leere des Raums. Bei der Annäherung an einen Planeten kann der Astrogator sein Ziel sehen, sei es mittels Radar oder durch direkten Sichtkontakt. Außerdem erreicht ein Schiff im Landeanflug nur ein paar Meilen pro Sekunde. Doch wenn man eine Horstsche Annäherung durchführt, erreicht das Schiff annähernd Lichtgeschwindigkeit – im letzten Augenblick ist es sogar kurzzeitig schneller als das Licht. Die nächsten Landmarken sind dann mehrere Milliarden Kilometer entfernt. Und diese ›Landmarken‹ bewegen sich ebenfalls mit annähernder Lichtgeschwindigkeit. Sie ziehen sich im Auge des Betrachters zu einer einzigen großen Sternenmasse zusammen. Dieser Parallaxeffekt ist nur möglich, wenn der Beobachter sich selbst mit annähernder Lichtgeschwindigkeit bewegt und jeden optischen Anhaltspunkt verliert. Er reitet förmlich auf den Wellen des elektromagnetischen Spektrums.

Es ist ein Gefühl, als würde man in einem dunklen Keller nach einer schwarzen Katze suchen, die überhaupt nicht da ist.

Als sie sich dem entscheidenden Augenblick näherten, war Kelly selbst an dem Computer, Lundy stand dicht neben ihm. Smythe und Kovak arbeiteten mit den Karten und reichten jede neue Angabe weiter an Dr. Hendrix, der seine Anweisungen mündlich an die Männer am Computer weitergab, die Aufgaben in seinem Kopf aufstellte und sie fast unverzüglich dem Elektronengehirn mitteilte. Der Kommandoraum stand jetzt unter seiner unmittelbaren Kontrolle. Hendrix ragte aus der Armatur heraus und umklammerte mit jeder Hand einen Hebel, um das Schiff gerade noch unter Lichtgeschwindigkeit zu halten, den anderen, um der *Asgard* den letzten Dreh zu geben, der sie durch den Tunnel hindurchschleuderte.

Max wurde beiseitegedrängt, es gab jetzt keine Aufgabe mehr, in der nicht jeder andere erfahrener gewesen wäre, und selbst Simes mußte sich dieser Ordnung fügen, denn im entscheidenden Augenblick war nur noch Platz für einen Astrogatoren.

Von all den Männern im Kommandoraum schien nur Kapitän Blaine völlige Ruhe zu bewahren. Er saß in dem ihm heiligen Stuhl, rauchte ruhig vor sich hin und beobachtete Hendrix. Das Gesicht des Astrogatoren war grau vor Übermüdung und schweißverschmiert. Er hatte den Kragen seiner Uniform geöffnet. Sein Kopf war auf die Brust gesunken. Es sah aus, als sei er eingeschlafen, obwohl das natürlich nicht den Tatsachen entsprach. Max blickte zu ihm hinüber und fragte sich, wie er jemals auf den verrückten Gedanken gekommen war, Astrogator zu werden. Die Verantwortung war unerträglich.

Doch seine Stimme zeigte keine Ermüdung; die endlose Reihe von Zahlen schoß nur so hervor, jede einzelne wie gestochen, daß es keinen Fehler geben konnte und daß nicht ein einziges Mal eine Zahl wiederholt zu werden brauchte. Max hörte, lernte und staunte.

Er blickte nach oben durch die Kuppel – hinaus in den Raum, einen Raum, der durch die undenkbare Geschwindigkeit des Schiffes verzerrt erschien. Während der letzten Wache hatten sich die Sterne immer mehr aufeinander zubewegt. Aufgrund des Parallaxeffekts schienen sie sich genau an dem Ort zu versammeln, auf den die *Asgard* zusteuerte. Mittlerweile sahen sie im infraroten Spektrum. Ihre Geschwindigkeit war so groß, daß der Dopplereffekt die Länge der Hitzewellen in ein für das menschliche Auge sichtbares Spektrum reduzierte.

Max arbeitete weiter als Kartenführer vom Dienst, da Kovak Dr. Hendrix als Astrogator ersetzte, der sich eine Woche Ruhe verdient hatte. Es gab in der Tat nicht viel zu tun, und die außergewöhnlichen Fähigkeiten Dr. Hendrix' wurden nicht gebraucht. Trotzdem genoß Max seine neue Stellung. Es erfüllte ihn mit Stolz, als ›Kartenführer vom Dienst‹ unterschreiben zu dürfen. Er glaubte, sein Ziel erreicht zu haben, obwohl Simes noch immer an allem etwas auszusetzen hatte, und Kelly ihn weiterhin hart rannahm.

Die Flut der Zahlen hörte auf. Max blickte wieder nach unten, dann aber, als er Dr. Hendrix sagen hörte: »Achtung – jetzt«, schaute er erneut eiligst nach oben.

Die Sterne schienen zusammenzukriechen, dann waren sie plötzlich weg, wurden jedoch sofort durch ein gänzlich neues Sternenuniversum ersetzt.

Hendrix richtete sich auf, seufzte und blickte ebenfalls nach oben. »Da ist der Albert Memorial«, sagte er ruhig. »Und da ist der Hexagon. Nun – Kapitän, es sieht so aus, als ob wir es mal wieder geschafft hätten.« Er wandte sich an Simes: »Machen Sie weiter, bitte.« Hendrix ließ den Kapitän vorangehen und folgte ihm dann durch die Luke.

Danach wurde der Dienst wieder leichter, die nächste Transition war erst in mehreren Tagen zu erwarten.

Max war zwar überrascht, jedoch ohne Arg, als er während einer dienstfreien Stunde aufgefordert wurde, sich bei Dr. Hendrix zu melden. Er zog sich seine beste Uniform an, bürstete sich das Haar und ging hinauf. »Kartenführeranwärter Jones meldet sich zur Stelle.«

Hendrix nahm die Meldung Jones' zur Kenntnis, ließ ihn jedoch stehen. »Ist gut, Jones«, und wandte sich sogleich an Kelly, der ebenfalls anwesend war.

»Vielleicht setzen Sie ihn davon in Kenntnis.«

»Wenn Sie meinen!« Kelly fühlte sich offensichtlich nicht wohl in seiner Haut. »Ja, sehen Sie, Jones, die Sache ist die – Sie gehören eigentlich nicht zu meiner Gilde.«

Max war so perplex, daß er nicht antworten konnte. Er wollte sagen, daß er gedacht hätte – daß er verstanden – daß er nicht gewußt hätte ... aber brachte nichts heraus, und Kelly fuhr fort: »Tatsache ist, daß Sie eigentlich die Astrogatorausbildung haben müßten. Der Doktor und ich, wir haben das eben durchgesprochen.«

Das Summen in seinem Kopf wurde immer schlimmer. Da vernahm er, wie Dr. Hendrix wiederholte: »Nun, Jones? Wollen Sie es versuchen? Oder nicht?«

Max gelang ein kümmerliches »Jawohl, Sir«.

»Gut. Kelly und ich, wir haben Sie beobachtet. Er sowohl wie ich, wir sind der Meinung, daß in Ihnen möglicherweise die Fähigkeit schlummert, das notwendige Geschick und die notwendige Schnelligkeit zu entwickeln. Die Frage ist, wie denken Sie darüber?«

»Hmm ... ich hoffe es, Sir!«

»Das will ich auch hoffen«, antwortete Hendrix trocken. »Aber wir werden ja sehen. Wenn's nicht klappt, dann können Sie wieder in Ihre alte Gilde eintreten, ohne daß Ihnen ein Schaden daraus erwächst. Auf jeden Fall wird die Erfahrung einen besseren Kartenführer aus Ihnen machen.« Der Astrogator wandte sich wieder Kelly zu. »Ich will Jones noch ein bißchen auf den Zahn fühlen, Kelly, und dann können wir unseren endgültigen Entschluß fassen.«

»Sehr wohl, Sir«, und damit stand Kelly auf.

Als Kelly gegangen war, trat Hendrix an seinen Schreibtisch, nahm ein Fahrtenbuch in die Hand und fuhr in unerwartet barschem Ton Max an: »Ist das Ihr Buch?«

Max warf einen Blick darauf und schluckte: »Jawohl, Sir.«

Dr. Hendrix blickte ihm fest in die Augen. »Nun? Ein schönes Bild Ihrer Karriere, wie? Haben Sie irgend etwas dazu zu sagen?«

Die Pause, die plötzlich entstand, war gewiß nicht länger als die Dauer von einem Dutzend Herzschläge, doch Max erschien sie endlos. Dann aber brach ein Gefühl des schlechten Gewissens und der Reue aus ihm heraus, und er hörte, wie es aus ihm heraussprudelte: »Das ist durchaus kein gutes Bild, Sir. Es ist von Anfang bis Ende erlogen.«

Max war selbst fassungslos, wie er so etwas sagen konnte. Denn im gleichen Augenblick war er sich bewußt, daß er damit die einzige Chance, sein großes Ziel zu erreichen, völlig zunichte gemacht hatte. Doch anstatt sich vernichtet oder geschlagen zu fühlen, empfand er nur eine merkwürdige Erleichterung.

Hendrix legte das Fahrtenbuch auf den Schreibtisch zurück und antwortete: »Gut, Jones, sehr gut. Hätten Sie mir eine andere Antwort gegeben, hätte ich Sie aus meinem Kommandoraum hinausgefeuert. Aber – wie ist es – wollen Sie sich nicht genauer darüber aussprechen? Nehmen Sie Platz.«

Max nahm Platz und erzählte. Das einzige, was er zurückhielt, war Sams Name und diejenigen Einzelheiten, die Rückschlüsse auf ihn zugelassen hätten. Selbstverständlich fiel Dr. Hendrix die Auslassung auf, und ohne Umschweife fragte er Max danach.

»Das möchte ich nicht sagen, Sir.«

Hendrix nickte. »Nun gut. Dann will ich Ihnen versichern, daß ich keinen Versuch unternehmen will, diesen – Freund von Ihnen ausfindig zu machen – sollte er zufällig in diesem Schiff sein.«

»Danke Ihnen, Sir.«

Schließlich sagte Hendrix: »Mein Junge, was hat Sie bloß dazu geführt, diesen albernen Betrug zu versuchen? Konnten Sie sich nicht denken, daß Sie eines Tages geschnappt werden würden?«

Max überlegte. »Doch, Sir – ich wußte, daß das kommen würde. Aber ich wollte in den Raum hinaus, und es gab keine andere Möglichkeit.« Als Hendrix nicht antwortete, fuhr Max fort. Nach der ersten Erleichterung darüber, daß er die Wahrheit sagen konnte, empfand er es jetzt als seine Pflicht, sich zu verteidigen, sich zu rechtfertigen, denn es schmerzte ihn, daß Dr. Hendrix nicht verstehen wollte, daß er einfach das getan hatte, was er hatte tun müssen – so wenigstens schien es Max. »Was hätten Sie denn getan, Sir?«

»Ich? Wie soll ich darauf antworten? Was Sie damit aber wirklich fragen, ist, ob ich Ihre Handlungsweise vom Standpunkt der Moral ebenso verurteile wie von dem des Gesetzes?«

»Das muß ich wohl annehmen, Sir.«

»Ist es unrecht, zu lügen und zu betrügen und zu bestechen, um das zu bekommen, was man haben will? Es ist mehr als unrecht, es ist unwürdig!«

Dr. Hendrix kaute auf seiner Lippe, dann fuhr er fort: »Vielleicht ist diese Meinung aber die Sünde der Pharisäer ... meine eigene Schwäche. Denn schließlich muß ich feststellen, daß ein junger, armer Tramp, wie Sie einer waren, sich nicht den Luxus der Würde leisten kann. Und was das übrige angeht, der Mensch ist ein komplexes Wesen, außerdem bin ich kein Richter. Admiral Lord Nelson war ein notorischer Lügner, lebte ausschweifend und war unglaublich undiszipliniert. Präsident Lincoln war vulgär und geistig ... sagen wir ›instabil‹. Die Liste ist endlos. Nein, Jones, ich maße mir nicht an, ein Urteil über Sie zu fällen; das ist Ihre eigene Sache. Die Behörden, denen die Rechtsprechung obliegt, werden Ihr Delikt zu beurteilen haben; mich interessiert nur, ob Sie die Fähigkeit, die ich brauche, haben oder nicht.«

Max' Gefühle gerieten erneut durcheinander, denn er hatte sich mit dem Gedanken abgefunden, daß er sein Glück verspielt hätte.

»Wie meinen Sie, bitte?«

»Verstehen Sie mich nicht falsch.« Hendrix klopfte auf das Fahrtenbuch. »Das hier ist nicht nach meinem Geschmack, gar nicht. Aber vielleicht können Sie Ihren Fehler wiedergutmachen. Inzwischen brauche ich aber dringend noch einen

Offizier; wenn Sie einschlagen, kann ich Sie verwenden. Ich möchte Ihnen auch nicht verheimlichen, daß mein Entschluß zum Teil auch persönlich bedingt ist, Ihr Onkel war mein Lehrer, und ich werde es mit Ihnen versuchen.«

»Ich will mein Möglichstes tun, Sir. Ich danke Ihnen.«

»Danken Sie mir nicht. Ich bin Ihnen außerdem – wenigstens im Augenblick – nicht einmal besonders freundlich gesinnt. Sprechen Sie mit niemandem. Ich werde den Kapitän bitten, eine Gildenversammlung einzuberufen, und er und Mr. Simes und ich, wir werden über Sie abstimmen. Wir werden Sie auf Probe einsetzen, was dem Kapitän die Möglichkeit gibt, Sie einstweilen zum Offiziersaspiranten zu ernennen. Die Formalitäten sind etwas verschieden von den sonst üblichen, wie Sie ohne Zweifel wissen.«

Max wußte das zwar nicht, doch war ihm bekannt, daß Offiziere manchmal durch die ›Verladeluke‹ aufstiegen – indessen beschäftigte ihn eine andere Sache viel mehr. »Mr. Simes, Sir?«

»Gewiß. Alle Astrogatoren, mit denen Sie zusammenarbeiten, müssen ihr Urteil abgeben.«

»Hmm ... und es muß einstimmig sein, Sir?«

»Ja.«

»Dann – ja, dann können Sie die ganze Sache gleich fallen lassen. Ich meine – ich weiß Ihr persönliches Wohlwollen durchaus zu schätzen, aber ...« Max' Stimme verebbte plötzlich.

Dr. Hendrix zeigte ein freudloses Lächeln. »Wollen Sie das nicht meine Sorge sein lassen, Jones?«

»Oh – entschuldigen Sie bitte, Sir.«

»Wenn die Sache entschieden ist, verständige ich Sie, oder sollten Sie eine andere Formulierung vorziehen: Falls sie entschieden ist.«

»Jawohl, Sir.« Max stand auf. »Verzeihen Sie, Sir, es gibt da noch ein paar Dinge, die ich gern gewußt hätte.«

Hendrix war inzwischen schon an den Schreibtisch getreten. Jetzt antwortete er mit offensichtlicher Ungeduld: »Und worum handelt es sich?«

»Würden Sie so freundlich sein, mir zu sagen – nur der Neugier wegen – wie Sie dahintergekommen sind?«

»Ach das! Nun, Sie haben sich selbst verraten – weiter nichts. Ich bin auch der Ansicht, daß Kelly Bescheid weiß, er ist nämlich über verschiedene Dinge auffallend hinweggegangen. Ja, ich habe z. B. einmal gehört, wie Lundy Ihnen gegenüber Kiefers Ritz auf der Luna erwähnt hat. Ihre Antwort ließ, obwohl sie belangslos war, doch erkennen, daß Sie in Wirklichkeit nicht wußten, von welcher Kneipe er sprach, es ist aber unmöglich, daß ein Raumfahrer diese Stätte nicht kennt, denn ihr Eingang liegt gegenüber der Ostschleuse zum Raumhafen.«

»Oh!«

»Doch die Sache wurde mir klar in Verbindung – hiermit«, und er klopfte erneut auf das falsche Fahrtenbuch. »Jones, ich habe ständig mit Zahlen zu tun, und mein Kopf kann nicht weniger umhin, sie auf ihre Bedeutung hin zu prüfen, als ioh umhin kann zu atmen. Dieser Bericht besagt, daß Sie in den Raum gingen, ein Jahr bevor Ihr Onkel ausschied – ich erinnere mich aber, daß Ihr Onkel Sie zu Hause ausgebildet hat, und dem entsprach auch Ihr Können. Zwei angebliche Tatsachen standen sich also gegenüber; muß ich noch hinzufügen, daß ich der Wahrheit ziemlich nahe war?«

»Ich sehe, ich war nicht sehr intelligent.«

»Nein, das waren Sie keineswegs. Zahlen reden eine untrügliche Sprache, Jones. Zaubern Sie damit nicht herum, Sie ziehen nur den kürzeren. Aber was hatten Sie noch auf dem Herzen?«

»Ja, Sir, was mich noch beunruhigt, ist die Frage, was ich zu erwarten habe, ich meine – wegen des Buches da.«

»Ach«, gab Hendrix gleichgültig zurück, »das liegt bei der Gilde der Stewards und Schreiber. Meine Gilde unternimmt nichts in der disziplinarischen Angelegenheit einer anderen Gilde. Es sei denn, natürlich, daß sie es als moralische Schande bezeichnen und die Sache selbst verfolgen.«

Mit diesem schwachen Trost verließ Max den Raum. Nichtsdestoweniger fühlte er sich leichter als je zuvor, seitdem er an Bord gekommen war. Die Aussicht auf Bestrafung schien eine geringere Last als die ständige Sorge, wann und wie er entdeckt würde. Doch schon einen Augenblick später hatte er es vergessen und war nur noch ganz Freude über die Aussicht – endlich! – den ersten Schritt auf dem Wege zum Astrogator machen zu können.

Er wünschte, er hätte Sam davon erzählen können ... oder Ellie.

Halcyon

Die Ernennung auf Probe wurde noch am selben Tag ins Logbuch eingetragen. Der Kapitän rief Max herein, nahm ihm den Eid ab, beglückwünschte ihn und nannte ihn »Mr. Jones«. Die Zeremonie war einfach, ohne weitere Zuschauer als Hendrix und dem Schreiber des Kapitäns.

Die übrigen Umstände, die mit der Veränderung verbunden waren, überraschten Max mehr als die Beförderung selbst. Sie nahmen unverzüglich ihren Anfang. »Sie tun wohl besser daran, den Rest des Tages für den Umzug zu verwenden, Mr. Jones, und sich hinzulegen«, sagte der Kapitän mit leichtem Augenzwinkern. »Einverstanden, Doktor?«

»Gewiß, Herr Kapitän.«

»Na gut denn. Bennett, wollen Sie Dumont bitten hereinzukommen?«

Der Chefsteward für die Passagiere zeigte sich überrascht, daß der kürzliche Stewardmaat 3. Klasse zum Schiffsoffizier avanciert war. Auf die Frage des Kapitäns meinte er: »Ich dachte, Mr. Jones auf Kabine B-014 zu legen, Herr Kapitän. Sind Sie damit zufrieden?«

»Aber gewiß, gewiß.«

»Ich werde sogleich sein Gepäck noch oben bringen lassen.«

»Gut. Und Sie gehen bitte mit Dumont mit, Mr. Jones. Nein, warten Sie einen Augenblick. Wir müssen noch eine Mütze für Sie finden.« Der Kapitän trat an seinen Schrank und suchte eine Weile. »Ich hätte eine, die einstweilen ausreichen dürfte.«

Hendrix stand unterdessen mit den Händen auf dem Rükken hinter ihm. »Ich habe eine bei mir, Kapitän. Mr. Jones und ich, wir haben, denke ich, dieselbe Größe.«

»Gut. Obgleich sein Kopf in den letzten paar Minuten ein bißchen geschwollen sein dürfte. Wie?«

Hendrix mußte furchtbar lachen. »Sollte das der Fall sein, werde ich schon dafür sorgen, daß er wieder abschwillt.« Damit übergab er Max die Mütze. Den breiten Goldstreifen und den Sonnenaufgang hatte der Astrogator entfernt, dafür hatte er einen schmalen Streifen mit einem winzigen Sonnenaufgang angebracht, der von einem Ring umgeben war, der ihn als Aspiranten kennzeichnete. Max hatte den Eindruck, daß es sich dabei um alte Abzeichen handelte, die Hendrix aus irgendwelchen sentimentalen Gründen aufbewahrt hatte. Er war fast am Ersticken, als er seine Dankesworte murmelte und dann, über die eigenen Füße stolpernd, Dumont aus der Kabine des Kapitäns folgte.

Als sie draußen waren, blieb Dumont stehen. »Es erübrigt sich, Sir, daß Sie nach unten in den Mannschaftsraum gehen. Wenn Sie mir die Nummer Ihres Schrankes angeben wollen, werden wir alles gewissenhaft regeln.«

»Aber, aber, Mr. Dumont! Ich habe ja nur ein kleines Bündel, das kann ich allein tragen.«

Dumonts Gesicht zeigte sich unbeweglich wie die Miene eines Butlers. »Wenn ich mir eine Bemerkung erlauben darf, Sir, Sie wollen jetzt wohl Ihre neue Kabine besichtigen, während ich mich um Ihre Sachen kümmere.« Dumont hatte es nicht als Frage formuliert. Er wollte damit sagen: *Sieh mal, Dummchen. Ich weiß, wo's lang geht und du nicht. Mach, was ich dir sage, bevor du eine Riesendummheit begehst.*

Max ließ sich führen. Es ist nicht einfach im selben Schiff vom einfachen Mannschaftsdienstgrad zum Offizier aufzusteigen. Dumont wußte das, Max nicht. Dumont hatte die Absicht, den jungen Offizier nur bis ins C-Deck gehen zu lassen, solange er nicht das notwendige würdevolle Verhalten gelernt hatte. Dumonts Motive blieben Max verborgen – väterliche Gefühle oder strenge Beachtung des Protokolls, vielleicht von beidem etwas. So erreichte Max schließlich seine Kabine, Nummer B-014.

Der Raum beherbergte eine richtige Schaummatratze mit einer Decke. Außerdem fand sich dort ein winziges Waschbecken mit fließendem Wasser und einem Spiegel. Über dem Bett hing ein Bücherregal, und daneben stand ein Schrank. Dann entdeckte Max ein heruntergeklapptes Schreibbrett, ein Telefon an der Wand und einen Summer, mit dem er den diensthabenden Stewardsmaat herbeizitieren konnte. Zu seinem Inventar gehörte ferner ein beweglicher Stuhl, ein Papierkorb und – tatsächlich! – ein kleiner Läufer am Boden. Das Beste von allem jedoch war eine Tür mit einem Schloß. Max störte sich nicht an der Tatsache, daß seine Kabine gerade groß genug für ein Klavier war.

Er war gerade dabei, die Schubkästen zu öffnen und ein wenig herumzustöbern, als Dumont zurückkehrte, doch trug Dumont Max' mageren Besitz nicht etwa selbst, sondern diese Arbeit fiel einem Mann zu, der auf dem Oberdeck als Stewardsmaat Dienst tat. Als er hinter Dumont eintrat, sagte er: »Wo darf ich das ablegen, Sir?«

Bestürzt stellte Max fest, daß der Mann, der ihm jetzt aufwartete, ihm wochenlang beim Essen gegenüber gesessen hatte.

»Hallo, Jim«, rief er aus, »wirf es einfach aufs Bett – und schönen Dank.«

»Jawohl, Sir. Gratuliere auch!«

»Danke, danke!« Sie schüttelten sich die Hände. Dumont beschränkte die Zeremonie auf ein Minimum, indem er sich plötzlich wieder einschaltete. »Das ist jetzt alles, Gregory. Sie können wieder in den Spülraum zurückgehen.« Und zu Max gewandt: »Sonst noch etwas, Sir?«

»Nein, wirklich nicht, es ist alles in Ordnung.«

»Darf ich mir erlauben, darauf hinzuweisen, daß Sie wahrscheinlich nicht die Absicht haben werden, die Dienstgradabzeichen selbst an diese Uniform anzunähen? Es sei denn, Sie könnten besser mit einer Nadel umgehen als ich«, fügte Dumont leicht kichernd hinzu.

»Oh, ich denke schon, daß ich das könnte.«

»Meine Frau versteht sich auf jeden Fall darauf, sie arbeitet auch für die Damen an Bord – ich darf wohl diese hier mitnehmen! Sie ist bestimmt bis zum Dinner frisch betreßt und gebügelt.«

Max war glücklich, daß er Dumont diese Arbeit überlassen konnte. Denn ganz unvermittelt war ihm bewußt geworden, daß er ab jetzt im Salon die Mahlzeiten einzunehmen hatte.

Doch vor dem Dinner gab es noch weitere Aufregungen. Max war gerade dabei, seine kümmerliche Habe zu verstauen, als jemand an die Tür klopfte und unverzüglich danach eintrat. Max sah sich von Angesicht zu Angesicht Mr. Simes gegenüber.

Simes blickte auf Max' Mütze und lachte. »Nehmen Sie das Ding da ab, bevor Ihre Ohren zu Schaden kommen.«

Max rührte sich nicht, sondern sagte: »Sie wollen etwas von mir, Sir?«

»Ja. Bloß einen Augenblick, Sie Neunmalkluger, um Ihnen einen kleinen Rat zu geben.«

»Bitte?«

Simes schlug sich mehrmals auf die Brust. »Es handelt sich nur darum. Merken Sie sich, es gibt nur einen stellvertretenden Astrogator in diesem Schiff – und das bin ich. Vergessen Sie das nicht. Ich werde das noch lange sein, wenn Sie schon wieder den Kuhstall ausmisten – wohin Sie nämlich gehören.«

Max fühlte, wie ihm im Nacken heiß wurde und wie sein Gesicht brannte. »Warum«, fragte er, »haben Sie, wenn Sie dieser Meinung sind, für meine Ernennung gestimmt?«

Wieder lachte Simes auf. »Seh ich wie ein Dummkopf aus? Der Kapitän sagt ja, der Astrogator sagt ja – sollte ich da meinen Hals riskieren? Es ist bestimmt leichter zu warten und Sie Ihren Hals riskieren zu lassen, was Sie ohne Zweifel tun werden. Ich wollte Sie jedenfalls nur wissen lassen, daß solch ein lächerliches Stückchen Goldlitze noch gar nichts bedeutet. Sie stehen noch um vieles unter mir. Ich sage es Ihnen nochmals, vergessen Sie das nicht.«

Max biß sich auf die Zähne und antwortete nicht. Simes fuhr fort: »Nun?«

»Nun, was?«

»Ich habe Ihnen einen Befehl gegeben.«

»Jawohl, Mr. Simes. Ich werde ihn nicht vergessen, gewiß nicht.«

Simes warf ihm noch einmal einen eiskalten Blick zu und mit einem »Daß Sie das ja nicht tun!« ging er hinaus. Mit geballten Fäusten starrte Max noch auf die Tür, als Gregory anklopfte. »Dinner, Sir. In fünf Minuten.«

Max ließ sich so viel Zeit, wie er konnte. Er wünschte, in die unteren Decks zurückkehren zu können, um seinen warmen, lauten, aber gemütlichen Platz in der Mannschaftsmesse einzunehmen. Am Eingang des Salons zögerte er. Er hatte Lampenfieber. Der wunderbare Raum war hell erleuchtet. Alles war neu für Max. Er war zwar bereits hier gewesen, aber immer nur am frühen Morgen, um die Katzenklos zu reinigen. Um diese Uhrzeit war der Raum nur spärlich beleuchtet.

Er kam gerade noch zur rechten Zeit; einige von den Damen saßen bereits, während der Kapitän noch stand. Max ging es durch den Kopf, daß er, wenn der Kapitän Platz nahm, oder sobald sich die Damen alle setzten, an seinem Stuhl sein müßte – aber welches war sein Stuhl? Er begann förmlich am ganzen Leib zu zittern, da hörte er auf einmal jemand seinen Namen rufen. »Max!«

Ellie kam hereingelaufen und warf ihm die Arme um den Hals. »Max! Eben habe ich's erfahren. Ich finde es wundervoll!« Mit strahlenden Augen schaute sie ihn an und küßte ihn dann auf beide Wangen.

Max lief bis über die Ohren rot an. Er spürte, wie ihn alle anstarrten. Sein Unbehagen wurde noch verstärkt, als er bemerkte, daß Ellie ein formelles Abendkleid trug. Sie wirkte darin wesentlich älter und femininer, was Max' hinterwäldlerischen Puritanismus zutiefst entsetzte.

Als sie endlich von ihm abließ, wurde Max etwas leichter ums Herz, doch nur für einen kurzen Augenblick, denn plötzlich fühlte er, wie ihm die Knie weich wurden. Ellies

Mundwerk begann wieder zu sprudeln, ohne daß Max verstanden hätte, um was es sich handelte, als Chefsteward Dumont an ihrer Seite aufkreuzte. »Der Kapitän wartet, gnädiges Fräulein«, sagte er mit fester Stimme.

»Hol ihn der Kuckuck! Aber – gut – ich sehe Sie nach dem Essen wieder, Max.« Und damit steuerte sie auf den Kapitänstisch zu. Dumont zupfte an Max' Ärmel und murmelte: »Hier entlang, bitte.

Sein Platz war am Tisch des Chefingenieurs. Max kannte Mr. Compagnon nur vom Sehen. Bis jetzt hatte er noch nie ein Wort mit dem Mann gewechselt. Compagnon blickte auf und sagte: »Guten Abend, Mr. Jones. Es freut mich, daß Sie bei uns sind. Meine Damen und Herren, unser neuer Astrogationsoffizier, Mr. Jones. Zu Ihrer Rechten, Mr. Jones, sitzt Mrs. Daigler. Daneben Mr. Daigler ...« Er fuhr fort, bis er jeden am Tisch vorgestellt hatte: Dr. und Mrs. Weberbauer und ihre Tochter Rebecca, Mr. und Mrs. Scott, ein Mr. Arthur, Señor und Señora Vargas.

Mrs. Daigler fand Max' Beförderung *einfach herrlich*. Es sei ja *so toll*, endlich mal wieder ein junges Gesicht am Tisch zu haben. Sie war viel älter als Max, aber noch immer jung genug, um attraktiv zu sein – und das wußte sie auch. Mrs. Daigler trug mehr Schmuck um den Hals, als Max in seinem ganzen bisherigen Leben gesehen hatte. Eine kunstvolle, mit Perlen durchwirkte Hochfrisur zierte ihren Kopf. Sie war so perfekt und teuer wie eins der Präzisionsinstrumente im Kontrollraum. Max fühlte sich in ihrer Gegenwart unwohl.

Aber es sollten noch weitere Dinge geschehen, die sein Unwohlsein noch verstärkten. Mrs. Daigler holte ein winziges Taschentuch aus ihrem Dekolleté, feuchtete es an und sagte: »Halten Sie mal für einen Augenblick still, Mr. Jones.« Und mit diesen Worten rieb sie ihm über die Wange. »Drehen Sie mal den Kopf.« Max errötete und gehorchte.

»So, schon viel besser«, verkündete Mrs. Daigler. »Mama hat's gerichtet.« Sie wandte sich von Max ab und sagte: »Mr. Compagnon, glauben Sie nicht auch, daß die Wissenschaft mit all ihren wunderbaren Errungenschaften nicht endlich auch mal einen wirklich kußechten Lippenstift erfinden könnte?«

»Hör auf damit, Maggie«, unterbrach Mr. Daigler seine Frau. »Beachten Sie sie gar nicht, Mr. Jones. Ihr Mundwerk hat einen Hang zum Sadismus.«

»Das wirst du noch bereuen, George. Nun, Mr. Compagnon, was meinen Sie?«

Der Chefingenieur wischte sich elegant mit einer Serviette über den Mund. »Wahrscheinlich hat man ihn bereits erfunden, aber es gibt wohl keinen Markt dafür. Frauen mögen es, einem Mann *ihr Brandzeichen* aufzudrücken ... auch wenn es nur vorübergehend ist.«

»Aber Mr. Compagnon!«

»Wir leben in einer Welt der Frauen, Ma'am.«

Mrs. Daigler wandte sich wieder an Max. »Eldreth ist ein richtiger kleiner Liebling. Finden Sie nicht auch? Ich nehme an, Sie kannten sie schon früher.«

»Nein, Ma'am.«

»Aber wie ...? Ich meine, es gibt hier doch kaum Gelegenheit, um ... oder etwa doch?«

»Maggie, hör auf, den jungen Mann zu belästigen. Laß ihn in Ruhe essen.«

Mrs. Weberbauer – Max' andere Tischnachbarin – war ein so angenehmer Umgang, wie Mrs. Daigler schwierig war. Max ließ sich von ihrer Ruhe anstecken und kam so doch noch zu seinem Abendessen. Nach einer Weile stellte er fest, daß er seine Gabel anders hielt als die anderen. Er versuchte diesen Fehler zu korrigieren, was in einem Fiasko endete. Dann fielen ihm auch noch seine schmutzigen Fingernägel auf. Max wäre am liebsten unter den Tisch gekrochen. Er aß insgesamt dreihundert Kalorien, hauptsächlich Brot und Butter.

Nach dem Essen widmete sich Mrs. Daigler wieder dem Thema ›Max‹ und wandte sich an den Chefingenieur. »Mr. Compagnon, ist es nicht üblich, im Falle einer Beförderung einen Toast auszubringen?«

»Ja«, gestand der Chefingenieur. »Aber er muß dafür zahlen. Das ist ein uralter Brauch.«

Kurz darauf unterschrieb Max eine Rechnung, die ihm Dumont unter die Nase hielt. Beim Anblick der Summe wurde ihm schlecht. Vielleicht wurde diese Reise ja noch zu einem beruflichen Erfolg; auf jeden Fall war sie bereits ein finanzielles Desaster. Zusammen mit der Rechnung wurde ein Sektkühler herbeigetragen, in dem eine Flasche besten Champagners steckte. Dumont entfernte den Draht und entkorkte die Flasche.

Der Chefingenieur erhob sich. »Meine sehr verehrten Damen und Herren ... auf Astrogator Maximilian Jones. Möge er sich nie verrechnen!«

Max' erster Dienst begann am nächsten Morgen um acht Uhr. Er aß sein Frühstück allein und freute sich bei dem Gedanken, daß er als Diensthabender gewöhnlich vor oder nach den Fahrgästen essen würde. Zwanzig Minuten früher als notwendig war er im Kommandoraum.

Kelly blickte auf und sagte: »Guten Morgen, Sir.«

Max schluckte. »Äh ... guten Morgen, Chef!« Dabei entging ihm nicht, daß Smythe hinter dem Computer grinste. Schnell wandte Max die Augen ab.

»Es gibt frischen Kaffee, Mr. Jones. Wollen Sie eine Tasse?« Max ließ Kelly für ihn einschenken. Während sie tranken, gingen sie in aller Ruhe die Einzelheiten durch – Beschleunigungsplan, Position und Vector, laufende Krafteinheit, gemachte Aufnahmen, keine besonderen Anweisungen usw. Noguchi löste Smythe ab, und kurz vor acht erschien Dr. Hendrix.

»Guten Morgen, Sir.«

»Guten Morgen, Doktor.«

»'n Morgen.« Hendrix nahm Kaffee entgegen und richtete sich an Max. »Haben Sie den wachhabenden Offizier abgelöst?«

»Oh – nein, Sir.«

»Dann tun Sie es. Fehlt nur noch eine Minute.«

Max stellte sich vor Kelly auf und legte zitternd die Hand an die Mütze. »Zur Ablösung bereit, Sir.«

»In Ordnung, Sir.« Kelly begab sich sofort nach unten, während Dr. Hendrix Platz nahm, ein Buch hervorholte und zu lesen begann. Max wurde eiskalt ums Herz, als er sich bewußt wurde, daß er gleichsam ins Wasser gestoßen worden war und jetzt schwimmen oder untergehen mußte. Er holte tief Luft und ging zu Noguchi hinüber. »Noggy, machen wir die Platten für die Aufnahmen um die Mitte der Wache fertig.«

Noguchi sah auf die Uhr. »Wie Sie wünschen, Sir.«

»Natürlich – es ist noch reichlich Zeit. Vielleicht machen wir auch gleich erst noch ein paar Doppler.«

»Jawohl, Sir.« Noguchi kletterte aus seinem Sitz, in dem er sich die Zeit mit Nichtstum vertrieben hatte.

Max sagte mit leiser Stimme: »Du mußt nicht ›Sir‹ zu mir sagen, Noggy.«

Noguchi antwortete ebenso leise: »Kelly würde es nicht gerne sehen, wenn ich es nicht täte. Wir bleiben besser dabei.«

»Oh.« Max runzelte die Stirn. »Wie denkt der Rest der Leute über die Sache, Noggy?«

Noguchi verzichtete darauf, Unverständnis vorzutäuschen. Er antwortete: »Sie drücken dir alle die Daumen.«

»Bist du sicher?«

»Klar. Solange du nicht so einen Affen aus dir machst wie ... wie einige andere Leute, die ich mit Namen nennen könnte. Kovak freut sich nicht so sehr. Schließlich hatte er erst vor kurzem seine erste eigene Wache.«

»Ist er sauer?«

»Eigentlich nicht. Er hätte die Wache sowieso nicht mehr lange gehabt ... nicht so kurz vor einer Transition. Er wird dir keinen Ärger machen. Er ist fair.«

Max beschloß, etwas zu unternehmen, um Kovak auf seine Seite zu ziehen. Noguchi und Max arbeiteten zusammen am Dopplerskop. Sie sammelten Daten über die vor ihnen liegenden Sterne und überprüften die Ergebnisse mit Hilfe des Spektrostellographen. Anschließend wurden die Daten noch mit den Standardplatten im Kartensafe verglichen. Max versuchte, sich die erste Zeit immer wieder ins Gedächtnis zurückzurufen, daß er der kommandierende Offizier war. Aber bereits nach wenigen Minuten war er so in die Zahlen vertieft, daß er seine Umgebung völlig vergaß. Schließlich zupfte ihn Noguchi am Ärmel. »Es ist fast zehn Uhr, Sir. Wir sollten alles vorbereiten.«

»Was? Sicher. Weitermachen.« Max erinnerte sich daran, daß er Noggy nicht zur Hand gehen durfte. Auch ein Kartenführer hat seine persönlichen Privilegien. Statt dessen überprüfte er das Endergebnis – genau wie es Dr. Hendrix immer tat, Simes fast nie und Kelly selten, je nachdem, wer die Arbeit gemacht hatte.

Nachdem sie die neuen Angaben aufgenommen hatten, stellte Max die Aufgabe auf Papier zusammen – es war ja noch hinreichend Zeit –, dann rief er die Zahlen Noguchi zu, der inzwischen an den Computer getreten war, wobei er im Tabellenbuch selber nachschlug, da kein Tabellenboy zur Verfügung stand. Obwohl Max die Zahlen alle klar und sichtbar wie je vor Augen hatte, gehorchte er Hendrix' Anweisung, sich nicht auf das Gedächtnis zu verlassen.

Das Ergebnis beunruhigte ihn: Sie waren demnach gewissermaßen aus der ›Furche‹ geraten. Nicht daß die *Asgard* weit abgekommen wäre, doch war die Diskrepanz immerhin meßbar. Max überprüfte noch einmal, was er getan hatte, dann ließ er Noguchi dieselbe Aufgabe in anderer Weise durchrechnen. Das Resultat war dasselbe.

Seufzend berechnete Max die Korrektur und wollte sie Hendrix zur Bestätigung vorlegen. Doch der Astrogator hatte für ihn keine Ohren; er saß neben dem Steuerwerk und las einen Roman aus der Schiffsbibliothek.

Doch Max mußte zu einem Schluß kommen. So trat er denn an das Steuer und sagte: »Entschuldigen Sie bitte, Sir. Ich muß hier einen Augenblick heran.« Ohne zu antworten, stand Hendrix auf und ließ sich in einem anderen Stuhl nieder. Max setzte sich und rief den Maschinenraum. »Hier Offizier vom Dienst. Ich beabsichtige, um elf Uhr Auftrieb zu erhöhen. Erwarte Zeitkontrolle.«

Hendrix mußte ihn seiner Meinung nach gehört haben, doch der Astrogator ließ sich nichts anmerken. Max gab die Korrektur ein und stellte den Kontrollchronometer ein, um seine Wünsche Schlag elf plus/minus null auszuführen.

Kurz vor Mittag erschien Simes. Max hatte schon seine Logeintragung gemacht und hatte sie mit ›Mr. Jones‹ abgezeichnet. Er hatte erst noch gezögert, dann jedoch hinzugefügt: ›K.O.v.D.‹ Simes ging auf Dr. Hendrix zu, salutierte und sagte: »Zur Ablösung bereit, Sir.« Hendrix sprach seit acht Uhr sein erstes Wort: »Er hat's gemerkt.«

Simes sah wie vor den Kopf geschlagen aus, dann trat er zu Max hinüber. »Zur Ablösung bereit.« Max schnurrte die Lageangaben herunter, während Simes in das Logbuch und in das Dienstbuch schaute. Max war noch dabei, die unbedeutenderen Schiffszahlen anzusagen, als Simes ihn unterbrach. »Ablösung in Ordnung. Verlassen Sie den Kommandoraum, Mister.« Max folgte unverzüglich der Aufforderung. Dr. Hendrix war schon vor ihm nach unten gegangen.

Noguchi wartete am Fuß der Leiter. Er fing Max' Blick auf, formte Daumen und Finger zu einen Kreis und nickte. Max lächelte ihm zu und überlegte einen Augenblick, ob er ihn etwas fragen sollte; er hätte zu gern gewußt, ob hinter jener Diskrepanz ein Schulbubenstreich steckte, den sich Kelly erlaubt hatte. Doch dann kam er zu der Überzeugung, daß eine solche Frage unpassend sei; er würde Kelly selbst fragen oder es aus den Aufzeichnungen ermitteln. »Schönen Dank, Noggy.«

Dieser Dienst stellte sich nur in der Hinsicht als typisch heraus, als Dr. Hendrix fortfuhr, Max als verantwortlichen Offizier einzusetzen. Doch hielt er sich jetzt keineswegs mehr zurück, sondern saß Max ständig im Nacken. Er drillte ihn Stunde um Stunde, ließ ihn Aufnahmen machen und Gleichungen aufstellen, in einem fort, als ob die *Asgard* tatsächlich schon dicht vor der Transition stünde. Er gestattete Max auch nicht mehr, seine Aufstellungen zu Papier zu bringen, sondern zwang ihn zu der Annahme, daß die Zeit dafür zu kurz sei und daß die Angaben sofort in den Computer gegeben und daher unverzüglich ausgewertet werden müßten. Max, in jeder Faust die Fernsteuerhebel, brach der Schweiß aus, während Hendrix als Tabellenboy fungierte. Der Astrogator trieb ihn zu immer größerer Eile – und wehe, wenn sie auf Kosten der Exaktheit ging, denn jeder Fehler war unverzeihlich. Aber das Ziel war und blieb: schneller und immer schneller.

Einmal erlaubte sich Max einen Einwand. »Wenn Sie mich mein Gedächtnis benutzen ließen, könnte ich viel Zeit gewinnen.« Auf diese Bemerkung hin schnappte Hendrix förmlich nach Luft. »Wenn Sie Ihren eigenen Kommandoraum haben, können Sie das tun, sofern Sie es für klug halten. Jetzt arbeiten Sie, wie ich es will.«

Mitunter schaltete sich Kelly als Kontrolleur ein, wobei er sich ganz formell verhielt, indem er Redensarten gebrauchte wie »Darf ich mir erlauben, Sir ...« oder »Ich glaube, ich würde es so machen, Sir.« Doch einmal brach er aus in ein »Verdammt noch mal, Max! Machen Sie bloß nicht noch einmal solch einen Blödsinn.«

Doch schon im nächsten Augenblick bemühte er sich seine Bemerkung vergessen zu machen. Max verzog das Gesicht zu einem Lächeln. »Bitte, Chef. Einen Augenblick haben Sie mir das Gefühl gegeben, als ob ich zu Hause wäre. Ich danke Ihnen.«

Kelly machte ein treues Gesicht. »Ich glaube, ich bin müde. Ich muß mal einen Zug rauchen und eine Tasse Kaffee trinken.«

Während sie sich ausruhten, bemerkte Max, daß Lundy außer Hörweite war, und fragte: »Chef? Sie wissen doch mehr, als ich je lernen werde. Warum haben Sie sich denn niemals um den Astrogator beworben! Hatten Sie nie Gelegenheit dazu?«

Kelly sah plötzlich ganz fahl aus. »Ich hatte sie einmal«, sagte er steif. »Jetzt kenne ich meine Grenzen.« Zutiefst bestürzt schwieg Max. Von da ab jedoch nannte Kelly ihn, wenn sie allein waren, wieder Max.

Nachdem er auf das Baker-Deck gezogen war, bekam Max Sam mehrere Wochen lang nicht zu Gesicht. Und selbst nach dieser langen Zeit begegneten sie sich nur rein zufällig. Max rannte Sam eines Tages beinahe über den Haufen, als er das Büro des Zahlmeisters verließ. »Sam!«

»Guten Morgen, Sir!« Sam nahm Haltung an, salutierte und grinste über das ganze Gesicht.

»Was? Ich geb' dir gleich ein ›Guten Morgen, Sir!‹. Wie geht's dir, Sam?«

»Willst du meinen Gruß nicht erwidern. Ich könnte dich dem Kapitän melden. Er ist sehr, sehr penibel, wenn es um Fragen des Protokolls geht.«

Max machte ein unanständiges Geräusch. »Du kannst grüßen, bis du schwarz bist, du Clown.«

Sam entspannte sich. »Junge, ich hatte schon seit langem vor hochzukommen und dir zu gratulieren, aber du warst jedesmal im Dienst. Du scheinst in der Schwitzkiste zu leben.«

»Fast. Aber heute abend habe ich bis Mitternacht frei. Was hältst du davon, wenn ich bei dir vorbeikomme?«

Sam schüttelte den Kopf. »Ich hab' zu tun.«

»Zu tun? Erwartest du einen Gefängnisausbruch? Oder vielleicht einen Aufstand?«

Sam antwortete ernst: »Versteh mich bitte nicht falsch, Junge, aber du solltest besser in deinem Teil des Schiffes bleiben und ich in meinem. Nein, nein, nein, halt den Mund und hör zu. Ich bin so stolz auf dich, als hätte ich dich erfunden. Trotzdem darfst du dich nicht so einfach mit den Mannschaften verbrüdern, noch nicht einmal mit dem Polizeichef. Jedenfalls noch nicht.«

»Wen interessiert's? Wer soll schon davon erfahren?«

»Du weißt genau, wie gerne Giodarno Mr. Kuiper stecken würde, du hättest keine Ahnung, wie sich ein Offizier benimmt ... und der alte Kuiper würde es dem Zahlmeister melden. Nimm meinen Rat an, Junge. Habe ich dir je einen schlechten gegeben?«

Max ließ das Thema fallen, obwohl er unbedingt mit Sam reden wollte. Er wollte ihm erzählen, daß sein Schwindel aufgeflogen war, und ihn fragen, welche Konsequenzen das haben könnte.

Während er zu seiner Kabine zurückging, dachte Max, daß seiner Flucht mit Sam auf Nova Terra nach wie vor nichts im Wege stand – außer, daß er es sich nicht mehr vorstellen konnte. Er war ein Offizier.

Als sie sich der Transition um die Hälfte genähert hatten, trat wieder der umschichtige Dienst in Kraft. Trotzdem übernahm Dr. Hendrix noch nicht die Führung, sondern Simes und Jones wechselten sich allein ab. Zwar war der Astrogator bei jedem Dienst anwesend, aber er ließ Max die Arbeit tun und die Verantwortung ganz allein tragen. Max standen die Haare zu Berge, aber er lernte dabei, daß praktische und theoretische Übungen nichts waren im Vergleich zu der Realität, die einem keine Möglichkeit und auch keine Zeit zur nachträglichen Überprüfung ließ. Hier mußte einfach immer alles richtig sein – und immer gab es Zweifel.

Als die letzten vierundzwanzig Stunden anbrachen und alle Mann im Kommandoraum ständig versammelt waren, hoffte Max, daß Hendrix ihn jetzt beiseite schieben würde. Aber keineswegs! Simes wurde abgelöst, jawohl, aber Max machte weiter, wenn auch Hendrix sich über ihn beugte und, ohne sich einzuschalten, alles beobachtete. ›Herr des Himmels!‹ dachte Max. ›Wenn er mich bloß nicht die Transition allein machen läßt. Dafür bin ich noch nicht reif, das schaffe ich niemals.‹

Aber die Zahlen schwirrten Max in einem solchen Tempo um den Kopf, daß ihm keine Zeit blieb, sich weitere Gedanken zu machen, er mußte sie verarbeiten und seine Entscheidungen treffen. Erst zwanzig Minuten vor der Transition übernahm Hendrix, ohne ein Wort an Max zu richten, die Führung. Max hatte sich noch nicht von der Anstrengung erholt, da brausten sie schon hinüber in einen neuen Himmel.

Die letzte Transition mit ihrer Annäherung vor Halcyon ähnelte im wesentlichen der vorausgegangenen. Es gab einige Wochen mit leichtem Dienst, der von Simes, Jones und Kovak durchgeführt wurde, während Kelly und Hendrix Ruhe hatten. Max war ebenso gern im wie außer Dienst. Im Dienst setzte er seine Übungen fort und versuchte, die unmenschliche Schnelligkeit von Dr. Hendrix zu erreichen. Außer Dienst schlief er und genoß sein Dasein. Der Speisesaal verlor allmählich an Schrecken für ihn. Jetzt spielte er dort ungeniert mit Ellie dreidimensionales Schach, während Chipsie auf seiner Schulter saß und Ratschläge erteilte. Vor langem schon hatte sie Kapitän Blaine mit ihren Augen eingefangen und hatte die Gelegenheit dazu benutzt, ihn davon zu überzeugen, daß ein Tierchen, das sich so gesittet benahm (Chipsie entbot Blaine, wann imer sie ihn sah, einen »Guten Morgen, Käpt'n«), das also in jeder Weise vollkommen war, nicht gezwungen werden konnte, in einem Käfig zu leben.

Max hatte inzwischen gelernt eine Art Frage- und Antwortspiel mit Mrs. Daigler zu spielen. Er dachte sich schnippische Bemerkungen aus und wartete auf eine passende Gelegenheit, sie anzubringen. Ellie hatte mit Tanzstunden gedroht, doch war es ihm gelungen, sie davon abzubringen, bis die Transition mit ihrem schweren Dienst vorüber war.

Wieder fand sich Max auf dem verantwortungsvollen Platz des Astrogators während des letzten Teils der Annäherung. Diesmal löste ihn Dr. Hendrix erst zehn Minuten, bevor sie durchstießen, ab.

Während des leichten Falls hinunter nach Halcyon siegte Ellie, die sich von ihrem Plan nicht abbringen ließ. Max lernte tanzen, und er fand sogar, daß es ihm Spaß machte. Er hatte rhythmisches Gefühl, vergaß nicht ihre Anweisungen, und Ellie lag betörend und bezaubernd in seinem Arm. »Ich habe alles getan, was ich konnte«, verkündete sie schließlich. »Du bist der beste Tänzer mit zwei linken Füßen, dem ich je begegnet bin.« Auf ihre Weise mußte er auch mit Rebekka Weberbauer und mit Mrs. Daigler tanzen. Mrs. Daigler, stellte er dabei fest, war gar nicht so übel, solange sie nur den Mund hielt – und Rebekka war einfach goldig. Inzwischen begann er sich auf die Lokale von Halcyon zu freuen, für deren Besuch ihn Ellie drillte, wie sie offen zugab, denn dort sollte er als ihr Begleiter in Erscheinung treten.

Nur eine Sache trübte die schöne Aussicht: Sam war in Nöten. Max kam erst dahinter, als nichts mehr zu retten war. Als er eines Morgens früh zum Dienst ging, entdeckte er Sam beim Reinigen der Passagierdecks. Er hatte Drillichzeug an und das ohne Insignien. »Sam!«

Sam schaute auf. »Oh! Junge, du? Sprich nur leise, du weckst sonst die Gäste auf.«

»Aber Sam, was zum Teufel machst du hier?«

»Ich? Sieht so aus, als ob ich das Deck maniküre.«

»Aber warum das?«

Sam stützte sich auf seinen Besen. »Ja, sieh mal, Junge, die Sache ist so: Der Kapitän und ich, wir hatten eine Meinungsverschiedenheit, aber der Kapitän hat gewonnen.«

»Und nun hat man dich degradiert?«

»Also weißt du – dein Scharfsinn ist einfach bestechend.«

»Aber was hat sich denn nun abgespielt?«

»Max, je weniger du weißt, um so besser. Laß dir keine grauen Haare wachsen. *Sic transit gloria mundi* – der Dienstag hat's nun mal in sich.«

»Also Sam, ich muß jetzt schnell noch etwas essen und dann zum Dienst. Ich suche dich später auf.«

»Tu's nicht.«

Max erfuhr die Geschichte von Noguchi. Demnach hatte Sam in einem leeren Lagerraum ein Kasino aufgemacht. Er hätte den Betrieb unbegrenzt fortführen können, wäre es beim Kartenspiel und Würfeln geblieben – natürlich mit einem Profit für das Unternehmen, daß heißt für den Polizeichef. Doch Sam hatte noch ein Rouletterädchen aufgestellt, und das war sein Unglück geworden. Giordano hatte den Verdacht geschöpft, daß dieses Rädchen weniger Gewinnchancen in sich trug, als in besser geleiteten Spielsälen üblich war – und hatte seinen Verdacht Kuiper geflüstert. Von da an nahmen die Ereignisse ihren unvermeidlichen Gang.

»Wann hat er denn dieses Rad aufgestellt?«

»Gleich nach dem Start von Garssons Planeten.« Mit Unbehagen dachte Max an die ›Teewärmer‹ bei deren Transport er Sam geholfen hatte. Noguche fuhr fort: »Haben Sie denn das nicht gewußt? Ich war der Meinung, Sie und er stünden sich ziemlich nahe – wenigstens bevor Sie hier heraufzogen.«

Max wich einer Antwort aus und vergrub sich in das Logbuch. Darin fand er unter dem Tage zuvor, von Bennetts Handschrift eingetragen und mit seinem Namen abgezeichnet, daß Sam während der ganzen Fahrt das Schiff nicht verlassen durfte und daß seine endgültige disziplinarische Bestrafung bis zur Rückkehr nach Terra aufgeschoben war.

Der letzte Teil der Eintragung schien zu bedeuten, daß Kapitän Blaine, bevor er seine Meldung an die Gilde abschickte, Sam die Chance geben wollte, sich durch gute Führung zu empfehlen. Der Kapitän war wirklich ein netter alter Kerl. Aber das Schiff nicht verlassen? Dann hatte Sam niemals die Möglichkeit, sich abzusetzen, ganz gleich wo er auch hätte aussteigen wollen. Max mußte Sam sprechen und suchte ihn, sobald er dienstfrei hatte auf. Er holte ihn aus der Koje und trat mit ihm auf den Gang hinaus.

Sam machte ein mürrisches Gesicht. »Mir ist so, als ob ich dir gesagt hätte, du solltest nicht zu mir herunterkommen.«

»Red keinen Unsinn, Sam, ich mache mir Sorgen um dich. Daß du das Schiff nicht verlassen darfst, bedeutet doch, daß du keine Möglichkeit hast, dich ...«

»Bist du ruhig!« Es war nur ein Flüstern, aber Max verstummte. »Hör zu, Max«, fuhr Sam fort, »vergiß die Geschichte. Ich habe meine Strafe weg und damit basta.«

»Aber ...«

»Max, glaubst du denn, daß man das Schiff so versiegeln kann, daß ich, wenn ich will, nicht hinauskomme? Jetzt aber geh und laß dich nicht mit mir sehen. Du bist Hendrix' Liebling, und ich möchte, daß es so bleibt und daß du nicht meinetwegen zur Rede gestellt wirst.«

»Ich möchte dir doch helfen, Sam. Ich ...«

»Willst du dich jetzt endlich nach oben bemühen, wohin du gehörst?«

Vorerst bekam er Sam nicht wieder zu sehen. Außerdem blieb Max auch keine Zeit, sich weiter um ihn zu sorgen, denn Hendrix ließ ihn die Planetenannäherung berechnen, was zwar ein Kinderspiel im Vergleich zu einer Transition war, aber doch Zeit kostete, dann setzte er ihn vor der Landung an den Steuerknüppel. Da alle Berechnungen bereits durchgeführt waren und sich der ganze Vorgang automatisch über Radar abspielte, war die damit verbundene Verantwortung rein formal. Doch Max mußte den Knüppel in die Hand nehmen, um gegebenenfalls den Autopiloten zu korrigieren, während Hendrix hinter ihm stand, um eventuell ihn zu korrigieren, doch erübrigte sich jeder Eingriff. Die *Asgard* kam auf der berechneten Bahn herunter und setzte leicht wie eine Taube auf dem Landeschlitten auf. Max meldete: »Landung wie vorgesehen erfolgt.«

»Lassen Sie das Schiff sichern!«

Max sprach ins Schiffsmikrophon: »Maschinenraum – Schiff sichern. Raumorders außer Kraft. Landeroutine!«

Von den vier Tagen, die sie dort blieben, verbrachte Max drei damit, Kovak nominell zu beaufsichtigen, in Wirklichkeit jedoch von ihm zu lernen, was alles zu einer Überholung des Schiffes und seiner Instrumente gehörte. Da Ellie ganz andere Pläne gehabt hatte, war sie böse mit ihm. Doch am letzten Tag konnte er es einrichten, daß er mit ihr unter dem Schutz von Herrn und Frau Mendoza an Land ging.

Es war ein wundervoller Ferientag. Verglichen mit Terra, ist Halcyon zwar nur ein ödes Gestirn, und Bonaparte hat nicht viel von einer Stadt an sich, doch ähnelte es insofern der Erde, als es richtige Luft zum Atmen gibt. Seit dem Start in Earthport hatten die Leute der *Asgard* keinen Fuß mehr auf irdischen Boden gesetzt, unausdenkbare Lichtjahre lagen hinter ihnen. Die Jahreszeit war postaphelisch, mittsommerlich. Nu Pegasi schien warm und strahlend aus einem blauen Himmel nieder. Mr. Mendoza rief einen Wagen heran, und sie fuhren, gezogen von vier kleinen halcyonischen Ponys, hinaus in das grüne, wellige Land. Sie besuchten ein Pueblo der Einheimischen, eine bienenstockähnliche Konstruktion aus Schlamm, und kauften Souvenirs … auf zwei davon war ›Made in Japan‹ aufgedruckt.

Ihr Fahrer, ein Mr. Eisenberg, fungierte als Dolmetscher. Der Eingeborene, der den Fremden die Souvenirs verkaufte, rollte jedesmal mit den Augen, wenn er Mrs. Daigler ansah. Er zwitscherte etwas zu Mr. Eisenberg, der in schallendes Gelächter ausbrach. »Was hat er gesagt?« fragte Mrs. Daigler.

»Er hat Ihnen ein Kompliment gemacht.«

»Ach, ja? Was hat er denn gesagt?«

»Nun ja ... er hat gesagt, sie seien selbst für eine kleine Flamme geeignet und bräuchten nicht gemästet zu werden. Sie wären ideal zum Kochen. Und er würde sie persönlich zubereiten«, fügte der Kolonist hinzu, »wenn Sie hierbleiben würden.«

Mrs. Mendoza stieß einen spitzen Schrei aus. »Sie haben uns nicht gesagt, daß das *Kannibalen* sind. Josie, bring mich sofort nach Hause!«

Mr. Eisenberg machte ein entsetztes Gesicht. »Kannibalen? O nein, gnädige Frau! Sie essen sich nicht gegenseitig auf. Sie essen nur uns Menschen ... das heißt, wenn sie einen bekommen können. Aber seit mehr als zwanzig Jahren hat es keinen Zwischenfall dieser Art mehr gegeben.«

»Aber das ist ja noch viel schlimmer!«

»Nein, das ist es nicht, gnädige Frau! Betrachten Sie es doch einmal von ihrem Standpunkt aus. Der alte Kerl hier würde niemals eines ihrer Gesetze brechen, aber wir sind für sie nur erstklassiges Fleisch ... allerdings erstklassiges Fleisch, das schwer zu fangen ist.«

»Bringen Sie uns sofort wieder zurück! Es gibt hier Hunderte von ihnen, und wir sind nur zu fünft.«

»Tausende, gnädige Frau. Aber Sie sind sicher, solange Gneeri scheint.« Eisenberg deutete auf Nu Pegasi. »Es bedeutet schlechtes Juju, Fleisch bei Tageslicht zu schlachten; denn dann bleibt der Geist in dieser Welt, um seinen Metzger heimzusuchen.«

Trotz der Versicherungen des Kolonisten brach die Reisegesellschaft auf. Max bemerkte, daß Eldreth die ganze Zeit über keinerlei Anzeichen von Angst gezeigt hatte. Er fragte sich, was die Eingeborenen wohl davon abgehalten hatte, sie einfach bis Sonnenuntergang gefangenzuhalten.

Im Hotel Josephine, dem besten (und einzigen) in Bonaparte, aßen sie zu Abend. Zu ihrer großen Freude fanden sie dort auch ein Drei-Mann-Orchester, eine Tanzfläche und ein Essen, das immerhin doch eine gewisse Abwechslung gegenüber den Schiffsmahlzeiten bedeutete. Da viele andere Schiffspassagiere und mehrere Offiziere anwesend waren, kam eine nette Gesellschaft zustande. Ellie führte Max zwischen den einzelnen Gängen zum Tanz. Als Mrs. Daigler an ihren Tisch trat und vom Tanzen sprach, brachte es Max sogar über sich, sie aufzufordern.

Während der Pause steuerte Ellie Max auf den anstoßenden Balkon. Dort blickte sie ihm tief in die Augen und sagte: »Ich hoffe, Sie lassen die Daigler in Zukunft in Ruhe, verstehen Sie mich?«

»Wie bitte? Ich habe doch bestimmt nichts Unrechtes getan.«

Plötzlich legte sich ein warmes Lächeln über ihr Gesicht. »Natürlich nicht, Sie großer lieber Dummer. Aber Ellie muß schon ein wenig auf Sie aufpassen.« Sie drehte sich um und lehnte sich gegen das Geländer. Halcyons frühe Nacht war hereingebrochen, die drei Monde jagten einander. Der Himmel funkelte von Sternen. Max wies auf die seltsamen Konstellationen und zeigte ihr die Richtung, die sie, um die Transition für Terra Nova zu erreichen, am folgenden Tage einschlagen würden. Er hatte inzwischen vier neue Himmel kennengelernt und kannte sie so gut wie den über den Ozarks, und bald würde er noch mehr kennen, denn er hatte schon angefangen, andere Himmel, die sie auf ihrer Fahrt noch durcheilen würden, auf den Karten zu studieren.

»Oh, Max, ist das nicht zauberhaft!«

»Gewiß ist ... Ach! Eine Sternschnuppe. Sie sind selten hier, sehr selten.«

»Wünschen Sie sich etwas! Schnell, schnell!«

»Nun gut.« Max wünschte sich, daß er, wenn die Entscheidung fällig war, mit einem blauen Auge davonkäme. Doch fand er, daß dieser Wunsch nicht der rechte wäre, er sollte lieber wünschen, daß Sam aus dieser Misere herauskäme, wenn er auch nicht im geringsten glaubte, daß dieser Wunsch in Erfüllung gehen könnte.

Ellie wandte sich Max zu und blickte ihm ins Gesicht. »Und was haben Sie sich gewünscht?«

»Wie?« Doch plötzlich fand er die Fassung wieder und antwortete seelenruhig: »Darüber redet man nicht, sonst wird nichts draus.«

»Das stimmt. Aber ich bin überzeugt, Ihr Wunsch geht in Erfüllung«, fügte sie zärtlich hinzu.

Einen Augenblick ging Max durch den Kopf, daß er sie in diesem Augenblick, wenn er seine Karten hätte richtig ausspielen wollen, hätte küssen müssen. Doch die Sekunde war schnell vorüber, und sie gingen wieder hinein. Das Gefühl aber blieb während der Heimfahrt in ihm wach und erfüllte ihn mit großem Stolz.

Es war eine gute, alte Welt, auch wenn sie ihre unangenehmen Seiten hatte. Hier war er nun – ein Junior-Astrogator auf seiner ersten Sternenreise. Vor wenigen Wochen noch hatte er sich Mulis von Mc Allister geliehen, um das Feld zu bestellen, und war barfuß gelaufen, um sein einziges Paar Schuhe zu schonen.

Und jetzt war er hier, trug eine feine Uniform und reiste mit dem bestangezogenen Mädchen der Galaxis durch die Sterne.

Max spielte mit dem Abzeichen auf seiner Brust. Jetzt wo er ein Offizier war, erschien es nicht mehr unmöglich, Ellie zu heiraten – wenn er überhaupt heiraten wollte. Vielleicht würde ihr alter Herr einen Offizier – besonders einen Astrogator – als vollkommen ungeeignet ansehen. Ellie war nicht schlecht. Sie hatte Mumm und spielte bereits ganz gut Drei-Dee. Die meisten Mädchen waren unfähig, die Regeln zu verstehen.

Sein Herz brannte noch in heißer Glut, als sie das Schiff erreichten und eingeholt wurden.

An der Schleuse trat ihm Kelly entgegen. »Mr. Jones – der Käpitän wünscht Sie sofort zu sprechen.«

»Nanu? Ja – ach so – gute Nacht, Ellie, ich muß mich beeilen.« Er jagte hinter Kelly her. »Was ist denn los?«

»Dr. Hendrix ist tot.«

Als sie der Kapitänskabine zustrebten, fragte Max Kelly nach weiteren Einzelheiten.

»Ich weiß nicht. Ich weiß einfach gar nichts.« Kelly schien den Tränen nahe zu sein. »Ich sah ihn vor dem Essen – er kam in den Kommandoraum, um zu kontrollieren, was Sie und Kovak bisher vorbereitet hatten. Er machte durchaus einen normalen, gesunden Eindruck. Gegen Abend fand ihn dann der Zahlmeister tot in seiner Kabine.« Bekümmert fügte er hinzu: »Ich weiß nicht, was jetzt geschehen wird.«

»Was meinen Sie?«

»Nun, wenn ich Kapitän wäre, ich würde warten und einen Ersatz fordern. Aber ich weiß nicht recht.«

Zum erstenmal wurde Max bewußt, daß diese Situation Mr. Simes zum Astrogator machen würde. »Wie lange würde es denn dauern, bis der neue Mann hier sein könnte?«

»Nun – überlegen Sie mal. Die *Dragon* ist ungefähr drei Monate hinter uns; sie würde unsere Post übernehmen. Ein Jahr ungefähr.«

Aufgrund der Widersprüchlichkeiten interstellarer Reisen waren Sternenschiffe die schnellste Möglichkeit der Kommunikation. Ein Funkspruch (wenn jemand etwas derart Blödsinniges versuchen sollte) würde mehr als zweihundert Jahre bis zur Erde benötigen. Das gleiche galt natürlich auch für die Antwort.

Die Kapitänskabine stand offen und war überfüllt von Offizieren. Sie standen herum, sagten nichts und sahen bedrückt aus. Max glitt, ohne sich anzumelden, hinein und versuchte, unbemerkt zu bleiben. Mit gebeugtem Haupt saß Kapitän Blaine an seinem Schreibtisch. Als nach Max noch mehrere Nachzügler eingetroffen waren, meldete der Erste Offizier Walther mit gedämpfter Stimme: »Schiffsoffiziere alle zur Stelle, Herr Kapitän.«

Kapitän Blaine hob den Kopf. »Meine Herren«, sagte er leise, »Sie kennen die traurige Nachricht. Dr. Hendrix wurde heute abend in seiner Kabine tot aufgefunden. Herzanfall. Der Arzt erzählte mir, daß er ungefähr zwei Stunden allein gewesen sein muß, ehe er gefunden wurde – und daß der Tod wahrscheinlich schmerzlos eingetreten ist.«

Blaine versagte die Stimme. Erst nach einer Weile fuhr er fort: »Unser geliebter Freund Hendrix wird morgen zwei Stunden nach unserem Start zu seiner letzten Bahn dem Raum übergeben. Ohne Zweifel entsprechen wir damit seinem eigenen Wunsch, denn die Milchstraße war seine Heimat.«

Er machte eine lange Pause, so daß Max dachte, der alte Mann hätte ihn und die anderen vergessen. Doch als er wieder zu sprechen begann, redete er mit entschlossener Stimme.

»Das ist alles, meine Herren. Die Astrogatoren bleiben bitte noch hier.«

Max war sich nicht sicher, ob er als Astrogator galt, doch fühlte er sich durch den Gebrauch des Plurals verpflichtet dazubleiben. Als der Erste Offizier Walther den Raum verlassen wollte, rief ihn Blaine zurück und wandte sich sogleich an die drei Anwesenden: »Mr. Simes, Sie übernehmen sofort den Posten des Chefs des Kommandoraums. Mr. – hm ...« seine Augen hafteten an Max.

»Jones, Herr Kapitän.«

»Mr. Jones übernimmt natürlich Ihren Dienst. Diese Tragödie hinterlaßt eine Lücke, die nicht zu schließen ist, ich will aber mein Möglichstes tun, um mich an dem Dienst zu beteiligen.«

Simes schaltete sich ein: »Das ist nicht notwendig, Kapitän. Wir werden es schon schaffen.«

»Vielleicht. Aber ich möchte es nun mal so.«

»Jawohl, Herr Kapitän.«

»Bereiten Sie den Start wie vorgesehen vor. Noch Fragen?«

»Nein, Herr Kapitän.«

»Dann gute Nacht, meine Herren. Walther, Sie bleiben bitte noch.«

Vor der Tür wandte sich Simes zum Gehen. Max sprach ihn an. »Mr. Simes?«

»Wie? Was?«

»Haben Sie irgendwelche Befehle für mich, Sir?«

Simes blickte ihm in die Augen. »Schieben Sie Ihre Wache. Um alles andere werde ich mich kümmern.«

Am nächsten Morgen fand Max ein Armband auf seinem Tisch und eine Notiz des Ersten Offiziers, daß für eine Woche Trauer angesetzt worden war.

Die *Asgard* hob planmäßig ab. Der Kapitän saß ruhig in seinem Stuhl, während Simes den Abflug kontrollierte. Max stand neben dem Kapitän und hatte nichts zu tun. Trotz des Fehlens von Hendrix verlief alles routinemäßig – außer, daß Kelly besonders schlecht gelaunt war. Max mußte zugeben, daß Simes das Manöver hervorragend durchführte – allerdings war auch alles vorberechnet. Jeder hätte das gekonnt. O Mann, Ellie hätte das machen können ... oder Chipsie.

Max hatte die erste Schicht, und Simes verließ ihn, nachdem er Max noch einmal eingeschärft hatte, nicht vom Plan abzuweichen, ohne erst mit ihm zu sprechen. Eine Stunde später löste Kovak für eine Zeit Max ab, der zur Passagierschleuse hinuntereilte, wo er sich den vier Ehrenträgern, dem Kapitän, Mr. Walther, Simes und Kelly als fünfter anschloß. Die Gänge waren überfüllt von Offizieren und Mannschaften. Passagiere sah Max keine.

Die innere Tür der Schleuse wurde geöffnet, zwei Stewardsmaate trugen den Leichnam hinein und lehnten ihn gegen die äußere Tür. Die innere Tür wurde geschlossen, und man trat zurück. Während Simes und Walther zur einen Seite der Tür und Max und Kelly zur anderen salutierten, gab Kapitän Blain, dessen Augen unverwandt auf die Tür gerichtet waren, den Befehl: »Drucksteuer anstellen.«

Hinter ihm stand Bennett mit einem tragbaren Telefon. Er gab den Befehl an den Maschinenraum weiter. Die Druckanzeige zeigte eine Atmosphäre. Langsam kletterte sie immer höher. Der Kapitän zog ein kleines Buch aus der Tasche und begann die Totenmesse zu lesen. Max war unfähig, den Worten zu lauschen. Statt dessen beobachtete er die Druckanzeige. Sie stieg noch immer. Max bemerte, daß sie bereits die

Fluchtgeschwindigkeit für Nu Pegasi überschritten hatten. Der Körper würde in ein offenes Orbit einschwenken.

Der Druckanzeiger zeigte zehn Atmosphären. Kapitän Blaine schloß das Buch. »Warnen Sie die Passagiere«, sagte er zu Bennett.

Kurz darauf ertönte es durch die Lautsprecher: »An alle Mannschaften! An alle Passagiere! Das Schiff geht dreißig Sekunden lang in freien Fall über. Festhalten und Stellung nicht verändern.« Max langte hinter sich, faßte einen der Griffe, die immer um eine Luftschleuse herum zu finden sind, und krallte sich daran so fest, daß seine Füße stets in Kontakt mit dem Deck bleiben mußten. Eine Sirene heulte auf – dann war er plötzlich schwerelos, denn der Schiffsauftrieb und das künstliche Gravitationsfeld waren gleichermaßen ausgeschaltet.

Er hörte, wie der Kapitän laut und fest sprach: »Asche zu Asche, Staub zu Staub. Möge der Raum ihn gnädig aufnehmen.«

Der Zeiger des Ventils sank plötzlich auf null, und Dr. Hendrix wurde für alle Ewigkeiten den Sternen übergeben.

Im dem Maße, wie der Maschinenraum das Schiff wieder auf normalen Druck zurückbrachte, fühlte Max, wie sein Gewicht wieder zurückkehrte. Die Anwesenden wandten sich um und verließen leise flüsternd den Gang. Max ging hinauf und löste Kovak wieder ab.

Am nächsten Morgen zog Simes in Dr. Hendrix' Kabine um. Es gab zwar mit dem Ersten Offizier Walther eine Auseinandersetzung – Max erfuhr davon aus dritter Hand –, aber der Kapitän unterstützte Simes; und so blieb er und wich nicht mehr. Der Kommandoraum entwickelte wieder normalen Betrieb wie früher, außer daß Simes' persönliches Eingreifen überall zu spüren war. Niemals zuvor hatte es einen schriftlich fixierten Dienstplan gegeben, denn Kelly hatte, ebenso wie Dr. Hendrix, die betreffenden Mannschaften oder Offiziere stets nur mündlich über seine Wünsche informiert. Jetzt erschien eine gedruckte dienstliche Order:

Erste Wache:	Randolph Simes, Astrogator
Zweite Wache:	Kapitän Blaine
	(Mr. Jones Dienst lt. Anweisung)
Dritte Wache:	Kelly, Cheftechniker

(gez.) Randolph Simes, Astrogator

Darunter hing eine Aufstellung, die den vierschichtigen Dienst der Mannschaft regelte, ebenfalls gezeichnet von Simes.

Max schaute sich die Sache an und ging darüber hinweg. Es war offensichtlich, daß Simes irgend etwas gegen ihn hatte, obwohl er sich nicht denken konnte, warum. In dem gleichen Maße wurde Max auch klar, daß Simes nicht beabsichtigte, ihn astrogatorisch arbeiten zu lassen und daß seine Aussichten, als voll ausgebildetes Mitglied in der Gilde aufgenommen zu werden, jetzt, da Hendrix tot war, auf Null gesunken waren. Wenn nicht Kapitän Blaine Simes überstimmte und ihn, was äußerst unwahrscheinlich war, zu einem günstigen Bericht zwang. Jedenfalls fühlte sich Max dazu getrieben, darüber nachzudenken, ob er mit Sam auf Nova Terra aussteigen sollte.

Selbstverständlich war sich Max auch bewußt, daß er inzwischen seinen Dienst einhalten und versuchen mußte, jedem Ärger aus dem Wege zu gehen.

Zwischen Halcyon und Nova Terra gab es nur eine Transition, einen Sprung von siebenhundert Lichtjahren, und zwar etwa drei Wochen von Halcyon entfernt, mit einem Auftrieb von siebzehnfacher Schwere, wobei der Auftrieb jeweils von der Entfernung vom Stern bis zum Durchgang getrennt wurde, da das Ziel darin bestand, dort gerade noch unter Lichtgeschwindigkeit anzukommen.

Für die nächsten beiden Wochen schoben die Offiziere in drei Schichten Dienst und die Mannschaften in vier. Kapitän Blaine erschien während jeder Wache. Trotzdem überließ er die leichteren Pflichten dieses Teils der Reise Max. Manchmal gab er einen Befehl – aber wenn er das tat, schweifte er oft in Anekdoten ab, amüsant, aber wenig hilfreich.

Max setzte seine Ausbildung selbst fort. Während jeder

Wache machte er seine Berechnungen, als stünden sie kurz vor einer Transition. Kapitän Blaine beobachtete ihn lange Zeit und sagte schließlich: »Lassen Sie es etwas ruhiger angehen, mein Sohn. Rechnen Sie wann immer möglich auf Papier. Und lassen Sie sich Zeit, das Ergebnis zu überprüfen. Wenn man sich zu sehr beeilt, macht man Fehler.« Max sagte nichts und dachte an Dr. Hendrix. Trotzdem befolgte er den Befehl.

Am Ende der ersten Wache unter dem Kapitän zeichnete Max wie gewöhnlich das Logbuch ab. Als Simes vier Stunden später zum Dienst erschien, wurde Max aus dem Bett geholt und aufgefordert, sich im Kommandoraum zu melden. Simes wies auf die Eintragung: »Was haben Sie sich dabei gedacht?«

»Wobei, Sir?«

»Bei Ihrer Unterschrift hier im Logbuch. Sie waren doch nicht diensthabender Offizier.«

»Nein, das nicht, aber der Kapitän schien es zu erwarten. Ich habe inzwischen eine Menge Eintragungen abgezeichnet, und er hat bisher nie etwas dagegen gehabt.«

»Ich werde mit dem Kapitän reden. Gehen Sie nach unten.«

Am Schluß seines nächsten Dienstes bereitete Max, da er keine Instruktionen bekommen hatte, das Logbuch vor und ging damit zum Kapitän. »Herr Kapitän, möchten Sie bitte abzeichnen? Oder soll ich es tun?«

»Wie?« Blaine warf einen Blick auf das Buch. »Ach, wissen Sie, ich glaube, es ist besser, ich unterschreibe. Es empfiehlt sich immer, dem Chef einer Abteilung seinen Willen zu lassen.« Und er gab seine Unterschrift.

Damit war die Angelegenheit geregelt. Doch der Kapitän gewöhnte es sich an, nicht da zu sein, und zwar anfänglich für kürzere, dann für längere Zeit. Und es kam sogar der Augenblick, daß er am Schluß der Wache abwesend war, und Max war gezwungen, Mr. Simes anzurufen. »Der Kapitän ist nicht da, Sir. Was soll ich tun?«

»Wieso denn? Es ist doch sein gutes Recht, den Kommandoraum zu verlassen.«

»Aber Kelly ist zur Ablösung da, und das Logbuch ist nicht unterschrieben. Soll ich abzeichnen? Oder soll ich ihn rufen lassen?«

»Ihn rufen lassen? Sind Sie wahnsinnig?«

»Welches sind Ihre Befehle, Sir?«

Simes schwieg eine Zeitlang, dann erwiderte er: »Schreiben Sie seinen Namen in Druckschrift und fügen Sie hinzu ›Im Auftrag‹, für den Rest strengen Sie Ihren eigenen Kopf an.«

In der letzten Woche gingen sie wieder zum umschichtigen Dienst über. Max arbeitete weiter unter dem Kapitän, während Kelly Simes assistierte. Jetzt wurde Blaine peinlich genau in der Durchführung seines Dienstes, und als Max die erste Berechnung in Angriff nehmen wollte, schob er ihn sanft beiseite und meinte: »Wir kommen nun immer näher, da will ich es besser mal selbst übernehmen.«

Max assistierte ihm und wurde mit Schrecken gewahr, daß der Kapitän offensichtlich nicht mehr der Mann war, der er einst gewesen sein mußte. Seine theoretischen Kenntnisse waren durchaus gut, und er kannte alle Gefahren, aber seine Gedanken neigten dazu, sich zu verlieren. So mußte Max ihn zweimal während einer Berechnung diplomatisch auf einige Einzelheiten aufmerksam machen. Das schlimmste jedoch war, daß er sich der Tragweite seiner Fehler gar nicht bewußt wurde und ganz vergnügt dabei blieb.

So ging es immer weiter. Max begann zu beten, daß der Kapitän dem neuen Astrogator die Transition überlassen würde – egal wie sehr er Simes auch verachtete. Er wollte seine Befürchtungen mit Kelly diskutieren – es gab niemand anderen –, aber Kelly hatte die andere Wache mit Simes. Max konnte nichts anderes tun, als sich Sorgen zu machen.

Als der letzte Tag herankam, entdeckte Max, daß Kapitän Blaine weder beabsichtigte, das Schiff selbst durchzubringen, noch Simes damit zu betreuen; er hatte ein System eigener Art. Als alle im Kommandoraum versammelt waren, sagte er: »Ich möchte Ihnen heute einmal einen Kniff zeigen, der die Astrogation zu einem Kinderspiel macht. Wenn unser lieber Freund, Dr. Hendrix, auch ein hervorragender

Astrogator war – es gab keinen besseren –, so steht doch fest, daß er viel zuviel gearbeitet hat. Nun – hier habe ich eine Methode, die mich mein eigener Lehrmeister gelehrt hat. Kelly, wenn Sie bitte die Fernsteuerung ausfahren lassen wollen!«

Der Kapitän ließ sie in einem Halbkreis um Kelly, der am Computer saß, Platz nehmen. Jeder von ihnen war mit Formularen ausgerüstet, und Kapitän Blaine hielt die Fernsteuerhebel im Schoß. »Die Sache ist die, daß wir nacheinander, erst ich, dann Mr. Simes und dann Mr. Jones, jeder für sich eine eigene Aufnahme machen. In dieser Weise brauchen wir uns nicht anzustrengen, und die Angaben für die Berechnung kommen laufend hintereinander. Verstanden? Machen wir mal gleich eine Probe.«

Es ging einmal reihum, und dann stand der Kapitän auf. »Rufen Sie mich, Simes, zwei Stunden vor der Transition. Ich denke, Sie und Mr. Jones werden auch feststellen, daß diese Methode Ihnen zwischendurch immer wieder eine Atempause läßt.«

»Jawohl, Sir. Aber Herr Kapitän ... darf ich einen Vorschlag machen?«

»Wie? O ja, natürlich.«

»An Ihrem System ist nichts auszusetzen, aber ich würde vorschlagen, Kelly anstelle von Jones zu den Astrogatoren zu beordern. Jones hat keine Erfahrung. Dann könnten wir Kovak ans Ruder lassen und Lundy könnte lesen.«

Blaine schüttelte den Kopf. »Nein. Präzision ist alles, Sir. Unser bester Techniker gehört an den Computer. Was nun Mr. Jones betrifft ... auf diese Art und Weise bekommt er ja Erfahrung. Wenn es zuviel für ihn wird, können Sie oder ich immer noch einspringen.« Der Kapitän schickte sich an, den Raum zu verlassen, doch dann fügte er noch hinzu: »Kovak kann sich bis zu meiner Rückkehr mit Kelly abwechseln. Wir dürfen nicht zulassen, daß irgend jemand übermüdet ist, wenn wir die Transition machen. Sonst machen wir Fehler.«

»Zu Befehl, Sir.«

Simes sagte kein Wort zu Max. Sie begannen zu arbeiten. Sie machten nacheinander ihre Aufnahmen und trugen sie entsprechend den Anweisungen in ihre Formulare ein.

Alle zwanzig Minuten kamen neue Daten. Damit hatte jeder von ihnen vierzig Minuten Zeit, ein bestimmtes Problem zu lösen. Max hatte inzwischen den Eindruck gewonnen, daß das System des Kapitäns vielleicht doch nicht so schlecht war. Dr. Hendrix hatte sich zu Tode gearbeitet. Schiffe wurden nicht älter, Menschen schon.

Max hatte hinreichend Zeit, nicht nur seine eigenen Aufgaben zu Ende zu führen, sondern auch noch die von Simes. Da die Angaben mündlich weitergereicht wurden, konnte Max nichts daran hindern, Simes' Aufnahmen im Kopf zu verarbeiten und zu überprüfen, was in den Computer ging. Soweit er sehen konnte, arbeitete Simes gut, wenn auch im Augenblick noch keine wirkliche Leistung, kein Einsatz mit letzter Kraft verlangt wurde.

Sie aßen Brot und tranken Kaffee, und nur gelegentlich verließ der eine oder andere mal seinen Stuhl für fünf Minuten. Zwanzig Minuten vor der Zeit erschien Kapitän Blaine. »Nun, meine Herren, alles glücklich und zufrieden? Jetzt ist's bald soweit, aber ich denke, ich habe noch Zeit für eine Tasse Kaffee.«

Ein paar Minuten später ließ er sich nieder und übernahm von Simes die Steuerhebel. Jetzt kamen die Aufnahmen im Zehn-Minuten-Turnus durch, ließen ihnen allen aber noch immer genügend Spielraum.

Max verarbeitete weiterhin alle Daten, seine eigenen auf Papier und die anderen im Kopf. Er war schnell genug, um seine eigene Arbeit zu erledigen und Lundys Berechnungen zu überprüfen, während dieser noch immer in seinem Buch herumblätterte. Dadurch gewann Max ein genaues Bild ihrer gegenwärtigen Position, wie nah sie der Transition bereits waren und wieviel Arbeit noch vor ihnen lag, um ihr unsichtbares Ziel zu erreichen. Es schien ihm, als korrigiere Simes zuviel, während der Kapitän in seinem Optimismus zu nachlässig war. Doch keiner von beiden brachte das Schiff in ernsthafte Gefahr.

Vielleicht hatte sich Max im Kapitän geirrt. Der alte Mann schien wieder zu sich selbst zu finden, wenn es darauf ankam. Max stellte erfreut fest, daß der Kapitän seine eigenen Korrekturen ohne nachzufragen einarbeitete.

Nach etwa einer Stunde, die die Transition auf fünfundvierzig Minuten heranbrachte, blickte Kapitän Blaine auf und sagte: »Nun, Jungs, wir haben es bald geschafft. Jetzt macht mir Eure Angaben, so schnell ihr könnt.«

Smythe und Kovak, die von Noguchi und Bennett unterstützt wurden, arbeiteten auf vollen Touren.

Nun kamen ständig neue Daten. Max verarbeitete sie noch immer. Die Zahlen erschienen bereits in seinem Kopf, lange bevor er sie zu Papier bringen konnte. Simes schwitzte. Manchmal strich er eine Berechnung durch und begann wieder von neuem. Trotzdem stimmten seine Zahlen mit Max' mentalen Berechnungen überein. Kapitän Blaine wirkte sehr entspannt. Er war der einzige, der sein Arbeitstempo nicht erhöht hatte. Manchmal war er noch immer mit dem Computer beschäftigt, wenn Max bereits dastand, um seine Ergebnisse einzugeben.

Einmal geschah es, daß Simes zu schnell sprach und seine Zahlen unklar blieben. Sofort reagierte Lundy und sagte: »Wiederholen, bitte!«

»Verdammt noch mal! Waschen Sie sich die Ohren!« donnerte Simes los, gab jedoch noch einmal die Zahlen an. Der Kapitän blickte einen Augenblick auf und machte sich gleich wieder an seine eigene Aufgabe. Sobald der Computer frei war, rief Kapitän Blaine seine Zahlen Lundy zu. Max hatte unterdessen schon die Aufnahme des Kapitäns im Kopf und lauschte im Unterbewußtsein, während er Simes im Auge behielt.

Eine Alarmglocke klingelte in seinem Kopf. »Kapitän! Ich stimme nicht mit Ihnen überein!«

Kapitän Blaine hielt inne. »Wie?«

»Die Berechnung ist falsch, Herr Kapitän.«

Der Kapitän schien nicht böse zu sein. Er reichte seine Berechnung einfach Simes und sagte: »Überprüfen Sie!«

Simes warf einen flüchtigen Blick auf die Zahlen und antwortete: »Sofort, Herr Kapitän!«

Blaine wandte sich an Max: »Ausscheiden, Jones. Mr. Simes und ich machen die Sache zu Ende.«

»Aber ...«

»Ausscheiden!« wiederholte Simes.

Innerlich kochend, schied Max aus dem Kreis aus.

Aber er konnte nicht umhin, die weiteren Zahlen in seinem Kopf zu verzeichnen und zu verarbeiten. Simes' nächste Aufnahme hätte den Irrtum des Kapitäns an den Tag bringen, und seine Korrektur den Schaden wiedergutmachen können.

Der Kapitän hatte in der fünften Dezimalstelle eine Acht gesetzt und in der sechsten eine Drei. Seine Aufstellung sah völlig korrekt aus – es sei denn, man kannte die richtigen Zahlen. Wenn Simes sich nur die Mühe gemacht hätte, sie zu überprüfen, dachte Max verbittert.

Er konnte nicht aufhören, die Daten in seinem Kopf zu verarbeiten. Simes' nächste Sichtung mußte den Irrtum des Kapitäns aufdecken, und seine Korrektur würde den Fehler beseitigen. Max wußte, daß es eine sehr große Korrektur sein mußte. Bei der gegenwärtigen Geschwindigkeit legte das Schiff eine Millionen Kilometer in fünf Sekunden zurück.

Max bemerkte, wie Simes, als die nächsten Angaben im Computer aufleuchteten und Lundy sie zurückübersetzte, zögerte. Ja, der Mann sah sogar höchst erschrocken aus. Die Korrektur, die jetzt nötig wurde, würde das Schiff bedenklich nah an die kritische Geschwindigkeit herantreiben! Simes überlegte eine Sekunde, dann gab er weniger als die Hälfte von dem, was Max für notwendig hielt, weiter.

Blaine gab die Werte ein und ging zur nächsten Aufgabe über. Als die Antwort herauskam, sprang der Irrtum, multipliziert mit der Zeit und der unvorstellbaren Geschwindigkeit, noch mehr als zuvor ins Auge. Der Kapitän warf Simes einen erstaunten Blick zu und brachte schnellstens eine neue Korrektur an, ohne daß Max hätte sagen können, welcher Art sie war, denn sie erfolgte wortlos durch den Hebel in seinem Schoß.

Simes fuhr sich mit der Zunge über die trockenen Lippen. »Kapitän?«

»Gerade noch Zeit für eine Aufnahme«, antwortete Blaine. »Ich mache sie selbst, Mr. Simes.«

Man gab ihm die Zahlen, und er begann, die Aufgabe auf seinem Formblatt aufzustellen. Max sah, wie Blaine stutzte, dann aufblickte. Max folgte seinen Augen. Das Chronometer über dem Computer zeigte an, wie die Sekunden verrannen. »Achtung!« kam es von Blaine.

Max schaute nach oben. Die Sterne liefen zu jener Zusammenballung auf, die immer die letzten Augenblicke vor einer Transition kennzeichnete. Während Max diesen Vorgang beobachtete, mußte Kapitän Blaine den zweiten Hebel, denjenigen, der sie durch den Tunnel trieb, herumgerissen haben, denn die Sterne erloschen plötzlich und wurden gleich darauf durch ein anderes, normal scheinendes Sternenfirmament ersetzt.

Der Kapitän lehnte sich in seinem Stuhl zurück und blickte auf. »Nun«, sagte er glücklich, »ich stelle fest, wir sind mal wieder durch.« Damit stand er auf und ging auf den Ausgang zu. Bevor er den Raum verließ, wandte er sich noch einmal um und sagte: »Rufen Sie mich bitte, Mr. Simes, wenn Sie die Position festgestellt haben.« Und damit verschwand er.

Max blickte wieder nach oben und versuchte auf Grund der Karten, die er studiert hatte, auszumachen, welchem Teil des neuen Himmels sie sich gegenübersahen. Auch Kelly richtete die Augen nach oben. »Ja«, hörte Max ihn murmeln, »durchgekommen sind wir schon, fragt sich nur wo?«

Simes hatte ebenfalls den Himmel beobachtet. Jetzt wirbelte er wütend herum. »Was wollen Sie damit sagen?«

»Was ich gesagt habe«, gab Kelly unbeirrt zurück. »Das ist keiner von den Himmeln, die ich bisher gesehen habe.«

»Unsinn, Mensch! Sie haben sich nur noch nicht richtig orientiert. Holen Sie die Karten für diesen Bezirk heraus, und Sie werden feststellen, daß wir unsere Landmarken schnell genug finden werden.«

»Sie sind schon hier. Noguchi.«

Es dauerte nur wenige Minuten, um jeden Anwesenden zu überzeugen, daß Kelly recht hatte, wenn Simes auch etwas länger dazu brauchte, um zur Einsicht zu kommen. Schließlich blickte der Astrogator von der Karte mit einem grünlich-weißen Gesicht auf. »Kein Wort zu irgend jemanden«, sagte er. »Befehl von mir – und wer den Mund nicht hält, der fliegt. Kelly, übernehmen Sie den Dienst.«

»Jawohl, Sir.«

»Ich bin in der Kapitänskabine.« Damit ging er hinunter, um dem Kapitän zu berichten, daß die *Asgard* in einem unbekannten Raum herausgekommen war – daß sie verloren war.

Irgendwo

Zwei Stunden später kletterte Max die Stufen zum Kommandoraum hinauf. Er war niedergeschlagen, nachdem er eine furchtbare Stunde damit verbracht hatte, die Wahrheit so darzustellen, wie er sie sah. Kapitän Blaine hatte sich geweigert, jemand anders als sich selbst Vorwürfe zu machen. Er schien verwirrt zu sein. Simes war unausstehlich gewesen. Seine an den Haaren herbeigezogene Logik schien die zu sein, daß, da es nicht sein Fehler sein konnte, und da es undenkbar war, den Kapitän damit zu belasten, es notwendigerweise Max' Schuld sein mußte. Da Max jedoch einige Minuten vor der Transition ausgeschieden war, ging seine weitere Logik dahin, daß Max gerade in dem Augenblick, als sie sich dem kritischen Punkt näherten, eine Störung hervorgerufen – sie gewissermaßen am Ellbogen angestoßen hätte.

Mr. Walther war zwar anwesend gewesen, doch nur als eine Art stummer Richter, denn hier wurde von Dingen gesprochen, die außerhalb seines Metiers lagen. Er schien sich damit zu begnügen, in ihren Gesichtern zu lesen, während Max hartnäckig an seiner Sichtweise festhielt.

Er fand Kelly noch im Dienst. Kovak und Smythe nahmen Spektrogramme auf; Noguchi und Lundy waren mit irgendwelchen Papieren beschäftigt. »Wollen Sie abgelöst werden?« fragte Max. Kelly machte ein bekümmertes Gesicht. »Tut mir leid, aber das geht nicht.«

»Was?«

»Mr. Simes hat eben, während Sie nach hier unterwegs waren, angerufen und mir mitgeteilt, daß Sie bis auf weitere Order keinen Dienst mehr machen dürfen.«

»Das hat er getan? Nun, wundern tut's mich nicht.«

»Er hat auch gesagt, daß Sie den Kommandoraum nicht betreten dürfen.«

Max konnte sich eine saftige Bemerkung über Simes nicht verkneifen. Doch dann fügte er hinzu: »Nun, es war schön, so lange es gedauert hat. Bis dann.«

Er wandte sich um, aber Kelly hielt ihn noch zurück. »Nicht so eilig, Max. Er kommt so bald nicht. Ich möchte nämlich gern wissen, was geschehen ist. Der Computer sagt mir leider nie, was außerhalb vor sich geht.«

Max holte in seinem Gedächtnis noch einmal all die Zahlen zusammen und berichtete, was sich zugetragen hatte. Am Ende nickte er lebhaft mit dem Kopf. »Das bestätigt mir genau das, was ich inzwischen ausgegraben habe. Der Kapitän vertauschte zwei Zahlen – kann leicht passieren. Dann hatte Simes nicht den Mumm, eine wirkliche Korrektur vorzunehmen, als es ihm bewußt wurde. Aber da ist noch etwas, was Sie nicht wissen – und was auch die beiden bis jetzt noch nicht wissen.«

»Und was ist das?«

»Die Aufzeichnung der Registriermaschine im Maschinenraum. Guenther hatte unten Dienst und gab sie mir durch. Natürlich habe ich ihm nicht gesagt, daß irgend etwas nicht stimmt. Ich habe nur um die Aufzeichnung gebeten. Haben Sie unten etwas bemerkt? Sind die Passagiere noch ruhig?«

»Als ich heraufkam, ist mir nichts aufgefallen.«

»Na, wird nicht mehr lange dauern. Das läßt sich nicht ewig verschweigen. Aber zurück zu meiner Geschichte. Die Situation war also schon schlecht genug, aber der Kapitän hatte immerhin noch eine Chance. Er nahm eine Korrektur vor, und zwar eine, die hätte ausreichen können, wenn er sie nur nicht mit dem entgegengesetzten Vorzeichen angewandt hätte.«

Das schlimmste Wort wäre hier zu schwach gewesen.

Alles, was Max hervorbrachte, war ein »Ach, du meine Güte!«

»Ja – bloß er geht essen, und wir können's ausbaden.«

»Haben Sie eine Vorstellung davon, wo wir sind?«

Kelly wies auf Kovak und Smythe am Spektrostellographen. »Sie haben ihre Angeln ausgeworfen, aber nichts will anbeißen. Helle Sterne – B- und O-Typen, die in unseren Katalogen nicht zu finden sind.«

Noguchi und Lundy arbeiteten mit einer Handkamera. Max fragte: »Was wollen sie denn damit?«

»Sie nehmen alle unsere Berechnungen auf, die Zusammenstellungen auf den Formularen, die Angaben der Kartenführer und die des Computers, alles.«

»Und zu welchem Zweck?«

»Vielleicht zu gar keinem. Aber manchmal gehen Aufzeichnungen verloren. Manchmal werden sie auch nachträglich verändert. Aber diesmal nicht. Ich halte alles fest.«

Max war noch ganz in Gedanken über Kellys folgenschwere Äußerungen versunken, als Noguchi an Kelly herantrat und sagte: »Das ist alles, Chef.«

»Gut.« Damit wandte sich Kelly an Max und fragte: »Wollen Sie mir einen Gefallen tun? Stecken Sie sich diese Filme in die Tasche und nehmen Sie sie mit. Ich möchte nicht, daß sie hier bleiben. Ich hole sie mir später wieder ab.«

»Nun gut, wie Sie wollen.« Während Noguchi die Filme herausnahm, hatte Max noch eine Frage an Kelly. »Wie lange, denken Sie, wird es dauern, bis wir wissen, wo wir sind?«

Kelly sah verzweifelt aus. »Max, was veranlaßt Sie zu der Annahme, daß wir überhaupt etwas herausbekommen?«

»Ich verstehe Sie nicht.«

»Muß denn das, was wir hier sehen«, Kelly machte eine weitausholdende Bewegung nach oben, »unbedingt mit einer von den Karten, die wir haben, übereinstimmen?«

»Sie meinen also«, sagte Max zögernd, »daß wir eventuell gar nicht in unserer Milchstraße sind? Vielleicht in einer anderen, wie der Andromedanebel etwa?«

»Durchaus möglich. Aber das ist noch nicht alles. Sehen

Sie, Max, ich bin zwar kein Physiktheoretiker, aber so viel weiß ich sicher, daß man, wenn man die Lichtgeschwindigkeit überschreitet, aus seinem eigenen Raum hinausgeschleudert wird, irgendwohin. Aber wohin man kommt, wenn man nicht gerade auf eine Horstsche Kongruenz stößt, das ist eine andere Frage. Die Theorie sagt darüber nichts aus. Oder?«

Max spürte einen Stich im Kopf. »Hmm – ich weiß nicht.«

»Und ich auch nicht. Aber da wir nicht darauf eingerichtet waren, in unseren eigenen Raum zurückzutauchen, können wir sonstwo sein. Und ich meine wirklich ›sonstwo‹. Wir können in irgendeiner anderen Raum-Zeit sein, die auch nicht im geringsten mit unserer eigenen vergleichbar ist.« Er blickte auf die merkwürdigen Sterne.

Als Max hinunterging, fühlte er sich elend wie nie. Auf seinem Weg begegnete ihm Simes. Der Astrogator warf ihm einen schelen Blick zu, sagte aber nichts. Als Max seine Kabine erreichte, legte er die Filme in ein Schubfach – dann besann er sich, holte sie wieder heraus und versteckte sie in einem toten Winkel hinter der Schublade.

Max blieb in seinem kleinen Raum und grübelte. Er ärgerte sich darüber, daß er, anstatt den Himmel nach bekannten Sternen abzusuchen, hier unten festgehalten wurde. B- und O-Sterne – na schön, das mochte schon stimmen, aber es gab noch ein halbes Dutzend andere Möglichkeiten. Kugelförmige Sternhaufen z. B., die wären leicht zu identifizieren; man brauchte nur vier davon zu nehmen und wußte sofort, wo man war – wie bei einem Straßenschild. Dann war alles weitere nur noch eine rein formale Angelegenheit, denn man wußte, wo und wonach man zu suchen hatte. Schließlich blieb dann nur noch übrig, die nächste Kongruenz ausfindig zu machen, was kaum Zeit erforderte. Jedenfalls konnte das Schiff niemals einfach verlorengehen.

Angenommen aber, sie wären nicht einmal in der richtigen Milchstraße?

Der Gedanke entsetzte Max. Wenn das wirklich der Fall

wäre, würden sie niemals vor der Zeit nach Hause kommen. Und schon tauchte ein neuer Gedanke auf – angenommen, Kellys Vermutung, daß dies ein gänzlich andersartiges Universum sei, ein anderes System von Zeit und Raum, erwiese sich als zutreffend? Was dann?

Max hatte genug philosophische Bücher gelesen, um zu wissen, daß es in der Tat eine theoretische Grundlage für diese Vermutung gab. Der Schöpfer mochte unzählige Universen geschaffen haben. Vielleicht waren sie sich alle ähnlich, aber vielleicht waren sie auch so unterschiedlich wie Käse und Mittwoch. Millionen, ja Milliarden von Universen, und alle existierten sie nebeneinander – wenn man es von einem außerdimensionalen Standpunkt aus betrachtete.

Doch die Lampe auf seinem Tisch brannte genau wie zuvor. Den Gesetzen der Hydraulik gehorchend schlug sein Herz noch immer, und Max spürte den Stuhl, auf dem er saß. Wenn dies ein fremder Raum sein sollte, dann waren die Unterschiede zumindest nicht offensichtlich. Und wenn sie *wirklich* in einem fremden Raum waren, konnten sie sowieso nichts daran ändern.

Ein anderes Universum konnte andere Gesetze haben, eine andere Lichtgeschwindigkeit, ein anderes Zeitverhältnis – sie konnten schließlich eines Tages zurückkehren und feststellen, daß inzwischen zehn Millionen Jahre vergangen, daß die Erde zu Asche verbrannt war!

Plötzlich klopfte es. Max öffnete und ließ Kelly ein. Er bot ihm seinen Stuhl an und nahm selbst auf dem Bett Platz. »Was Neues?«

»Nein. Zum Teufel, bin ich müde. Haben Sie die Filme?«

Max nahm das Schubfach heraus, fischte im Hohlraum dahinter herum und reichte sie Kelly. »Hören Sie, Chef, ich habe eine Idee.«

»Dann schießen Sie mal los.«

»Nehmen wir mal an, daß wir in der richtigen Milchstraße sind, weil ...«

»Weil, wenn wir nicht drin sind, alle Mühe zwecklos wäre!«

»Richtig. Sind wir aber in der Milchstraße, bräuchten wir

uns nur umzuschauen, nehmen die Sterne auf und schätzen die Entfernung und die Richtung des Zentrums. Dann versuchen wir die Sternenspektren in dieser Richtung zu identifizieren, nachdem wir bestimmt haben, welche für uns in Frage kommen und welche Entfernung auf Grund der Größe wir zu veranschlagen haben. Das würde …«

»Das würde uns viel Zeit ersparen«, fuhr Kelly verdrießlich fort. »Erzählen Sie Ihrem Großvater nicht, wie man aus der Flasche trinkt. Was, zum Teufel, glauben Sie, habe ich inzwischen getan?«

»Oh – entschuldigen Sie bitte.«

»Ist schon gut. Sie zeigen zumindest mehr Engagement als unser hochverehrter Boß. Während ich versuche zu arbeiten, läuft er herum wie ein wildgewordener Eber, schiebt jedem die Schuld in die Schuhe und verlangt von mir, ihm die Richtigkeit seiner Handlungsweise zu bestätigen. Er sorgt sich nur um sich selbst, anstatt um das Schiff. Pfui! Nebenbei … er hat sich die Unterlagen geschnappt, wie ich es vorausgesehen habe. ›Um sie dem Kapitän zu zeigen‹, sagt *er*.« Kelly stand auf. »Ich sollte wohl besser gehen.«

»Keine Eile. Ich lasse uns etwas Kaffee kommen.«

»Der läuft mir bereits aus den Ohren raus.«

Kelly zog die Filme aus der Tasche und betrachtete sie voller Zweifel. »Ich habe Noggy von allem zwei Aufnahmen machen lassen – Sie haben hier ein schönes Versteck. Was meinen Sie, wenn wir einen Satz hier lassen. Man weiß ja nie.«

»Kelly, glauben Sie wirklich, daß es wegen der Aufzeichnungen noch Ärger gibt? Mir scheint, wir haben schon Ärger genug, nämlich damit, daß unser Schiff verloren ist.«

»Max! Sie werden eines Tages einen guten Offizier abgeben. Aber Sie sind noch sehr ahnungslos. Ich kenne mich mit den Menschen besser aus. Jedenfalls will ich nichts versäumen. Doch Hendrix – Gnade seiner Seele – war von der gleichen Art.« Kelly wartete, bis Max den Ersatzfilm in sein Versteck zurückgebracht hatte, um sich zu verabschieden. Doch da fiel ihm noch etwas ein.

»Fast hätte ich es vergessen, Max. Wir sind in ziemlicher Nähe eines Sternes herausgekommen, und zwar eines vom G-Typ.«

»Ach!« Max überlegte. »Keiner, den wir kennen?«

»Natürlich nicht, sonst hätte ich es schon gesagt. Ich habe seine Größenordnung noch nicht bestimmt, aber normale Verhältnisse vorausgesetzt, könnten wir ihn in frühestens vier Wochen und spätestens einem Jahr erreichen. Dachte mir, daß Sie das interessiert.«

»Das schon, natürlich. Schönen Dank. Aber ich habe nicht den Eindruck, daß das an der Situation etwas ändert.«

»Nein? Ist es nicht doch ein beruhigender Gedanke zu wissen, daß ein Stern vom Typ der Sonne mit möglicherweise erdähnlichen Planeten rundherum nicht weit weg ist?«

»Hmm ...«

»Mich beruhigt der Gedanke jedenfalls außerordentlich, denn ein isoliertes Dasein wie das der ersten Menschen könnte mich auf die Dauer nicht befriedigen.« Und damit verschwand Kelly.

Kein Steward kam, um Max mitzuteilen, daß es Zeit zum Abendessen sei. Als er merkte, daß die Zeit bereits überschritten war, begab er sich unaufgefordert in den Speisesalon. Die meisten Passagiere waren schon anwesend, obwohl einige noch im Gespräch herumstanden. Es war unmöglich, die Unruhe, die über dem Raum lag, nicht zu spüren. Max sah sofort, daß der Kapitän nicht an seinem Platz war. Auch Mr. Walther fehlte. Als er seinem eigenen Tisch zusteuerte, versuchte Mr. Hornsby ihn am Ärmel festzuhalten. Max schüttelte ihn kurz entschlossen ab. »Bedaure, Mr. Hornsby, ich habe es eilig.«

»Warten Sie einen Augenblick. Ich möchte Sie fragen ...«

»Tut mir leid.« Max lief weiter und setzte sich. Der Chefingenieur war nicht am Tisch, aber von den üblichen Passagieren fehlte keiner. Max sagte »Guten Abend« und langte sofort nach seinem Suppenlöffel, nur um beschäftigt auszusehen.

Doch obgleich es schon zehn Minuten über die Zeit war, hatte man weder die Suppe serviert, mit der sich Max hätte unterhalten können, noch waren Brötchen und Butter auf dem Tisch. Solche Dinge pflegten in Chefsteward Dumonts Amtsbereich sonst einfach nicht vorzukommen. Und man stelle sich vor, er selbst war nirgends zu sehen!

Mrs. Daigler legte eine Hand auf Max' Arm. »Max? Lieber, sagen Sie mir, bitte, was bedeutet das dumme Gerücht, das hier umgeht?«

Max machte ein undurchdringliches Gesicht, wie das einer Sphinx. »Was für ein Gerücht, gnädige Frau?«

»Aber Sie müssen doch davon gehört haben! Schließlich sind Sie doch Astrogator. Man erzählt sich, daß der Kapitän die falsche Ecke genommen hat oder so ähnlich und daß wir jetzt in einen Stern hineinfallen.«

Max versuchte sich in einem überzeugenden Lächeln. »Wer hat Ihnen denn das weisgemacht? Jedenfalls war es einer, der vom Tuten und Blasen keine Ahnung hat.«

»Was Sie nicht sagen!«

»Ich kann Ihnen ganz entschieden versichern, daß die *Asgard* in keinen Stern hineinfällt, auch nicht in den kleinsten.« Er drehte sich in seinem Stuhl um. »Aber es sieht so aus, als ob irgend etwas in der Küche gefallen ist. Das Essen kommt heute verdammt spät.«

Max hielt den Kopf weiter nach hinten gewandt, um neuen Fragen aus dem Weg zu gehen. Aber es funktionierte nicht. Mr. Arthur rief ihn einfach unwirsch an: »Mr. Jones!«

Max drehte sich um. »Ja, bitte?«

»Warum hält man uns hin? Mir ist offiziell mitgeteilt worden, daß das Schiff verloren ist.«

Max setzte eine Miene auf, als ob er nicht verstanden hätte.

»Wie meinen Sie? Wir sind doch *im* Schiff.«

Mr. Arthur schnaubte zurück. »Sie wissen doch ganz genau, was ich meine. Irgend etwas ist bei der vermaledeiten – wie sagen Sie – ›Transition‹ schiefgelaufen. Wir sind verloren.«

Max begann einen Schulmeister zu spielen, der die einzelnen Punkte eines Beweises an den Fingern aufzählt. »Mr. Arthur, ich versichere Ihnen, daß das Schiff bestimmt nicht in Gefahr ist. Und was Ihre Behauptung angeht, so versichere ich Ihnen ebenso entschieden, daß, sollte sie zutreffen, der Kapitän versäumt hat, mir davon Mitteilung zu machen. Ich war bei der Transition im Kommandoraum anwesend, und er schien durchaus zufrieden zu sein. Wären Sie vielleicht so liebenswürdig, mir zu sagen, wer die Geschichte verbreitet hat? Es ist unverantwortlich, solche Gerüchte in Umlauf zu setzen.«

»Nun ... es war einer von der Mannschaft. Ich weiß aber seinen Namen nicht.«

Max nickte. »Das habe ich mir schon gedacht. Meiner Erfahrung nach jedenfalls ...«, und er fuhr fort, im Sinne des von seinem Onkel Gelernten zu sprechen, » ... eines weiß ich ganz sicher, daß das einzige, was sich schneller als das Licht fortbewegt, die Geschwindigkeit ist, mit der ein Gerücht durch ein Schiff fegt. Ob es begründet ist oder nicht, spielt dabei keine Rolle, die Geschwindigkeit bleibt die gleiche.« Er blickte sich von neunem um. »Ich möchte nur wissen, was mit dem Essen los ist? Es wäre mir äußerst unangenehm, sollte ich hungrig zum Dienst gehen müssen.«

Mrs. Weberbauer schaltete sich nervös ein. »Dann ist also alles in Ordnung, Maxie?«

»Jawohl, ganz gewiß, gnädige Frau.«

Jetzt neigte sich ihm Mrs. Daigler wieder zu und flüsterte: »Warum ist Ihnen dann aber so heiß geworden, Max?«

Glücklicherweise kam in diesem Augenblick der Stewardsmaat an den Tisch gestürzt und begann, die Suppe zu servieren. Als er zu Max trat, hielt Max ihn kurz fest und fragte leise: »Jim, wo ist Dumont?«

Kaum den Mund öffnend, antwortete Jim: »Der kocht!«

»Wie? Wo ist der Chef?«

Der Stewardsmaat neigte sich an sein Ohr und flüsterte: »Frenchy ist am Ende. Ich nehme an, er ist damit nicht fertig geworden, Sie verstehen, was ich meine!«

Max ließ ihn gehen. Sofort erhob Mr. Arthur seine scharfe Stimme: »Was hat er Ihnen gesagt?«

»Ich habe versucht, herauszubekommen, was in der Kombüse los ist«, entgegnete Max. »Scheint, daß der Koch eine Selbstverstümmelung vorgenommen hat.« Er löffelte einen Mundvoll von der Suppe. »Nach dem Geschmack zu schließen, würde ich sagen, daß er sich in dieser Brühe den Daumen verbrannt hat. Reichlich dünn, nicht wahr?«

Die Ankunft des Ersten Offiziers bewahrte Max vor weiteren Ausflüchten. Mr. Walther trat an den Kapitänstisch heran und klopfte mit einem Löffel an ein Glas. »Ich bitte einen Augenblick um Ihre Aufmerksamkeit!«

Er wartete, bis es ruhig war, und zog einen Zettel aus der Tasche. »Namens des Kapitäns habe ich Ihnen eine Mitteilung zu machen. Diejenigen unter Ihnen, die mit der Theorie der Astrogation vertraut sind, wissen, daß sich aufgrund der Bewegung der Sterne der Raum ständig verändert und daß infolgedessen keine Reihe genau der anderen ähnelt. Manchmal ist es darum auch notwendig, bei einer Schiffsroute gewisse Änderungen vorzunehmen. Solch ein Umstand hat sich auf der gegenwärtigen Fahrt ergeben, und die *Asgard* wird ihr Ziel erst mit einiger Verspätung erreichen. Wir bedauern das außerordentlich, doch wir können die Gesetze der Natur nicht ändern. Außerdem hoffen wir, daß Sie angesichts der freundlichen und behaglichen Atmosphäre unseres Schiffes das Ganze nur als eine unbedeutende Belanglosigkeit ansehen, ja vielleicht sogar als eine zusätzliche Urlaubsverlängerung. Vergegenwärtigen Sie sich auch bitte, daß die Versicherungspolice, die mit Ihrer Fahrkarte verbunden ist, Sie gegen jeden Verlust oder Schaden, den Sie etwa durch die Verlängerung der Reise erleiden, schützt.«

Er steckte das Papier weg, von dem er, wie es Max schien, überhaupt nichts abgelesen hatte. »Das ist alles, was der Kapitän Ihnen zu sagen hat. Doch ich möchte noch etwas von mir aus hinzufügen. Es ist mir zu Ohren gekommen, daß irgend jemand dumme Gerüchte über unsere Verspätung in Umlauf gebracht hat. Es tut mir leid, wenn einer von Ihnen durch diese Geschichten beunruhigt worden ist. Ich kann Ihnen versichern, daß ich den Übeltäter aufspüren und entsprechende Maßnahmen einleiten werde.« Walther riskierte ein würdiges Lächeln. »Aber Sie wissen ja, wie schwer es ist, einem solchen Problem auf den Grund zu gehen. Wie dem auch sei ... ich kann Ihnen versichern, daß die *Asgard* sich nicht in der geringsten Gefahr befindet. Das alte Mädchen ist schon durch den Weltraum gezogen, bevor einer von uns geboren war, und sie wird noch groß und mächtig sein, wenn wir schon lange an Altersschwäche gestorben sind. Gott schütze ihre starken Knochen!« Damit wandte er sich um und verließ den Raum.

Max hatte mit offenem Mund zugehört. Die Rede des Ersten Offiziers hatte ihn zutiefst beeindruckt. Er kam aus einem Land, wo eine faustdicke Lüge als Literatur galt, und er glaubte, die eleganteste Lüge seines Lebens gehört zu haben – zumal Walther noch hier und da ein Körnchen Wahrheit eingestreut hatte. Wenn man die Rede auseinandernahm, würde man sogar feststellen, daß alles, was der Erste Offizier verkündet hatte, der Wahrheit entsprach. Zusammengenommen hatte er jedoch gesagt, daß die *Asgard* nicht verloren sei – eine glatte Lüge. Max wandte sich wieder an seine Tischnachbarn. »Könnte mir bitte jemand die Butter reichen?«

Mr. Arthur blickte ihm in die Augen. »Und Sie haben uns gesagt, alles sei in Ordnung!« sagte er scharf.

Mr. Daigler knurrte: »Lassen Sie ihn in Ruhe, Arthur. Max hat sich den Umständen entsprechend hervorragend verhalten.«

Mrs. Weberbauer machte einen verwirrten Eindruck. »Aber Mr. Walther hat doch gesagt, alles habe seine Richtigkeit?«

Daigler sah sie mitleidig an. »Wir sind in riesigen Schwierigkeiten, Mama Weberbauer. Das ist offensichtlich. Uns bleibt nichts anderes übrig, als die Ruhe zu bewahren und den Schiffsoffizieren zu vertrauen. Habe ich nicht recht, Max?«

»Stimmt, Sir.«

»Das ist kein Picknick«

An diesem Abend und am folgenden Tag ging Max nicht aus seiner Kabine. Er wollte weder Fragen hören noch beantworten, warum er seines Postens enthoben worden sei. Die Folge davon war, daß er von dem Aufruhr, der sich unterdessen im Schiff abspielte, vor lauter Schlafen nichts mitbekam. Max hörte erst davon, als der Stewardmaat, der ihm die Kabine machte, mit einem blauen Auge aufkreuzte. »Wer hat Ihnen denn dieses Veilchen verpaßt, Garcia?«

»Kann ich nicht genau sagen, Mr. Jones. Hab' ich mir gestern abend bei der Keilerei eingehandelt.«

»Bei der Keilerei? Was für eine Keilerei?«

»Ach, Sie wissen nichts davon?«

»Das ist das erste, was ich davon höre. Was war denn los?«

Garcia Lopez starrte ins Leere – »Hm, wissen Sie, ich möchte nicht zuviel sagen. Wie das so ist – gegen einen Maat tritt man nicht gern als Zeuge auf.«

»Wer hat Ihnen denn gesagt, daß Sie einen Maat verpetzen sollen? Sie brauchen doch keinen Namen zu nennen, ich will bloß wissen, was los war.«

»Na ja, die Sache war eben die, daß einige von den Brüdern da unten den Verstand verloren haben.« Es dauerte eine ganze Weile, bis Max erfuhr, was sich zugetragen hatte. Die Unruhe unter den Mannschaften war offenbar weit größer gewesen als unter den Fahrgästen, was vermutlich daran lag, daß sie besser als diese verstanden, was ihre Lage bedeutete. Einige hatten zuerst in ihrer Verzweiflung zu Giordanos ›Arme-Leute-Wodka‹ Zuflucht genommen, dann hatten sie beschlossen, alle miteinander zum Kapitän zu ziehen und ihn zur Rede zu stellen. Zu Handgreiflichkeiten war es erst gekommen, als der Polizeichef versucht hatte, sie wieder aufs C-Deck zurückzudrängen.

»Ist jemand verletzt?«

»Nicht, was man verletzt nennen würde. Leicht beschädigt höchstens. Ich habe mir dies hier eingefangen.« Garcia fuhr sich vorsichtig mit der Hand übers Auge, »weil ich zu neugierig war zu erfahren, was vor sich ging, und Kovak hat sich den Knöchel gebrochen.«

»Kovak! Was hatte er denn dabei zu suchen?« Es war völlig unverständlich, wie ein Mitarbeiter der ›Schwitzkiste‹ sich an einer so unvernünftigen Geschichte beteiligen konnte.

»Ach, der kam wohl gerade vom Dienst nach unten. Vielleicht hat er dem Wachtmeister beigestanden, oder aber er ist gegen eine Tür gelaufen. Ihr Freund Sam Anderson war jedenfalls immer mitten im Gemenge.«

Sam. Max spürte einen Stich ins Herz – Sam schon wieder in der Tinte! »Irren Sie sich auch nicht?«

»Ich war doch dabei.«

»Aber er war nicht der Anführer?«

»Ach, da haben Sie mich falsch verstanden, Mr. Jones. Er hat die Sache wieder in Ordnung gebracht. Ich habe noch nie einen Mann gesehen, der so seine Hände zu gebauchen verstand. Er schnappte sich zwei von den Burschen ... bums! Schon knallten ihre Köpfe aneinander. Und dann griff er sich wieder zwei.«

Max kam zu dem Schluß, daß er seine Kabine verlassen und vorerst zwei Dinge tun müßte: Kovak aufsuchen und sehen, wie es ihm ging und was er eventuell benötigte, und zweitens, mit Sam sprechen. Doch bevor er wegkam, erschien Smythe mit einer Diensteinteilung zur Abzeichnung. Max stellte fest, daß er zusammen mit Simes eingeteilt worden war und daß er seinen Dienst sofort antreten mußte. Während er nach oben ging, fragte er sich in einem fort, was Simes zu diesem Nachgeben veranlaßt haben mochte.

Kelly war im Kommandoraum; Max schaute sich um, konnte Simes jedoch nirgends entdecken. »Wieder mal geschafft, Chef?«

»Ja, wenn Sie mich ablösen. Dies ist mein letzter Dienst.«

»Was sagen Sie da? Hat er jetzt auf Sie einen Pik?«

»Könnte man beinah sagen. Aber nicht ganz in dem Sinne, wie Sie glauben, Max. Er hat einen Dienstplan aufgestellt, in dem er und ich abwechselnd als Kommandochef fungieren. Das veranlaßte mich, auf die Gildenbestimmungen zu verweisen, nach denen meine Bezahlung der Verantwortung eines Chefdienstes nicht entsprach.«

»Ach, du liebe Güte! Und was hat er gesagt?«

»Was konnte er sagen? Er konnte mir einen schriftlichen Befehl erteilen, und ich konnte schriftlich annehmen, wobei ich meinen Einspruch bei der Eintragung ins Logbuch natürlich gebührend betonte – damit aber hatte er nicht gerechnet. Jetzt blieb ihm keine andere Wahl, als Sie wieder auf die Liste zu setzen oder sich während der nächsten Wochen ständig selbst abzulösen, denn Kovaks Ausfall machte alle weiteren Dispositionen zunichte. Haben Sie von Kovak gehört?«

»Ja. Aber sagen Sie, was war eigentlich los?« Max blickte flüchtig zu Noguchi hinüber, der sich umständlich an dem Computer beschäftigte, und dämpfte seine Stimme. »Meuterei?«

Kelly riß entsetzt die Augen auf. »Nun, soviel ich weiß, glitt Kovak aus und fiel die Treppe hinunter.«

»Ach, so war das?«

»Jedenfalls steht es so im Logbuch.«

»Hmm, na gut. Aber ich denke, ich muß Sie jetzt ablösen. Wie ist die Lage?«

Sie bewegten sich auf der Bahn, die zu dem G-Typ-Stern führte; die entsprechenden Befehle waren in das Kapitänsbefehlsbuch eingetragen. In Simes' Handschrift, aber mit Kapitän Blaines persönlicher Unterschrift, die Max recht zittrig erschien, als hatte der alte Mann unter einer schweren seelischen Erschütterung gestanden. Kelly hatte das Schiff bereits auf Kurs gebracht. »Haben wir es endgültig aufgegeben, herauszubekommen wo wir sind?« fragte Max.

»Keineswegs. Die Befehle lauten, daß wir, soweit der Dienst es zuläßt, immer wieder daran arbeiten sollen. Aber ich gehe mit Ihnen jede Wette ein, daß Sie nichts entdecken werden. Max, das hier ist ein völlig unbekanntes Irgendwo.«

»Aber Sie können doch nicht einfach aufgeben. Woher wollen Sie das wissen?«

»Ich fühle es.«

Nichtsdestoweniger verbrachte Max seinen Dienst damit, zu ›fischen‹ – ohne Erfolg. Spektrogramme sind, wenn sie sauber aufgestellt und gemessen werden, für die Sterne, was Fingerabdrücke für die Menschen sind; sie können bestimmt werden, und man kann sie mit den aktenmäßig hinterlegten vergleichen, die ihnen am ähnlichsten sind. Während Max viele fand, die den katalogisierten Spektren ziemlich nahekamen, so blieb doch immer der kleine Unterschied, der bewirkt, daß ein Zwilling nie ganz dem Bruder gleicht.

Eine Viertelstunde vor Dienstschluß hielt Max ein und vergewisserte sich, daß er zur Ablösung bereit war. Während er noch wartete, mußte er an den Trick denken, den Kelly benutzt hatte, um ihn wieder auf seinen Posten zu bringen. Der gute alte Kelly!

Max kannte Kelly gut genug, um zu wissen, daß er ihm nicht danken mußte. Wenn er es doch täte, würde er dem Cheftechniker damit ein »unlauteres Motiv« unterstellen. Max würde ihm nur zuzwinkern und sich daran erinnern.

Simes kam mit fünf Minuten Verspätung hereingestampft. Er sagte nichts, sondern sah sich nur das Logbuch und die Observationsberichte an, die Max gemacht hatte. Max wartete Minuten und wurde zunehmend unruhiger. Schließlich sagte er: »Sind Sie zur Ablösung bereit, Sir?«

»Alles zu seiner Zeit. Ich möchte erst sehen, was Sie diesmal wieder angestellt haben.« Max biß die Zähne zusammen. Simes deutete auf das Logbuch, in dem Max seine Eintragung mit »O.v.D« abgezeichnet hatte. »Das ist das erste, was falsch ist. Fügen Sie hinzu ›unter Anleitung‹.«

Max holte tief Luft. »Unter wessen Anleitung, Sir?«

»Meiner.«

Max zögerte eine Sekunde, ehe er antwortete. »Nein, Sir. Nicht, wenn Sie nicht während meines Dienstes anwesend sind, um mich zu beaufsichtigen.«

»Wollen Sie sich widersetzen?«

»Nein, Sir, aber ich erwarte schriftliche Befehle dazu, und zwar unter Eintragung ins Logbuch.«

Simes schloß das Logbuch und musterte Max von oben bis unten. »Mister, wenn wir nicht in Nöten wären, würden Sie gewiß nicht zum Dienst herangezogen. Sie sind nicht reif für einen Chefposten, und ich bin der Meinung, Sie werden es nie sein.«

»Wenn das Ihre Überzeugung ist, Sir, mache ich wohl gleich lieber als Kartenführer weiter. Oder als Stewardmaat.«

»Da gehörten Sie auch hin!« kreischte Simes. Noguchi, der nach seiner Ablösung oben geblieben war, und Lundy blickten beide entsetzt auf und wandten sich gleich darauf wieder ab.

Max traf keine Anstalten, seine Antwort für sich zu behalten. »Sehr gut, Sir. Wollen Sie mich ablösen? Ich gehe sofort zum Ersten Offizier und teile ihm mit, daß ich meine befristete Ernennung zurückgebe und wieder meine alte Stelle antrete.«

Max erwartete ein Donnerwetter, doch Simes gab sich offensichtlich alle Mühe, die Ruhe zu bewahren. Beherrscht sagte er: »Hören Sie, Jones, Sie haben nicht die richtige Einstellung.«

Max erwiderte unerschrocken: »Derjenige, der nicht die richtige Einstellung hat, das sind wohl Sie, Sir.«

»Wie? Was haben Sie gesagt?«

»Sie haben mich vom ersten Augenblick an, als ich den Kommandoraum betrat, gedrückt und getreten, wo Sie nur konnten. Sie haben niemals auch nur im geringsten daran gedacht, mir irgendwelche Anweisungen zu geben, und Sie hatten an allem, was ich tat, immer nur etwas auszusetzen. Nach meiner Ernennung auf Probe ist es noch viermal schlimmer geworden. Sie sind sogar in meine Kabine gekommen und haben mir erzählt, daß Sie gegen meine Ernennung waren, daß Sie nicht wollten, daß ich ...«

»Das können Sie nicht beweisen!«

»Das habe ich gar nicht nötig. Und jetzt erzählen Sie mir noch, daß ich nicht geeignet bin, den Posten zu bekleiden, auf den Sie mich gerade wieder berufen haben. Dadurch haben Sie ganz klar bewiesen, daß Sie mich niemals zu einer ständigen Beförderung vorschlagen werden. Ich verschwende meine Zeit. Ich gehe zum Zahlmeister zurück und sehe zu, was ich dort machen kann. Wollen Sie mich jetzt endlich ablösen, Sir?«

»Das ist Insubordination!«

»Nein, Sir. Das ist es nicht. Ich habe durchaus den notwendigen Respekt walten lassen; ich habe nur Tatsachen festgestellt. Ich habe nur um meine Ablösung gebeten – die Zeit ist bereits um eine halbe Stunde überschritten –, um zum Ersten Offizier zu gehen und um meine Rückversetzung zu bitten. Das lassen die Statuten beider Gilden zu«, ergänzte Max.

»Ich lasse Sie aber nicht gehen.«

»Ich habe die Wahl, nicht Sie, Sir.«

Simes' Gesicht verriet deutlich, daß ihm in der Tat keine Wahl blieb. Einen Augenblick stand er schweigend da, dann sprach er noch ruhiger als zuvor: »Vergessen Sie das. Sie sind abgelöst. Seien Sie wieder um acht Uhr oben.«

»Nicht so schnell, Sir. Sie haben öffentlich festgestellt, daß ich nicht in der Lage bin, eine verantwortliche Wache zu übernehmen. Deswegen kann ich auch die Verantwortung nicht übernehmen.«

»Verdammt noch mal! Worauf wollen Sie jetzt schon wieder hinaus? Wollen Sie mich erpressen,«

Innerlich gab Max ihm recht, doch er antwortete: »Das liegt mir fern, aber Sie können nicht beides haben.«

»Nun gut – ich denke, daß Sie in der Lage sind, diese Art von Wachdienst zu übernehmen. Schließlich gibt es im Augenblick ja nichts Entscheidendes zu tun.«

»Sehr gut, Sir. Wollen Sie bitte diese Tatsache im Logbuch vermerken?«

»Wie?«

»Angesichts der Umstände, Sir, bestehe ich auf den Vorschriften und bitte Sie, eine entsprechende Notiz zu machen.«

Simes fluchte leise, nahm den Federhalter in die Hand und schrieb. Dann schob er Max das Logbuch zu. »Da!«

Max las: »M. Jones ist zum O.v.D qualifiziert, mit Ausnahme bei einer Anomalie (gez.) R. Simes, Astrogator.«

Max bemerkte sofort den Vorbehalt, die Ausnahme, die Simes gestattete, ihn von jeder offiziellen Beförderung auszuschließen. Doch Simes hatte die Vorschrift eingehalten.

Außerdem gestand sich Max ein, daß er auf keinen Fall den Kommandoraum verlassen wollte. Darum tröstete er sich mit dem Gedanken, daß es, da sie sowieso alle verloren waren, völlig belanglos sei, was Simes empfahl oder nicht.

»Das reicht, Sir.«

Simes langte nach dem Buch. »Nun gehen Sie und sehen Sie zu, daß Sie rechtzeitig wieder hier sind.«

»Jawohl, Sir.« Max konnte nicht umhin, das letzte Wort zu haben. Den Kampf mit Simes mußte er bis zum letzten ausfechten. »Ihre Bemerkung, Sir, erinnert mich noch an eines: bitte lösen Sie mich nach meinem Dienst pünktlich ab.«

»*Was?*«

»Nach der Vorschrift ist es unzulässig, außer im Notfall, jemanden länger als vier Stunden im Dienst zu halten.«

»Gehen Sie nach unten!«

Max gehorchte. Er hätte zugleich jubeln und heulen mögen. Er hatte keine Freude am Kampf, hatte sie niemals gehabt, ihm war danach immer so, als wäre ihm die Kehle abgeschnürt worden. Max stürmte in seine Kabine und fiel beinahe über Sam.

»Sam!«

»Genau der. Wo beißt's dich denn schon wieder, Junge? Siehst ja aus, als ob der Teufel hinter dir her gewesen wäre.«

Max ließ sich auf sein Bett fallen und seufzte. »Ich fühle mich auch so.« Er berichtete Sam von seiner Auseinandersetzung mit Simes.

Sam nickte zustimmend. »Das ist die richtige Art, mit einem Idioten wie dem umzugehen. Beleidige ihn so lange, bis er sich entschuldigt. Werf ihm immer wieder Brocken vor die Füße, und er wird dir eines Tages aus der Hand fressen.«

Max schüttelte traurig den Kopf. »Heute habe ich meinen Spaß gehabt, aber ich bin sicher, daß er einen Weg finden wird, um es mir heimzuzahlen.«

»Da wäre ich mir nicht so sicher, mein Junge. Bleib sauber und warte, bis er sich eine Blöße gibt. Wenn ein Mann sowohl dumm als auch cholerisch ist ... und das ist er, das habe ich schon vor langer Zeit festgestellt ... wenn du klug genug bist, und dich im Zaum hältst, wird er dir eines Tages die Gelegenheit geben, auf die du gewartet hast. Das ist ein Naturgesetz.«

»Vielleicht hast du recht.« Max drehte sich wieder um und stand auf.

»Sam – du trägst ja dcin Abzeichen wieder.«

Sam steckte den Daumen unter das Symbol, das ihn als Polizeichef kennzeichnete. »Hast du es eben erst entdeckt?«

»Ja, ich hatte den Kopf voll. Erzähle – hat der Erste alles vergeben und vergessen?«

»Nicht ganz so. Du weißt, was sich gestern abend zugetragen hat?«

»Ungefähr ja. Der offiziellen Version nach war es nichts.«

»Richtig. Mr. Walther versteht sich aufs Schönreden.«

»Aber was war denn nun los? Ich habe gehört, du hast ein paar Schädel zusammenkrachen lassen.«

»Ach, es war nicht so schlimm. Ich habe Schiffe erlebt, wo man das Ganze als eine gesunde Verdauungsgymnastik angesehen hätte. Ein paar Leute bekamen es mit der Angst zu tun und suchten im Feuerwasser Trost. Dann kamen einige mit großem Maul und ohne Hirn auf die göttliche Idee, daß es ihr Recht sei, mit dem Kapitän darüber zu verhandeln. Da es alles Schafe waren, mußten sie auch als Herde auftreten. Wenn sie einem Offizier in die Arme gelaufen wären, hätte er sie mühelos ins Bett zurückschicken können. Statt dessen aber kam ihnen mein unglückseliger Vorgänger in den Weg und forderte sie auf auseinanderzugehen. Was sie aber nicht taten. Diplomatie war offenbar nicht seine Stärke. Na, und nun brüllte er in seinem komischen Dialekt los, und der Spaß begann.«

»Wann bist du denn nun aufgetreten? Kamst du ihm zu Hilfe?«

»Nicht direkt. Ich stand in sicherer Entfernung und genoß die Festivität, als ich plötzlich Mr. Walthers Pantoffeln die Treppe herunterkommen sah. Daraufhin habe ich mich eingeschaltet und wurde zum Helden. Wenn du dir eine Medaille verdienen willst, Max, vergewissere dich, daß der General zusieht, und dann nichts wie ran.«

Max mußte lächeln. »Ich hatte dich eigentlich niemals für einen ›Helden‹ gehalten.«

»Der Himmel bewahre mich davor! Aber diesmal hat's geklappt. Mr. Walther schickte nach mir, las mir die Leviten, erklärte mich für einen Schurken, einen Dieb und einen Gauner – dann bot er mir mein altes Abzeichen an, wenn ich unten für Ruhe und Ordnung sorgen würde. Ich schaute ihm ins Auge, so mit einem richtigen Lämmerblick, und versicherte ihm, daß ich mein Bestes tun würde. Na, und dann war's geschafft.«

»Ich freue mich für dich, Sam.«

»Schönen Dank. Doch dann faßte Walther mich ins Auge und teilte mir mit, er habe Grund genug zu der Annahme – als ob er es nicht genau gewußt hätte –, daß es irgendwo im Schiff eine Destille gäbe. Er befahl mir, sie ausfindig zu machen und den ganzen Schnaps zu vernichten.«

»Ach! Und wie hat Mr. Gi das aufgenommen?«

»Nun, der Dicke und ich, wir bauten die Destille ab, stellten die Einzelteile sicher und schlossen den Laden. Ich habe ihn beschworen, nicht eher daran zu rühren, als bis das Schiff aus seiner Misere heraus wäre, und ich habe ihm erklärt, daß ich ihm, wenn er es doch täte, beide Arme brechen würde.«

Max kicherte. »Ach, bin ich glücklich, daß du wieder in Gnaden aufgenommen bist. Und es war nett von dir, daß du gekommen bist, um mir davon zu berichten.« Er gähnte. »Entschuldige. Ich bin hundemüde.«

»Ich verschwinde gleich. Aber ich kam gar nicht, um dir von mir zu erzählen. Ich wollte dich etwas fragen.«

»Und was?«

»Hast du den Kapitän in letzter Zeit gesehen?«

Max überlegte. »Seit der Transition nicht mehr. Warum?«

»Niemand hat ihn gesehen. Ich dachte, daß er seine Zeit vielleicht in der ›Schwitzkiste‹ verbrächte.«

»Nein. Was ich noch sagen wollte – er ist auch nicht an seinem Tisch gewesen, wenigstens nicht, wenn ich im Speisesaal war.«

»Er hat also immer auf seiner Kabine gesessen.« Sam erhob sich. »Sehr, sehr interessant. Hmm ... an deiner Stelle würde ich nicht darüber reden, Max.«

Simes war äußerst einsilbig, als Max ihn ablöste. Danach sprachen sie überhaupt nicht mehr miteinander. Simes verhielt sich so, als existiere Max gar nicht. Lediglich während der Wachwechsel tauschten sie einige Formalitäten aus. Der Kapitän erschien nie im Kontrollraum. Max hatte ein paarmal daran gedacht, Kelly danach zu fragen, doch er entschied sich jedesmal dagegen. Im Schiff machten Gerüchte die Runde – daß der Kapitän krank sei, daß er im Koma liege, daß Walther und der Arzt ihn vom Dienst suspendiert hätten, oder daß der Kapitän die ganze Zeit über seinem Schreibtisch hocken würde, um eine phantastische Lösung für die mißliche Lage des Schiffes zu finden. Unterdessen hatten die meisten sich damit abgefunden, daß das Schiff verloren war. Die Zeit der Hysterie war vorbei; Fahrgäste und Mannschaften verhielten sich ruhig und schienen alle der Meinung zu sein, daß die Entscheidung zu einer Landung auf dem Stern, dem sie entgegensteuerten, die einzig vernünftige Entscheidung sei. Sie waren jetzt nahe genug und konnten erkennen, daß der Stern Planeten hatte – kein Stern vom G-Typ war jemals ohne Planeten gefunden worden, daß man sie aber auf eine Stereoplatte hatte bannen können, war tröstlich genug für alle. Es kam zu einer Wahl zwischen Planet Nummer 3 und Planet Nummer 4.

Bolometrische Messungen ergaben, daß der Stern eine Oberflächentemperatur von etwas über 6000° Kelvin besaß, was auch mit einem Spektrum übereinstimmte; er war nicht viel größer als Mutter Sonne. Berechnungen der Oberflächentemperatur auf dem dritten und vierten Planeten führten zu der Annahme, daß der dritte unerträglich heiß sein mußte, während der vierte kalt zu sein schien. Beide hatten eine Atmosphäre.

Eine schnelle hyperbolische Wende an beiden vorbei löste das Problem. Die bolometrischen Messungen ergaben, daß Nummer Drei viel zu heiß war und Nummer Vier ein tropisches Klima besaß. Nummer Vier wurde von einem Mond umkreist. Nummer Drei besaß keinen. Das war ein weiterer Pluspunkt für Nummer Vier, denn es erlaubte eine einfachere Berechnung der Masse des Planeten. Mit Hilfe der

Newtonschen Gesetze wurde die Schwerkraft kalkuliert – sie betrug 39 Prozent der irdischen Gravitation. Ein komfortabler Wert, wenn auch etwas zu niedrig, wenn man den Durchmesser des Planeten bedachte. Die Absorptions-Spektren zeigten einen hohen Sauerstoffgehalt und verschiedene Edelgase.

Mit Unterstützung von Kelly brachte Simes die *Asgard* in eine Bahn von Pol zu Pol, um auf diese Weise zu leichteren Ergebnissen zu kommen.

Selbst bei diesem Manöver ließ sich der Kapitän nicht im Kommandoraum sehen.

Sie umkreisten den Planeten in einem niedrigen Orbit, während ihre potentielle neue Heimat im Kontrollraum untersucht und im Salon bestaunt wurde. Es war auch im Salon, wo es Ellie gelang, Max zu stellen. Er hatte sie während der Annäherung nicht gesehen. Die engen Schichten im Kontrollraum hatten ihn zu sehr in Anspruch genommen. Außerdem wollte er über einige Dinge einfach nicht reden. Aber sobald sie in den Orbit eingetreten waren, war Simes berechtigt, die Wachen an Mannschaften zu übertragen. Das tat er auch und befahl Max erneut, sich vom Kontrollraum fernzuhalten.

Max konnte dem Zauber dieses seltsamen Planeten nicht widerstehen; er drängte sich mit den übrigen um das Fenster. Max stand in der hintersten Reihe und schaute über die Köpfe hinweg, als plötzlich jemand seinen Arm ergriff. »Wo sind Sie so lange gewesen?«

»Ich habe gearbeitet.« Max langte nach Chipsie und streichelte sie; der Spinnenaffe sprang ihm auf die Schulter und begann auf ihm rumzukrabbeln.

»Sie wollen mir also erzählen, daß Sie die ganze Zeit über nur gearbeitet haben. Wissen Sie, daß ich Ihnen diese vergangene Woche *neunmal* geschrieben habe?«

Max wußte es. Er hatte alles aufbewahrt, aber nicht beantwortet. »Bedaure.«

»›Bedaure‹ sagte er einfach! Aber macht nichts – Max, jetzt erklären Sie mir erst mal alles.« Ellie blickte hinaus. »Welchen Namen hat man ihm gegeben? Lebt jemand auf ihm?

Wo landen wir? Wann landen wir? Max, sind Sie gar nicht aufgeregt?«

»Uff! Einen Namen haben wir ihm noch nicht gegeben – wir nennen ihn einfach ›den Planeten‹ oder ›Nummer 4‹. Kelly will ihn ›Hendrix‹ nennen. Simes hat sich noch nicht geäußert; ich glaube, er will ihn nach sich selbst benennen. Der Kapitän hat, soweit ich weiß, noch keine Entscheidung getroffen.«

»Sie sollten ihn ›Wahrheit‹ oder ›Hoffnung‹ taufen oder so ähnlich. Wo ist der Kapitän, Max? Ich habe ihn schon ewig nicht mehr gesehen?«

»Er arbeitet. Natürlich hat er im Augenblick viel zu tun.«

Max überlegte, daß diese Ausflucht durchaus zutreffen konnte. »Was Ihre übrigen Fragen angeht, so muß ich Ihnen sagen, daß wir keine Zeichen von großen oder kleinen Städten oder sonst etwas, das nach Zivilisation aussieht, haben.«

»Was verstehen Sie unter Zivilisation? Sicher nicht eine Anhäufung von schmutzigen, alten Städten?«

Max kratzte sich am Kopf und lächelte. »Jetzt haben Sie mich erwischt. Aber ich sehe nicht, wie man zu Zivilisation, ganz gleich welcher Art, kommen kann ohne Städte.«

»Warum nicht? Bienen haben Städte und Ameisen haben Städte. Doch sie sind wohl kaum zivilisiert. Ich kann mir eine liebliche Zivilisation vorstellen, die vielleicht einfach nur in Bäumen zu Hause ist und die singt und schöne Gedanken denkt.«

»Ist es das, wonach Sie sich sehnen?«

»Aber nein, das würde mich zu Tode langweilen. Immerhin, vorstellen kann ich es mir, nicht wahr? Sie haben immer noch nicht gesagt, wann wir landen werden?«

»Das weiß ich nicht. Jedenfalls erst dann, wenn sie im Kommandoraum zu der Überzeugung gekommen sind, daß wir die Landung ohne Gefahr durchführen können.«

»Ich wünschte, sie würden sich beeilen. Ist das nicht ungeheuer aufregend? Gerade so wie bei Robinson Crusoe oder wie bei der Schweizer Familie Robinson – ich bring die beiden immer durcheinander. Oder wie bei den ersten Menschen auf der Venus.«

»Die starben.«

»Stimmt! Sie starben. Aber wir werden es nicht, nicht auf der ...« Ellie winkte mit der Hand dem lieblich grün, blau und wolkenweiß leuchtendem Globus zu. »Nicht auf der – ja, ich möchte ihn ›Caritas‹ nennen, denn genauso sieht er aus.«

Max wurde auf einmal ernst. »Ellie, sind Sie sich nicht bewußt, daß unsere Situation sehr, sehr kritisch ist?« Er sprach mit leiser Stimme, um die anderen nicht zu beunruhigen. »Das ist hier kein Sonntagsausflug. Wenn dieser Ort nicht hält, was wir von ihm erwarten, dürfte es ziemlich schlimm werden.«

»Warum?«

»Hören Sie, Ellie, aber berufen Sie sich nicht auf mich, und erzählen Sie es niemandem weiter. Ich bin nicht der Meinung, daß auch nur einer von uns wieder nach Hause kommt.«

Eine Sekunde lang machte Ellie ein ernstes Gesicht, dann zuckte sie mit den Achseln und lächelte. »Sie können mir keine Angst machen. Gewiß, ich würde gern wieder daheim sein, aber wenn es mir versagt ist, na schön, dann wird die Caritas gut zu uns sein. Ich weiß es.«

Max hielt den Mund.

»... mehr als hundert Jahre ...«

Am folgenden Tag landete die *Asgard* auf Caritas. Eldreth hatte ihre Namenswahl durchgesetzt, indem sie im Stil der Statistik von dem Planeten nur unter Nennung seines Namens sprach, den sie als offiziell unterstellte und deshalb um so häufiger wiederholte.

Als bekanntgegeben wurde, daß die Landung um Mittag Raumzeit erfolgen würde, begab sich Max zum Kommandoraum, denn er erachtete es als sein selbstverständliches Recht, dabei anwesend zu sein. Als Simes ihn erblickte, setzte er eine säuerliche Miene auf, sagte jedoch nichts. Der Grund dafür war klar. Kapitän Blain war anwesend.

Max war über das Aussehen des Kapitäns entsetzt. Er schien seit der mißlungenen Transition um zehn bis fünfzehn Jahre gealtert zu sein.

Anstelle seines typischen fröhlichen Auftretens bewegte er sich nun auf eine Art und Weise, die Max nicht genau einordnen konnte. Er hatte diesen Ausdruck schon einmal bei Pferden gesehen, die zu alt zum Arbeiten waren, und trotzdem weiter ackern mußten – gesenkter Kopf, matte Augen und ein fatalistischer Gesichtsausdruck. Die Haut des alten Mannes lag in Falten. Er schien seit Tagen nichts mehr gegessen zu haben. Kapitän Blaine zeigte keinerlei Interesse am Treiben seiner Umgebung.

Nur einmal während des ganzen Manövers sprach Blaine ein paar Worte. Kurz bevor der Zeitmesser die Mittagsstunde anzeigte, richtete sich Simes an seiner Armatur auf und blickte zum Kapitän. Blaine hob den Kopf und flüsterte mit heiserer Stimme: »Setzen Sie zur Landung an, Sir.«

Ein Kriegsschiff hätte vor der Landung auf einem unbekannten Stern normalerweise zunächst einen radargesteuerten Roboter abgesetzt und ihn dann wieder eingeholt. Die *Asgard* aber war ein Handelsschiff, das mit keiner anderen Landung als in Häfen zu rechnen hatte, die mit Leitstrahlen und Leuchtzeichen ausgerüstet waren. Infolgedessen wurde die Landung mit Hilfe der Radarautomatik blind durchgeführt und auf ein offenes Tal angesetzt, das man aufgrund von Fotografien ausgewählt hatte. Der Planet war in den meisten Bezirken dicht bewaldet, und so war die Auswahl sehr begrenzt.

Simes bot das Bild eines Piloten, der auf der Hut ist. Seine Hände hielten die Hebel fest umklammert, und seine Augen waren unbeweglich auf den Radarschirm gerichtet, der das Panorama unter dem Schiff porträtierte, während unmittelbar vor ihm radar- und auch naturgetreue Landschaftsaufnahmen zum Vergleich aufgestellt waren. Der Abstieg vollzog sich ohne Zwischenfall; der sternenübersäte schwarze Himmel wich einem tiefen Purpur und dann einem Blau. Da die eigene Schwere des Schiffes innerhalb des Horstschen Feldes sie davor bewahrte, die Beschleunigung zu spüren, hörten sie auch nichts, als das Schiff aufsetzte. Max wußte, daß sie gelandet waren, als er Simes die Hebel stellen sah, die das Schiff in aufrechter Lage halten sollten.

Simes sprach ins Mikrophon: »Maschinenraum! Hilfsmaschinen anlaufen lassen und sichern. Für alle Mann Landungsroutine, 1. Ordnung.« Er wandte sich an Blaine. »Gelandet, Kapitän.«

Blaines Lippen formten die Worte: »Sehr gut, Sir.« Dann stand er auf und strebte schwerfällig dem Ausgang zu. Als er fort war, befahl Simes: »Lundy, Sie übernehmen die Wache. Alle übrigen verlassen den Kommandoraum.«

Max ging zusammen mit Kelly hinaus. Als sie das A-Deck erreichten, meinte Max mürrisch. »Die Landung war wirklich gekonnt, das muß ich schon sagen.«

»Danke«, entgegnete Kelly.

Max warf ihm einen Blick zu. »Dann haben Sie sie berechnet?«

»Das habe ich nicht gesagt. Ich sagte nur ›danke‹.«

»Ach so, ich verstehe.« Max glaubte, daß sein Gewicht sich verringerte und fühlte sich plötzlich ein wenig leichter. »Sie haben abgeschaltet. Jetzt sind wir erst wirklich unten.«

Er wollte Kelly gerade zu dem unvermeidlichen Kaffee in seiner Kabine einladen, als der Schiffslautsprecher ansprang: »Mannschaften! Fahrgäste! Wichtige Mitteilung für alle im Speisesaal. Diensthabende hören über Leitung.«

»Was ist los?« fragte Max.

»Bloß keine Aufregung. Wir werden ja sehen.«

Der große Saal war überfüllt von Fahrgästen und Personal. Der Erste Offizier stand neben dem Kapitänstisch und zählte die Anwesenden. Max sah, wie Walther kurz mit Bennett redete. Der Angesprochene nickte und eilte hinaus. Max gegenüber befand sich das große Aussichtsfenster. Er stellte sich auf die Zehenspitzen und versuchte hinauszublicken. Doch alles, was er sehen konnte, waren Berggipfel und ein strahlend blauer Himmel.

Plötzlich ließ das Gemurmel im Raum nach; Max sah sich

um. Benett geleitete Kapitän Blaine durch die Menge. Der Kapitän trat an seinen Tisch und nahm Platz; Walther warf ihm einen Blick zu, räusperte sich und sprach mit lauter Stimme: »Bitte um Ruhe!«

Er fuhr fort: »Ich habe Sie hier zusammengerufen, weil Kapitän Blaine Ihnen einiges zu sagen wünscht.« Er begnügte sich mit dieser kurzen Ankündigung und trat respektvoll zurück.

Kapitän Blaine erhob sich langsam und schaute sich unsicher um. Max beobachtete, wie er seine schmalen Schultern straffte und den Kopf hob. »Männer«, sprach er mit einer Stimme, die plötzlich fest und stark erschien. »Meine lieben Gäste und Freunde«, fuhr er mit sinkender Stimme fort, die augenblicklich eine Totenstille auslöste, so daß Max des Kapitäns schwere Atemzüge hören konnte. Doch Blaine faßte sich schnell wieder und sprach weiter: »Ich habe Sie gebracht ... ich habe Sie gebracht, so weit wie es mir ...« Seine Stimme versagte plötzlich völlig. Blaine blickte die Anwesenden eine ganze Weile an; sein Mund zitterte. Es schien ihm unmöglich fortzufahren. Unruhe kam auf.

Doch der Kapitän redete weiter, und wieder trat sogleich Stille ein. »Ich habe Ihnen noch etwas zu sagen«, begann er, war dann aber schon wieder zu einer Pause gezwungen, die noch länger war als die erste. Als er von neunem begann, war seine Stimme nur noch ein Flüstern. »Es tut mir leid. Gott behüte Sie alle.« Damit drehte er sich um und ging auf die Tür zu.

Bennett nahm sich seiner sofort an, und Max hörte ihn ruhig und fest sagen: »Platz, bitte, für den Kapitän.« Niemand sprach ein Wort, bis der Kapitän fort war. Nur ein weiblicher Fahrgast an Max' Seite schluchzte leise vor sich hin.

Da ließ sich Mr. Walthers scharfe, klare Stimme vernehmen. »Niemand weggehen, bitte. Ich habe noch einge zusätzliche Mitteilungen zu machen.« Die Art seines Auftretens ließ das, was sie kurz zuvor erlebt hatten, im Augenblick vergessen. »Der Zeitpunkt ist gekommen, an dem wir uns über unsere gegenwärtige Situation klar werden müssen. Wie Sie alle sehen können, ähnelt dieser Planet außerordentlich unserer Mutter Erde. Es müssen noch Untersuchungen durchgeführt werden, damit wir Gewißheit haben, daß die hiesige Atmosphäre auch tatsächlich atembar ist usw.; unser Arzt und Chefingenieur sind augenblicklich damit beschäftigt. Im übrigen aber sieht es so aus, als ob sich dieser Planet für menschliche Wesen als außerordentlich günstig erweist, ja wahrscheinlich sogar noch günstiger als die Erde.

Bisher haben wir noch keine Anzeichen zivilisierten Lebens entdecken können. Wir sind geneigt, darin einen Vorteil zu sehen. Doch nun zu unseren Hilfsquellen: Die *Asgard* führt eine beträchtliche Auswahl von Haustieren mit, sie werden uns als Zuchtvieh sehr nützlich sein. Wir haben eine noch größere Auswahl an nützlichen Pflanzen an Bord, sowohl in den hydroponischen Gärten des Schiffes als auch in Form von Samen. Wir besitzen auch eine begrenzte, aber doch durchaus hinreichende Sammlung von Werkzeugen. Am wichtigsten erscheint uns aber, daß die Schiffsbibliothek einen angemessenen Querschnitt durch unsere gesamte Kultur zu geben vermag. Von gleicher Wichtigkeit ist, daß wir unser eigenes Wissen und Können haben, das ...«

»Mr. Walther!«

»Bitte, Mr. Hornsby?«

»Wollen Sie damit sagen, daß Sie uns hier auszusetzen beabsichtigen?«

Walther warf ihm einen kalten Blick zu. »Nein. Niemand wird hier ›ausgesetzt‹, wie Sie sich auszudrücken beliebten. Sie können auch im Schiff verbleiben, und Sie werden, solange die *Asgard* – oder auch Sie selbst – existieren, stets als Gast behandelt werden. Oder auch so lange, bis das Schiff den auf Ihrer Fahrkarte angegebenen Bestimmungsort erreicht – sollte dieser Fall eintreten. Aber nein, ich habe mich bemüht, in vernünftiger Weise ein offenes Geheimnis mit Ihnen zu besprechen; dieses Schiff ist verloren.«

Ein stimmenloses Seufzen erfüllte den Raum.

Alle hatten es gewußt, doch niemand hatte den Mut aufgebracht, es sich einzugestehen. Die nüchterne Erklärung eines Schiffsoffiziers klang in ihren Ohren wie der Urteilsspruch eines Gerichts.

»Lassen Sie mich auch noch die rechtliche Lage klarstellen«, fuhr Mr. Walther fort. »Während dieses Schiff im Raum war, unterstanden Sie als Fahrgäste nach dem Gesetz der Amtsgewalt des Kapitäns, und durch ihn waren Sie mir und den anderen Schiffsoffizieren unterstellt. Jetzt aber sind wir gelandet, und Sie können nach freiem Ermessen von Bord gehen ... oder auch bleiben. Juristisch gesehen, handelt es sich um einen außerplanmäßigen, unvorhergesehenen Aufenthalt; sollte das Schiff jemals wieder starten, so können Sie wieder an Bord kommen und als Passagiere weiterreisen. Das ist die Verantwortung, die ich Ihnen gegenüber trage, und sie bleibt auf jeden Fall bestehen. Doch ich muß Ihnen ganz offen erklären, daß ich persönlich nicht mehr daran glaube, daß wir jemals wieder von hier wegkommen – weshalb ich auch von Kolonisierung sprach. Wir sind verloren.«

Im hinteren Teil des Saales begann eine Frau hysterisch zu schreien und ohne Zusammenhang Worte wie: » ... nach Hause! Ich ... nach Hause! Bringt mich ...« auszustoßen.

Walthers Stimme durchschnitt sofort den aufkommenden Lärm. »Dumont! Flannigan! Führen Sie sie hinaus, und rufen Sie den Arzt.«

Er fuhr fort, als wäre nichts geschehen. »Das Schiff und die Schiffsmannschaft werden Ihnen laut Gesetz in Übereinstimmung mit meiner Verantwortung für das Schiff bei der Kolonisierung jedwede Hilfe zuteil werden lassen. Persönlich denke ich ...«

Eine unwirsche Stimme unterbrach ihn: »Warum reden Sie eigentlich immer von ›Gesetz‹? Hier gibt es ja gar kein Gesetz!«

Walther hob nicht einmal seine Stimme. »Doch gibt es ein Gesetz. Solange dieses Schiff seine eigene Gerichtsbarkeit hat, gibt es ein Gesetz, ganz gleich, wie viele Lichtjahre es vom Heimathafen entfernt ist. Wer allerdings das Schiff verläßt, der steht im Augenblick außerhalb jeden Gesetzes.

Doch ich möchte denjenigen, die sich sich dazu entschließen, dringendst anraten, ihre erste notwendige Handlung darin zu sehen, daß sie eine Versammlung abhalten, verantwortliche Männer wählen und eine konstititionelle Regierung schaffen. Ich bezweifle, daß Sie sonst überleben könnten.«

»Mr. Walther.«

»Ja. Mr. Daigler?«

»jetzt ist offensichtlich nicht der Zeitpunkt für gegenseitige Beschuldigungen ...«

»Offensichtlich nicht!«

Daigler zeigte ein schiefes Lächeln. »Darum will ich auch keine vorbringen, obwohl ich manches zu sagen hätte. Aber es fügt sich zufällig, daß ich von Berufs wegen einiges über die ökonomische Seite der Kolonisierung mitzuteilen vermag.«

»Gut! Wir werden von Ihrem Wissen gern profitieren.«

»Wollen Sie mich ausreden lassen? Erster Grundsatz bei einer Kolonisierung weitab von der Nachschubbasis ist, daß man sie groß genug anlegt. Es ist eine statistisch erwiesene Tatsache, daß eine zu kleine Kolonie schon durch einen unbedeutenden Rückschlag ausgelöscht werden kann. Es ist gleichsam so, als ob man sich mit zuwenig Geld in ein Würfelspiel einläßt: Drei schlechte Würfe, und es ist aus. Wenn ich mich hier umschaue, so wird offenbar, daß wir viel weniger als das optimale Minimum ausmachen. Tatsächlich ...«

»Wir sind nun einmal nicht mehr, Mr. Daigler.«

»Das sehe ich. Bei mir ist auch keineswegs der Wunsch der Vater des Gedankens. Was ich wissen möchte, ist, ob wir auch auf die Mannschaft rechnen können?«

Mr. Walther schüttelte den Kopf. »Dieses Schiff wird seiner Besatzung nicht beraubt werden, solange es Männer gibt, die fähig sind, es zu bemannen. Es gibt immer noch Hoffnung, wie gering sie auch sein mag, daß wir einen Weg nach Hause finden. Ebenso ist es auch möglich, daß uns ein Patrouillenschiff findet. Ich bedaure – nein.«

»Das beantwortet nicht ganz meine Frage. Ich war Ihnen schon zwei Meilen voraus. Ich habe mir schon gedacht, daß

Sie die Mannschaft nicht kolonisieren lassen würden. Aber können wir auf ihre Hilfe rechnen? Wir haben ungefähr sechs Frauen hier, die aller Wahrscheinlichkeit nach dazu beitragen werden, die Rasse zu erhalten. Das bedeutet, daß die nächste Generation unserer neuen Nation viel kleiner sein wird. Der Statistik nach würde eine solche Kolonie aussterben – wenn nicht jeder einzelne von uns Männern sein ganzes Leben lang täglich zehn Stunden zu arbeiten bereit ist, um unseren Kindern eine bessere Lebensmöglichkeit zu schaffen. Ich bin dazu willens, wenn wir alle miteinander den Versuch machen. Aber es erfordert den Einsatz der gesamten Arbeitskraft, über die wir verfügen, um zu erreichen, daß irgendwelche jungen Menschen, die noch nicht einmal geboren sind, in dreißig Jahren ein erträgliches Auskommen finden. Wird die Mannschaft dabei helfen?«

Mr. Walther antwortete mit ruhiger Stimme: »Ich denke, Sie können darauf rechnen.«

»Das freut mich.«

Ein kleiner Mann mit hochrotem Gesicht, dessen Namen Max nie gehört hatte, schaltete sich rücksichtslos ein. »›Das freut mich‹, hat man so etwas schon erlebt! Ich werde die Gesellschaft verklagen. Ich werde die Schiffsoffiziere, jeden einzeln, verklagen. Ich werde es jedem sagen, der es wissen ...« Max sah Sam, der sich einen Weg durch die Menge bahnte. Die Störung war im gleichen Augenblick beseitigt.

»Bringen Sie ihn zum Arzt«, sagte Mr. Walther müde. »Er kann uns morgen verklagen. Die Versammlung ist vertagt.«

Max machte sich auf den Weg zu seiner Kabine. Eldreth holte ihn bald ein. »Max! Ich muß mit Ihnen reden.«

»Gut.« Er drehte sich um, und ging wieder in Richtung Salon.

»Nein, ich möchte unter vier Augen mit Ihnen sprechen. Gehen wir in Ihre Kabine.«

»*Was*? Mrs. Dumont würde zuerst in die Luft gehen und anschließend Mr. Walther davon berichten.«

»Zum Teufel damit! Diese bescheuerten Regeln sind tot. Haben Sie bei der Versammlung nicht zugehört?«

»Sie sind diejenige, die nicht zugehört hat.«

Max packte Ellies Arm und führte sie in Richtung Salon. Auf dem Weg trafen sie Mr. Und Mrs. Daigler. »Max? Haben Sie zu tun?« fragte Mr. Daigler.

»Ja«, antwortete Eldreth.

»Nein«, sagte Max.

»Hmmm ... Sie sollten sich entscheiden. Ich würde Max gerne ein paar Fragen stellen. Natürlich habe ich nichts dagegen, wenn Sie uns begleiten, Eldreth. Ich hoffe, Sie vergeben mir die Störung.«

Ellie zuckte die Schultern. »Na gut. Vielleicht werden Sie ja mit ihm fertig. Ich werd's jedenfalls nicht.«

Sie gingen in Daiglers Kabine. Sie war doppelt so groß wie die von Max und besaß zwei Stühle. Die beiden Frauen setzten sich aufs Bett, während die Männer die Stühle in Beschlag nahmen. Daigler sagte: »Max, mich hat immer beeindruckt, daß Sie nie um den heißen Brei herumreden. Es gibt einige Fragen, die ich gerne beantwortet haben würde, aber die ich da draußen nicht zu stellen wagte. Vielleicht können Sie mir ja helfen.«

»Sicher, wenn ich kann.«

»Gut. Ich habe Mr. Simes danach gefragt, doch alles was ich bekam, war eine schnoddrige Abfuhr. Es ist mir nicht gelungen, mit dem Kapitän zu reden ... seit heute weiß ich auch, daß das nichts genutzt hätte. Können Sie mir sagen, wie unsere Chancen stehen, nach Hause zu kommen ... ohne mathematisches Drumherum? Steht es eins zu drei, eins zu tausend oder was?«

»Nun, so kann ich das nicht beantworten.«

»Dann beantworten Sie es, wie Sie es für nötig halten.«

»Versuchen wir's mal so. Wir wissen zwar nicht, wo wir sind, aber wir wissen ganz genau, wo wir *nicht* sind. Wir sind mehr als einhunderttausend Lichtjahre von jedem uns bekannten Teil der Galaxie entfernt.«

»Woher wissen Sie das? Diese Entfernung scheint mir zu groß, als daß Sie sie in den letzten Wochen untersucht haben könnten.«

»Es ist in der Tat ein gigantisches Stück Raum, von dem ich rede. Es ist eine Art Kugel von circa 2000 Trillionen Kubikkilometern. Doch wir mußten sie nicht komplett untersuchen.«

»Aber woher wissen Sie es dann?«

»Nun, Sir, wir haben die Spektren aller sichtbaren Sterne erster Ordnung untersucht … und noch einige mehr. Keiner von ihnen steht in einer unserer Listen. Einige sind so groß, daß sie selbst aus einer Entfernung von einhunderttausend Lichtjahren als Sterne erster Ordnung erkannt werden würden. Sie wären mit Sicherheit katalogisiert worden, wenn eines unserer Aufklärungsschiffe auch nur in ihre Nähe gekommen wäre. Wir wissen mit absoluter Sicherheit, daß wir verdammt weit weg von jedem Punkt sind, den Menschen bis jetzt erforscht haben. Das ist sogar noch untertrieben. Nehmen Sie eine doppelt so große Kugel, oder sogar eine achtmal so große, und Sie wären immer noch außerhalb jeden bekannten Raums. Wir sind *wirklich* verloren.«

»Hmmm … ich bin froh, daß ich diese Frage nicht im Salon gestellt habe. Besteht die Chance zu erfahren, wo wir uns befinden?«

»Natürlich! Es gibt tausend Sterne, die wir noch nicht untersucht haben. Kelly nimmt wahrscheinlich gerade einen auf.«

»Und wie würden Sie diese Chance bewerten?«

»Oh, ich würde sagen, sie ist exzellent – vielleicht in ein oder zwei Jahren. Wenn uns die einzelnen Sterne nicht weiterhelfen, dann vielleicht die Sternenhaufen. Wie sie wissen, ist unsere Galaxie ungeheuer groß, und wir können nur die Sterne in unserer Nähe sehen. Doch die Sternenhaufen sind ebenfalls hervorragende Landmarken.« Max fügte im Geiste hinzu: *Wenn wir nicht in der falschen Galaxie sind*. Er sah keinen Grund dafür, die Passagiere mit diesem Problem zu konfrontieren.

Daigler entspannte sich und holte eine Zigarre hervor. »Das ist die letzte meiner Lieblingsmarke, und ich werde sie jetzt rauchen. Nun, Maggie, sieht so aus, als müßtest du doch nicht lernen, wie man Seife aus Holzkohle und Schweinemist macht. Egal ob es vier oder fünf Jahre dauern sollte … wir werden es schon durchstehen.«

»Hoffentlich.« Mrs. Daigler strich mit frisch manikürten Händen über ihre filigrane Frisur. »Ich bin kein Typ für so was.«

»Sie haben mich nicht richtig verstanden!«

»Wie? Was war das, Max?«

»Ich habe nicht gesagt, daß wir einen Weg zurückfinden werden. Ich habe nur gesagt, wir könnten herausfinden, wo wir sind.«

»Wo liegt der Unterschied? Wir finden es raus und fliegen nach Hause.«

»Das geht nicht so einfach. Wir *können nicht* näher als einhunderttausend Lichtjahre am nächsten uns bekannten Sonnensystem sein.«

»Ich verstehe Sie immer noch nicht. Das Schiff kann doch einhunderttausend Lichtjahre im Bruchteil einer Sekunde zurücklegen. Was war eigentlich der längste Sprung unserer bisherigen Reise? Ungefähr fünfhundert Lichtjahre, oder etwa nicht?«

»Ja, aber ...« Max wandte sich an Eldreth. »Sie verstehen mich doch, oder?«

»Vielleicht? Hat das mit dem gefalteten Schal zu tun?«

»Ja, ja. Mrs. Daigler, es stimmt ... die *Asgard* kann jede beliebige Entfernung in weniger als einer Sekunde überbrücken. Aber *nur* an einer berechneten und erforschten Kongruenz. Es gibt hier aber keine bekannte Kongruenz in einem Radius von einhunderttausend Lichtjahren. Selbst wenn wir herausfinden, wo wir sind, kennen wir immer noch nicht die Lage der Kongruenzen. Verstehen Sie, was ich damit sagen will? Das würde bedeuten, das Schiff müßte mehr als hundert Jahre mit Höchstgeshwindigkeit fliegen ... und das nur für den ersten Teil der Reise.«

Mr. Daigler blickte nachdenklich auf seine brennende Zigarre. Er zog ein Taschenmesser hervor und schnitt die Glut ab. »Den Rest hebe ich mir für später auf. Nun, Maggie, du solltest dir vielleicht doch noch aneignen, wie man Seife herstellt. Vielen Dank, Max. Mein Vater war Farmer, und ich werde es auch noch lernen.«

Impulsiv sagte Max: »Ich werde Ihnen dabei helfen, Sir.«

»Stimmt, Sie haben uns mal erzählt, daß Sie Farmer gewesen sind. Sie werden schon zurechtkommen.« Max' Blick wanderte zu Eldreth. »Wißt ihr, was ich tun würde, wenn ich an eurer Stelle wäre, Kinder?« fuhr Mr. Daigler fort. »Ich würde mich vom Kapitän trauen lassen ... eine ideale Grundlage, um eine Kolonie zu gründen.«

Max errötete und mied Ellies Blick. »Ich fürchte, das geht nicht. Ich gehöre zur Mannschaft, nicht zu den Kolonisten.«

Mr. Daigler sah ihn neugierig an. »Welch Pflichtbewußtsein. Na ja, Ellie hat unter den männlichen Passagieren eine große Auswahl.«

Ellie strich ihren Rock sittsam zurecht. »Zweifelsohne.«

»Laß uns gehen, Maggie. Kommen Sie mit, Eldreth?«

Caritas

Innerhalb einer Woche entwickelte sich die Siedlung zu einem wohlgeordneten Gemeinwesen. Sie hatten einen Bürgermeister, Mr. Daigler, eine Hauptstraße, die Hendrix Avenue, und auch schon eine Eheschließung, Mr. Arthur und die kleine Becky Weberbauer, ein Akt, der in Gegenwart der Kolonisten vom Bürgermeister vollzogen wurde.

Das erste Haus, das bereits im Bau war, war für die Neuvermählten bestimmt.

Es war eine schlampig zusammengezimmerte Blockhütte. Obwohl einige der Kolonisten schon mal eine solche gesehen hatten, hatten sie doch noch nie eine gebaut.

In dem neuen Gemeinwesen herrschte eine hoffnungsvolle Stimmung. Die Menschen waren entschlossen, sich hier eine Zukunft aufzubauen. Überall roch es nach Neuanfang. Die Kolonisten schliefen und frühstückten nach wie vor im Schiff, doch anschließend zogen sie aus, um während des kurzen Tages an ihrem Dorf zu arbeiten. Caritas drehte sich innerhalb von einundzwanzig Stunden einmal um die eigene Achse. Bei Einbruch der Dunkelheit kehrten Männer und Frauen ins Schiff zurück und aßen zu Abend. Einige fanden sogar noch Zeit zu tanzen.

Caritas schien alles zu halten, was der Name versprach. Die Tage waren geradezu angenehm warm, die Nächte wunderbar mild – und schöner und zauberhafter als alles, was sie bisher gesehen hatten. Ihr Stern (man nannte ihn einfach ›die Sonne‹) wurde von einer ungewöhnlich großen Zahl von Kometen begleitet. Ein riesiger Komet mit einem langen Schweif dehnte sich vom Zenit bis zum westlichen Horizont aus. Ein anderer, der nicht so großartig, aber dennoch genauso gewaltig war, daß man bei seinem Erscheinen auf der Erde vom Ende der Welt überzeugt wäre, näherte sich von Norden, während zwei weitere den südlichen Himmel mit ihrem eisigen Feuer zierten.

Zusammen mit den Kometen trat notwendigerweise ein gleiches Übermaß an Meteoren auf. Jeden Abend gab es einen Schauer von Sternschnuppen, jeder Tag endete wie der Solare Unionstag mit einem Riesenfeuerwerk.

Man hatte bislang noch keine gefährlichen Tiere gesehen. Einige Siedler berichteten, daß sie zentaurähnliche Geschöpfe in der Größe von Shetlandponys beobachtet hätten, doch schienen die Wesen furchtsam zu sein, denn sie stürmten davon, wenn sie sich entdeckt fühlten Die vorherrschende Lebensform waren Beuteltiere verschiedener Größe und Gestalt. Es gab keine Vögel, dafür jedoch eine andere Art bisher noch völlig unbekannten fliegenden Lebens – quallenartige, 1,20 bis 1,50 Meter große Wesen mit tief herabhängenden Fäden, gleichsam belebte Ballons. Sie schienen ihre geschwollenen Blasen unter Muskelkontrolle zu haben, denn sie konnten aufsteigen und fallen und sich sogar aus einem nicht erkennbarem Grunde unter Ausnutzung des leisesten Gegenwindes vom Boden abheben. Bei stärkerer Luftströmung ließen sie sich auf Baumspitzen nieder oder segelten, von den Lüften getragen, frei umher.

An der Siedlung schienen sie ein ganz besonderes Interesse zu haben, sie pflegten oft über einer Arbeitsstätte zu kreisen, damit ihnen auch ja nichts entging. Auf Reichweite ließen sie sich jedoch nie herab. Einige der Siedler bekundeten die Absicht, einen herunterzuschießen und zu untersuchen, doch der Bürgermeister verbot dies.

Dann war da noch ein anderes Tier. Man nannte es ›Taucher‹, denn was man bisher von ihm gesehen hatte, war, daß es, sowie jemand auch nur einen Blick riskierte, blitzschnell hinter einem Felsblock oder einem Baum wegtauchte. Inmitten dieser Welt von möglicherweise mythischen Tauchern und allgegenwärtigen Ballons hatten die Kolonisten das Empfinden, daß ihre neuen Nachbarn ein reges, aber nicht unfreundliches Interesse an allem zeigten, was sie taten.

Maggie Daigler – sie hieß jetzt in jedermanns Mund nur »Maggie« – hatte ihre Juwelen abgelegt, ihr Haar kurzgeschnitten und lief in einfacher Drillichkleidung umher. Ihre Fingernägel waren kurz und gewöhnlich schwarz vor Dreck. Trotzdem wirkte sie um Jahre jünger und vollkommen glücklich.

Tatsächlich schienen alle glücklich zu sein, außer Max.

Ellie mied ihn in einem fort. Er verfluchte sich und seinen großen Mund. Gewiß war die Bemerkung Daiglers unpassend gewesen, aber war das ein Grund, daß er so blöd reagieren mußte? Natürlich hatte er niemals daran gedacht, Ellie zu heiraten – aber, zum Kuckuck, wenn sie jetzt für immer bleiben mußten. ›Wahrscheinlich‹ nicht ›vielleicht‹, korrigierte er sich. Schließlich müßte das Verbot, sich der Kolonie zuzugesellen, eines Tages doch aufgehoben werden, und dann? Was hatte es für einen Sinn, sich angesichts einer solchen Situation mit dem einzigen Mädchen, das in Frage kam, zu zerstreiten?

Ein Astrogator blieb besser Junggeselle, aber ein Bauer brauchte eine Frau. Wäre es nicht schön, wenn Max jemand hätte, der ihm das Gemüse zubereitete und sich um die Hühner kümmerte, wenn er draußen auf dem Felde war? Er mußte es schließlich wissen – Maw hatte es ihn oft genug spüren lassen. Natürlich würde Ellie nicht wie Maw sein.

Aber sie war kräftig und praktisch veranlagt, und es würde ihr mit ein wenig Anleitung schon gelingen.

Außerdem war Ellie, wenn man sie nur recht anschaute, das hübscheste Geschöpf, das Max je gesehen hatte.

Als Mr. und Mrs. Dumont mit besonderer Genehmigung der Kolonie beitraten, trieb es Max zum Handeln. Da der Steward und die Stewardeß in einem Schiff ohne Passagiere keine Pflichten mehr hatten, war zwangsläufig jeder Einspruch von vornherein hinfällig, und Max sah hierin auch für sich eine Möglichkeit. Er begab sich zum Ersten Offizier.

»Anwärter Jones, Sir.«

Walther blickte auf. »Ich würde an Ihrer Stelle lieber sagen ›Hilfsastrogator Jones‹. Kommt den Tatsachen näher. Treten Sie ein.«

»Hm – das ist es gerade, worüber ich mit Ihnen sprechen wollte, Sir.«

»So? Und in welcher Hinsicht?«

»Ich möchte wieder in meine alte Stellung zurückversetzt werden.«

»Was? Warum wollen Sie denn lieber Kartenführer als Astrogator sein? Außerdem – was spielt das jetzt für eine Rolle?«

»Nein, Sir. Ich möchte meine frühere Stelle als Stewardsmaat dritter Klasse wiederhaben.«

Walther machte ein erstauntes Gesicht. »Da steckt doch noch etwas anderes dahinter. Erklären Sie sich bitte deutlicher.«

Unter viel Gestammel berichtete Max von seiner Not mit Simes. Er bemühte sich, dabei fair zu bleiben, und schloß mit dem peinlichen Gefühl, daß seine Worte kindisch gewesen seien.

Als er geendet hatte, fragte Walther: »Sind Sie sich dessen auch sicher? Mr. Simes hat niemals irgend etwas zu mir über Sie gesagt.«

»Das würde er auch nie tun. Was ich Ihnen mitgeteilt habe, stimmt aber. Sie können Kelly fragen.«

Walther dachte eine Weile darüber nach. »Mr. Jones, ich würde dieser Angelegenheit keine allzugroße Bedeutung beimessen. In Ihrem Alter erscheinen solche personellen Konflikte viel ernsthafter, als sie es verdienen. Mein Rat geht dahin: Vergessen Sie das, und tun Sie Ihre Arbeit. Ich will aber mit Mr. Simes darüber sprechen, warum er Sie vom

Kommandoraum ausschließt. Das ist nicht richtig, und ich bin überrascht, das zu hören.«

»Tun Sie das bitte nicht, Sir.«

»Aber warum denn nicht?«

»Ich möchte wieder Stewardsmaat werden.«

»Ich verstehe Sie nicht.«

»Weil ich mich der Kolonie anschließen will – wie Chefsteward Dumont.«

»Ach, jetzt geht mir ein Licht auf.« Walther schlug mit der Hand emphatisch auf den Tisch. »Kommt gar nicht in Frage! Auf keinen Fall.«

»Sir?«

»Bitte verstehen Sie mich recht. Das bedeutet keine Diskriminierung. Wenn Sie Stewardsmaat wären und sonst nichts, würde ich selbstverständlich Ihr Ersuchen in Erwägung ziehen. Aber Sie sind Astrogator. Außerdem kennen Sie unsere Situation. Dr. Hendrix ist tot. Kapitän Blaine – nun, Sie haben ihn gesehen. Es ist möglich, daß er sich wieder erholt, ich kann mich darauf aber nicht verlassen. Mr. Jones, solange es eine schwache Hoffnung gibt, daß dieses Schiff noch einmal startet, solange wir noch Mannschaften haben, die das Schiff bedienen können, wird kein Astrogator, kein Kartenführer, kein Techniker von seinem Posten entbunden, ganz gleich welche Gründe er haben mag. Ich denke, Sie sehen das ein.«

»Gewiß, Sir. Jawohl, Sir.«

»Gut. Aber noch etwas – und das behalten Sie bitte für sich: Sobald die Kolonie erst eine Zeitlang ohne uns auskommen kann, beabsichtige ich, das Schiff auf eine Parkbahn zu bringen, so daß Sie als Experten Ihre Forschungen besser durchführen können, denn Sie kommen durch diese Atmosphäre hier anscheinend nicht recht weiter, oder?«

»Stimmt, Sir. Unsere Instrumente sind nur für den offenen Raum gedacht.«

»Und dann müssen wir danach trachten, hinauszukommen.« Der Erste Offizier saß eine Weile schweigend da, dann fügte er hinzu: »Mr. Jones – Max, nicht wahr? Darf ich zu Ihnen von Mann zu Mann sprechen?«

»Wie …? Aber natürlich, Sir.«

»Hmm … Max, so etwas geht mich eigentlich nichts an, aber nehmen Sie es als einen väterlichen Rat. Wenn Sie Gelegenheit haben zu heiraten oder heiraten wollen, dann brauchen Sie sich nicht der Kolonie anzuschließen. Müssen wir hier bleiben, so spielt es auf die Dauer ohnehin keine Rolle, ob Sie zur Mannschaft gehören oder eingetragener Einwohner des Dorfes sind. Kommen wir aber von hier weg, dann kommt Ihre Frau mit.« Max glühten die Ohren. Er wußte nicht, was er darauf erwidern sollte.

»Ist natürlich nur eine hypothetische Frage. Aber das wäre die angemessene Lösung.« Walther stand auf. »Warum nehmen Sie heute nicht einen Tag Urlaub? Machen Sie mal einen Spaziergang oder sonst etwas. Die frische Luft wird Ihnen guttun. Ich spreche gleich mit Simes.«

Max machte sich auf die Suche nach Sam, fand ihn im Schiff jedoch nicht, sondern stellte fest, daß sein Freund an Land gegangen war. Max folgte ihm nach unten und begab sich auf den Weg zur Siedlung, die eine halbe Meile entfernt lag.

Ehe er das Haus, das gerade im Bau war, erreichte, sah er, wie sich eine Gestalt aus der Kolonne löste, und kurz darauf stellte er fest, daß es Eldreth war. Sie blieb vor ihm stehen, eine störrische kleine Person in schmutzigem Arbeitskleid. Sie pflanzte sich vor ihm auf und stemmte die Fäuste in die Hüften.

»Na – wie geht's denn, Ellie?«

»Immer noch Ihr altes Spiel! Mir aus dem Weg zu gehen! Wollen Sie mir nicht eine Erklärung geben?«

Die Ungerechtigkeit ihrer Äußerung verschlug Max den Atem. »Aber … Ellie, hören Sie, so ist es keineswegs. Sie waren es doch gerade, die …«

»Hab' ich mir doch gedacht. Hört sich an wie Chipsie, die ich mit der Pfote im Zuckernapf erwische. Ich wollte Ihnen, Sie widerspenstiger Don Juan, nur sagen, daß Sie keinen Anlaß zur Sorge haben. Ich heirate diesen Sommer niemanden. Sie können also Ihre alten Beziehungen ruhig wieder aufnehmen.«

»Aber, Ellie ...«, begann Max verzweifelt.

»Wollen Sie's schriftlich haben? Verlangen Sie einen Garantieschein?« Ellie blitzte ihn mit feurigen Augen an, doch dann lachte sie laut auf und rümpfte die Nase. »O Max, Sie großer Junge Sie, das ewige Mütterliche wird in mir wach. Wenn Sie entsetzt sind, wird Ihr Gesicht so lang wie das eines Esels. Vergessen Sie einfach, was ich gesagt habe.«

»Aber, Ellie ... nun gut, lassen wir das.«

»Freunde?«

»Freunde.«

Sie seufzte. »Jetzt fühle ich mich endlich wieder wohler. Ich weiß nicht, wie das kommt, aber ich kann Ihnen nicht böse sein. Aber wo wollten Sie denn jetzt hin?«

»Eigentlich nirgends. Ich mach nur einen Spaziergang.«

»Schön. Ich komme mit. Nur eine Sekunde, ich muß erst noch Chipsie holen.« Sie drehte sich um und rief: »Mr. Chipsie! Chipsie!«

»Ich sehe sie nicht!«

»Ich kriege sie schon.« Damit lief sie davon und war im nächsten Augenblick bereits wieder da – mit dem Spinnaffen auf der Schulter und einem Paket in der Hand. »Hab' gleich mein Mittagessen mitgebracht. Wir können es teilen.«

»Aber so lange werden wir doch nicht fortbleiben. He du, Chipsie, Kleines.«

»He, Max. Zucker?«

Das Tierchen wühlte in seiner Tasche herum und fand ein Stück Zucker, das Max schon mehrere Tage lang für diesen Zweck aufgehoben hatte; der Spinnaffe prüfte es ernst und sagte: »Schönen Dank.«

»Doch, doch«, widersprach Ellie, »ein paar Männer von uns haben auf der anderen Seite des Berges da eine Herde von diesem Zentauren gesehen, und das ist ein ganzes Stück bis dahin.«

»Wollen wir wirklich so weit gehen?« fragte Max besorgt. »Wird man Sie nicht vermissen?«

»Ich habe meinen Teil für heute getan. Hier – sehen Sie mal meine Schwielen!« Sie hielt ihm ihre schmutzigen, harten Hände hin. »Ich habe Mr. Hornsby gesagt, daß ich im Augenblick zu erschöpft sei, um weiterzuarbeiten, und daß er sich jemand anders zum Halten suchen müsse, während er hämmert.«

Max konnte nicht widerstehen. Er war zu glücklich und gab nach. Die beiden stiegen die Höhe hinan und in einem Graben hinein, der sie bald zu einem Hain von urtümlichen Koniferen brachte. Mr. Chips sprang von Ellies Schulter herunter und war im nächsten Augenblick auf einem Baum verschwunden. Max blieb stehen. »Ob wir sie nicht lieber bei uns behalten?«

»Sie machen sich zuviel Sorgen. Chipsie läuft nicht weg. Sie würde sich zu Tode ängstigen. Chipsie! Hier, mein Süßes!«

Der Spinnaffe huschte durch die Zweige, blieb unmittelbar über ihnen stehen und ließ einen Tannenzapfen auf Max herabfallen. Dann stieß sie ein hohes Lachen aus. »Sehen Sie? Sie will nur spielen.«

Der Höhenzug war sehr hoch, und Max mußte feststellen, daß er seine Kondition irgendwo zwischen den Sternen verloren hatte. Der Trampelpfad wand sich langsam aufwärts. Max war noch immer Farmer genug, um sich den Weg einzuprägen.

Müde erreichte das Paar die Kuppe. Ellie blieb stehen. »Ich glaube, sie sind weg«, sagte sie enttäuscht, nachdem sie eine Weile über das unter ihnen liegende Land geschaut hatte. »Aber nein! Sehen Sie mal da drüben. Erkennen Sie sie? Ungefähr zwei Dutzend kleine schwarze Punkte.«

»Ja, tatsächlich.«

»Kommen Sie, wir gehen näher heran. Ich möchte sie besser sehen.«

»Ich halte das nicht für klug. Wir sind schon sehr weit weg vom Schiff, und ich habe keine Waffe bei mir.«

»Ach, die sind harmlos.«

»Ich dachte auch nur an das, was eventuell sonst noch in diesen Wäldern herumspuken könnte.«

»Aber wir sind doch schon eine ganze Weile hier im Wald und haben nichts anderes gesehen als die kleinen Kobolde.«

Damit meinte Ellie die ballonähnlichen Geschöpfe, von denen zwei sie den Graben hinauf begleitet hatten. Man hatte sich bereits so an ihre Gegenwart gewöhnt, daß man Ihnen kaum noch irgendwelche Aufmerksamkeit entgegenbrachte.

»Ellie, es ist Zeit, daß wir zurückgehen.«

»Nein.«

»Doch. Ich bin verantwortlich für Sie. Sie haben Ihre Zentauren gesehen.«

»Max Jones, ich bin eine freie Bürgerin. Sie können, wenn Sie wollen, zurückgehen; ich werde sie mir jedenfalls noch aus größerer Nähe betrachten.« Und damit machte sie sich an den Abstieg.

»Warten Sie einen Augenblick. Ich will mich erst orientieren.« Max blickte sich um, prägte sich die Szenerie ein und folgte Ellie. Er wollte ihr den Tag nicht verderben. Die ganze Zeit über dachte er bereits darüber nach, ob dies der geeignete Augenblick sei, Ellie zu erklären, warum er zu Mr. Daigler gesagt hatte, was er gesagt hatte. Vielleicht gelang es ihm auf diese Art und Weise, zu der allgemeineren Frage nach der Zukunft überzuleiten. Max wollte nicht über die Ehe sprechen – obwohl er es unter Umständen auf einer abstrakten Ebene erwähnen konnte, wenn er nur wüßte *wie*.

Wie näherte man sich einem derart heiklen Thema? Man konnte wohl kaum sagen: »Sieh mal die Kobolde! Wollen wir nicht heiraten?«

Ellie blieb stehen.

Nach einer kurzen Pause fuhr sie fort: »Du würdest Putzie mögen. Er ist sehr nett. Hör auf damit, Chipsie.«

Max verachtete den Mann bereits. »Ich will sie ja nicht beunruhigen«, sagte er, »aber es ist ein verdammt weiter Weg bis Hespera.«

»Ich weiß. Darüber will ich gar nicht erst nachdenken.« Ellie musterte ihn erneut. »Vielleicht behalte ich Sie ja in Reserve … wenn Sie nur nicht so hibbelig wären.«

Bevor Max sich eine passende Antwort überlegen konnte, war Ellie bereits auf dem Weg nach unten.

»Sehen Sie mal dort die Kobolde! Sieht so aus, als ob sie auf die Herde zusteuerten.«

Max runzelte die Stirn. »Möglich. Vielleicht wollen sie ihnen etwas erzählen?«

Ellie lachte. »Diese Dinger da?« Sie sah Max prüfend an. »Maxie, ich habe mir gerade überlegt, warum ich mich eigentlich mit Ihnen immer so herumschlage.«

Wie? ob sie etwa von sich aus die entscheidende Frage anschneiden wollte?

»Warum denn?«

»Weil sie mich an Putzie erinnern. Sie haben denselben entsetzten Blick wie er.«

»Putzie? Wer ist Putzie?«

»Putzie ist der Mann, dessentwegen mich mein Vater auf die Erde schickte, um mich von ihm wegzubringen, und er ist auch der Grund dafür, daß ich drei Schulen wild gemacht habe, um wieder zur Hespera zurückzukommen. Nur wird Vater ihn inzwischen höchst wahrscheinlich auch ausgesetzt haben. Mein Vater versteht sich auf dergleichen. Komm her, Chipsie. Geh nicht so weit weg.«

Die Zentauren – die Bezeichnung schien tatsächlich am zutreffendsten, obwohl der Unterkörper nicht ganz dem der Pferde entsprach und der Oberkörper nur annähernd humanoid war – standen am Fuße des Berges, nicht weit von den Bäumen entfernt, eng beieinander. Was sie eigentlich dort taten, war schwer zu sagen, denn an dem saftigen Grün waren sie offensichtlich uninteressiert. Die beiden Kobolde schwebten über der Gruppe ebenso teilnahmsvoll wie über den Menschen. Ellie ließ sich nicht davon abbringen, an den Rand der Lichtung heranzugehen, um die Wesen noch besser zu sehen.

Sie erinnerten Max an Clowns, die man als Pferde ausstaffiert hatte. Sie zeigten einen einfältigen, dummen Gesichtsausdruck, und ihre Schädel schienen keinen Platz für einen Gehirnkasten zu haben. Als Marsupialia hatten sie Beutel, die aus der Entfernung wie Lätzchen wirkten. Entweder waren alles Weibchen, oder aber die Männer trugen ebenfalls solche Taschen. Mehrere kleine Zentauren sprangen inner- und außerhalb der Beine ihrer Elten umher.

Eines von den Babys erspähte sie und kam schnuppernd

und blökend auf sie zugetrottet, und sogleich sonderte sich das größte Tier aus der Herde ab, um das Junge zu beobachten, das etwa sechs Meter vor den Menschen stehenblieb.

»Ist das süß!« rief Ellie. Und schon lief sie ein paar Schritte vor und ließ sich auf ein Knie nieder. »Komm her, Kleines. Komm zu Mama.«

Max schickte sich an, ihr zu folgen. »Ellie! Kommen Sie zurück!«

Der große Zentaur langte in seinen Beutel, holte etwas hervor und schwang es über seinen Kopf wie ein Gaucho sein Lasso. »Ellie!«

Max erreichte sie im gleichen Augenblick, als das Ding niederkam. Es traf sie beide, schlang sich um sie und hielt sie fest. Ellie schrie, und Max kämpfte, um es loszureißen, aber sie waren gefesselt wie Laokoon.

Noch eine Leine kam durch die Luft gesaust und legte sich um sie. Und wieder eine.

Mr. Chips war Ellie gefolgt. Jetzt lief sie zitternd und jammernd davon. Am Rande der Lichtung blieb sie stehen und rief in einem fort mit schriller Stimme: »Max! Ellie! Kommt zurück. Bitte, zurück!«

Zivilisation

Ellie wurde weder ohnmächtig noch hysterisch, vielmehr war ihre erste Bemerkung nach jenem unfreiwilligen Aufschrei die einfache Feststellung: »Max, es tut mir leid. Es ist meine Schuld.«

Die Worte wurden fast an seinem Ohr gesprochen, so eng waren sie aneinandergebunden. Max antwortete: »Ich muß uns losbekommen!« und fuhr fort, an den Fesseln zu zerren.

»Lassen Sie das«, sagte Ellie ruhig, »es macht sie nur noch fester. Hier kommen wir nur durch gute Worte heraus.«

Was sie sagte, stimmte durchaus; je mehr Max sich abmühte, desto enger umklammerten sie die pythongleichen Schlingen. »Tun Sie es nicht«, bat Ellie noch einmal inständig, »Sie machen es nur schlimmer. Es tut mir weh.« Und Max gab es auf.

Der größte Zentaur kam herbei und blickte die Gefangenen prüfend an. Sein breites Gesicht wirkte aus der Nähe noch einfältiger, doch zeigten seine großen braunen Augen einen Ausdruck sanfter Verwunderung. Das Junge näherte sich von der anderen Seite, schnupperte neugierig und blökte mit hoher Stimme, während das Große wie ein Elch losdonnerte; das Junge sprang beiseite, beide rasten in wildem Lauf auf die Herde zu.

»Bleiben Sie bloß ruhig«, flüsterte Ellie. »Ich glaube, sie fürchten, daß wir dem Kleinen was antun. Vielleicht lassen sie uns laufen, nachdem sie uns begutachtet haben.«

»Schon möglich. Ich wünschte bloß, ich könnte an mein Messer herankommen.«

»Um Gottes willen. Hier hilft nur Diplomatie.«

Jetzt kam die ganze Herde herangestürmt, lief um die Menschen herum und bestaunte sie. Die Wesen stießen merkwürdige Laute aus, die wie eine Mischung von Trompeten, Wiehern und Husten klangen. Max lauschte. »Das ist ihre Sprache«, meinte er.

»Sicherlich. Wenn ich sie nur bei Miß Mimsey gelernt hätte!«

Der größte Zentaur neigte sich über die Gefangenen und strich über die Fesseln. Im gleichen Augenblick wurden sie lockerer, hielten aber noch fest. »Mir scheint«, stieß Max hervor, »daß sie uns jetzt losbinden. Dann nichts wie ab.«

»Jawohl, Chef.«

Ein anderer Zentaur langte in seinen Beutel und holte ein neues Lasso hervor. Er ließ sich auf die Vorderbeine nieder und schlang das Ende so, daß es sich um Max' linken Knöchel legte. Es schien sich förmlich anzuschweißen und fesselte Max ebenso wirksam wie ein Schifferknoten. Ellie wurde in derselben Weise behandelt. Der größte Zentaur schlug jetzt an ihre Fesseln, die auf einmal abfielen und sich auf dem Boden aufrollten. Er hob sie hoch und stopfte sie in seinen Beutel.

Der Zentaur, der Max und Ellie an den Füßen gefesselt hatte, schlang sich die Enden um den Oberkörper und steckte sie in einen Gürtel. Nachdem er sich noch einmal mit dem Führer durch ein rauhes Aufbrüllen verständigt hatte, zog er an den Leinen, die sich sofort wie Gummi spannten, dünner und dünner wurden und schließlich etwa sechs Meter lang waren. Max preßte sein Messer an Ellie und sagte: »Versuchen Sie, sich abzuschneiden. Wenn es geht, dann laufen Sie um Ihr Leben. Ich halte sie inzwischen hin.«

»Nein, Max.«

»Doch. Zum Teufel mit Ihrem Starrsinn. Haben Sie nicht schon genug Unheil angerichtet?«

»Schon gut, Max.« Ellie nahm das Messer und versuchte, das merkwürdige Seil an ihrem Knöchel durchzusägen. Die Zentauren unternahmen nichts, um sie davon abzuhalten, sondern sahen ihrem Bemühen verwundert zu. Es war, als ob sie weder ein Messer gesehen, noch eine Vorstellung davon hätten, was es bedeutete. Ellie gab ihren Versuch auf. »Hat keinen Zweck, Max. Ist zäh wie Duraplastik.«

»Aber ich rasiere mich doch mit dem Messer. Geben Sie mal her.«

Sein Glück war nicht größer. Außerdem setzte sich jetzt die Herde in Bewegung. Max mußte laufen oder sich schleifen lassen. Immerhin gelang es ihm noch, auf einem Bein hüpfend, das Messer zuzuklappen. Ein paar Schritte bewegte sich die Gruppe in langsamem Gang vorwärts, doch dann trompetete der Führer plötzlich laut los, und die Zentrauren setzten sich in Trab, genau wie früher die Kavallerie.

Im gleichen Augenblick stolperte Ellie und wurde am Boden entlanggezerrt. Max setzte sich schnell hin, schnappte glücklicherweise das Seil und zog daran, während er ständig schrie: »Heda! Anhalten!«

Ihr Zentaur blieb stehen und blickte sich entschuldigend um. Max sagte: »Hör mal zu, du Blödling. Wir sind nicht so schnell wie ihr. Wir sind keine Pferde.«

Gleichzeitig half er Ellie auf die Beine. »Sind Sie verletzt, Kindchen?«

»Ich glaube nicht«, sagte sie mit tränenerstickter Stimme. »Wenn ich diesem Burschen nur an den Kragen könnte, dem würde was passieren!«

»Sie haben sich die Hand abgeschrammt.«

»Das bringt mich nicht um. Sagen Sie ihm bloß, daß er nicht so rennen soll.«

Als das Untier sie wieder auf den Beinen sah, setzte es sich sogleich wieder in Trab. Sie fielen wieder um, und Max versuchte krampfhaft, den Zentaur zu stoppen. Diesmals trottete der Führer höchst persönlich herbei und besprach sich mit ihrem Wächter. Max schaltete sich in die Unterhaltung ein und glich durch Heftigkeit der Bewegung aus, was ihm an semantischen Wissen fehlte.

Vielleicht war es auf sein Eingreifen zurückzuführen, jedenfalls verlangsamte ihr Wächter seinen Gang und ließ die anderen vorauseilen. Ein zweiter Zentaur schied indessen aus der Herde aus und übernahm gewissermaßen die Nachhut. Einer der lebenden Ballons, der bisher über der Herde geschwebt hatte, ließ ich zurücktreiben und schwebte ständig über Max und Ellie.

Die Geschwindigkeit, die jetzt zwischen einem schnellen Gang und einem Hundetrab lag, war einigermaßen erträglich. Der Weg führte über den offenen, glatten Boden des Tales und durch kniehohes Gras. Dieses Gras rettete die beiden Menschen in gewisser Weise, denn der Zentaur, der sie führte, schien sich bewußt zu sein, daß ein- oder zweimaliges Hinfallen alle paar hundert Meter das Höchste war, was sie zu leisten vermochten. Er wurde niemals ungeduldig, hielt an und wartete, bis sie wieder aufgestanden waren. Dann aber zog er gleich wieder heftig an. Max und Ellie gaben jede Unterhaltung auf. Keuchend mühten sie sich ab, Schritt zu halten, die Kehlen brannten ihnen vor Trockenheit. Ein Bach floß im Grunde des Tales dahin. Der Zentaur sprang leichtfüßig darüber hinweg, die beiden Menschen mußten durchwaten. Inmitten des Wassers blieb Ellie stehen, bückte sich und begann zu trinken. Max schrie auf: »Ellie! Trinken Sie das nicht, wer weiß, ob es gut ist.«

»Ich hoffe nur, daß es mich vergiftet, dann kann ich mich wenigstens hinlegen und sterben. Max, lange kann ich nicht mehr weiter.«

»Kopf hoch, Kindchen. Wir kommen hier schon wieder raus. Ich weiß genau, wo wir entlanggegangen sind.« Max zögerte einen Augenblick, dann überwältigte ihn der Durst, und auch er begann zu trinken. Der Zentaur ließ sie eine Weile, dann zog er wieder an.

Auf der anderen Seite war es noch einmal so weit, bis sie an die Höhe und den Wald kamen. Max und Ellie hatten geglaubt, bis zur Erschöpfung ausgepumpt zu sein, als sie den Anstieg begannen; doch sie irrten sich. Der Zentaur war behende wie eine Geiß und schien davon überrascht zu sein, daß sie solche Mühe hatten. Schließlich brach Ellie zusammen und wollte nicht mehr aufstehen; der Zentaur kam zurück und stieß sie unwirsch mit einem dreizehigen Huf an.

Max schlug mit beiden Fäusten auf ihn ein. Der Zentaur jedoch machte nicht die geringste Bewegung, um es ihm zu vergelten, sondern blickte ihn nur wieder mit jenem Ausdruck blöder Verwunderung an. Ihre Nachhut trat jetzt ebenfalls an sie heran und verhandelte offensichtlich mit ihrem Führer, wonach sie etwa zehn Minuten warteten. Max ließ sich neben Ellie nieder und sagte voller Sorge: »Geht's besser?«

»Fragen Sie nicht.«

Im nächsten Augenblick schob sich die Wache zwischen die Gefangenen und drängte Max, indem er auf ihn trat, zurück, worauf der andere Zentaur an Ellies Seil zerrte. Es zog sich zusammen, und Ellie war gezwungen, sich hochzustemmen. In dieser Weise ließen die Zentauren sie zweimal ruhen. Nach einer endlosen Zeit, als die lokale Sonne schon tief im Westen unterging, gelangten sie auf ein dichtbewaldetes Tafelland. Jetzt ging es durch die Bäume hindurch. Max zählte die Schritte und stellte fest, daß sie keine ganze Meile zurücklegten, bis sie anhielten … es kam den Menschen jedoch vor wie zehn.

Sie befanden sich in einer halbkreisförmigen Lichtung,

die mit einem dicken Teppich von Tannennadeln bedeckt war. Ihr Wächter trat an den anderen Zentauren heran, nahm ihm das Ende von Max' Seil ab und schleuderte es auf einen Baum zu, um den es sich sofort schlang. Der andere Zentaur tat das gleiche mit Ellies Strick, der sich um einen anderen, etwa zwölf Meter entfernt stehenden Baum legte. Dann strichen sie über die Seile, bis sie immer dünner und länger wurden und Max und Ellie genug Spielraum ließen, um sich einander zu nähern.

Das schien aber den Zentauren zu mißfallen. Einer von ihnen zog Max' Seil weiter nach hinten in die Büsche, und Max mußte folgen. Bei äußerster Anstrengung konnten sie jetzt noch auf zwei Meter aneinander herankommen. »Was machen die bloß?« fragte Ellie.

»Offensichtlich wollen sie uns daran hindern, daß wir gemeinsame Sache machen.«

Jetzt trabten die Zentauren davon. Ellie sah ihnen nach, begann zu schluchzen und weinte schließlich laut los, wobei ihr die Tränen über das schmutzige Gesicht rannen und schmierige Spuren hinterließen. »Hören Sie auf damit«, herrschte Max sie an. »Heulen bringt uns nicht weiter.«

»Ich kann nicht anders«, bellte sie. »Den ganzen Tag über habe ich Mut bewiesen ... zumindest habe ich es versucht. Ich ...« Ellie brach zusammen und ließ ihren Gefühlen freien Lauf.

Max legte sich flach auf den Boden und streckte sich, bis er Ellies Kopf berühren konnte. Zärtlich tätschelte er ihr Haar. »Weinen Sie ruhig. Dann fühlen Sie sich besser.«

»Ach, Maxie! Angebunden ... wie ein Hund.«

»Das wollen wir doch noch sehen.« Max richtete sich auf und untersuchte seine Schlinge.

Wie sehr der Strick auch einem Seil ähnelte, es war kein Seil. Es hatte eine weiche leuchtende Oberfläche, die ihn fast an eine Schlange erinnerte, obgleich der Teil, der sich um seinen Knöchel wand, keine charakteristischen Merkmale dafür aufwies; er lag einfach um den Knöchel herum und kringelte sich in sich selbst zurück.

An einer Einbuchtung hob Max das Seil an und spürte ein

schwaches Pochen. Er strich darüber, wie er es an den Zentauren beobachtet hatte, und es antwortete mit einem gleichmäßigen Pulsieren, ohne daß es sich jedoch zusammenzog und länger wurde oder gar den Griff lockerte. »Ellie«, rief er, »das Ding *lebt*.«

Ellie hob ihr schmerzverzerrtes Gesicht. »Was für ein Ding?«

»Dieses Seil.«

»Ach, das! Natürlich.«

»Das heißt«, fuhr Max fort, »wenn es vielleicht auch nicht richtig lebt, wenigstens ist es nicht wirklich tot.« Wieder machte er einen Versuch mit dem Messer, aber wieder ohne Erfolg. »Ich wette, wenn ich ein Streichholz hätte, würde ich es schon dahin bringen, daß es ›Mama‹ schreit. Haben Sie nicht ein Feuerzeug, Ellie?«

»Ich bin Nichtraucher.«

»Ich auch. Aber vielleicht kann ich auf andere Weise Feuer machen – zwei Stöcke aneinander reiben oder so ähnlich.«

»Wissen Sie, wie man das macht?«

»Nein.« Max streichelte und klopfte das lebende Seil in einem fort, aber, obwohl er ständig ein antwortendes Pulsieren verspürte, schien die Art, wie er es berührte, doch nicht die rechte zu sein; es zeigte keine Veränderung. Während er noch seine furchtlosen Versuche fortsetzte, hörte er plötzlich wie jemand ihre Namen rief. »Max, Ellie!«

Mit einem Ruck saß Ellie aufrecht da. »Chipsie! O Max, sie ist uns gefolgt. Komm her, Liebling!«

Der Spinnaffe saß hoch über ihnen in einem Baum. Er schaute sich vorsichtig um, jagte dann plötzlich nach unten und machte die letzten drei Meter einen Satz in Ellies Arm hinein. Sie umarmten sich innig und stießen kleine Schreie aus; dann richtete sich Ellie auf. Ihre Augen leuchteten hell. »Max, ich fühle mich jetzt viel, viel wohler.«

»Ich auch.« Doch er fügte hinzu: »Obwohl ich nicht recht weiß warum.«

Der Spinnaffe sagte mit ernster Stimme: »Chipsie – folgen.«

Max langte hinüber und tätschelte das Tierchen. »Ja, das hat Chipsie getan. Bist ein gutes Mädchen.«

Ellie schmiegte sich eng an den Spinnaffen. »Jetzt fühle ich mich nicht mehr verlassen, Max. Vielleicht wird doch noch alles wieder gut.«

»Hören Sie, Ellie, unsere Lage ist gar nicht so schlecht, wie es scheint. Ich hoffe bestimmt, daß es mir noch gelingt, diese Seile oder Schlangen so zu kitzeln, daß sie nachgeben. Und dann kriechen wir heute nacht noch zurück.«

»Wie wollen wir aber unseren Weg finden?«

»Machen Sie sich darüber keine Gedanken. Ich habe mir jeden Schritt, jeden Richtungswechsel, jeden Anhaltspunkt gemerkt.«

»Und Sie finden sich auch im Dunkeln zurecht?«

»Sogar noch leichter. Ich kenne diese Sterne – muß ich ja schließlich auch. Aber angenommen, wir kommen nicht los, selbst dann sind wir noch nicht verloren.«

»Was? Ich kann aber keinen Geschmack daran finden, mein Leben lang an einen Baum gebunden zu sein.«

»Das werden Sie auch gar nicht. Sehen Sie – ich glaube, diese Wesen sind einfach neugierig. Fressen werden sie uns bestimmt nicht – sie leben offensichtlich von Gras. So werden wir ihnen vielleicht langweilig, und sie lassen uns laufen. Wenn sie es aber nicht tun, dann wird es sie teuer zu stehen kommen.«

»Und warum?«

»Weil es noch einen Mr. Walther und Georg Daigler – und Sam, Sam Anderson gibt; darum. Sie sind aller Wahrscheinlichkeit nach zur Zeit dabei, sämtliche Büsche nach uns abzusuchen. Wir sind weniger als fünfzehn Kilometer vom Schiff entfernt ... Vogelfluglinie sind es sogar nur sieben. Sie werden uns finden. Wenn diese merkwürdigen Zentauren auf einen Kampf aus sind, werden sie die Durchschlagskraft moderner Waffen kennenlernen. Die mit ihren idiotischen Wurfseilen!«

»Es dürfte immerhin eine ganze Weile dauern, bis sie uns finden. Niemand weiß, wohin wir gegangen sind.«

»Das stimmt«, gestand Max. »Wenn ich nur ein Funkgerät hätte. Oder irgendein Signalmittel. Oder wenn ich nur ein Feuer machen könnte. Aber ich kann's nicht.«

»So etwas hätte ich mir nie träumen lassen. Es schien doch nur ein Spaziergang in einem Park zu werden.«

»Ellie.«

»Ja?«

»Glauben Sie, daß Chipsie den Weg zurück findet?«

»Ich weiß nicht.«

»Wenn sie das fertigbrächte, könnten wir eine Botschaft schicken.«

Chipsie blickte auf. »Zurück?« fragte sie. »Bitte zurück, nach Hause.«

Ellie runzelte die Stirn. »Ich befürchte, Chipsie spricht zu unklar. Sie bekommt wahrscheinlich Schluckauf und redet unzusammenhängendes Zeug.«

»Das meine ich auch gar nicht. Ich weiß, daß Chipsie kein Geistesriese ist. Ich ...«

»Chipsie ist klug!«

»Gewiß ist sie das. Aber ich beabsichtige nur, eine schriftliche Nachricht zu schicken – mit einer Kartenskizze.« Max wühlte in einer Tasche und zog einen Bleistift heraus. »Haben Sie vielleicht Papier?«

»Ich will mal sehen.« Ellie fand ein gefaltetes Stück in ihrer Tasche. »Ach du liebe Güte! Das sollte ich ja Mr. Giordano übergeben. Mr. Hornsby wird ganz schön böse auf mich sein.«

»Worum handelt es sich denn?«

»Um eine Anforderung von Draht.«

»Das ist jetzt unwichtig.« Max nahm das Papier, strich die Bestellung aus, drehte es um und begann zu zeichnen. Gelegentlich hielt er inne, um die Bilder, die er in seinem Geist gesammelt hatte, auf die Entfernungen, die Lage der örtlichen Sonne, Umrisse und andere Details zu prüfen.

»Max?«

»Ruhig – einen Augenblick noch, wenn's geht!« Er beendete seine Skizze, dann fügte er hinzu: »Eilt – an den Ersten Offizier Walther: Eldreth Coburn und Unterzeichner von Zentauren gefangen. Seien Sie vorsichtig, und hüten Sie sich vor ihren Wurfseilen. Ergebenst M. Jones.« Er zeigte es Ellie. »Das müßte eigentlich ausreichen. Kann man es irgendwie bei ihr befestigen? Ich möchte wahrlich nicht, daß sie es verliert.«

»Hmm – läßt sich machen. Drehen Sie sich mal um, Max.«

»Warum?«

»Machen Sie kein Theater. Drehen Sie sich um!«

Er wandte Ellie den Rücken zu, und gleich darauf sagte sie schon : »So – hier ist was.« Max drehte sich wieder um, und Ellie warf ihm eine Band zu. »Reicht das?«

»Herrlich!« Es gelang Max das Band mit dem gefalteten Papier um Chipsies Taille zu binden und zu befestigen, was gar nicht so einfach war, da Chipsie das ganze für Spiel hielt und außerdem noch kitzlig war.

»So, Chipsie, nun hör auf zu quietschen, und paß auf, was ich dir sage. Ellie will, daß du jetzt nach Hause gehst.«

»Nach Hause?«

»Ja, nach Hause. Geh zum Schiff zurück.«

»Ellie auch nach Hause?«

»Ellie kann nicht nach Hause.«

»Chipsie auch nicht.«

»Süßes, du *mußt* nach Hause.«

»Nein.«

»Hör mal, Chipsie. Du suchst Maggie und sagst ihr, Ellie hat gesagt, sie solle dir Zucker geben. Und du gibst Maggie dies hier.« Sie zog an dem angebundenen Zettel.

»Zucker?«

»Geh nach Hause. Suche Maggie. Maggie gibt dir Zukker.«

»Ellie auch nach Hause.«

»Bitte, Chipsie.«

»Ellie«, schaltete sich Max hastig ein, »irgend etwas kommt.«

Eldreth sah hoch und sah einen Zentauren durch die Bäume kommen. Sie wies darauf hin. »Paß auf, Chipsie! Sie kommen schon. Sie werden Chipsie fangen! Geh nach Hause! Lauf!«

Entsetzt heulte der Spinnaffe auf und eilte auf die Bäume zu. Einmal auf einem Zweig, blickte sie zurück und wimmerte. »Geh nach Hause!« schrie Ellie. »Such Maggie!«

Mr. Chips warf noch einen Blick auf den Zentauren, dann verschwand sie. Es blieb Max und Ellie keine Zeit mehr, sich über ihre Aussichten zu unterhalten, denn der Zentaur war schon dicht heran. Er schaute sie jedoch nur kurz an und ging an ihnen vorbei. Jetzt erst sahen sie, was ihm folgte. Sie waren von dem Anblick wie gelähmt. Ellie unterdrückte einen Schrei. »Max! Sie haben alle von uns gefangen!«

»Nein«, verbesserte er streng. »Schauen Sie noch einmal genauer hin.« Die aufkommende Dunkelheit hatte ihn anfänglich den gleichen Fehler machen lassen; es sah so aus, als marschierte die gesamte Schiffsgesellschaft hinter dem Zentauren in einer einzigen Reihe her und als wären alle durch lebende Seile an den Knöcheln gefesselt. Doch nur der erste Blick vermittelte einen solchen Eindruck. Diese Geschöpfe waren mehr als humanoid – solche entarteten Geschöpfe hatten sich noch nie inmitten der Sternenwelt gezeigt.

Wie guterzogene Tiere bewegten sie sich schnell dahin. Ein oder zwei blickten im Vorübergehen auf Max und Ellie, doch ihre Augen waren uninteressiert wie die von Ochsen. Kleine Kinder, die nicht angeseilt waren, liefen neben ihren Müttern, und einmal war Max entsetzt, als er einen runzligen kleinen Kopf aus einem Beutel hervorlugen sah – diese Menschengeschöpfe waren ebenfalls Marsupilia.

Max konnte ein Würgen gerade noch unterdrücken. Als sie außer Sicht waren, wandte er sich an Ellie. »Pfui Teufel!«

»Max«, sagte Eldreth mit heiserer Stimme, »sind Sie auch der Meinung, daß wir schon gestorben sind und der Bestrafung entgegengehen?«

»Was? Reden Sie keinen Unsinn. Die Situation ist schlimm genug.«

»Ich bin überzeugt davon. Das war eben wirklich ein Bild aus Dantes Inferno.«

Max mußte schwer schlucken, er fühlte sich alles andere als wohl. »Hören Sie, Sie können von mir aus sagen, Sie wären tot, wenn Sie tot sein wollen. Ich, ich lebe noch und beabsichtige auch, am Leben zu bleiben. Diese Wesen waren keine Menschen. Lassen Sie sich nicht ins Bockshorn jagen.«

»Aber es *waren* Menschen. Männer, Frauen und Kinder.«

»Nein, das waren sie nicht. Daß sie unsere Gestalt hatten, macht sie noch nicht zu Menschen. Ein Mensch zu sein, ist etwas ganz anderes.« Er machte ein finsteres Gesicht. »Vielleicht sind die Zentauren ›Menschen‹.«

»Nein, niemals ...«

»Seien Sie nicht zu sicher. Sie scheinen doch die Dinge hier in diesem Land in der Hand zu halten.«

Die Unterhaltung wurde durch eine erneute Ankunft unterbrochen. Es war fast völlig dunkel, und sie konnten den Zentauren nicht eher sehen, als bis er ihre Lichtung betreten hatte. Ihm folgten drei der ›Menschen‹. Obwohl es ihm innerlich widerstrebte, hatte Max sich entschlossen, sie ›Menschen‹ zu nennen. Sie waren nicht an Seile gebunden, doch alle drei schleppten Lasten. Der Zentaur sprach mit ihnen, und sie setzten das, was sie trugen, ab.

Der eine stellte in dem Raum zwischen Max und Ellie einen großen Tonkrug ab, der mit Wasser gefüllt war. Es war das erste einheimische Artefakt, das ein Mensch auf Caritas gesehen hatte. Der Krug bewies den primitiven technischen Stand der Zentaurenkultur. Er war äußerst grob gearbeitet. Offensichtlich kannten die Zentauren keine Töpferscheibe. Der andere legte neben dem Topf einen doppelten Armvoll kleiner Früchte ab, von denen zwei in den Krug fielen. Er hielt es jedoch nicht für notwendig, sie wieder herauszufischen.

Max mußte zweimal hinsehen, um zu erkennen, was der dritte Sklave trug. Es schien zunächst so, als ob er in seinen beiden Händen drei eiförmige, an Schnüren befestigte Bälle hielte; ein genauerer Blick ergab jedoch, daß es Tiere von der Größe eines Opossums waren, die er am Schwanz festhielt. Er schritt den äußeren Rand der Lichtung ab, blieb alle paar Meter stehen und hob eines der Wesen auf einen der unteren Zweige. Als er fertig war, waren sie von sechs kleinen Geschöpfen umgeben, die an ihren Schwänzen hingen. Der Zentaur war unterdessen dem Sklaven gefolgt, und Max beobachtete, wie er jedes Tier streichelte und an eine bestimmte Stelle seines Halses drückte. In jedem Falle leuchtete der Körper des kleinen Tieres auf und begann wie ein Glühwürmchen in einem sanftem, silbrigem Licht zu schimmern.

Die Lichtung erhellte sich so weit, daß man große Schrift zu lesen imstande war. Einer der Koboldballons kam lautlos zwischen den Bäumen angesegelt und ankerte auf einer Krone über ihnen; er schien sich hier zur Nacht einzurichten.

Der Zentaur kam jetzt herüber zu Max und stieß ihn, aufgeregt schnaubend, mit einem Huf an. Max lauschte aufmerksam und wiederholte den Laut. Der Zentaur antwortete, und wieder ahmte Max ihn nach. Dieses nutzlose Spiel dauerte ein paar Sätze lang, dann gab der Zentaur auf und zog mit seinem Gefolge ab.

Ellie schauderte. »Ich bin heilfroh, daß sie weg sind. Die Zentauren kann ich ja einigermaßen ausstehen, aber diese ›Menschen‹ ...«

Max teilte ihren Ekel; denn wenn man sie ganz aus der Nähe sah, erschienen sie weniger menschlich als aus der Entfernung. Ihr Haaransatz befand sich da, wo ihre Augenbrauen hätten sein sollen. Sie waren so flachköpfig, daß die Ohren über ihren Schädel hinausragten. Aber das war es nicht einmal, was Max so besonders beeindruckt hatte. Als der Zentaur mit ihm gesprochen hatte, hatte Max zum erstenmal genau ins Maul eines Zentauren sehen können. Diese Zähne waren niemals bloß dazu bestimmt, Korn zu zermahlen, sie waren mehr die Zähne eines Tigers – oder eines Haifisches.

Er nahm sich sogleich vor, nichts davon zu erwähnen. »Sagen Sie, war das nicht derselbe, der die Herde angeführt hat?«

»Wie soll ich das denn wissen? Sie sehen doch alle gleich aus.«

»Das tun sie nicht, ebensowenig wie zwei Pferde.«

»Pferde sehen alle gleich aus.«

»Aber ...« Max hielt jäh inne. Was sollte er über die Anschauung eines Städters Worte verlieren, der keine Ahnung hatte. »Ich glaube, es war derselbe.«

»Ich sehe nicht, was uns das helfen soll.«

»Es könnte aber von Bedeutung sein. Ich versuche nämlich, die Sprache zu lernen.«

»Ich habe gehört, wie Sie ihre Mandeln verschluckt haben. Wie machen Sie das?«

»Ach, ganz einfach. Man braucht sich nur vorzustellen, welchem Ton ein Ton ähnelt, und dann kann man es.« Er warf den Kopf zurück und gab einen klagenden Laut von sich.

»Was war denn *das*?«

»Ein Ferkel, das in einem Zaun steckengeblieben ist. Ich hatte mal eines namens Abner.«

»Hört sich tragisch an.«

»War es auch, bis ich es befreite. Ellie, mir scheint, man hat uns für die Nacht gebettet.« Er wies auf den Krug und die Früchte daneben. »Wie wenn man Schweine füttert.«

»Drücken Sie es nicht so aus. Zimmerservice und Licht. Essen und Trinken« Ellie hob eine der Früchte auf. Sie hatte ungefähr die Größe und die Gestalt einer Gurke. »Glauben Sie, daß man sie so essen kann?«

»Ich bin der Meinung, Sie sollten das lieber nicht versuchen. Ellie, ich halte es für klug, nichts zu essen und zu trinken, bis wir befreit sind.«

»Vielleicht können wir ohne Essen auskommen, aber ohne Wasser nicht. An Durst stirbt man in ein bis zwei Tagen.«

»Wenn wir aber schon vor morgen früh erlöst sind?«

»Vielleicht.« Ellie schälte die Frucht. »Riecht gut! mehr nach Banane.«

Max folgte ihrem Beispiel und roch an der Frucht. »Erinnert mich eher an eine Papaya.«

»Gut?«

»Mmm – hören Sie, ich werde eine essen. Sollte ich innerhalb einer halben Stunde nicht krank geworden sein, dann können Sie auch eine probieren.«

»Jawohl, mein Herr und Gebieter.« Dann biß Ellie auch schon in die eine, die sie in der Hand hielt. »Passen Sie auf die Samenkörner auf.«

»Ellie, Sie sind ein jugendlicher Querulant.«

Sie runzelte die Nase und lächelte. »Sie sagen die süßesten Dinge! Ich versuche einer zu sein.«

Max biß in seine Frucht. Nicht schlecht – wenn auch das Aroma nur sehr schwach war. Ein paar Minuten später meinte er: »Ich glaube, wir lassen noch ein paar zum Frühstück übrig?«

»Einverstanden. Ich bin ohnehin voll.« Ellie neigte sich über den Krug und trank. Ohne sich weiter zu erklären, waren sie zu dem Schluß gekommen, daß das sättigende Mahl es erforderlich machte, auch das Wasser zu riskieren. »So, jetzt fühle ich mich wohler. Wenigstens werden wir mit einem behaglichen Gefühl sterben. Max! Halten Sie es für angebracht, daß wir schlafen? Ich bin todmüde.«

»Ich glaube, sie lassen uns während der Nacht in Ruhe. Sie schlafen, ich bleibe wach.«

»Nein, das ist nicht fair. Ehrlich, was hat es für einen Sinn, Wache zu halten? Wir können doch nicht weg von hier.«

»Na schön … hier, nehmen Sie mein Messer. Sie können in der Hand damit schlafen …«

»Gut.« Ellie reckte sich über den Krug hinweg und nahm die Waffe entgegen. »Gute Nacht, Max. Ich werde jetzt Schäfchen zählen.«

»Gute Nacht.« Max streckte sich aus, veränderte noch einmal die Lage, zog einen Tannenzapfen unter den Rippen hervor und versuchte dann, zur Ruhe zu kommen. Seine Müdigkeit und sein gefüllter Magen halfen ihm dabei, während das Wissen um ihre Situation ihn daran hinderte – und der Kobold über ihren Köpfen. Vielleicht hielt er *wirklich* Wache – doch mit Sicherheit nicht, um sie zu beschützen.

»Max? Schlafen Sie schon?«

»Nein, Ellie.«

»Wollen Sie meine Hand halten? Ich habe Angst.«

»Ich kann sie nicht fassen.«

»Doch, Sie können es. Drehen Sie sich mal anders herum.«

Er tat es und stellte fest, daß er über seinen Kopf hinweg an dem Krug vorbei ihre Hand ergreifen konnte. »Danke, Max. Noch einmal Gute Nacht.«

Max lag auf dem Rücken und starrte durch die Bäume nach oben. Trotz des Lichtes, das die Leuchttiere spendeten, konnte er die Sterne sehen und die zahllosen Meteorenschweife, die den Himmel kreuzten. Um das Grübeln auszuschalten, begann er sie zu zählen. Plötzlich begannen sie, in seinem Kopf zu explodieren, und er war eingeschlafen.

Das durch die Bäume fallende Licht der Ortssonne weckte Max. Er hob den Kopf. »Ich habe mich schon gefragt, wie lange Sie noch schlafen würden«, meldete sich Eldreth. »Sehen Sie mal, wer hier ist.«

Verkrampft reichtete er sich auf und drehte sich um. Mr. Chips saß in ihrer Mitte und schälte eine der papaya-ähnlichen Früchte. »Oh, Maxie.«

»Hallo, Chipsie.« Es fiel Max sofort auf, daß der Zettel noch angebunden war. »Böses Mädchen!«

Mr. Chips suchte bei Ellie Trost. Schon zeigten sich die ersten Tränen. »Nein, nein«, verbesserte Ellie. »Gutes Mädchen. Sie hat versprochen, sobald sie mit dem Frühstück fertig ist, Maggie zu suchen. Das hast du doch, nicht wahr, Liebling?«

»Maggie suchen gehen«, stimmte der Spinnaffe zu.

»Tadeln Sie sie nicht, Max. Spinnaffen finden nachts nicht nach Hause. Sie hat bloß gewartet, bis wir ruhig waren, dann kam sie wieder zurück. Sie konnte nicht anders. Ich fand sie schlafend in meinem Arm.«

Der Spinnaffe beendete sein Mahl, dann trank er fast feierlich aus dem Krug. Max hatte nichts dagegen. Was wußte er davon, wer vorher den Krug schon benutzt hatte – ein Gedanke, den er sogleich zurückdrängte. »Maggie suchen«, kündigte Mr. Chips noch einmal an.

»Ja, Liebling. Geh, so schnell du kannst, zum Schiff zurück und suche Maggie. Beeil dich.«

»Maggie suchen. Schnell machen. Wiedersehen, Maxie.« Der Spinnaffe lief auf die Bäume zu und stürmte in der richtigen Richtung davon.

»Glauben Sie, daß sie dort ankommt?« fragte Max.

»Ich denke schon. Ihre Vorfahren haben schon den Weg durch Wälder gefunden, und das Generationen lang. Außerdem weiß sie, daß es wichtig ist; wir hatten eine lange Unterredung miteinander.«

»Glauben Sie wirklich, daß sie soviel versteht?«

»Sie versteht so viel, daß sie mir zu Gefallen sein will, und das genügt. Max sind Sie der Meinung, daß sie uns eventuell heute noch finden werden? Ich möchte wirklich nicht noch eine Nacht hier verbringen.«

»Ich ebensowenig. Wenn Chipsie schneller vorwärtskommen kann als wir ...«

»Oh, das kann sie.«

»Dann dürfte es möglich sein, vorausgesetzt, daß sie gleich aufbrechen.«

»Das möchte ich hoffen. Wollen Sie jetzt frühstücken?«

»Hat Chipsie etwas übriggelassen?«

»Drei für jeden. Meine habe ich schon gegessen. Hier.«

»Ich wette, Sie lügen. Es waren nur noch fünf, als wir uns zum Schlafen hinlegten.« Ellie machte eine Schafsmine und gestattete Max, die dritte zu teilen. Während sie aßen, stellte er eine Veränderung fest. »Ach, was ist denn aus den überdimensionalen Leuchtwanzen geworden?«

»Da ist eines von den grausigen Geschöpfen gekommen und hat sie weggetragen. Ich wollte schon losschreien, aber es hat mich in Ruhe gelassen, und darum ließ ich Sie schlafen.«

»Schönen Dank. Ich sehe aber, unsere Anstandsdame ist noch bei uns.« Der Kobold hing noch immer in den Baumspitzen.

»Ja, und es haben sich den ganze Morgen auch Taucher gezeigt.«

»Haben Sie einen erkennen können?«

»Natürlich nicht.« Ellie erhob sich, streckte die Glieder und stöhnte. »Wenn man nur wüßte, was für schöne Überraschungen dieser liebliche Tag noch bringen mag.« Sie machte ein trübes Gesicht. »Mein Vorschlag wäre, hier zu sitzen und nichts anderes ins Auge zu fassen, als daß Georg Daigler mit einem Dutzend bewaffneter Männer erscheint. Ich würde ihn küssen. Ich würde sie alle küssen.«

»Ich auch.«

Bis gut nach Mittag konnte Eldreth ihren Vorschlag in die Tat umsetzen, es ereignete sich nichts. Von Zeit zu Zeit hören sie das Trompeten und Schnauben der Zentauren, sahen aber keinen. Die beiden hatten es schon aufgegeben, von ihren Hoffnungen und Befürchtungen zu reden. Sie dösten nur noch im Sonnenschein vor sich hin, als sie sich, gleichsam alarmiert, der Tatsache bewußt wurden, daß ein Zentaur die Lichtung betrat.

Max hatte das sichere Gefühl, daß es der Führer der Herde war, oder wenigstens daß er derjenige war, der ihnen Futter und Wasser gegeben hatte. Das Geschöpf verschwendete diesmal keine Zeit, sondern machte ihnen durch Stöße und Püffe klar, daß sie zu geruhen hätten, sich für die Reise anseilen zu lassen.

Während der ganzen Reise waren sie an ihren Füßen gefesselt. Max dachte daran, den Zentauren anzugreifen, ihm auf den Rücken zu springen und die Kehle durchzuschneiden. Aber es war unwahrscheinlich, daß er seinen Plan lautlos in die Tat umsetzen konnte. Das leiseste Schnaufen würde ihnen die ganze Herde auf den Hals hetzen. Außerdem wußte Max nicht, wie er die Fesseln loswerden konnte – selbst wenn es ihm gelingen sollte, das Wesen zu töten. Es war besser zu warten. Besonders, da sie bereits einen Hilferuf in die Kolonie geschickt hatten.

Fallend und sich gelegentlich schleifen lassend, wurden die Gefangenen den Weg entlanggeführt, den die Sklaven genommen hatten, und es wurde deutlich, daß sie eine große Zentaurensiedlung betraten. Der Pfad öffnete sich zu einer gepflegten Straße, auf der in beide Richtungen Zentauren einherliefen oder in Seitenstraßen abbogen. Es zeigten sich keine Gebäude, auch keine sonstigen äußeren Merkmale einer zivilisierten Rasse, aber man spürte überall Organisation, Lebensgewohnheit und innere Stabilität. Kleine Zentauren sprangen herum, versperrten den Weg und wurden weggescheucht. Zu beiden Seiten der Straße herrschte reges Treiben, und Zentauren fanden sich ebenso zahlreich wie groteske menschliche Sklaven, die Lasten schleppten und teils an lebende Seile gefesselt waren, teils frei umherliefen.

Wenn sie wegen der schnellen Gangart, zu der sie nach wie vor gewzungen waren, auch nicht viel sehen konnten, so wurde Max' Aufmerksamkeit einmal doch durch eine ganz besondere Geschäftigkeit auf seiner Straßenseite erregt. Er sah davon ab, Ellie darauf hinzuweisen, nicht nur weil das Sprechen schwierig war, sondern vor allem, weil er sie nicht beunruhigen wollte – was er da gesehen hatte, erinnerte ihn lebhaft an einen Schlachthof, und was dort hing, waren keine Zentaurenleiber.

Endlich hielten sie in einer sehr breiten Lichtung an, die mit Zentauren gefüllt war. Ihr Herr beklopfte die Leinen, an die sie gebunden waren, und sofort zogen sie sich zusammen, bis sie ganz nahe an ihn heran waren. Darauf nahm Max seinen Platz zwischen den Zentauren ein.

Ein großer, ergrauter und vermutlich älterer Zentaur hielt auf einer Seite des ›Platzes‹ Gericht ab. Während einzelne Zentauren oder ganze Gruppen an ihm vorbeidefilierten, stand er mit ruhiger Würde da.

Max' Interesse an dem Geschehen war so groß, daß er beinahe seine Furcht vergessen hätte. Jeder Fall wurde heftigst diskutiert. Schließlich machte der Zentaurenhäuptling eine kurze Bemerkung, und alles war vorbei. Die Streitparteien verließen klaglos die Lichtung. Es war deutlich, daß hier Recht gesprochen wurde – auch wenn Max die Gesetze und Traditionen unbekannt waren. Der große Zentaur fungierte offensichtlich als eine Art Schiedsrichter.

In der Lichtung gab es keines der mißgestalteten Menschengeschöpfe, aber sie sahen merkwürdige kurzbeinige Wesen, die plattgewalzten Schweinen glichen. Ihre Beine waren so kurz, daß sie eher wie Raupenketten wirkten. Sie bestanden fast nur aus Schnauze, Zähne und schnüffelndem Rüssel, und was ihnen auch ins Gehege kam, sofern es nicht der Huf eines Zentauren war, wurde von ihnen verschlungen. Max verstand sofort, warum und wie der dichtbevölkerte Bezirk so sauber gehalten wurde; diese Ungeheuer fungierten als Straßenreiniger.

Allmählich näherte sich ihr Führer dieser Spitze der Reihe. Der letzte Fall vor ihnen betraf den einzigen Zentauren, den sie bisher nicht bei strahlender Gesundheit gesehen hatte. Er war alt, mager; sein Fell war stumpf, und seine Knochen zeichneten sich bemitleidenswert unter der Haut ab. Ein Auge war blind – ein blankes Weiß; das andere war entzündet und zeigte dicke Eitertaschen.

Der Richter, Bürgermeister oder oberste Herdenführer besprach seinen Fall mit zwei jüngeren gesunden Zentauren, die ihn gleichsam als Krankenschwestern zu betreuen schienen. Dann verließ der Zentaurenchef seinen Ehrenplatz, schritt um den Kranken herum und beäugte ihn von allen Seiten. Darauf redete er mit ihm.

Der alte Kranke antwortete mit schwacher Stimme – ein einziges kurzes Schnauben. Wieder redete der Chefzentaur und erhielt, wie es Max schien, die gleiche Antwort. Der Boß ging auf seinen alten Platz zurück und erhob ein seltsam wieherndes Geschrei.

Von allen Seiten liefen die platten Straßenräumer zusammen. Sie bildeten um den Kranken und seine Betreuer einen Ring – Dutzende von schnüffelnden und grunzenden Ungeheuern. Noch einmal trompetete der Chef, und einer der Betreuer langte in seinen Beutel und holte ein Geschöpf hervor, das zu einem Knoten zusammengerollt war. Der Zentaur strich darüber hinweg, und es entschlängelte sich. Für Max sah es wie ein widerlicher Aal aus.

Der Betreuer streckte es in Richtung auf den kranken Zentauren aus. Dieser traf keine Anstalt, ihm auszuweichen, sondern wartete und beobachtete es mit seinem einen guten Auge. Der Kopf des Aals saß ganz plötzlich dem kranken Zentauren im Nacken. Der Zentaur fuhr in der charakteristischen Konvulsion eines elektrischen Schocks ruckartig auf und brach zusammen.

Der Zentaurchef schnaubte einmal kurz – und die Straßenreiniger watschelten mit überraschender Geschwindigkeit vor und schwärmten über den Leichnam hinweg, so daß nichts mehr von ihm zu sehen war. Als sie, noch schnüffelnd, das Feld freigaben, lag auch nicht ein Knochen mehr da.

Mit leiser Stimme rief Max: »Ruhig, Ellie! Reißen Sie sich zusammen, Kleines!«

Ellie antwortete schwach: »Ja, ja, Max.«

Ein Freund in Not

Zum erstenmal wurden sie losgemacht. Ihr Gebieter berührte die Fesseln, und sie fielen sogleich von ihren Knöcheln.

Max flüsterte zu Ellie: »Wenn Sie fliehen wollen, werde ich sie ablenken.«

Ellie schüttelte den Kopf. »Das hätte keinen Sinn. Sie hätten mich nach wenigen Metern bereits wieder eingefangen. Außerdem würde ich nie allein den Weg nach Hause finden.«

Max schwieg. Er wußte, daß sie recht hatte, aber er hatte sich verpflichtet gefühlt, wenigstens zu fragen.

Der Chef der Zentauren inspizierte sie mit dem typischen Ausdruck eines Gutachters und tauschte mit ihrem Fänger Trompetensignale aus. Offensichtlich stand hier etwas sehr Wichtiges zur Entscheidung. Max holte sein Messer heraus. Er hatte zwar keinen genauen Plan, aber er war entschlossen, daß kein Zentaur sich ihnen ohne Kampf mit dem elektrischen Schock oder irgendeiner anderen Drohung nähern würde.

Doch die Krise ging vorüber. Ihr Führer legte wieder die Schlingen um ihre Knöchel und schleppte sie fort. Eine Viertelstunde später befanden sie sich wieder in der Umzäunung der Lichtung, wo sie die letzte Nacht verbracht hatten. Als der Zentaur fort war, blickte sich Ellie um und seufzte. »Möge es immer so gnädig abgehen, Max, es ist ein angenehmes Gefühl, wieder hier zu sein.«

»Ich weiß, was Sie meinen.«

Die anschließende Eintönigkeit wurde nur durch zwei Dinge unterbrochen: schwindende Hoffnung und zunehmende Verzweiflung. Die Zentauren behandelten ihre Gefangenen keineswegs unfreundlich. Für diese Wesen waren Max und Ellie nur Haustiere – man gab ihnen Nahrung und kümmerte sich nicht weiter um sie. Einmal am Tag erhielten sie Wasser und eine große Menge der einheimischen Papayas. Nach der ersten Nacht wurde ihnen der Luxus einer ›künstlichen Beleuchtung‹ gestrichen, und auch der wachsame Kobold schwebte nicht mehr über ihren Köpfen. Trotzdem hatten die beiden Menschen keine Möglichkeit zu entkommen – es sei denn, sie hätten ihre Knöchel durchgenagt und wären nach Hause gekrochen.

Zwei, drei Tage lang erörterten die beiden Gefangenen die Aussichten für eine Befreiung mit wachsender Besorgnis, dann ließen sie die Frage fallen, nachdem sie sie bis zum Gehtnichtmehr von allen Seiten beleuchtet hatten. Ihre Angst wurde darum nur größer. Ellie lächelte nur noch selten, von ihrem aufreizenden Widerspruchsgeist war nichts mehr zu spüren. Ihre emotionale Mauer war zusammengebrochen. Sie konnte nicht verstehen, wie ausgerechnet ihr so etwas passieren konnte. Sie, die Tochter des reichen und mächtigen Botschafters Coburn, war nun nicht mehr als das Haustier von Monstern, die selbst in einen Zoo gehört hätten.

Max hingegen nahm es mehr von der philosophischen Seite. Da er niemals viel besessen hatte, erwartete er auch nicht viel, wenn er an dem gegenwärtigen Zustand auch nicht gerade Freude empfand. Max behielt seine schlimmste Befürchtung für sich. Ellie bezeichnete ihre Situation als die von »Tieren in einem Zoo«. Gelegentlich kamen jüngere Zentauren vorbei, schnüffelten und stießen ein freudiges Blöken aus. Die Kleinen schienen eine gewisse Neugier zu besitzen, die den Erwachsenen fehlte. Max akzeptierte Ellies Interpretation, obwohl seine eigenen Gedanken in eine viel schlimmere Richtung gingen – er glaubte, sie würden gemästet.

Eine Woche nach ihrer Gefangennahme verweigerte Eldreth das Frühstück und blieb den ganzen Morgen über schweigsam. Alles, was Max ersinnen konnte, erweckte nur einsilbige Gegenäußerungen. In letzter Verzweiflung sagte er schließlich: »Ich gebe Ihnen zwei Sternenschiffe vor und schlage Sie trotzdem im Drei-D-Schach.«

Das machte Ellie im Nu munter. »Sie? Daß ich nicht lache!« sagte sie voller Spott. »Und womit wollen wir spielen?«

»Ich dachte, wir könnten im Kopf spielen, Sie verstehen – blind.« Sie schüttelte den Kopf. »Hat keinen Zweck. Sie würden doch bloß sagen, daß Ihr Gedächtnis besser ist als meines, und ich könnte Ihnen nicht beweisen, daß Sie mich betrügen.«

»Sie garstiges Subjekt, Sie.«

Plötzlich lächelte sie. »Das hört sich schon besser an. Sie sind in der letzten Zeit zu nett zu mir gewesen – und das bedrückt mich. Los, Max, machen wir ein richtiges Spiel.«

»Wie denn?«

»Hiermit.« Ellie hob einen der vielen Tannenzapfen auf, die überall verstreut in der Lichtung herumlagen. »Ein großer ist ein Flaggschiff. Wir können verschiedene Größen auswählen und diese Dinger da abbrechen und so in der Art.«

Beide waren auf einmal ganz bei der Sache. Der Wasserkrug wurde beiseite geschoben, so daß er nicht mehr die Mitte des Raumes, der durch die Seile begrenzt war, einnahm, und das Niemandsland zwischen ihnen wurde von Nadeln freigemacht und schachbrettartig markiert. Die Bretter lagen natürlich nebeneinander, während sie sie beim Spielen in Gedanken übereinander stellen mußte, doch das bereitete Spielern mit gutem Vorstellungsvermögen keine Schwierigkeiten, es sparte aber viel Zeit zwischen den Zügen. Kieselsteine wurden Roboter; abgerissene Stoffstückchen, an Tannenzapfen festgemacht, kennzeichneten die Parteien und trugen dazu bei, die Figuren zu bestimmen. Um die Mitte des Nachmittags waren sie fertig und spielten noch ihr erstes Spiel, als die Dunkelheit sie zum Abbruch zwang. Während sie sich niederlegten, sagte Max: »Es ist besser, wenn ich Ihre Hand nicht halte. Ich könnte vielleicht im Dunkeln die Figuren umstoßen.«

»Wenn Sie das nicht tun, mache ich bestimmt kein Auge zu – ich habe dann Angst. Außerdem hat dieser Gorilla sowieso beim Wasserwechsel ein Brett durcheinander gebracht.«

»Das macht nichts. Ich weiß wie es dort stand.«

»Dann wissen Sie auch, wie es auf den anderen Brettern stand. Strecken Sie Ihren Arm aus.«

Max tastete im Dunkeln umher und fand Ellies Finger. »Nacht, Max. Schlafen Sie gut.«

»Gute Nacht, Ellie.«

Danach spielten sie von Sonnenaufgang bis Sonnenuntergang. Ihr Führer kam einmal vorbei, sah ihnen eine Stunde zu und ging ohne einen Laut wieder fort. Einmal, als Ellie ihn zu einem Rück-Zug gezwungen hatte, sagte Max tief beeindruckt: »Wissen Sie, Ellie, für eine Frau spielen Sie dieses Spiel verteufelt gut.«

»Danke für die Schmeichelei.«

»Nein, ich meine es wirklich. Gewiß sind Frauen ebenso intelligent wie Männer, nur die meisten von ihnen handeln nicht dementsprechend. Offensichtlich, weil sie es nicht nötig haben. Wenn eine Frau hübsch ist, braucht sie nicht zu denken. Natürlich, wenn sie mit ihren Blicken nichts ausrichtet, dann – nun, nehmen wir als Beispiel nur Sie. Wenn Sie ...«

»Oh! Ich bin also häßlich, Mr. Jones!«

»Warten Sie – einen Augenblick. Das habe ich nicht gesagt. Nehmen wir an, Sie wären die schönste Frau seit Helena von Troja. In diesem Falle würden Sie ...« Er bemerkte plötzlich, daß er nur noch zu ihrem Rücken sprach. Ellie hatte sich umgedreht, ihre Knie umschlungen und ignorierte Max völlig.

Er streckte sich, das angebundene Bein gerade nach hinten wegstreckend, bis an die äußerste Grenze seines Seiles und konnte ihre Schulter berühren. »Ellie?«

Sie schüttelte seine Hand ab. »Halten Sie bloß Abstand. Sie stinken wie ein alter Ziegenbock.«

»Nun«, sagte er kalt, »eine Lilie sind Sie auch nicht. Sie haben sich auch schon ewig nicht mehr gewaschen.«

»Das weiß ich!« schrie Ellie und begann zu schluchzen. »Und das hasse ich. Ich hasse es. Ich sehe ekelhaft aus.«

»Nein, das tun Sie nicht. Nicht in meinen Augen.«

Sie wandte ihm ein tränenüberströmtes und verschmiertes Gesicht zu. »Sie Lügner.«

»Ist doch nichts, das nicht Seife und Wasser wieder in Ordnung bringen könnten.«

»Wenn ich davon nur etwas hätte.« Ellie blickte ihn an. »Sie zeigen sich auch nicht gerade von der vorteilhaftesten Seite, Mr. Jones. Ihr Haar müßte unbedingt geschnitten werden, und die Art, wie Ihr Bart in Büscheln wächst, ist geradezu grausig.«

Max fuhr über die unsauberen Stoppeln an seinem Kinn und sagte nur: »Kann's nicht ändern.«

»Und ich auch nicht.« Sie seufzte. »Stellen Sie die Figuren wieder auf.«

Daraufhin schlug Ellie Max in drei glatten Spielen, in einem davon sogar mit einem geradezu genialen Matt. Traurig schaute er auf die Bretter. »Und Sie sind das Mädchen, das vor unechten Brüchen kapituliert?«

»Mr. Jones, ist es Ihnen, wie die Welt nun einmal ist, noch nie begegnet, daß Frauen es manchmal vorziehen, nicht zu klug zu erscheinen?« Er war noch dabei, die Frage zu verdauen, als sie hinzufügte: »Ich habe dieses Spiel schon auf den Knien meines Vaters gelernt, ehe ich lesen konnte. Ich war Juniorenmeisterin bei uns, bevor ich aufs Schiff verfrachtet wurde. Wenn Sie gelegentlich vorbeikommen, zeige ich Ihnen meinen Pokal.«

»Ist das wahr? Wirklich?«

»Ich spiele lieber, als daß ich esse, wenn ich an einer Schachmeisterschaft teilnehmen kann. Aber Sie machen Fortschritte. Eines Tages werden Sie ein guter Partner für mich sein.«

»Ich glaube, ich verstehe die Frauen noch immer nicht.«

»Das ist entschieden untertrieben.«

Es dauerte lange, bis Max an diesem Abend Schlaf finden konnte. Während Eldreth schon geraume Zeit leise vor sich hin schnarchte, lag er immer noch wach, starrte nach dem leuchtenden Schweif des riesigen Kometen, beobachtete die aufflammenden Meteore und grübelte. Keiner seiner Gedanken verhieß etwas Angenehmes.

Er mußte sich eingestehen, daß ihre Lage hoffnungslos war. Auch wenn Chipsie versagte hatte (er hatte sowieso nicht viel Hoffnung in sie gesetzt), hätten sie die Suchtrupps schon vor Tagen aufspüren müssen. Sie hatten keinen Grund mehr, auf Rettung zu hoffen.

Und nun wurde er auch noch von Ellie verachtet. Max hatte es wieder einmal geschafft, ihren Stolz zu verletzen – er und seine große Klappe! Er hätte ihr eigentlich sagen sollen, daß sie das hübscheste Ding diesseits des Paradieses war, wenn sie sich dadurch besser fühlen würde. Sie hatte im Augenblick wenig, woran sie sich erfreuen konnte.

Max hatte die Gefangenschaft der letzten Tage nur deshalb ertragen, weil Ellie bei ihm war. In Zukunft mußte er sich darauf einstellen, Tag für Tag gegen Ellie im Drei-Dee zu verlieren. Jeden Tag bewies sie ihm aufs neue, daß Frauen den Männern nicht nur ebenbürtig, sondern manchmal auch überlegen waren. Am Ende würden sie sowieso auf der Speisekarte irgendeines Wesens landen, das am besten gar nicht erst geboren worden wäre.

Wenn Dr. Hendrix bloß nicht gestorben wäre!

Wenn er nur ehrlich zu Ellie gewesen wäre, als es noch von Bedeutung war.

Um seiner schlechten Laune die Krone aufzusetzen, stellte Max fest, daß er platzen würde, wenn er auch nur noch eine einzige dieser ekelhaft süßen Papayas essen würde.

Er wurde durch eine Hand auf seiner Schulter und ein Flüstern an seinem Ohr geweckt. »Max!«

»Was zum ...«

»*Leise*! Nicht einen Laut!«

Es war Sam, der sich über ihn neigte – Sam!

Der Schlaf war wie von einem Adrenalinschock weggeblasen.

Er richtete sich auf und sah, wie sich Sam lautlos der schlafenden Ellie näherte. Ohne sie zu berühren, beugte er sich über sie. »Miß Eldreth«, hauchte er sanft.

Ellie schlug die Augen auf und starrte. Sie öffnete den Mund, und Max befürchtete schon, daß sie losschreien würde, doch da gab Sam ihr bereits ein Zeichen, still zu sein. Sie blickte ihn an und nickte. Sam kniete über ihr, schien irgend etwas in dem schattenverzerrten Mondlicht zu prüfen und zog eine Pistole hervor. Es folgte ein fast unhörbarer Schuß, und Ellie stand auf – ihrer Fessel entledigt. Sam kehrte zu Max zurück. »Ganz stillhalten«, flüsterte er. »Ich möchte dich nicht verbrennen.« Er kniete über Max' gefesseltem Knöchel.

Als die Pistole aufblitzte, fühlte Max eine beinah paralysierende Verkrampfung um den Knöchel, dann fiel das Ding ab. Der größere amputierte Teil zog sich zusammen und schnellte ins Dunkel davon. Max stand auf. »Wie?«

»Kein Wort. Folgt nur.« Ellie hinter sich und Max dicht dahinter, führte Sam sie in das dicke Unterholz hinein. Sie waren keine zehn Meter gegangen, als sich ein wimmerndes Rufen vernehmen ließ, und einen Augenblick später schon landete der Spinnaffe in Eldreths Armen. Sam drehte sich unvermittelt um.

»Daß er nur keinen Krach macht«, flüsterte er, »es geht um unser Leben.«

Ellie nickte und begann sogleich das kleine Geschöpf zu liebkosen. Als Chipsie versuchte zu sprechen, hielt er ihr sanft den Mund zu und steckte sie unter sein Hemd. Sam wartete so lange und schlich dann lautlos davon.

Nach einigen hundert Metern blieb Sam stehen. »Weiter können wir auf keinen Fall gehen«, sagte er, so leise wie möglich. »Noch ein Stückchen weiter, und ich wäre im Dunkel verloren. Immerhin bin ich ziemlich sicher, daß wir außerhalb ihrer Schlafgründe sind. Beim ersten Lichtschein brechen wir wieder auf.«

»Wie bist du denn im Dunkeln hierhergekommen?«

»Bin ich gar nicht. Chips und ich, wir lagen schon seit Nachmittag im Gestrüpp versteckt, keine zwanzig Meter von euch.«

»Ach.« Max blickte sich um und schaute zu den Sternen auf. »Ich kann uns im Dunkel zurückbringen.«

»Kannst du wirklich? Das würde uns viel weiterhelfen. Diese Babys scheinen sich nachts nämlich nicht zu rühren.«

»Laß mich die Führung übernehmen. Bleib du hinter Ellie.«

Sie wanderten länger als eine Stunde, bis sie den Rand des Tafellandes erreichten. Die Dunkelheit, das Unterholz und die Tatsache, daß Max sich trotz seines fotografischen Gedächtnisses immer wieder orientieren mußte, hielten sie auf. Den Weg hinab ins Tal bewältigten sie noch langsamer.

Als sie den Waldrand erreichten, vor dem sich verhältnismäßig flaches Grasland erstreckte, machte Sam halt und überblickte, soweit es das trübe Mondlicht zuließ, das vor ihnen liegende Tal. »Wir dürfen auf keinen Fall hier im Freien erwischt werden«, flüsterte er. »Inmitten des Waldes können sie ihre Schlingen nur schlecht werfen, hier draußen aber ...«

»Du weißt von den Wurfseilen?«

»Natürlich.«

»Sam«, flüsterte Ellie. »Mr. Anderson, woher ...«

»Pst!« mahnte Sam. »Erklärungen später. Jetzt nur quer hinüber, Sie, Miß Eldreth, geben den Schritt an. Max, orientiere dich und dann los! Wir laufen nebeneinander. Fertig?«

»Eine Minute noch!« Max nahm Eldreth den Spinnaffen ab und steckte ihn in sein Hemd. Mr. Chips wachte noch nicht einmal auf, sondern brabbelte nur wie ein Baby. »Okay.«

Sie liefen und schritten und liefen wieder, über eine halbe Stunde lang, ohne ihren Atem für Fragen oder Antworten zu verschwenden. Ihr einziges Bestreben war, zwischen der Zentaurensiedlung und sich Abstand zu gewinnen. Kniehohes Gras und das Halbdunkel erschwerten das Laufen. Sie waren fast schon im Grunde des Tales, und Max war gerade dabei, den Bach ausfindig zu machen als Sam plötzlich ausrief: »Hinlegen! Flach hinlegen!«

Fast im gleichen Augenblick schon lag Max auf den Ellbogen, um Chips zu schützen, während sich Ellie neben ihm zu Boden warf. Max wandte vorsichtig den Kopf und flüsterte: »Zentauren?«

»Nein. Sei still!«

Zu Max' großer Überraschung trieb selbst um diese Nachtstunde ein Koboldballon in einer Höhe von etwa dreißig Metern quer über das Tal. Seine Flugrichtung mußte ihn in etwa hundert Metern Entfernung über sie hinwegführen. Doch auf einmal wendete das Wesen und flog direkt auf sie zu.

Er glitt noch tiefer herunter und schwebte fast unmittelbar über ihnen. Max sah, wie Sam wieder die Pistole in Anschlag brachte und vorsichtig zielte. Auf einmal schoß ein schwacher violetter Stift aus dem Lauf in Richtung Kobold; das Geschöpf war getroffen und fiel so nahe herunter, daß Max den Geruch verbrannten Fleisches wahrnahm. Sam steckte die Waffe wieder weg und sprang auf. »Wieder ein Spion weniger«, stellte er befriedigt fest. »Jetzt nichts wie weiter, Kinder.«

»Du glaubst, diese Dinger sind Spione?«

»Glauben? Wir wissen es. Diese Polopferdchen haben hier alles unter Kontrolle. Aber jetzt spar den Atem und lauf.«

Ellie entdeckte den Bach, indem sie hineinfiel. Sam und Max hoben sie wieder hoch und wateten, nachdem sie einen Schluck getrunken hatten, quer hindurch. Am anderen Ufer sagte Sam: »Wo ist Ihr linker Schuh, Miß Eldreth?«

»Er hat sich im Wasser vom Fuß gelöst.«

Sam bemühte sich, ihn wiederzufinden, doch es war nutzlos; das Wasser sah bei dem schwachen Licht wie Tinte aus. »Keinen Zweck«, meinte er schließlich. »Wir könnten die ganze Nacht suchen. Das wird Ihnen wunde Füße einbringen – tut mir leid. Aber werfen Sie den anderen Schuh lieber auch noch gleich fort.«

Der Verlust des Schuhwerks behinderte Ellie in ihrem Fortkommen nicht weiter, bis die Gruppe den fernen Bergrükken erreichte, hinter dem die Siedlung und das Schiff lagen. Kurz nachdem sie den Aufstieg begonnen hatten, schnitt sich Ellie an einem Felsstück den rechten Fuß auf. Sie tat, was sie konnte, biß sich auf die Zähne und unterdrückte jede Klage, aber es hemmte sie doch. Als sie die Spitze erreichten, kündigte sich auch schon die Morgendämmerung in der Ferne an. Max wollte sie den Graben hinunterführen, den er und Ellie vor vielen jahrelangen Tagen heraufgekommen waren, als Sam stehenblieb. »Laßt mich das mal klarstellen. Das ist nicht die Ecke, die man vom Schiff aus sieht, oder?«

»Nein, die liegt etwas nördlich von hier.« Max rekonstruierte im Geiste das Bild, das man vom Schiff aus hatte, und vergleich es im Gedächtnis mit der Fotoaufnahme, die man bei der Landung gemacht hatte. »Das Schiff liegt genau einen Daumen breit nördlich von uns, hinter der nächsten Kuppe.«

»Habe ich mir doch gedacht, denn ich entsinne mich, daß Chips mich hier heraufgeführt hat. Einstweilen bleiben wir aber so lange wie möglich hier unter den Bäumen. Bis wir nämlich unten sind, ist es bereits hell.«

»Spielt das eine Rolle? In dem Tal, wo das Schiff liegt, sind doch niemals Zentauren zu sehen gewesen.«

»Das heißt, du hast niemals welche gesehen. Inzwischen bist du aber tagelang weggewesen, alter Junge. Wir sind jetzt in großer Gefahr – und die Gefahr wird um so größer, je näher wir dem Schiff kommen. Das verlangt auch, daß du viel leiser reden mußt. Führe uns jetzt auf den Buckel zu, der genau dem Schiff gegenüberliegt – wenn du kannst.«

Max konnte es, obwohl es bedeutete, daß er den Weg durch unbekanntes Gelände finden und sich aus dem Gedächtnis nach einer Karte von unzureichendem Maßstab orientieren mußte. Der Weg führte sie nicht in gerader Linie auf ihr Ziel zu, da sie wiederholt natürlichen Hindernissen ausweichen mußten. Zudem wurde Sam immer nervöser, je heller es wurde; er trieb Max und Ellie zu immer größerer Eile und zu immer größerer Lautlosigkeit an, obwohl Ellies mehr und mehr schmerzende Wunde die Erfüllung seiner unbarmherzigen Forderung schwerer und schwerer machte.

»Es tut mir wirklich aufrichtig leid«, flüsterte er, als Ellie mit nackten und blutigen Füßen bremsend, einen Felsabhang herunterrutschen mußte. »Aber es ist besser, Sie kommen auf Strümpfen nach Hause, als daß Sie gefangen werden.«

»Ich weiß.« Ihr Gesicht war schmerzverzerrt, aber sie gab keinen Laut von sich.

Als sie unter Max' Führung endlich den letzten Buckel erreicht hatten, war es taghell. Schweigend wies er aufs

Schiff, das auf derselben Höhe eine halbe Meile vor ihnen lag.

»Hier hinunter, denke ich«, sagte Max erleichtert zu Sam.

»Nein.«

»Warum nicht?«

»Weil Onkel Sam der Meinung ist, daß wir uns hier lieber in die Büsche legen, uns von den Läusen beißen lassen und abwarten, bis die Sonne untergegangen ist.«

Max schätzte die Entfernung zum Schiff auf etwa tausend Meter.

»Wir könnten die Strecke doch schnell hinter uns bringen.«

»Du vergißt bloß, daß vier Beine schneller sind als zwei. Wir haben leider erst kürzlich diese traurige Erfahrung machen müssen.«

Die Büsche, die Sam auswählte, zogen sich bis an den Rand des Buckels hin. Er kroch bis zu einer Stelle, in deren Schutz er das Tal unten beobachten konnte. Ellie und Max schlängelten sich an ihn heran. Vor ihnen fiel das Gelände schroff ab. Während das Schiff ein wenig links von ihnen lag, zog sich die Siedlung fast greifbar nahe vor ihren Augen hin.

»Macht's euch bequem«, befahl Sam, »und dann teilen wir Wachen ein. Wir müssen schlafen, wenn es geht, denn wir haben noch eine lange Zeit vor uns.«

Max bemühte sich, Mr. Chips etwas zur Seite zu schieben, damit er sich flach hinlegen konnte, doch im gleichen Augenblick schob sich ein kleiner Kopf aus seinem Kragen heraus. »Guten Morgen«, sagte der Spinnaffe mit geradezu feierlicher Stimme. »Frühstück?«

»Kein Frühstück, Liebling«, entgegnete Ellie. »Sam, glauben Sie, ich kann sie freilassen?«

»Warum nicht. Aber sorgt dafür, daß sie ruhig bleibt!« Sam suchte die Ebene unter ihnen ab. Max tat es ihm nach.

»Sam! Warum willst du eigentlich nicht mit uns zur Siedlung? Sie ist doch näher dran.«

»Ist niemand da. Aufgegeben.«

»Was? Sag mal, Sam, kannst du uns vielleicht mal erzählen, was bei euch los gewesen ist?«

Sam richtete die Augen unverwandt auf die Ebene: »Na schön – aber nur flüstern. Was willst du wissen?«

»Was ist mit der Siedlung?«

Eine schwierige Frage. Max wollte einfach alles wissen.

»Verlassen. Zu gefährlich.«

»Irgend jemand gefangen?«

»Nur vorübergehend. Daigler hatte eine Pistole. Aber dann begann erst der Tanz. Wir glaubten, daß sie nur über die Wurfseile verfügten und daß wir sie verjagt hätten. Aber sie können noch mit mehr solchen Überraschungen aufwarten. Sie haben zum Beispiel Dinge, die die Erde unterhöhlen. Darum mußte auch die Siedlung aufgegeben werden.«

»Irgend jemand verletzt?«

»Hmm – das neuvermählte Paar hatte schon seine Wohnung bezogen. Becky Weberbauer ist Witwe.«

Ellie wollte aufschreien, aber Sam fuhr sie scharf an, ruhig zu bleiben. Max mußte erst ein paarmal schlucken, bevor er weiter fragte: »Sam, ich verstehe nicht, warum sie, nachdem sie meine Nachricht empfangen hatten ...«

»Was für eine Nachricht?«

Max berichtete, doch Sam schüttelte nur den Kopf. »Der Kleine kam zwar zurück, aber wir hatten vorher schon gemerkt, daß ihr verschwunden wart und euch gesucht – bewaffnet glücklicherweise. Aber eine Nachricht gab es von euch nicht.«

»Wie hast du uns dann gefunden?«

»Habe ich doch schon gesagt. Chips hat mich geführt. Das war alles. Irgend jemand hat sie in ihren Käfig gesteckt, wo ich sie dann gefunden habe. Ich blieb stehen und habe etwas mit ihr gespielt. Schließlich wußte ich, daß Sie verschwunden waren, Miss Eldreth. Das arme, kleine Ding war vollkommen außer sich. Irgendwann habe ich dann gemerkt, daß sie wußte, wo ihr wart. Also ...« Er zuckte mit den Schultern.

»Ja«, flüsterte Max, »aber ich verstehe immer noch nicht, warum du das ganz allein riskiert hast. Du wußtest doch schon, daß sie gefährlich waren. Du hättest doch alle Mann vom Schiff mitnehmen können.«

Sam schüttelte erneut den Kopf. »Dann wären wir alle verloren gewesen. Ein einzelner konnte vielleicht durchkommen, die Masse nicht. Und wir mußten dich ja schließlich zurückhaben.«

»Schönen Dank. Ich finde momentan keine anderen Worte, Sam. Jedenfalls nochmal schönen Dank.«

»Ja«, fügte Ellie hinzu, »und sagen Sie nicht mehr ›Miß Eldreth‹ zu mir. Für meine Freunde bin ich einfach Ellie.«

»In Ordnung, Ellie. Was machen die Füße?«

»Ich komme schon darüber hinweg.«

»Freut mich.« Sam wandte sich wieder an Max. »Damit du recht verstehst – ich habe nicht gesagt, daß wir dich zurückhaben *wollten*. Ich habe nur gesagt, daß wir dich schließlich zurückhaben *mußten*. Dich, Max. Entschuldigen Sie, Ellie.«

»Wieso? Warum mich?«

»Weil ...« Sam zögerte einen Augenblick. »Nun, du wirst die Einzelheiten erfahren, wenn du zurückkommst. Es sieht jedoch so aus, als ob man dich braucht, wenn das Schiff wieder startet. Du bist der einzige überlebende Astrogator.«

»Was? Und Simes?«

»*Leise, leise*! Er ist tot.«

»Herr des Himmels!« Max war sich sofort klar, daß er selbst einem Menschen wie Simes niemals einen Tod durch die Zentauren gewünscht hätte, und er sprach sich auch sogleich in diesem Sinne aus.

»Nein, nein, Max, so war es nicht. Siehst du, als Kapitän Blaine starb ...«

»Der Kapitän auch?«

»Ja.«

»Ich habe zwar gewußt, daß er krank war, aber so ...«

»Max, nenn es lieber Harakiri ... oder einen Unfall. Als ich seine Sachen wegräumen half, fand ich eine leere Schachtel mit Schlaftabletten. Vielleicht hat er sie genommen, vielleicht hat dein Freund Simes sie ihm aber auch in den Tee gleiten lassen. Der Arzt hat ›Natürliche Ursache‹ bescheinigt, und so steht es auch im Logbuch. Was ist eine natürliche Ursache, wenn ein Mensch es nicht mehr ertragen kann, noch länger zu leben?«

Tief bewegt hauchte Ellie: »Er war ein guter Mensch.«

»Ja«, pflichtete Sam bei. »Vielleicht zu gut.«

»Aber was war denn nun mit Simes?«

»Ja, Max, das ist wieder eine andere Geschichte. Simes schien zu glauben, er wäre Kronprinz, aber der Erste machte nicht mit. Es ging da um ein paar Filme, die der Cheftechniker hatte. Jedenfalls versuchte er, die Sache mit Walther gewaltsam zu bereinigen, und da habe ich ihm gewissermaßen das Genick gebrochen. Es war keine Zeit mehr, Edelmut zu üben«, fügte er eilig hinzu. »Simes zog die Pistole.«

»Sam! Schon wieder in Nöten?«

»In keinen anderen als hier und im Augenblick. Wenn wir – still, Kinder!« Sam spähte durch die Büsche. »Keinen Laut, keine Bewegung«, flüsterte er. »Vielleicht sieht er uns nicht.«

Ein Kobold ließ sich von Norden her nach unten treiben und flog kreuz und quer über die Kuppe, als ob er die Gegend absuchte. Max flüsterte in Sams Ohr: »Ob wir nicht lieber zurückkriechen?«

»Zu spät. Nur stilliegen.«

Der Ballon schwebte jetzt genau vor ihnen, blieb plötzlich stehen und steuerte langsam auf sie zu. Max sah, daß Sam seine Pistole bereits gezogen hatte. Er wartete mit dem Feuer, bis der Kobold genau über ihnen hing. Der Schuß verbrannte Nadeln und Zweige, aber er brachte das Ding herunter.

»Sam! Da ist noch einer!«

»Wo?« Sam blickte in die Richtung, in die Max wies. Der zweite hatte offensichtlich den ersten gedeckt und sich darum höher und weiter draußen gehalten. Sam hatte ihn gerade mit den Augen erfaßt, da drehte er schon ab und schraubte sich nach oben.

»Schieß ihn ab, Sam!«

Sam sprang auf. »Zu spät. Zu weit und zu spät. Jetzt, Kinder, nur noch weg von hier. Hat keinen Zweck mehr, Verstecken zu spielen. Setzen Sie sich aufrecht hin, Ellie, und rutschen Sie am Boden entlang; das schont Ihre Füße.«

Und hinunter ging es. Steine brachen los, die Kleider zerrissen. Mr. Chips genoß die Freiheit. Als sie den Grund erreichten, sagte Sam: »Max, wie schnell läufst du eine halbe Meile?«

»Ich weiß nicht. Drei Minuten.«

»Werd schneller. Los – ab! Ich helfe Ellie.«

»Nein.«

»Du mußt dorthin! Du wirst gebraucht!«

»Nein!«

Sam seufzte. »Verdammt noch mal, immer muß einer unbedingt den Helden spielen. Faß ihren anderen Arm.«

Sie liefen etwa zweihundert Meter, wobei sie Eldreth fast trugen, dann riß sie sich los. »Ich gehe schneller allein«, keuchte sie. »Na gut. Dann weiter!« brüllte Sam.

Ellie setzte ihre Worte in Taten um. Sie ignorierte den Schmerz und bewegte sich mit einer Geschwindigkeit, die Max zwar nicht bis zum Letzten forderte, aber dennoch geriet er außer Atem.

Das Schiff vor ihnen wurde immer größer. Max stellte fest, daß der Lift oben war, und fragte sich, wie lange es dauern würde, bis man sie bemerkt hätte und den Fahrstuhl nach unten ließ.

Sie hatten die halbe Strecke hinter sich, als Sam plötzlich ausrief: »Hier kommt die Kavallerie! Lauft, was das Zeug hält!«

Max blickte eine Sekunde über die Schulter. Eine Herde von Zentauren – ein Dutzend, zwei Dutzend, vielleicht noch mehr, fegte von den Hügeln quer über die freie Fläche hinter ihnen her und beabsichtigte offenbar, ihnen den Weg abzuschneiden. Auch Ellie sah sie und lief plötzlich so schnell, daß sie sogar Max überholte.

Sie waren bis auf ein paar hundert Meter heran, als sich der Lift aus dem Gehäuse löste und ganz geruhsam dem Boden entgegensank. Schon wollte Max rufen ›Geschafft‹! da hörte er das Trommeln von Hufen dicht hinter sich. Sam schrie: »Los! Ins Schiff!« – und blieb stehen.

Auch Max hielt an und rief: »Schneller, Ellie!«

Sam knurrte: »Ins Schiff, Max. Was kannst du hier schon ausrichten, ohne Pistole?«

Max war hin und her gerissen. Er zögerte. Er sah, daß auch Ellie stehengeblieben war. Sam riskierte einen Blick nach hinten und drückte die rückwärts gewandte Hand in Max' Gesicht. »Los! Beweg dich! Bring sie ins Schiff!«

Max bewegte sich vorwärts, nahm Ellie in den Arm und trieb sie zu größerer Eile an. Hinter ihnen blickte Sam Anderson seinem Tod ins Auge ... Er ließ sich auf ein Knie nieder und zielte lehrbuchmäßig über den linken Unterarm.

»... ein Schiff ist nicht nur Stahl ...«

Der Lift war kaum zu ebener Erde angekommen, als sich die Tür öffnete und sogleich vier Männer herausstürzten, während Max förmlich hineinstolperte und Ellie auf dem Boden absetzte. Als die Tür sich wieder schloß, kam Chips gerade noch rechtzeitig angelaufen, sprang auf Ellie zu, ließ sich von ihr in den Arm nehmen und begann jämmerlich zu schluchzen. Eldreth versuchte, sich aufzurichten und das Tier zu beruhigen.

»Geht's?« fragte Max.

»Sicher, aber ...« Sie sprach nicht weiter, denn Max hatte sich in diesem Augenblick umgedreht und versuchte, die Lifttür zu öffnen.

Sie gab jedoch nicht nach. Erst jetzt bemerkte Max, daß der Fahrstuhl sich schon wieder in Bewegung gesetzt hatte und langsam nach oben stieg. Er drückte auf den Halteknopf.

Nichts geschah, der Lift fuhr weiter. Doch drei Meter über dem Boden hielt er an. Max blickte durch das Gitter und brüllte: »He, ihr da oben! Runterlassen!«

Kein Mensch hörte auf ihn. Er versuchte noch einmal, die Tür zu öffnen, doch wieder erfolglos, denn die Sicherheitsvorrichtung verhinderte das Öffnen, solange der Lift in der Luft schwebte. In hilfloser Verzweiflung packte Max die Gitterstäbe und schaute hinaus. Von Sam konnte er nichts sehen, nur die Zentauren drehten sich etwa zwei- bis dreihundert Meter vom Schiff entfernt gleichsam wie ein Mühlrad im Kreise. Einer fiel und ging zu Boden und dann noch einer. Da entdeckte Max auch die vier Männer, die an ihm vorbeigestürmt waren. Sie lagen in schulmäßiger Schützenlinie nicht weit vom Fahrstuhl auf der Erde. Jeder hatte ein Gewehr, und jeder zielte und feuerte mit äußerster Genauigkeit. Jede geräuschlose, fast unsichtbare Kugel traf einen Zentauren.

Max zählte noch weitere sieben Verluste – dann brachen die Ungeheuer los und fegten aufgelöst auf die Hügel zu. Das Feuer wurde jedoch fortgesetzt, und bevor die Wesen außer Reichweite waren, waren noch mehrere von ihnen zu Boden gestürzt.

Irgend jemand rief: »Feuer einstellen!« Im gleichen Augenblick sprang einer der vier Schützen auf und stürmte auf das Zentrum des Schlachtfeldes zu. Die anderen erhoben sich ebenfalls und folgten ihm.

Als sie zurückkamen, trugen sie etwas, das wie ein Kleiderbündel aussah. Der Fahrstuhl, der sich inzwischen wieder nach unten bewegt hatte, öffnete die Tür und ließ die Männer ein, die ihre Last behutsam auf den Boden legten. Einer von ihnen erblickte Eldreth, zog sofort die Jacke aus und deckte sie über Sams Gesicht. Erst jetzt erkannte Max in diesem Mann Mr. Walther.

Die anderen Drei waren Mr. Daigler, ein Mann aus dem Maschinenraum, den Max nur vom Sehen kannte, und Chefsteward Giordano, der Dicke, dem die Tränen übers Gesicht liefen. »Dieses verdammte Ungeziefer!« rief er aus. »Ihnen gegenüber hatte er niemals eine Chance. Sie ritten ihn einfach nieder und zertrampelten ihn. Aber fünf von ihnen hat er wenigstens zur Strecke gebracht.« Giordanos Augen ruhten auf Max, ohne ihn zu erkennen. »Er hat sie teuer bezahlen lassen.«

»Ist er tot?« fragte Eldreth zögernd.

»Was? Natürlich. Fragen Sie nicht so dumm.« Der Steward wandte sein Gesicht ab.

Der Lift hielt mit einem kurzen Ruck an. Walther warf

einen Blick durch die Schleuse und brüllte ärgerlich: »Wir brauchen keine Zuschauer! Weg mit ihnen. Was ist denn das hier? Ein Zirkus?« Dann wandte er sich an die Männer: »Tragen wir ihn hinein, Leute.«

Als Max sich bückte, um mit anzufassen, sah er, wie Eldreth von Mrs. Dumont weggeführt wurde. Behutsam trugen sie Sam hinein und legten ihn auf dem Deck nieder, wo der Arzt wartete. Walther richtete sich auf und schien jetzt Max zum erstenmal zu bemerken. »Mr. Jones? Wollen Sie mich bitte so schnell wie möglich in meiner Kabine aufsuchen?«

»Jawohl, Sir. Aber ...« Max blickte auf seinen treuen Freund. »Es wäre mir lieb, wenn ...«

Walther schnitt ihm das Wort ab. »Sie können im Augenblick hier nichts tun. Kommen Sie.« Etwas freundlicher fügte er hinzu: »Sagen wir in einer Viertelstunde. Das wird ausreichen, damit Sie sich waschen und umziehen können.«

Max nahm in aller Eile eine Dusche, rasierte sich und meldete sich in sauberer Uniform, wenn auch ohne Mütze, die er irgendwo im Tal bei der Gefangennahme verloren hatte, pünktlich beim Ersten Offizier. Chefingenieur Compagnon und Mr. Samuels, der Zahlmeister, waren ebenfalls anwesend. Sie saßen um einen Tisch und tranken Kaffee. »Kommen Sie herein, Mr. Jones«, sagte Walther. »Nehmen Sie Platz, Kaffee?«

»O ja, bitte, Sir.« Max stellte fest, daß er entsetzlichen Hunger hatte. Er nahm viel Sahne und Zucker.

Während Max seinen Kaffee trank und sich allmählich beruhigte, saßen sie ein paar Minuten in belanglosem Gespräch beieinander. Dann fragte Walther recht unvermittelt: »Wie ist Ihr Zustand, Mr. Jones?«

»Nun, ich glaube, soweit in Ordnung. Nur ein bißchen müde.«

»Kann ich mir denken. Es tut mir leid, daß ich Ihnen im Augenblick keine Ruhe gönnen kann. Wissen Sie über die Lage Bescheid?«

»Teilweise, Sir. Sam hat mir ... Sam Anderson ...« Die Stimme versagte Max.

»Wir bedauern die Sache mit Anderson außerordentlich«, sagte Mr. Walther mit ernster Stimme. »In mancher Hinsicht war er einer der besten Männer, mit denen ich jemals zusammengearbeitet habe. Aber fahren Sie fort.«

Max berichtete, was Sam gerade hatte erzählen können, beschränkte jedoch die Mitteilung über Simes und Kapitän Blaine auf die kurze Tatsache, daß sie tot waren. Walther nickte. »Dann wissen Sie also, was wir von Ihnen wollen?«

»Ich glaube ja, Sir. Sie wollen starten, und Sie brauchen mich als Astrogator.« Er zögerte. »Ich denke, ich kann das.«

»Hmm ... ja. Aber das ist nicht alles.«

»Sir?«

»Wir brauchen Sie auch als Kapitän.«

Alle drei hatten die Augen unverwandt auf ihn gerichtet. Max schwanden die Sinne, und einen Augenblick fragte er sich, was nicht in Ordnung sei. Wie aus einer weiten Entfernung hörte er Walthers Stimme: »... unbedingt notwendig, diesen Planeten sofort zu verlassen. Unsere gesetzliche Lage ist völlig klar. Im Raum kann nur ein Astrogationsoffizier das Kommando haben. Wir bitten Sie daher, die Verantwortung für das Schiff zu übernehmen. Wenn Sie auch noch sehr jung sind, so sind Sie doch die einzige qualifizierte Person. Deshalb müssen Sie es tun.«

Max riß sich zusammen, und es gelang ihm, seine Gedanken unter Kontrolle zu bringen. »Mr. Walther?«

»Ja?«

»Aber ich bin gar kein Astrogator. Ich bin nur zur probeweisen Ausbildung abkommandiert worden.«

Chefingenieur Compagnon antwortete ihm: »Kelly sagt, Sie seien Astrogator.«

»Kelly ist eher Astrogator als ich!«

Compagnon schüttelte den Kopf. »Sie können sich nicht selbst beurteilen.« Samuels nickte beifällig.

»Das hätten wir dann ja wohl klargestellt«, erklärte Mr. Walther. »Ein Cheftechniker als Kapitän ist vollkommen indiskutabel. Ihre Position in der Gilde ist absolut ohne

Bedeutung. Diese Stellung ist und bleibt einem Astrogator vorbehalten. Sie sind der rangälteste Astrogator, egal wie ›jung‹ Sie sich fühlen. Im Augenblick führe ich das Kommando ... bis ich es auf jemand anderen übertrage. Ich kann das Schiff nicht ins All bringen. Falls Sie sich weigern sollten ... nun ja, dann weiß ich nicht, was ich tun soll.«

Max schluckte und sagte: »Nun, Sir, ich werde mich nicht vor meiner Pflicht drücken. Ich werde die Astrogation übernehmen, aber das ist noch lange kein Grund, mich zum Kapitän zu ernennen. Sie können doch das Kommando behalten, während ich das Schiff steuere. Das wäre am besten, Sir ... ich weiß nicht, was von einem Kapitän erwartet wird.«

Walther schüttelte den Kopf. »Das ist juristisch unmöglich.«

Compagnon fügte hinzu: »Mir sind diese juristischen Spitzfindigkeiten zwar egal, aber offen gestanden, junger Mann, hätte ich lieber Walther zum Kapitän als Sie – aber er ist der Aufgabe nicht gewachsen. Ich wäre glücklich, wenn Dr. Hendrix noch da wäre – aber er ist nicht mehr unter uns. Ich würde die Last sogar lieber selber übernehmen, als sie Ihnen aufzubürden – aber ich bin Physiker und verstehe von den Regeln der Astrogation gerade genug, um zu wissen, daß ich niemals im Leben die Vielseitigkeit erwerben würde, die ein Astrogator haben muß. Entspricht nicht meinem Temperament. Kelly sagt aber, daß Sie sie bereits besitzen. Ich bin schon so manches Jahr mit Kelly gefahren, und ich habe Vertrauen zu ihm. So ist es also ausschließlich Ihre Aufgabe, mein Sohn; Sie müssen sie übernehmen – und auch die Autorität, die damit verbunden ist. Walther wird Ihnen helfen – wir alle werden Ihnen helfen –, aber Sie können nicht einfach kneifen und ihm die Verantwortung überlassen.«

Mr. Samuels sagte mit ruhiger Stimme: »Ich stimme mit dem Chefingenieur nicht überein, was die Wichtigkeit juristischer Fragen betrifft. Die meisten Gesetze sind nicht ohne Grund aufgestellt worden. Aber ich stimme seiner zweiten Bemerkung durchaus zu. Mr. Jones, ein Schiff ist nicht nur

Stahl, sondern auch eine höchst komplizierte politische Einheit, deren Gesetze und Bräuche man nicht so ohne weiteres über Bord werfen kann. Das würde eine Katastrophe heraufbeschwören. Es wäre weitaus einfacher, mit einem jungen Kapitän Ruhe und Ordnung aufrechtzuerhalten ... hinter dem natürlich alle Offiziere stehen. Sonst käme bei Crew und Passagieren der Verdacht auf, daß der Mann, der all die wichtigen Entscheidungen trifft, der über Leben und Tod an Bord entscheidet, unfähig ist, das Schiff zu steuern. Sir, ich habe Angst vor einer solchen Situation. So entstehen Meutereien.«

Max spürte, wie sein Herz immer schneller klopfte. Sein Kopf schmerzte. Mit besorgter Miene blickte Walther ihn an und sagte: »Nun?«

»Ich übernehme es.« Max fügte hinzu: »Ich sehe nicht, was ich sonst tun kann.«

Walther erhob sich. »Welches sind Ihre Befehle, Kapitän?«

Max saß unbeweglich da und versuchte, sich zu beruhigen. Er preßte die Finger gegen die hämmernden Schläfen und machte ein entsetztes Gesicht. »Hm – routinegemäß weitermachen. Start des Schiffes vorbereiten.«

»Jawohl, Herr Kapitän.« Walther machte eine Pause. »Darf ich fragen, für wann der Kapitän den Start anzusetzen gedenkt?«

Max hatte wieder Mühe, sich zu konzentrieren. »Wann? Nicht vor morgen – vor morgen mittag. Ich muß erst eine Nacht schlafen.« Er überlegte zunächst, daß Kelly und er das Schiff vorerst auf eine Parkbahn bringen könnten, um von den Zentauren wegzukommen, und daß sie dann halten würden, um die nächste Maßnahme vorzubereiten.

»Ich halte das für sehr richtig, Sir. Wir brauchen Zeit.«

Compagnon stand auf. »Wenn der Kapitän mich jetzt entschuldigen möchte, die Mannschaft wartet auf Befehle.«

Samuels schloß sich ihm an. »Ihre Kabine ist fertig, Sir – ich lasse Ihre persönlichen Sachen sofort hinbringen.«

Max starrte ihn fassungslos an. Er hatte an die Nebenverpflichtungen seines neuen Amtes überhaupt noch nicht gedacht.

Sollte er wirklich Kapitän Blaines Allerheiligstes benutzen? In seinem Bett schlafen? »Äh, das ist nicht nötig. Ich fühle mich in meiner alten Kabine recht wohl.«

Samuels blickte zum Ersten Offizier und sagte dann: »Ohne Ihnen auf die Füße treten zu wollen, Kapitän ... das ist einer der Punkte, den ich meinte, als ich vom Schiff als einer komplexen politischen Einheit sprach.«

»Wie?« Max dachte einen Augenblick darüber nach. Plötzlich spürte er sowohl die erdrückende Last seines neuen Amtes als auch die innere Stärke, die Herausforderung anzunehmen.

»Nun gut«, sagte er, »tun Sie es.«

»Jawohl, Sir.« Samuels schaute ihn an. »Kapitän, wenn Sie es wünschen, lasse ich auch Lopez kommen, er kann Ihnen die Haare schneiden.«

Max schob sich die Locken aus dem Gesicht. »Ist wohl nötig, wie? Lassen Sie ihn kommen.«

Zahlmeister und Chefingenieur verabschiedeten sich. Max stand einen Augenblick unschlüssig da. Er wußte nicht, welches sein nächstes Stichwort in dieser neuen Rolle war. Walther sagte: »Kapitän? Haben Sie noch ein paar Minuten für mich Zeit?«

»Aber gewiß.« Sie nahmen wieder Platz, und Walther goß noch einmal Kaffee ein. Max sagte: »Mr. Walther! Meinen Sie, wir könnten die Kombüse anrufen und uns etwas zu essen kommen lassen? Ich hab' heute noch nichts gegessen.«

»Natürlich, natürlich! Entschuldigen Sie, Sir.« Und damit bestellte er auch schon einen Tee mit allem Zubehör. Dann wandte er sich wieder an Max. »Kapitän, ich habe Ihnen noch nicht alles erzählt – ich wollte warten, bis wir allein sind.«

»So?«

»Verstehen Sie mich nicht falsch. Daß ich Ihnen das Kommando übertgragen habe, hängt nicht mit den eben genannten Gründen zusammen – das aber ist eine Angelegenheit, die Ihre Offiziere nicht unbedingt zu wissen brauchen – auch nicht Ihre Abteilungschefs.«

»Hm – und worum handelt es sich?«

Walther blickte auf seinen Kaffee. »Haben Sie gehört, wie Mr. Simes gestorben ist?«

Max berichtete ihm das Wenige, das er von Sam erfahren hatte. Walther nickte. »Das ist im wesentlichen richtig. Hm ... Es ist nicht schön, wenn man über einen Toten Schlechtes sagen muß, aber Simes war ein unbeständiger Charakter. Als Kapitän Blaines starb, hielt er es für selbstverständlich, daß er im gleichen Augenblick Kapitän dieses Schiffes war.«

»Nun, ich nehme an, daß es vom gesetzlichen Standpunkt aus für ihn auch so aussah.«

»Aber keineswegs! Ich bedauere, daß ich Sie berichtigen muß, Kapitän, das ist hunderprozentig falsch.«

Max runzelte die Stirn. »Das verstehe ich einfach nicht – das war doch meines Erachtens gerade das Argument, das Sie mir gegenüber gebraucht haben?«

»Nein, Sir. Da das Schiff gelandet war, ging das Kommando auf mich, als Senior, über. Es steht mir nicht an, das Kommando einem Astrogator zu übertragen, bis das Schiff nicht wieder in den Raum geht. Auch dann aber ist es nicht einmal selbstverständlich, daß das Kommando dem dienstältesten Astrogator übergeben wird. Ich habe eine sehr eindeutig festgelegte Verantwortung, die durch zahlreiche diesbezügliche Rechtsentscheidungen umrissen ist: Ich muß demjenigen allein das Kommando übertragen, den ich für fähig halte.

Ich habe sehr lange an Mr. Simes gezweifelt ... wegen seines Temperaments. Trotzdem war es für mich fast unmöglich, ihm *nicht* das Kommando über das Schiff zu übertragen, nachdem wir uns einmal dazu entschlossen hatten, wieder zu starten. Aber kurz bevor wir den Kapitän verloren, hatte ich Gelegenheit, Mr. Simes' berufliche Fähigkeiten zu begutachten. Unser gemeinsames Gespräch war nicht ganz schuldlos daran.

Ich sprach mit Kelly, von dem, wie Sie wissen, jeder sehr viel hält. Ich denke, ich weiß jetzt, wie es dazu kam, daß die letzte Transition danebenging; Kelly hat sich die Mühe gemacht, mir alles zu erklären. Das und die Tatsache, daß Kelly mir rundweg erklärte, niemand aus der ›Schwitzkiste‹ sei willens, unter Simes in den Raum zu gehen, führte mich zu dem Entschluß, sollte es dazu kommen, das Schiff hier lieber bis in alle Ewigkeit liegen zu lassen, als Simes zum Kapitän zu machen. Es war zunächst nur eine vorsorgliche Entscheidung; der Kapitän war krank, und die Verantwortung zwang mich, alle Möglichkeiten zu erwägen.

Dann starb der Kapitän tatsächlich – und Simes teilte mir mit, daß er Kapitän sei. Dieser Narr zog sogar in die Kapitänskabine und befahl mich zu sich. Ich erklärte ihm daraufhin, daß er das Kommando gar nicht habe und auch niemals haben würde. Dann verließ ich ihn, holte mir Zeugen und nahm auch meinen Polizeichef mit, um ihn hinauszuwerfen. Sie wissen, was dann geschah. Ihr Leben ist nicht das einzige, das Anderson gerettet hat; auch meines verdanke ich ihm.«

Gänzlich unvermittelt wechselte Walther das Thema. »Diesen phänomenalen Gedächtnistrick – dieses Rechnen ohne Tabellen und Bücher – das können Sie wirklich, ja? Und Sie können das jederzeit?«

»Hm – ich denke, ja.«

»Haben Sie alle Tabellen im Kopf? Oder nur einige?«

»Ich kenne all die Standardtabellen und -handbücher, die Astrogatoren als ihr Handwerkszeug bezeichnen.« Max begann, von seinem Onkel zu erzählen, doch Walther unterbrach ihn höflich.

»Wenn Sie gestatten, Kapitän. Ich bin glücklich, das zu hören. Denn die einzigen Bücher dieser Art in diesem Schiff sind die in Ihrem Kopf.«

Natürlich hatte Kelly die Bücher vermißt – nicht Walther. Als er seinen Verdacht Walther eröffnete, führten die beiden eine Untersuchung durch. Als dies ohne Ergebnis verlief, wurde bekanntgegeben, daß ein Satz Bücher fehlt; Walther hatte eine Belohnung versprochen, und das Schiff war vom Bug bis zum Astrodom durchgekämmt worden – keine Handbücher.

»Ich vermute, daß er sie an Land vergraben hat«, schloß Walther. »Sie wissen, was das angesichts des Belagerungszustandes durch die Zentauren für uns bedeutet. Selbst wenn wir uns frei bewegen könnten, würden wir sie nur durch Zufall wiederfinden. Darum bin ich so glücklich, daß Sie dasselbe Vertrauen zu Ihrem Gedächtnis haben wie Kelly.«

In Max begannen sich sofort Zweifel zu regen – es ist schließlich zweierlei, eine Sache aus Sport oder aus Notwendigkeit zu tun. »So schwer ist das gar nicht«, antwortete er. »Vielleicht hat Kelly nicht daran gedacht, aber Logarithmen und binäre Umwandlungstabellen kann man möglicherweise auch aus den Ingenieurbüchern entnehmen – wenigstens das, was wir für eine normale Fahrt brauchen. Die anderen Bücher sind meist nur für eine anomalische Transition nötig.«

»Kelly hat auch daran gedacht. Sagen Sie, Kapitän, wie kommt ein Patrouillenschiff zurück, nachdem es eine neu festgestellte Kongruenz durchstoßen hat?«

»Ach das ist es also, was Sie von mir erwarten?«

»Es steht mir nicht an«, sagte Walther formell, »dem Kapitän zu sagen, wohin er das Schiff führen soll.«

Langsam antwortete Max: »Ich habe schon viel darüber nachgedacht. Ich hatte ja lange genug Zeit dafür.« Er ließ unerwähnt, daß er ganze Nächte in der Gefangenschaft darauf verwandt hatte, um bei Verstand zu bleiben. »Natürlich haben wir nicht die Instrumente wie die Patrouillenschiffe, noch beschäftigt sich die angewandte Astrogation besonders mit der Theorie der Berechnung von Kongruenzen. Ganz abgesehen davon, daß auch Patrouillenschiffe manchmal nicht wiederkehren.«

»Aber ...« Sie wurden durch ein Klopfen an der Tür unterbrochen. Ein Stewardmaat kam herein und belud den Tisch mit Essen. Max wurde schwarz vor Augen.

Er schmierte sich einen Toast mit Butter und Marmelade und nahm einen großen Bissen. »Mein Gott, tut das gut!«

»Ich hätte wirklich dran denken sollen. Eine Banane gefällig? Sie sehen recht appetitlich aus, ich glaube, die hydroponische Behandlung hat sie kürzlich irgendwie länger werden lassen.«

Max schauderte. »Ich befürchte, ich werde niemals mehr Bananen essen. Oder Papayas.«

»Allergisch, Kapitän?«

»Das trifft nicht ganz … Nun, ja …«

Er aß seinen Toast auf und sagte: »Wegen der Möglichkeit, von der ich sprechen wollte … das werde ich Sie später noch wissen lassen.«

»Jawohl, Kapitän.«

Kurz vor dem Abendessen stand Max vor dem großen Spiegel im Kapitänsschlafzimmer. Sein Haar war wieder kurz, und zwei Stunden Schlaf hatten ihm etwas von seiner Müdigkeit genommen. Er schob die Mütze auf seinem Kopf zurecht, deren Schweißband den Namen »Hendrix« trug; er hatte sie zusammen mit seiner eigenen Uniform, die man mit den Kapitänsabzeichen versehen hatte, auf seinem Bett liegend gefunden.

Das Sonnenemblem auf seiner Brust störte Max. Zwar hatte er sich inzwischen damit abgefunden, Kapitän zu sein, trotzdem glaubte er, trotz seiner vier Streifen nur eine kleine Sonne verdient zu haben. Es war wie ein wilder Traum.

Walther und Samuels hatten unverrückbar an ihrer Meinung festgehalten. Samuels hatte ständig Präzedenzfälle zitiert, ohne daß Max die Möglichkeit gehabt hätte, sie zu überprüfen. Schließlich hatte Max nachgegeben.

Er betrachtete sich im Spiegel, straffte die Schultern und seufzte. Es half nichts, er mußte ihnen jetzt gegenübertreten. Als Max den Gang zum Salon entlanglief, hörte er die Lautsprecher wiederholen: »Alle Mannschaften! Alle Fahrgäste! Bitte im Speisesalon melden!«

Die Menge machte ihm schweigend Platz. Er ging auf den Kapitänstisch zu und ließ sich am Kopfende nieder. Walther stand neben dem Stuhl. »Guten Abend, Kapitän.«

»Guten Abend, Mr. Walther.«

Ellie saß ihm genau gegenüber. Sie erhaschte seinen Blick und lächelte. »Hallo, Ellie.« Max spürte, wie er rot anlief.

»Guten Abend, Kapitän«, sagte sie mit fester Stimme.

Ellie trug dieselbe große Abendtoilette, wie damals, als er sie zum erstenmal im Speisesalon gesehen hatte; es erschien einfach nicht denkbar, daß diese Dame das gleiche junge Mädchen war, dessen schmutziges Gesicht ihn über die in den Waldboden eingekratzten Drei-D-Bretter hinweg angeblickt hatte.

»Wie geht es Ihren Füßen?«

»Aufgrund der Verbände darf ich im Augenblick nur Sandalen tragen. Der Arzt hat gute Arbeit geleistet. Morgen werde ich schon wieder tanzen können.«

»Übertreiben Sie es nicht.«

Ellie starrte auf Max' Streifen und das große Sonnenemblem. »Das sagte der Richtige.«

Bevor er etwas darauf erwidern konnte, flüsterte ihm Mr. Walther ins Ohr. »Wir wären dann soweit, Kapitän.«

»O ja, fangen Sie an.« Walther klopfte an ein Wasserglas.

Mit ruhiger Stimme schilderte der Erste Offizier die Lage, so daß die Zuhörer nicht nur die Begründung, sondern auch das Unvermeidliche der Situation erkannten. Er schloß mit den Worten: »... und so habe ich in Übereinstimmung mit dem Gesetz und dem im Raum geübten Brauch mein vorübergehend geführtes Kommando Ihrem neuen Kapitän übergeben. Kapitän Jones!«

Max erhob sich. Er schaute sich um, schluckte, versuchte zu sprechen und konnte es nicht. Dann ergriff er gleich wirkungsvoll, als ob es nur eine dramatische Pause und nicht Verzweiflung gewesen wäre, sein Wasserglas und nahm einen kleinen Schluck. »Gäste und Mannschaftskameraden«, sagte er, »wir können hier nicht bleiben. Sie wissen das. Unser Arzt hat mir gesagt, daß man die Erscheinung, der wir hier gegenüberstehen, ›symbiotische Versklavung‹ nennt – in der Art des Verhältnisses von Hund zu Mensch, nur noch in viel weiterem Maße, ja offensichtlich unter Einschluß des gesamten Tierreiches auf diesem Planeten. Wir Menschen sind jedoch nicht für die Sklaverei bestimmt, ob sie sybiotisch ist oder anderer Art. Doch andererseits sind wir zu wenige, um uns durchzusetzen, deshalb müssen wir von hier fort.«

Er machte eine kurze Pause, um noch einen Schluck zu nehmen, und begegnete Ellies Augen, die ihn ermutigend zublickten. »Vielleicht werden eines Tages andere Menschen hierherkommen, die besser vorbereitet sind als wir. Was uns angeht, so will ich versuchen, die *Asgard* zurückzubringen durch das ... nun, sagen wir ›Loch‹, durch das wir hier herausgekommen sind. Niemand wird gezwungen, sich uns anzuschließen, aber es ist der einzig mögliche Weg, wieder nach Hause zu kommen. Wer das Risiko aus Furcht nicht eingehen will, wird auf dem Nordpol des Planeten Nr. 3 abgesetzt, auf jenem Abendstern, den wir immer ›Aphrodite‹ genannt haben. Obwohl es dort selbst an den Polen ziemlich heiß sein dürfte, haben sie berechtigte Aussicht zu überleben. Wenn Sie diese Alternative vorziehen, dann geben Sie heute abend noch Ihren Namen dem Zahlmeister. Wir übrigen aber werden versuchen, nach Hause zu gelangen.« Max hielt inne, dann sagte er plötzlich: »Das ist alles«, und nahm Platz.

Es gab keinen Applaus. Max hatte das ungute Gefühl, seinen ersten öffentlichen Auftritt verpatzt zu haben. Überall im Raum wurde geredet. Die Mannschaften verließen den Salon, und die Stewards trugen das Essen auf. Ellie blickte zu Max und nickte. Mrs. Mendoza saß zu seiner Linken; sie sagte: »Ma... ich meine, Herr Kapitän ... ist es wirklich so gefährlich? Der Gedanke an ein so hohes Risiko gefällt mir gar nicht. Gibt es keine andere Möglichkeit?«

»Nein.«

»Aber es muß doch eine andere Möglichkeit geben?«

»Nein, und ich werde das bestimmt nicht bei Tisch diskutieren.«

»Aber ...« Max löffelte ungerührt seine Suppe und versuchte, nicht zu zittern. Als er wieder den Kopf hob, blickte er in die glitzernden Augen einer gewissen Mrs. Montefiore, die es vorzog ›Principessa‹ genannt zu werden – ein recht zweifelhafter Titel. »Laß ihn doch mal in Ruhe, Dolores. Der Kapitän will uns sicher über seine Abenteuer berichten, nicht wahr, Herr Kapitän?«

»Nein.«

»Ach, kommen Sie! Ich habe gehört, daß es unheimlich *romantisch* gewesen ist.« Sie dehnte das Wort über Gebühr und warf Ellie einen verschmitzten Blick zu. Dann starrte sie Max mit dem Blick eines Raubvogels in die Augen und fletschte die Zähne. Mrs. Montefiore schien mehr Zähne zu besitzen, als biologisch möglich war. »Erzählen Sie uns *alles*!«

»Nein.«

»Aber Sie *können* sich nicht weigern!«

Eldreth lächelte und sagte: »Meine liebe Prinzessin ... Sie haben Mundgeruch.«

Mrs. Montefiore hielt den Mund.

Nach dem Essen gelang es Max, Mr. Walther unter vier Augen zu sprechen. »Mr. Walther?«

»Sir?«

»Gehe ich recht in der Annahme, daß es mein Vorrecht als Kapitän ist, meine Tischnachbarn auszuwählen?«

»Jawohl, Sir.«

»In diesem Falle ... könnten Sie dafür sorgen, daß dieses Montefiore-Weib verschwindet ... bitte? Noch vor dem Frühstück?«

Ein leichtes Lächeln spielte um Walthers Mund. »Wie Sie wünschen, Sir.«

Der Kapitän der Asgard

Sie brachten Sam wieder hinunter und begruben ihn, wo er gefallen war. Max beschränkte die Zeremonie auf sich, Walther und Giordano und ließ Ellie bitten, nicht zu kommen. Man bildete eine Ehrenwache, die jedoch zum Kampf gerüstet und mit den Augen zu den Hügeln aufgestellt war. Max las das Gebet mit einer Stimme, die fast zu leise war, um gehört zu werden – er vermochte es nicht besser.

Die Werkstatt hatte eilig die Gedächtnistafel, eine spitze hellglitzernde Metallplatte, angefertigt. Max betrachtete sie, bevor er sie aufstellte, und dachte noch einmal über die Inschrift nach. »Dem geliebten Menschen?« – Nein, Sam würde das nicht gefallen. Eine derartige Sentimentalität hätte er mit seinem typischen Zynismus in der Luft zerissen. Max hatte an »Er spielte mit den Karten, die er bekommen hatte« gedacht, doch das paßte auch nicht zu Sam. Wenn Sam ein Blatt nicht gefallen hatte, spielte er für gewöhnlich falsch. Nein, dieser Text hier entsprach mehr Sams Stil. Max legte die Tafel auf den Boden und las:

Zum Gedenken
an
Sergeant Sam Anderson
Gefallen im Dienst der
Marines
›Er aß, was ihm vorgesetzt wurde.‹

Walther sah die Inschrift zum ersten Mal. »So war das also. Das hätte ich mir denken können.«

»Ja, ich habe nie seinen richtigen Namen erfahren. Richards, oder vielleicht Roberts.«

»Oh.« Walther dachte einen Augenblick nach. »Wir könnten ihn wieder einstellen lassen, Sir, posthum. Seine Fingerabdrücke werden ihn identifizieren.«

»Ich glaube, das würde Sam gefallen.«

»Ich werde sehen, was sich machen läßt, wenn wir wieder zu Hause sind, Sir.«

»*Wenn* wir jemals nach Hause kommen.«

»Wenn es Ihnen nichts ausmacht, Sir ... wenn wir wieder zu Hause *sind*.«

Max begab sich danach unmittelbar in den Kommandoraum. Er war bereits am Abend zuvor dort gewesen und hatte schon den ersten Schock als Kapitän in der ›Schwitzkiste‹ behandelt zu werden, *überwunden*. Als Kelly ihn jetzt mit »Guten Morgen, Kapitän« begrüßte, nahm er es fast schon als selbstverständlich hin.

»Morgen, Chef. Morgen, Lundy.«

»Kaffee, Kapitän?«

»Danke. Was die Parkbahn angeht – ist sie schon berechnet?«

»Noch nicht, Kapitän.«

»Dann lassen Sie es. Ich habe mich entschlossen, auf direktem Weg zurückzukehren. Alles weitere können wir auf der Fahrt erledigen. Haben Sie die Filme?«

»Ich habe sie schon früher an mich genommen.« Sie sprachen von den Filmen, die in Max' Kabine verborgen waren. Simes war es gelungen, die eine Serie zur Zeit von Kapitän Blaines Tod beiseite zu schaffen; die zweite war die einzige, die darüber Aufschluß geben konnte, wann und wo die *Asgard* in diesem Raum getaucht war, und die zugleich auch die Routineaufnahmen enthielt, die unmittelbar nach der Transition gemacht worden waren.

»Okay. Gehen wir an die Arbeit. Kovak kann für mich einspringen.«

Wie es bei Kellys Schicht üblich war, fanden sich die anderen bereits weit vor der Zeit ein. »Wenn Sie einverstanden sind, kann ich für den Kapitän die Berechnung übernehmen.«

»Kovak kann das erledigen. Sie helfen Noguchi und Lundy beim Filmen.«

»Jawohl, Kapitän.« Die Daten flogen Max nur so an den Kopf. Nachts war er zweimal in kaltem Entsetzen aufgewacht. Er hatte geträumt, sein einzigartiges Gedächtnis verloren zu haben. Als jedoch die Zahlen kamen, arbeitete er ohne jede Mühe und schlug die entsprechenden Seiten in seinem Geiste auf. Das Problem bestand in einem schnellen Start, um der Anziehungskraft des Planeten zu entkommen, in einer Positionsberechnung, um zwecks einfacherer Überwindung ihre Feldes die Ortssonne hinter sich zu lassen, und in einem geraden Anflug auf die Nachbarschaft, auf die sie zu Anfang in diesem Raum gestoßen waren. Die Berechnung brauchte nicht allzu präzise zu sein, denn die Transition war für den ersten Teil der Fahrt noch nicht geplant; sie mußten den ganzen Bereich erforschen, noch viele, sehr viele fotografische Aufnahmen machen und sie auswerten, um sich einen Überblick zu verschaffen.

Der Start wurde berechnet und für den Autopiloten auf der Tastatur festgelegt. Das Schiff hatte das Leben nach der Lokalzeit geregelt; jetzt würde es wieder zur Greenwich-Zeit zurückkehren, die im Kommandoraum immer festgehalten wurde – das Abendessen würde erst später serviert werden, und manche der Fahrgäste würden wie gewöhnlich ihre Uhren falsch stellen und die Regierung dafür verantwortlich machen.

Der Maschinenraum übernahm die gleiche Zeit, und der Autopilot lief an. Es blieb nichts weiter zu tun, als einige wenige Sekunden vor der Zeit den Knopf zu drücken und den Autopiloten den Start des Schiffes durchführen zu lassen. Das Telefon läutete. Smythe nahm den Hörer ab und blickte auf Max. »Für Sie, Kapitän. Der Zahlmeister.«

»Kapitän?« Samuels' Stimme klang mürrisch. »Ich störe Sie nur sehr ungern im Kontrollraum.«

»Macht nichts. Was gibt es?«

»Mrs. Montefiore will auf der Aphrodite abgesetzt werden.«

Max überlegte einen Augenblick. »Hat noch jemand seine Meinung geändert?«

»Nein, Kapitän.«

»Sie waren alle unterrichtet, daß sie ihre Namen bis gestern abend angeben mußten.«

»Das habe ich ihr auch noch einmal klargemacht. Ihre Antworten waren jedoch nicht ganz logisch.«

»Nichts würde mir größeres Vergnügen bereiten, als sie dort loszuwerden. Aber schließlich sind wir für sie verantwortlich. Sagen Sie ihr ›nein‹.«

»Jawohl, Kapitän. Kann ich noch einen kleinen Tip haben, wie ich ihr das beibringen soll?«

»Gewiß! Indem Sie sie mir vom Leibe halten!«

Max knallte den Hörer auf die Gabel. Als er sich umdrehte, stand Kelly vor ihm. »Es ist höchste Zeit, Kapitän. Vielleicht übernehmen Sie jetzt die Kontrollen und stellen das Steuer ein? Bevor wir abheben?«

»Wie? Nein, Sie machen den Start, Chef. Sie haben die erste Wache.«

»Jawohl, Kapitän.«

Kelly nahm am Steuerpult Platz, während Max sich selbstbewußt im Kapitänssessel niederließ. Er wünschte, er hätte das Pfeiferauchen gelernt. Es sah bei einem Kapitän einfach gut aus, wenn er sich entspannt zurücklehnte, eine Pfeife anzündete und das Schiff steuerte.

Plötzlich nahm Max wahr, wie sein Herz schneller zu schlagen begann und wie er tiefer in die Kissen gedrückt wurde. Die *Asgard* stand wieder unter ihrer eigenen Gravitation und war unabhängig von den wirklichen Beschleunigungen. Ein paar Sekunden später hob das Schiff ab. Das einzige sichtbare Zeichen dieser Aktion war, daß der blaue Himmel einem von Sternen glitzernden Schwarz des Raumes wich.

Max stand auf. Als er bemerkte, daß er noch immer die imaginäre Pfeife in Händen hielt, ließ er sie hastig fallen. »Ich gehe nach unten, Chef. Rufen Sie mich, wenn die Aufnahmen vom Start zur Auswertung bereit sind. Nebenbei – was für eine Diensteinteilung haben Sie vor?«

Kelly sicherte das Steuerpult, erhob sich und trat auf Max zu. »Ja, Kapitän, ich hatte vor, Kovak und mich umschichtig einzusetzen, während von den Jungs jeweils einer alle drei Stunden drankommt. Später können wir dann Doppelwachen einrichten.«

Max schüttelte den Kopf. »Nein. Sie und ich und Kovak. Und wir machen jeder alle drei Stunden Dienst, solange es geht. Wissen wir, wie lange wir da draußen herumschwirren müssen, ehe wir uns endgültig auf den Weg machen können?«

Kelly senkte die Stimme. »Kapitän, darf ich meine Meinung sagen?«

»Kelly, wenn Sie aufhören, mir Ihre ehrliche Meinung zu sagen, kann ich dieses Unternehmen nicht bewältigen. Sie wissen das.«

»Ich danke Ihnen. Der Kapitän sollte sich nicht kaputtmachen. Denken Sie daran, daß Sie die gesamte Berechnung allein machen müssen.« Er fügte ruhig hinzu: »Die Sicherheit Ihres Schiffes ist wichtiger als – nun, vielleicht ist ›Stolz‹ das Wort dafür.«

Es dauerte lange, bis Max antwortete. Er lernte gerade – ohne darauf in irgendeiner Weise vorbereitet zu sein –, daß einem kommandierenden Offizier im Gegensatz zum Rest der Mannschaft, keine persönlichen Eigenheiten gestattet sind. Ein solcher Offizier wird nach wesentlich strengeren Maßstäben beurteilt als jeder andere im Schiff. Ein Kapitän besaß nur wenige Privilegien – wie zum Beispiel eine nervtötende Dame von seinem Tisch zu entfernen –, aber die Folgen einer Übertretung der Etikette waren unabsehbar.

»Chef«, sagte er langsam, »meinen Sie, daß der Kaffeetisch drüben hinter dem Computer Platz hat?«

Kelly musterte Tisch und Raum und erwiderte: »Gewiß, Kapitän. Warum?«

»Ich dachte daran, daß man statt dessen dort ein Bett aufstellen könnte.«

»Beabsichtigen Sie, hier oben zu schlafen, Kapitän?«

»Gelegentlich. Aber ich dachte dabei an uns alle – wir verbringen hier schließlich die Hälfte unserer Zeit. Die Wachen für die nächsten Wochen erfordern nicht unbedingt, daß der O.v.D. die ganze Zeit über wach ist. Deshalb können wir uns alle hin und wieder ein bißchen hinlegen. Was halten Sie davon?«

»Es ist gegen die Bestimmungen, Kapitän. Ein schlechter Präzedenzfall und ein schlechtes Vorbild.« Er warf einen Blick auf Noguchi und Smythe.

»Sie müßten das dann in aller Form rechtlich festlegen, indem Sie die Bestimmung als solche anführen und die Maßnahme als durch die Notlage bedingt und für die Sicherheit des Schiffes erforderlich begründen. Ich unterschreibe dann.«

»Wenn Sie meinen, Kapitän.«

»Sie scheinen nicht überzeugt zu sein – vielleicht habe ich unrecht. Überlegen Sie es sich noch einmal und lassen Sie es mich dann wissen.«

Das Bett wurde heraufgebracht und der Befehl bekanntgegeben, doch Max sah weder Kelly noch Kovak jemals ausgestreckt darauf liegen. Hätte er selbst es nicht mitunter benutzt, er hätte nur sehr wenig Schlaf bekommen.

Max nahm auch die Mahlzeiten gewöhnlich im Kommandoraum ein. Obgleich es auf ihrem Weg zum Rendezvous mit dem Nichts kaum etwas anderes zu tun gab, als Aufnahmen zu machen, um die Beziehungen dieses Nichts zum umgebenden Himmel zu bestimmen, wurde sich Max bewußt, daß er, wenn er nicht rechnete, sich nur Sorgen machte oder diese Sorgen mit Kelly erörterte.

Wie fand ein Aufklärungsschiff seinen Weg durch eine neu entdeckte Kongruenz wieder zurück? Und was war mit denen geschehen, die nicht zurückgekehrt waren? Vielleicht wäre es Dr. Hendrix gelungen, eine unkartographierte Kongruenz mit den begrenzten Mitteln der *Asgard* zu berechnen – oder vielleicht auch nicht. Max war der festen Überzeugung, daß es Dr. Hendrix geschafft hätte. Der Mann war ein Fanatiker in seinem Beruf gewesen. Er hatte einen breiten theoretischen Hintergrund besessen, der weit über das praktisch Notwendige hinausging. Dr. Hendrix war den meisten Astrogatoren weit überlegen gewesen.

Max wußte, daß die Aufklärungsschiffe eine Kongruenz von beiden Seiten aus berechneten. Dabei bezogen sie die Gravitationsdaten der jeweils anderen Seite in ihr Kalkül mit ein. Max hatte versucht, eine derartige Rechnung aufzustellen, doch er traute seinen Ergebnissen nicht über den Weg und gab es wieder auf. Er hatte zwar richtig gerechnet, aber die Ausgangswerte waren nicht zuverlässig. Die *Asgard* besaß keine Instrumente, um die Masse eines Lichtjahre entfernten Sterns präzise zu kalkulieren.

Kelly schien über Max' Entscheidung erfreut zu sein. Sie versuchten nun eine Bahn zu der Stelle zu berechnen, an der sie dieses System betreten hatten. Sie hatten die Absicht, diesen Punkt knapp unter Lichtgeschwindigkeit zu erreichen, und die *Asgard* einfach springen zu lassen. Vielleicht würde sie das an ihren Ausgangspunkt zurückführen.

Hätten sie ein ähnliches Manöver auf dem Planeten durchgeführt, wäre das kein Problem gewesen – aber ein Flug zwischen den Sternen ist mit nichts zu vergleichen. Die »Fixsterne« scheinen sich dann mit ungeheurer Geschwindigkeit zu bewegen, und sie sind die einzigen Anhaltspunkte, die man hat. Auf diese Art und Weise ist es außerordentlich schwer, den richtigen Punkt im Raum zu finden, zumal wenn man keine »elegante« theoretische Grundlage hat. Für jede kartographierte Kongruenz gab es eine Liste vorberechneter Lösungen – die »Kritischen Tabellen Kartographierter Kongruenzen«. Max und Kelly mußten sich ihre eigene zurechtbasteln.

Max verbrachte so viel Zeit im Kommandoraum, daß der Erste Offizier ihm schließlich nahelegte, daß es für die Moarl der Passagiere von Bedeutung sei, wenn er sich gelegentlich im Speisesaal sehen ließ. Walther fügte zwar nicht hinzu, daß Max ein Lächeln und eine Miene ruhigen Vertrauens zeigen sollte, doch schwang dies in seinen Worten mit. Daraufhin machte es sich Max zur Pflicht, mit seinen Offizieren und Fahrgästen zusammen zu speisen.

Natürlich hatte er in der Zwischenzeit wenig von Eldreth zu sehen bekommen. Als er ihr nach Walthers Mahnung zum erstenmal beim Essen begegnete, trat sie ihm freundlich, aber distanziert gegenüber. Seine Erklärung dafür war, daß sie ihn mit Respekt behandelte, zugleich fragte er sich aber auch, ob sie villeicht krank sei. Er erinnerte sich daran, daß sie auf einer Tragbahre an Bord gekommen war, und es mochte durchaus sein, daß sie nicht so widerstandsfähig war, wie sie immer behauptete. Er nahm sich vor, den Arzt – natürlich heimlich! – danach zu fragen.

Sie vertrödelten die Zeit beim Kaffee, und Max verlangte es schon wieder nach der ›Schwitzkiste‹, da erinnerte er sich Walthers unausgesprochener Erwartung, daß er völlig sorglos erscheinen müßte, schaute sich in dem Saal um und sagte, so daß alle es hören konnte: »Hier ist es wie in einem Leichenschauhaus. Tanzt denn in diesen Tagen keiner mehr? Dumont!«

»Jawohl, Kapitän?«

»Machen Sie doch mal etwas Tanzmusik. Mrs. Mendoza, wollen Sie mir die Ehre geben?«

Mrs. Mendoza nahm kichernd an. Ohne jedes Gefühl für Rhythmus erwies sie sich als eine Schmach für Argentinien. Nichtsdestoweniger gelang es Max, sie ohne größere Zusammenstöße herumzubewegen, und er führte sie so gemessen zu ihrem Platz zurück, daß er ihr mit einer eleganten Verneigung danken konnte. Dann forderte er, das Privileg des Ranges achtend, Mrs. Daigler auf. Maggies Haar war noch immer kurz, aber sonst erstrahlte sie im alten Glanz.

»Wir haben Sie lange vermißt, Kapitän.«

»Ich habe nur gearbeitet. Es fehlt an Leuten, verstehen Sie?«

»Das kann ich mir denken. Sagen Sie, Kapitän, ist es bald soweit?«

»Meinen Sie die Transition? Nicht mehr lange. Es hat nur soviel Zeit gekostet, weil wir eine unendliche Reihe von schwierigen Berechnungen durchführen mußten, um auch wirklich sicherzugehen.«

»Kommen wir *wirklich* nach Hause?«

Max hoffte, daß sein Lächeln vertrauenerweckend genug war. »Ganz gewiß. Holen Sie sich kein dickes Buch mehr aus der Schiffsbibliothek; der Zahlmeister läßt es Sie nicht mit an Land nehmen.«

Sie atmete auf. »Jetzt fühle ich mich schon viel besser.«

Max dankte ihr für den Walzer und blickte sich um. Er sah Mrs. Montefiore und entschied, daß seine Verpflichtung, die Moral aufrechtzuerhalten, hier an ihre Grenzen gestoßen war. Eldreth saß auf ihrem Platz, und so trat er an sie heran. »Füße immer noch nicht in Ordnung, Ellie?«

»Doch, Kapitän. Danke für die Nachfrage.«

»Dann würden Sie vielleicht mit mir tanzen?«

Sie riß die Augen weit auf. »Wollen Sie damit sagen, daß der Kapitän Zeit hat für mich?«

Er beugte sich zu ihr herunter. »Noch so ein Quatsch, Sie Dreckfink, und Sie werden in Eisen gelegt.«

Ellie kicherte und runzelte ihr Näschen. »Jawohl, Kapitän, jawohl.«

Eine Zeitlang tanzten sie, ohne miteinander zu sprechen. Max fühlte sich durch ihre Nähe geradezu überwältigt und fragte sich, warum er das nicht schon früher getan hatte. Schließlich sagte sie: »Max? Haben Sie Drei-D ganz aufgegeben?«

»Wie? Keineswegs. Wenn wir erst die Transition hinter uns haben, habe ich genug Zeit, wieder mit Ihnen zu spielen, vorausgesetzt, daß Sie mir zwei Sternenschiffe vorgeben.«

»Es tut mir leid, daß ich Ihnen davon erzählt habe. Aber ich würde mich freuen, wenn Sie gelegentlich einmal Chipsie Hallo sagen würden. Heute morgen fragte sie schon: ›Wo Maxie?‹«

»Das tut mir aber leid. Ich hatte schon die Absicht, sie gelegentlich mit in den Kommandoraum zu nehmen, nur wenn sie da einen Knopf drückt, riskieren wir möglicherweise die Arbeit eines ganzen Monats. Holen Sie sie.«

»Die Menge würde sie nervös machen. Gehen wir lieber zu ihr.«

Max schüttelte den Kopf. »Nicht auf Ihre Kabine.«

»Seien Sie doch nicht albern. Ich habe keinen Ruf mehr zu verlieren, und ein Kapitän kann machen, was er will.«

»Das zeigt, daß Sie noch nie Kapitän gewesen sind. Sehen Sie nur, wie dieser Geier da uns beobachtet!« Er deutete mit den Augen auf Mrs. Montefiore. »Nun holen Sie schon Chipsie, und keine Frechheiten mehr.«

»Jawohl, Herr Kapitän.«

Max kraulte Chipsies Kinn, fütterte sie mit Zuckerstücken und versicherte ihr, daß sie der schönste Spinnaffe in diesem Teil des Himmels sei. Dann entschuldigte er sich.

Er fühlte sich aufgelockert und war von neuem Mut erfüllt. Als er Mr. Walther auf seine Kabine verschwinden sah, blieb er einen Augenblick stehen und, einer momentanen Eingebung folgend, klopfte er bei ihm an. Etwas hatte ihn ständig bedrückt, und hier bot sich eine Gelegenheit wie kaum eine zweite.

»Walther? Haben Sie zu tun?«

»Aber nein, Kapitän. Treten Sie ein.«

Max wartete, während des üblichen Kaffeezeremoniells, dann schnitt er sein Thema an. »Ich habe etwas auf dem Herzen, Mr. Walther – eine persönliche Angelegenheit.«

»Kann ich irgend etwas für Sie tun?«

»Das glaube ich nicht. Aber Sie haben bei weitem mehr

Erfahrung als ich. Ich möchte Ihnen jedenfalls davon berichten.«

»Wenn der Kapitän es wünscht.«

»Hören Sie, Walther, dies ist kein Anliegen des Kapitäns, sondern von Max.«

Walther lächelte. »Gut. Aber verlangen Sie nicht von mir, daß ich die Form der Anrede ändere. Ich könnte sonst vielleicht eine schlechte Gewohnheit annehmen.«

»Okay, okay.« Max hatte beabsichtigt, Walther wegen seines falschen Fahrtenbuches auszuhorchen: Hatte Dr. Hendrix die Sache gemeldet? Oder hatte er es nicht getan?

Doch er fand es unmöglich, dieses Vorhaben durchzuführen. Daß er jetzt als Kapitän vor Walther saß, zwang ihn dazu, einen anderen Weg einzuschlagen. »Ich möchte Ihnen erzählen, wie ich auf dieses Schiff gekommen bin.« Er erzählte alles und unterschlug auch nicht Sams Anteil daran, dem es jetzt nicht mehr schaden konnte. Walther hörte mit ernster Miene zu.

»Ich habe schon darauf gewartet, daß Sie mir das berichten würden, Kapitän«, sagte er schließlich. »Dr. Hendrix hat mir, als er Sie für die Ausbildung zum Astrogator vorschlug, davon Mitteilung gemacht, natürlich weniger ausführlich, und wir kamen überein, daß es sich hierbei um eine Angelegenheit handelte, die innerhalb des Schiffes nicht geklärt werden mußte.«

»Was mich beunruhigt, ist die Frage, was nach unserer Rückkehr geschieht. Falls wir zurückkommen.«

»Wenn wir zurückkommen. Fragen Sie mich um Rat? Oder Hilfe? Oder was?«

»Ich weiß nicht. Ich wollte Ihnen das einfach nur erzählen.«

»Hmm ... Es gibt hier zwei Alternativen. Eine könnten wir erledigen, indem wir einen nicht sehr wichtigen Bericht ändern. Worin ...«

»Nein, Walther. Ich möchte nicht, daß falsche Berichte die *Asgard* verlassen.«

»Ich war ziemlich sicher, daß Sie das sagen würden. Ich empfinde genauso, nur daß ich mich – aus verschiedenen

Gründen – verpflichtet fühlen würde, wenn Sie mich darum bäten, für Sie einzutreten und Sie zu decken.«

»Ich hatte einmal die Absicht, etwas Derartiges zu veranlassen. Ich fühlte mich sogar dazu berechtigt. Aber jetzt kann ich es nicht mehr.«

»Ich verstehe. Die andere Alternative ist die, die Sache zu melden und die Folgen auf sich zu nehmen, in welchem Falle ich die Sache mit Ihnen durchpauken würde, desgleichen, dessen bin ich gewiß, auch der Chefingenieur und der Zahlmeister.«

Max lehnte sich zurück. Ihm war warm und glücklich ums Herz. »Herzlichen Dank, Walther. Mir soll es gleich sein, was sie mit mir anfangen, solange sie mich nur nicht von der Raumfahrt ausschließen.«

»Ich glaube, das werden sie nicht tun. Am allerwenigsten, wenn Sie das Schiff einbringen. Sollten sie es aber dennoch versuchen, dann werden sie zu spüren bekommen, was kämpfen heißt. Bis dahin bemühen Sie sich, das Ganze zu vergessen.«

»Ich will's versuchen.« Max runzelte die Stirn. »Walther! Sagen Sie mir die Wahrheit, was halten Sie von dem Ding, das ich da gedreht habe?«

»Das ist eine schwierige Frage, Kapitän. Viel wichtiger ist, wie Sie sich dabei fühlen?«

»Wie ich mich fühle? Ich weiß nicht recht. Ich weiß aber noch, wie ich mich zu fühlen pflegte – ich fühlte mich kämpferisch.«

»Wie?«

»Ich habe mir – im Geiste natürlich – andauernd selbst erklärt, warum ich es tat, ich rechtfertigte mich, indem ich darauf hinwies, daß das System im Unrecht war, nicht ich. Jetzt will ich mich nicht mehr rechtfertigen. Nicht, daß ich es bedaure, nicht wenn ich daran denke, was mir entgangen wäre. Aber ich will mich auch nicht einfach der Strafe entziehen.«

Walther nickte. »Das verrät eine gesunde Einstellung, Kapitän, kein Kodex ist vollkommen. Der Mensch muß sich nach seinem Urteil und dem gesunden Menschenverstand richten und sich nicht blindem Gehorsam unterwerfen. Ich habe oft genug Vorschriften durchbrochen; manchmal mußte ich dafür bezahlen, manchmal auch nicht. Dieser Fehler, den Sie begangen haben, hätte Sie zu einem Moralapostel machen können, der nur den geraden und engen Weg geht und darauf achtet, daß auch sonst ein jeder die Buchstaben des Gesetzes befolgt. Oder er hätte aus Ihnen auch ein ewiges Kind machen können, das glaubt, daß Vorschriften nur für andere da sind. Er scheint jedoch keine von diesen beiden Wirkungen ausgelöst zu haben; ich bin überzeugt, daß Sie dadurch nur reifer geworden sind.«

Max mußte lächeln. »Nun, ich danke Ihnen, Walther.« Er erhob sich.

»Ich will jetzt in die ›Schwitzkiste‹ zurück und ein paar Zahlen durcheinanderbringen.«

»Kapitän? Haben Sie auch genug Schlaf?«

»Ich? Gewiß, fast bei jeder Wache fällt ein bißchen ab.«

»Noch vier Stunden, Kapitän.« Max richtete sich auf seinem Bett im Kommandoraum auf und rieb sich den Schlaf aus den Augen. Die *Asgard* war jetzt in der richtigen Fahrrinne, folgte ihr schon seit Tagen, um sich an jenen letzten Tunnel heranzuarbeiten, der sie aus diesem Raum in einen anderen ausspeien sollte – vielleicht in einen bekannten oder wieder in einen anderen. Das hing davon ab, wie genau ihre »Schätzungen« mit der wahren Struktur des Universums übereinstimmten.

Max blinzelte Kelly zu. »Wie lange sind Sie schon hier oben?«

»Nicht lange, Kapitän.«

»Haben Sie überhaupt geschlafen?«

»Ach, Kapitän …«

»Sie sind unverbesserlich. Wieder eine fertig?«

»Jawohl, Kapitän.«

»Schießen Sie los.« Während sie Max die Angaben machten, saß er mit geschlossenen Augen auf dem Bett, nahm die Aufgaben auf und wandelte sie in die binären Zahlen um, die der Computer verstand. Seit Tagen war er kaum einmal mehr als ein paar Minuten außerhalb des Kommandoraums gewesen. Max pflegte zwischen den Aufnahmen zu schlafen, aufzuwachen, eine zu verarbeiten und sich dann wieder hinzulegen.

Solange es möglich war, hatte er, obgleich Kelly kaum zum Schlafen zu bewegen war, Kelly und Kovak umschichtig eingesetzt, während sich Lundy, Smythe und Noguchi nacheinander ablösten, wobei der eine oder andere gelegentlich auch einmal länger blieb, um beim Wechsel der Platten oder beim Ablesen zu helfen. Für Max hingegen konnte es keine Ablösung geben; er mußte jede Aufnahme allein auswerten, indem er aus seinem Tabellengedächtnis die Angaben lieferte, die die fehlenden Handbücher mühelos hergegeben hätten.

Die gesamte Mannschaft der ›Schwitzkiste‹ war anwesend, außer Lundy. Er kam gerade herauf, als Max fertig war und die Korrektur befahl. »Soll von der Kombüse grüßen«, sagte er, während er einen großen Topf Eiskrem abstellte.

»Welcher Geschmack?« fragte Max.

»Schokolade, Kapitän.«

»Mmm – liebe ich am meisten. Übrigens – wenn Sie austeilen, dann denken Sie daran, daß an einem der nächsten Tagen die Arbeitszeugnisse geschrieben werden.«

»Aber, Kapitän, das ist nicht fair. Der Chef hat weit mehr Masse zu unterhalten als Sie.«

»Und ich habe einen übermäßigen Stoffwechsel«, verkündete Noguchi. »Ich brauche mehr.«

»Noggy, dir ist in jedes Bein eine Raumfalte eingebaut. Lassen wir Kelly servieren und hoffen wir, daß sein Stolz ihn Gerechtigkeit üben läßt.« Max wandte sich an Kelly. »Wieviel Zeit haben wir noch?«

»Zwanzig Minuten, Kapitän.«

»Nur noch so wenig?«

»Bloß um sicherzugehen, Kapitän.«

»Okay.« Sie machten eine neue Aufnahme und aßen Eiskrem. Dann schickte Max die Männer auf ihre Transitionsposten. Kelly übernahm diesmal nicht den Computer. Ein

Schlüssel von Kovak bedient, gab die gleiche Antwort, als wenn Kelly das für ihn getan hätte, und Max brauchte Kelly am Vernierschen Stereographen, wo seine lange Erfahrung sich am besten auswirken konnte. Lundy assistierte Kelly, während Smythe und Noguchi die Aufnahmen machten und die Ergebnisse ansagten.

Zwei Stunden vor der Transition rief Max Compagnon und teilte ihm mit, daß es nunmehr darauf ankomme; der Chefingenieur versicherte ihm, daß er alle Kraft daransetzen und sich von nun an selbst zum Vektor machen würde. »Waidmannsheil, Kapitän!«

Während des Zehnminuten-Turnus fand es Max noch leicht, obgleich er zugeben mußte, daß er nicht mehr so frisch war wie ein gerade gelegtes Ei. Aber die Arbeit ging gut vonstatten, und die Korrekturen waren angenehm gering, während Compagnon unten Schwerstarbeit leisten mußte. Als der Anzeiger an dem Computer weniger als eine Stunde bis zum Punkt Null anzeigte, stand Max auf und streckte sich. »Alles auf die Plätze. Noggy wecken. Hat jeder eine Tablette bekommen? Wo ist meine?«

Kovak lehnte sich zurück und gab sie ihm. Max steckte sie alle in den Mund und schluckte sie mit Kaffee hinunter. »Nehmt noch einen letzten Happen, und dann, Männer, ran an die Arbeit.«

Die Angaben flogen Max in einem beständigen Strom zu. Nach einer Weile fing er an, müde zu werden. Er konnte nicht mehr als eine Korrektur von den Lichtern des Computers aufnehmen und sie dem Maschinenraum weiterreichen, wenn Kelly inzwischen auch schon wieder neue Ergebnisse bereit hatte. Eine Korrektur leuchtete auf, die vom Kurs abzuweisen schien, gleichsam als ob sie zu schnell seien. Max blickte auf die Lampen, bevor er das Ergebnis eingab – und stellte fest, daß ihm schon wieder eine neue Reihe von Zahlen angeboten wurde.

»Wiederholen!« rief er.

Kelly wiederholte. Max überflog die Zahlen im Geiste und bemerkte, daß sie ihm nichts mehr sagten. Was hatte die letzte Korrektur zum Ausdruck gebracht? Hatte er eine richtige Methode bei der Berechnung der Anomalie angewandt? Konnte man das überhaupt eine Berechnung nennen? Hatten die Patrouillenschiffe das denn auch so gemacht, um herauszukommen? Wie konnte man erwarten, daß ein Mensch ...

»Kapitän!« sagte Kelly mit scharfer Stimme.

Max schüttelte den Kopf und setzte sich. »Bedaure. Geben Sie mir die nächste Zahl.« In panischem Schrecken überprüfte er die Angaben im Geist und versuchte, die Aufgabe zu lösen. Jetzt wußte er, was es bedeutete, wenn man mit Lichtgeschwindigkeit die Todeszone durchraste und das Selbstvertrauen verliert.

Max sagte sich selbst, daß er abbrechen müsse – daß er unter Lichtgeschwindigkeit zurückfallen, zurückfliegen und wieder von neuem beginnen müsse. Aber er wußte auch, daß er nicht die Nerven für einen zweiten Versuch besaß.

In diesem grausigen Augenblick überkam ihn das Gefühl, daß irgend jemand hinter seinem Stuhl stand, ihm die Hände auf die Schultern legte und ihn beruhigte. Und Max begann wieder klar und scharf die Zahlen Kovak zuzurufen.

Und er rief sie mit der Präzision eines Automaten auch noch zwanzig Minuten später aus. Jetzt aber war es soweit. Eine Aufnahme mußte er noch auswerten. Er verarbeitete sie und gab sie, die Augen auf den Zeiger gerichtet, an Kovak weiter. Er machte eine kleine, eine winzige kleine Korrektur, dann rief er aus: »Festhalten!« Und damit drückte er auch schon auf den Knopf, der dem Chronometer gestattete, auf die Mikrosekunde genau den entscheidenden Sprung zu riskieren. Erst dann schaute sich Max um, sah aber niemanden hinter sich.

»Das ist der Jeep!« hörte er Kelly aufjubeln. »Und dort ist das Häßliche Entlein!« Max blickte nach oben. Tatsächlich! Sie waren zurück im vertrauten Himmel von Nu Pegasi und Halcyon.

Fünf Minuten später tranken Kelly und Max kalten Kaffee und vertilgten die Reste einer Platte Brötchen, während Noguchi und Smythe die üblichen Posttransitionsaufnahmen machten. Kovak und Lundy waren, da sie die erste Wache nach der Transition hatten, nach unten gegangen, um ein wenig zu ruhen. Max blickte erneut zum Astrodom hinauf. »Also haben wir es wirklich geschafft. Ich hätte es nie für möglich gehalten.«

»Tatsächlich nicht, Kapitän? Nachdem Sie das Kommando übernommen hatten, gab es überhaupt keinen Zweifel mehr.«

»Hmm! Ich bin froh, daß Sie nicht gewußt haben, wie mir zumute war.«

Kelly hörte darüber hinweg. »Wissen Sie, Kapitän, daß Ihre Stimme bei der Ansage der des Doktors erstaunlich ähnelt?«

Max sah ihn scharf an. »Einmal gab es für mich einen bösen Augeblick«, sagte er bedächtig, »kurz vor der Entscheidung.«

»Ich weiß, Kapitän.«

»Ja, sehen Sie, und dann, es war natürlich nur eben ein Gefühl, verstehen Sie – ich glaube nicht an Geister –, und dann kam es mir so vor, als ob der Doktor über mir stände, wie es seine Gewohnheit war, und kontrollierte, was ich tat. Und da ging es auf einmal wieder.«

Kelly nickte. »Ja. Er war hier. Ich war des festen Glaubens, daß er uns nicht im Stich lassen würde.«

»Wie meinen Sie das?« Doch Kelly gab keine weiteren Erklärungen. Statt dessen machte er sich daran, die Posttransitionsaufnahmen zu prüfen und sie freudig mit den Standardplatten aus dem Kartensafe zu vergleichen – das erstemal, daß sich, nachdem das Schiff verlorengegangen war, eine solche Gelegenheit bot.

»Ich bin der Meinung«, sagte Max, als Kelly fertig war, »daß wir lieber gleich noch eine Bahn für Nu Pegasi bereithalten, ehe wir hineinfallen.« Er gähnte. »Du liebe Güte, bin ich müde!«

Kelly erwiderte: »Für Nu Pegasi, Kapitän?«

»Nun, auf Halcyon können wir bei dieser Entfernung doch nicht gleich zuhalten. Was dachten Sie denn?«

»Nichts, Kapitän.«

»Raus damit!«

»Nun, ich dachte, daß wir auf Nova Terra landen. Wenn jedoch der Kapitän wünscht ...«

Max trommelte auf den Kartensafe. Es war ihm niemals in den Sinn gekommen, daß jemand, nachdem er das Unmögliche vollbracht hatte, von ihm etwas anderes erwarten könnte, als Kurs auf das nächstgelegene Ziel zu halten, um dort auf entsprechende Hilfe zu warten.

»Sie haben von mir erwartet, daß ich das Schiff noch weiterbringe? Ohne Tabellen und ohne Unterstützung?«

»Es lag mir fern, Kapitän, in irgendeiner Weise etwas zu erwarten. Es war nur eine unbewußte Annahme.«

Max richtete sich auf. »Sagen Sie Kovak, er soll das Schiff auf gegenwärtigem Kurs halten. Rufen Sie Walther an. Er soll mich sofort in meiner Kabine aufsuchen.«

»Jawohl, Kapitän.«

Der Erste Offizier begegnete Max schon draußen vor der Kabine. »Hallo, Walther! Kommen Sie herein.« Sie gingen hinein, und Max warf sogleich seine Mütze auf den Tisch. »Wir haben es geschafft, wie?«

»Jawohl, Kapitän, ich habe es vom Salon aus beobachtet.«

»Sie scheinen nicht überrascht zu sein.«

»Sollte ich das, Kapitän?«

Max warf sich in seinen Sessel und spannte seine müden Rückenmuskeln. »Sie sollten es sein, Sir, Sie sollten es sein.«

»In Ordnung, Kapitän. Ich bin überrascht.«

Max blickte auf und machte ein finsteres Gesicht. »Walther, wo fährt das Schiff jetzt hin?«

Walther antwortete: »Der Kapitän hat es mir bis jetzt noch nicht mitgeteilt.«

»Verdammt noch mal! Sie wissen doch, was ich meine. Unser Reiseziel ist an sich Nova Terra. Aber da drüben liegt Halcyon. Welchen Landeplatz hatten Sie im Kopf, als Sie mir das Kommando übertrugen? Sagen Sie mir, was Sie damals erwarteten? Bevor Sie es rausbekommen haben.«

»Ich hatte die Absicht«, entgegnete Walther ruhig, »einen Kapitän für die *Asgard* zu bekommen.«

»Das ist keine Antwort. Verstehen Sie nicht. Auch für die Fahrgäste steht hier einiges auf dem Spiel. Gewiß, ich hatte dieses Risiko für sie zu tragen. Es blieb keine Wahl. Jetzt aber bleibt eine Wahl. Sollten wir ihnen nicht entsprechende Mitteilung machen und sie darüber abstimmen lassen?«

Walther schüttelte energisch den Kopf. »Man fragt Passagiere nichts, Kapitän. Nicht in einem Schiff, das auf Fahrt ist. Es ist ihnen gegenüber nicht fair, sie zu fragen. Sie teilen ihnen nur etwas mit.«

Max sprang auf und stürmte quer durch die Kabine. »Fair sagen Sie. Fair! Es ist mir gegenüber nicht fair.« Er wirbelte herum und blickte Walther in die Augen. »Nun? Sie sind kein Passagier. Sie sind mein Erster Offizier. Was meinen Sie, was wir tun sollten?«

Walther starrte ihn unverwandt an. »Ich kann das für den Kapitän nicht entscheiden. Aus diesem Grunde eben sind Sie Kapitän.«

Max stand einen Augenblick unbeweglich da und schloß die Augen. Die Zahlen standen klar vor ihm – in sauberen Reihen. Er trat ans Telefon und verlangte stürmisch den Kommandoraum. »Hier spricht der Kapitän. Ist Kelly noch da? Ja – gut, Chef. Wir nehmen Kurs auf Nova Terra. Alles vorbereiten – in einer Minute bin ich oben.«

Der Tomahawk

Um diese Jahreszeit liebte Max besonders die frühen Abendstunden. Er lag auf einer kleinen Anhöhe westlich der Scheune und hatte den Kopf so aufgestützt, daß er nach Nordwesten schauen konnte. Wenn er die Augen auf den Ausgangsring der C.S.&E.-Ringbahn richtete, mußte er jeden Augenblick den Tomahawk auftauchen und in freier Flugbahn über das Tal hinwegschießen sehen. Im Augenblick las er nicht; ihn trieb keine Arbeit, er war ganz einfach faul und genoß den herrlichen Sommerabend.

Ein Eichhörnchen setzte sich aufrecht ganz in seiner Nähe hin, und starrte ihn an, kam zu dem Schluß, daß er harmlos war, und widmete sich wieder seinen eigenen Angelegenheiten. Ein Vogel schoß vorüber.

Es herrschte völlige Stille, dann barst plötzlich ein silbernes Projektil aus dem Ausgangsring hervor, tauchte in einem Satz über die Schlucht hinweg und durchraste den Ring auf der gegenüberliegenden Seite – genau in dem Augenblick, als der Schall Max erreichte.

»Junge, Junge!« sagte er leise. »Man glaubt nie, daß sie das schaffen!«

Das war der Grund, warum Max die Anhöhe bestiegen hatte, doch er brachte es nicht gleich fertig, aufzustehen und davonzugehen. Statt dessen zog er einen Brief aus der Tasche und las erneut den Schluß: »... Ich glaube, Vater war sehr glücklich, daß er mich endlich unversehrt wieder zurückhatte, denn allmählich ist er doch weich geworden. Putzie und ich, wir haben vor einer Woche geheiratet – ach, Max, ich bin so glücklich! Sie müssen uns, wenn Sie das nächstemal auf Hespera landen, unbedingt besuchen.« Dann hatte sie noch hinzugefügt: »Mr. Chips gedenkt Ihrer in Liebe – ich auch.«

War doch ein lieber Kerl, die Ellie – wenn sie auch immer ihre eigenen Wege ging. Ob Putzie mit ihr fertig werden würde? Fast tat es ihm ein wenig leid. Hätten sie auf der Caritas bleiben müssen, dann ...

Egal – Astrogatoren sollten auch gar nicht heiraten. Max begann verträumt mit dem Sonnenabzeichen auf seiner Brust zu spielen. Zu dumm, daß er nicht auf der *Asgard* hatte bleiben können – aber natürlich, sie hatten recht; schließlich konnte er dort nicht als einfacher Astrogator arbeiten, wo er schon einmal Kapitän gewesen war. Und Hilfsastrogator der *Elizabeth Regina*, das war schon ein guter Posten; jedermann bestätigte, daß die ›Lizzi‹ ein tüchtiges Schiff sei.

Außerdem hatte nicht jeder junge H. A. eine neue Kongruenz aufzuweisen, die jetzt sogar ausgewertet wurde.

Ihm konnte nicht mehr viel passieren. So machte Max sich auch nichts daraus, daß der Gildenrat ihn zu einer recht deftigen Geldstrafe verdonnert hatte und daß ihm ein Verweis in sein Papier eingetragen worden war. Man hatte ihn im Raum gelassen, und darauf allein kam es an, und außerdem glich die offiziell anerkannte Entdeckung der Hendrix-Kongruenz den Verweis wieder aus.

Und wenn er auch die Gerechtigkeit der Strafe nicht bestritt – er hatte unrecht gehandelt, und er wußte es –, so hatten sich die Gilden nichtsdestoweniger ins Unrecht gesetzt; ihre Vorschriften sollten einem jeden eine Chance geben. Eines Tages würde er das Alter und die Erfahrung haben, und dann würde er sich darum kümmern.

Wenn Max sich jetzt aber nicht aufmachte, mußte er für das Taxi einen Kaufpreis zahlen. Max erhob sich und schritt den Hang abwärts. Die Helitaxe parkte vor dem Haus. Der Fahrer stand daneben und schaute über den gewaltigen, tief in die Erde getriebenen Bauplatz des Missouri-Arkansas-Projektes. Die Felder, auf denen Max einst gearbeitet hatte, waren verschwunden, der Einschnitt reichte bis in den Hof hinein. Das Haus selbst stand noch da, aber die Tür hing nur noch in einer Angel, und irgendein Lausbub hatte alle Fensterscheiben eingeschlagen. Max sah zum Haus hinüber und fragte sich, wo Maw und der Mann, den sie geheiratet hatte, sein mochten – nicht daß er sich Sorgen um sie gemacht hätte. Niemand in Clyde's Corner schien etwas über ihren Verbleib zu wissen. Im Gerichtshaus hatte man ihm nur gesagt, daß Maw die ihr zustehende Hälfte des gesamten Entschädigungsbetrages entgegengenommen habe und daß das Paar die Stadt verlassen habe.

Wahrscheinlich war jetzt ihr Geld ebenso verbraucht wie das von Max, dessen Anteil nicht einmal ausgereicht hatte, um die Geldstrafe zu bezahlen. Wenn sie pleite waren, dann mußte Montgomery jetzt vielleicht endlich einmal einer ehrlichen Arbeit nachgehen, denn Maw war nicht die Frau, die einen Mann herumlungern ließ, wenn sie in Not war. Und dieser Gedanke erfreute Max; er hatte nicht vergessen, daß er mit Montgomery noch etwas zu bereinigen hatte, aber aller Wahrscheinlichkeit nach erledigte Maw das jetzt für ihn.

Der Fahrer wandte sich ihm zu. »Wird eine tolle Sache, wenn es fertig ist. Wie ist's? Wollen Sie jetzt fahren, Sir?«

Max warf einen letzten Blick auf seine alte Heimat. »Ja. Das liegt jetzt alles hinter mir.«

Sie kletterten in ihre Sitze. »Wohin? Zurück nach Corners?«

Max überlegte einen Augenblick. Eigentlich müßte er ja sein Geld zusammenhalten, aber verflixt, sein nächster Trip würde ihm schon wieder genug einbringen. »Nein, fliegen Sie mich hinüber nach Springfield, und setzen Sie mich an der Ringbahnstation ab. Mir wäre es lieb, wenn ich noch den ›Javelin‹ erreichen würde.«

Dann könnte er noch in dieser Nacht in Earthport sein.

ENDE

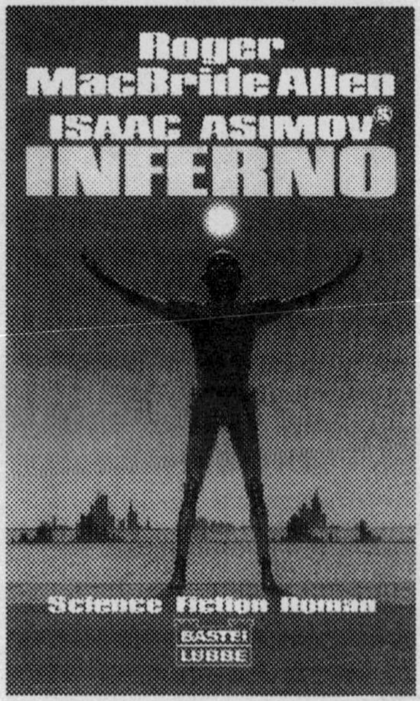

Band 24 218

Roger MacBride Allen

Isaac Asimov's Inferno

Auf dem Planeten Inferno liegen Siedler und Spacer miteinander in einem erbitterten Streit. Während die einen sämtliche Roboter verbannen wollen, glauben die anderen an die Intelligenz und Nützlichkeit der Maschinenwesen. Der Gouverneur versucht zu vermitteln – doch dann wird er ermordet. Gleichzeitig taucht Caliban auf, der einzige Roboter, der nicht an die ehernen Gesetze der Robotik gebunden ist. Caliban hat eine besondere Fähigkeit: Er kann einen Menschen töten, wenn es sein muß . . .

Ein packender SF-Krimi!

ROGER MACBRIDE ALLEN hat sich inzwischen auch in Deutschland als erfolgreicher Autor etabliert. Er führt die Tradition von ISAAC ASIMOV, des großen Altmeisters der SF, fort. Nach dessen Ideen und Vorgaben schreibt er neue, packende Robotergeschichten.

BASTEI LÜBBE

Sie erhalten diesen Band im Buchhandel, bei Ihrem Zeitschriftenhändler sowie im Bahnhofsbuchhandel.